OEUVRES

COMPLETES

DE

VOLTAIRE.

OEUVRES

COMPLETES

DE

VOLTAIRE.

TOME DOUZIEME.

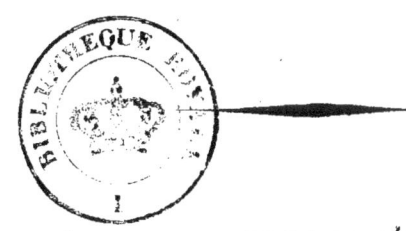

DE L'IMPRIMERIE DE LA SOCIÉTÉ LITTÉRAIRE-
TYPOGRAPHIQUE.

1 7 8 5.

POEMES

ET

DISCOURS

EN VERS.

DISCOURS

EN VERS

SUR L'HOMME.

Les trois premiers font de l'année 1734. Les quatre derniers font de l'an 1737. Tous font purgés des fautes qui fourmillent dans les autres éditions.

Le premier prouve l'égalité des conditions ; c'eft-à-dire qu'il y a dans chaque profeffion une mefure de biens & de maux qui les rend toutes égales.

Le fecond, que l'homme eft libre, & qu'ainfi c'eft à lui à faire fon bonheur.

Le troifième, que le plus grand obftacle au bonheur eft l'envie.

Le quatrième, que pour être heureux il faut être modéré en tout.

Le cinquième, que le plaifir vient de Dieu.

Le fixième, que le bonheur parfait ne peut être le partage de l'homme en ce monde , & que l'homme n'a point à fe plaindre de fon état.

Le feptième , que la vertu confifte à faire du bien à fes femblables , & non pas dans de vaines pratiques de mortification.

PREMIER DISCOURS.

DE L'ÉGALITÉ DES CONDITIONS.

TU vois, fage Arifton, d'un œil d'indifférence
La grandeur tyrannique & la fière opulence ;
Tes yeux d'un faux éclat ne font point abufés.
Ce monde eft un grand bal, où des fous déguifés ,
Sous les rifibles noms d'Eminence & d'Alteffe,
Penfent enfler leur être & hauffer leur baffeffe.
En vain des vanités l'appareil nous furprend :
Les mortels font égaux ; leur mafque eft différent,
Nos cinq fens imparfaits , donnés par la nature,
De nos biens , de nos maux, font la feule mefure.
Les rois en ont-ils fix ? & leur ame & leur corps
Sont-ils d'une autre efpèce ? ont-ils d'autres refforts ?
C'eft du même limon que tous ont pris naiffance ;
Dans la même faibleffe ils traînent leur enfance :
Et le riche & le pauvre, & le faible & le fort,
Vont tous également des douleurs à la mort.
 Hé quoi, me dira-t-on, quelle erreur eft la vôtre ! (a)
N'eft-il aucun état plus fortuné qu'un autre ?
Le ciel a-t-il rangé les mortels au niveau ?
La femme d'un commis , courbé fur fon bureau ,
Vaut-elle une princeffe auprès du trône affife ?
N'eft-il pas plus plaifant pour tout homme d'églife
D'orner fon front tondu d'un chapeau rouge ou verd
Que d'aller, d'un vil froc obfcurément couvert,
Recevoir à genoux, après *laude* ou *matine*,
De fon prieur cloîtré vingt coups de difcipline ?
Sous un triple mortier n'eft-on pas plus heureux
Qu'un clerc enfeveli dans un greffe poudreux ?

Non ; Dieu ferait injuſte , & la ſage nature
Dans ſes dons partagés garde plus de meſure.
Penſe-t-on qu'ici-bas ſon aveugle faveur
Au char de la fortune attache le bonheur ?
Un jeune colonel a ſouvent l'impudence
De paſſer en plaiſirs un maréchal de France.
Etre heureux comme un roi, dit le peuple hébété :
Hélas , pour le bonheur que fait la majeſté ?
En vain ſur ſes grandeurs un monarque s'appuie :
Il gémit quelquefois, & bien ſouvent s'ennuie.
Son favori ſur moi jette à peine un coup d'œil :
Animal compoſé de baſſeſſe & d'orgueil,
Accablé de dégoûts en inſpirant l'envie ,
Tour à tour on t'encenſe & l'on te calomnie.
Parle. qu'as-tu gagné dans la chambre du roi ?
Un peu plus de flatteurs & d'ennemis que moi.

   Sur les énormes tours de notre obſervatoire,
Un jour en conſultant leur céleſte grimoire,
Des enfans d'Uranie un eſſaim curieux,
D'un tube de cent pieds braqué contre les cieux,
Obſervait les ſecrets du monde planétaire.
Un ruſtre s'écria ; ces ſorciers ont beau faire,
Les aſtres ſont pour nous auſſi-bien que pour eux :
On en peut dire autant du ſecret d'être heureux.
Le ſimple, l'ignorant, pourvu d'un inſtinct ſage,
En eſt tout auſſi près, au fond de ſon village,
Que le fat important qui penſe le tenir ,
Et le triſte ſavant qui croit le définir. (*b*)

   On dit qu'avant la boîte apportée à Pandore
Nous étions tous égaux ; nous le ſommes encore.
Avoir les mêmes droits à la félicité,
C'eſt pour nous la parfaite & ſeule égalité.

Vois-tu dans ces vallons ces efclaves champêtres,
Qui creufent ces rochers, qui vont fendre ces hêtres;
Qui détournent ces eaux, qui, la bêche à la main,
Fertilifent la terre en déchirant fon fein?
Ils ne font point formés fur le brillant modèle
De ces pafteurs galans qu'a chanté Fontenelle.
Ce n'eft point Timarette, & le tendre Tircis,
De rofes couronnés fous des myrtes affis,
Entrelaçant leurs noms fur l'écorce des chênes,
Vantant avec efprit leurs plaifirs & leurs peines :
C'eft Pierrot, c'eft Colin, dont le bras vigoureux
Soulève un char tremblant dans un foffé bourbeux.
Perrette au point du jour eft aux champs la première.
Je les vois haletans, & couverts de pouffière,
Braver dans ces travaux, chaque jour répétés,
Et le froid des hivers, & le feu des étés.
Ils chantent cependant; leur voix fauffe & ruftique
Gaiment de Pellegrin (c) détonne un vieux cantique.
La paix, le doux fommeil, la force, la fanté,
Sont le fruit de leur peine & de leur pauvreté.
Si Colin voit Paris, ce fracas de merveilles,
Sans rien dire à fon cœur, affourdit fes oreilles :
Il ne défire point ces plaifirs turbulens ;
Il ne les conçoit pas ; il regrette fes champs;
Dans ces champs fortunés l'amour même l'appelle.
Et tandis que Damis, courant de belle en belle,
Sous des lambris dorés, & vernis par Martin, (d)
Des intrigues du temps compofant fon deftin,
Dupé par fa maîtreffe, & haï par fa femme,
Prodigue à vingt beautés fes chanfons & fa flamme,
Quitte Eglé qui l'aimait pour Chloris qui le fuit,
Et prend pour volupté le fcandale & le bruit;

Colin, plus vigoureux, & pourtant plus fidèle,
Revole vers Lisette en la saison nouvelle.
Il vient, après trois mois de regrets & d'ennui,
Lui présenter des dons aussi simples que lui.
Il n'a point à donner ces riches bagatelles,
Qu'Hébert (e) vend à crédit pour tromper tant de belles.
Sans tous ces riens brillans il peut toucher un cœur;
Il n'en a pas besoin : c'est le fard du bonheur. (f)
　　L'aigle fière & rapide, aux ailes étendues,
Suit l'objet de sa flamme élancé dans les nues.
Dans l'ombre des vallons le taureau bondissant
Cherche en paix sa génisse, & plaît en mugissant.
Au retour du printemps, la douce Philomèle
Attendrit par ses chants sa compagne fidele;
Et du sein des buissons, le moucheron léger
Se mêle, en bourdonnant, aux insectes de l'air.
De son être content, qui d'entre eux s'inquiète
S'il est quelqu'autre espéce, ou plus ou moins parfaite?
Et qu'importe à mon sort, à mes plaisirs présens,
Qu'il soit d'autres heureux, qu'il soit des biens plus grands?
　　Mais, quoi ! cet indigent, ce mortel famélique,
Cet objet dégoûtant de la pitié publique,
D'un cadavre vivant traînant le reste affreux,
Respirant pour souffrir, est-il un homme heureux?
Non, sans doute; & Thamas qu'un esclave détrône,
Ce visir déposé, ce grand qu'on emprisonne,
Ont-ils des jours sereins, quand ils sont dans les fers?
Tout état a ses maux, tout homme a ses revers.
Moins hardi dans la paix, plus actif dans la guerre,
Charle aurait sous ses lois retenu l'Angleterre;
Dufréni moins prodigue & docile au bon sens (g)
N'eût point dans la misère avili ses talens. (h)

Tout eft égal enfin : la cour a fes fatigues ;
L'églife a fes combats ; la guerre a fes intrigues ;
Le mérite modefte eft fouvent obfcurci ;
Le malheur eft par-tout, mais le bonheur auffi.
Ce n'eft point la grandeur, ce n'eft point la baffeffe,
Le bien, la pauvreté, l'âge mûr, la jeuneffe,
Qui fait, ou l'infortune, ou la félicité. (1)
  Jadis, le pauvre Irus, honteux & rebuté,
Contemplant de Créfus l'orgueilleufe opulence,
Murmurait hautement contre la providence.
Que d'honneurs, difait-il ; que d'éclat, que de bien !
Que Créfus eft heureux ! il a tout, & moi rien.
Comme il difait ces mots, une armée en furie
Attaque, en fon palais, le tyran de Carie.
De fes vils courtifans il eft abandonné ;
Il fuit, on le pourfuit ; il eft pris, enchaîné ;
On pille fes tréfors, on ravit fes maîtreffes.
Il pleure ; il aperçoit, au fort de fes détreffes,
Irus, le pauvre Irus, qui, parmi tant d'horreurs,
Sans fonger aux vaincus, boit avec les vainqueurs.
O Jupiter ! dit-il ; ô fort inexorable !
Irus eft trop heureux, je fuis feul miférable.
Ils fe trompaient tous deux, & nous nous trompons tous.
Ah ! du deftin d'autrui ne foyons point jaloux.
Gardons-nous de l'éclat qu'un faux dehors imprime.
Tous les cœurs font cachés ; tont homme eft un abyme.
La joie eft paffagère & le rire eft trompeur.
Hélas ! où donc chercher, où trouver le bonheur ?
En tout lieu, en tout temps, dans toute la nature,
Nulle part tout entier, par-tout avec mefure,
Et par-tout paffager, hors dans fon feul auteur.
Il eft femblable au feu dont la douce chaleur

Dans chaque autre élément en fecret s'infinue,
Defcend dans les rochers, s'élève dans la nue,
Va rougir le corail dans le fable des mers,
Et vit dans les glaçons qu'ont durci les hivers.
 Le ciel en nous formant mêlangea notre vie
De défirs, de dégoûts, de raifon, de folie,
De momens de plaifirs & de jours de tourmens.
De notre être imparfait voilà les élémens.
Ils compofent tout l'homme, ils forment fon effence;
Et DIEU nous pefa tous dans la même balance. (k)

NOTES ET VARIANTES

DU PREMIER DISCOURS.

(a) CE ne fut qu'en 1738 que ce difcours parut la première fois imprimé à Paris, ainfi que le fecond & le troifième, fous le titre général d'*Epîtres fur le bonheur*. Le commencement du premier difcours a été plufieurs fois refondu. Voici les différentes leçons jufqu'à l'édition de 1757 exclufivement.

PREMIERE LEÇON.

Hé bien, jeune Hermotime, en province élevé,
Avec un cœur tout neuf à Paris arrivé,
Tu ne fais pas encor quel parti tu dois fuivre!
Tu voudrais des leçons fur le grand art de vivre ;
Il faut prendre un état. Incertain dans tes vœux,
Tu veux choifir, dis-tu, le fort le plus heureux ;
Mais ce fort quel eft-il ? tu ne fais. Tu peux-être
Magiftrat, financier, courtifan, guerrier, prêtre.
Ton goût doit décider ; ce n'eft pas ton emploi
Qui doit te rendre heureux ; ce bonheur eft dans **toi.**
Les états font égaux, mais les hommes diffèrent:
Où l'imprudent périt les habiles profpèrent.
Le bonheur eft le port où tendent les humains ;
Les écueils font fréquens, les vents font incertains.
Le ciel, pour aborder cette rive étrangère,
Accorde à tout mortel une barque légère :
Ainfi que les fecours les dangers font égaux.
Qu'importe quand l'orage a foulevé les flots,
Que ta pouppe foit peinte, & que ton mât déploie
Une voile de pourpre & des cables de foie ?
Le vent eft fans refpect, il renverfe à la fois
Les bateaux des pêcheurs & les barques des rois.
Si quelqu'heureux pilote échappé de l'orage,
Près du port arrivé, gagne au moins le rivage,
Son vaiffeau, plus heureux, n'était pas mieux conftruit :
Mais le pilote eft fage, & Dieu l'avait conduit.
Hé quoi, me dites-vous, &c.

SECONDE LEÇON.

Ami, dont la vertu toujours facile & pure
A fuivi par raifon l'inftinct de la nature,
Qui fais à ton état conformer tes défirs,
Satisfait fans fortune, & fage en tes plaifirs,

Heureux qui, comme toi, docile à son génie,
Dirige prudemment la course de sa vie !
Son cœur n'entend jamais la voix du repentir :
Enfermé dans sa sphère, il n'en veut point sortir.
Les états sont égaux, &c.
Que ta pouppe soit peinte, & que ton mât déploie
Une voile de pourpre & des cables de soie ?
L'art du pilote est tout, & pour dompter les vents
Il faut la main du sage, & non des ornemens.
Hé quoi, me dira-t-on, &c.

(b)   *PREMIÈRE LEÇON.*

Il serait beau vraiment que sa triste faveur
Eût au grade, en ce monde, attaché le bonheur !
Jamais un colonel n'aura donc l'impudence
D'égaler en plaisir un maréchal de France !
L'empereur est toujours, graces à ses honneurs,
Plus fortuné lui seul que les sept électeurs !
Et le cœur d'un sujet se gardera bien d'être
Aussi tendre, aussi gai que celui de son maître !
Non, n'accusons point Dieu de cette absurdité ;
Pour les cœurs qu'il a faits il a trop de bonté.
Tous sont heureux par lui, tous au moins peuvent l'être :
En leur donnant la vie, il leur doit le bien-être ;
Il veut, en les rangeant sous différentes lois,
En faire autant d'heureux, non pas autant de rois.
Le casque, le mortier, la barette, la mitre,
A la félicité n'apportent aucun titre ;
Et ce *Bernard* qu'on vante est heureux en effet,
Non par le bien qu'il a, mais par le bien qu'il fait.
On dit qu'avant la boîte, &c.

SECONDE LEÇON.

L'empereur est toujours, graces à ses honneurs,
Plus fortuné lui seul que les sept électeurs;
Et le roi des Romains serait un téméraire
De prétendre un moment au bonheur du Saint Père.
Crois-moi, Dieu d'un autre œil voit les faibles humains,
Nés du même limon façonné par ses mains.
Admirons de ses dons le différent partage ;
Chacun de ses enfans reçut un héritage.
Le terrain le moins vaste a sa fécondité,
Et l'ingrat qui se plaint est seul déshérité.

Poſſédons ſans fierté , ſubiſſons ſans murmure
Le ſort que nous a fait l'auteur de la nature ;
Dieu qui nous a rangés ſous différentes lois
Peut faire autant d'heureux , non pas autant de rois.
On dit qu'avant la boîte , &c.

(*c*) L'abbé *Pellegrin* a fait des cantiques de dévotion ſur des airs du Pont-neuf ; c'eſt-là qu'on trouve , à ce qu'on dit ,

Quand on a perdu Jéſus-Chriſt ,
Adieu paniers , vendanges ſont faites.

Ces cantiques ont été chantés à la campagne & dans des couvens de province.

(*d*) Fameux verniſſeur.

(*e*) Fameux marchand de curioſités à Paris. Il avait beaucoup de goût , & cela ſeul lui avait procuré une grande fortune.

(*f*) Dans ſes champs fortunés l'Amour même l'appelle ,
L'Amour , ce dieu des cieux , cette flamme éternelle
Qui peuple les forêts , les ondes & les airs ,
Qui va d'un pôle à l'autre animer l'univers.
Ses traits , toujours lancés des mains de la nature ,
Souffrent les ornemens , mais plaiſent ſans parure :
Un éclat étranger eſt le fard du bonheur :
Tu n'en as pas beſoin , tu peux donner ton cœur
Sans tous ces riens brillans , ces nobles bagatelles
Qu'Hébert vend à crédit pour tromper tant de belles.
L'amour n'a pas toujours un tranquille deſtin ,
Sous les lambris dorés & vernis par Martin.

(*g*) *Louis XIV* diſait : Il y a deux hommes que je ne pourrai jamais enrichir , *Dufréni* & *Bontemps*. *Dufréni* mourut dans la miſère , après avoir diſſipé de grandes richeſſes ; il a laiſſé de jolies comédies.

(*h*) Tout état a ſes maux , tout homme a ſes revers :
Concini moins altier , plus fidèle à ſes maîtres ,
N'aurait point de ſon ſang apaiſé nos ancêtres ;
Et Dufréni plus ſage & moins diſſipateur
Ne fût pas mort de faim , digne mort d'un auteur.

(*i*) Qui fait ou l'infortune ou la félicité ?
  Où donc trouver, dis-tu, cet être fi vanté,
  Fugitif, inconnu, qu'on croit imaginaire ?
  Où ? chez toi, dans ton cœur & dans ton caractère ;
  Quel que foit ton état, quel que foit ton deftin,
  Sois fage, il te fuffit, ton bonheur eft certain.

SECONDE LEÇON DE CETTE FIN.

  Et vît dans les glaçons qu'ont durci les hivers.
  Mortel, en quelqu'état que le ciel t'ait fait naître,
  Sois foumis, fois content & rends grace à ton maître.

(*k*) *Quelque différence qui paraiffe entre les fortunes, il y a une certaine compenfation de biens & de maux qui les rend égales :* Réflexions morales de *la Rochefoucauld*, édition du Louvre, n° 52.

Suìvant M. *Rouffeau*, on doit mettre une grande différence entre les maux des dernières claffes de la fociété & ceux qui affligent les premières, parce que, dit-il, les maux du peuple font l'effet de la mauvaife conftitution de la fociété ; les grands, au contraire, ne font malheureux que par leur faute.

1°. Cette obfervation n'eft pas vraie rigoureufement. Ce n'eft pas abfolument par fa faute que tel riche, tel grand, étant né un fot, & ayant reçu une mauvaife éducation, paffe triftement fa vie dans l'ennui & le dégoût. Ce n'eft point par fa faute qu'*Ivan* fut affaffiné après avoir été en prifon toute fa vie ; eft-ce par fa faute que le *mafque de fer* fut mis à la baftille ; que les fils du comte d'*Armagnac*, arrofés du fang de leur père, paffèrent toute leur jeuneffe dans un cachot fait en forme de hotte ? D'un autre côté, parmi les hommes qui fouffrent les maux de la pauvreté, un grand nombre n'aurait-il pas évité fes malheurs par plus d'activité pour le travail, plus d'économie, plus de prévoyance ? Il eft très-rare dans tous les états d'être uniquement malheureux par fa faute, ou de l'être fans y avoir contribué ; le hafard & la mauvaife conduite entrent à la fois dans prefque tous les malheurs des hommes.

2°. Ce n'eft pas de la caufe des maux des differens états que parle M. *de Voltaire* ; c'eft d'une forte d'équilibre entre les maux & les biens qui rend ces états prefqu'égaux. Cette manière de voir les états de la vie eft confolante pour le peuple ; elle conduit même à une conféquence très-utile. Si les biens & les maux des différentes conditions forment entre ces conditions une forte de balance ; fi l'ennui qui pourfuit les riches, fi les biens qui environnent les grands font un équivalent des maux auxquels la mifère condamne le peuple, tous gagneront à une plus grande égalité ; les uns y trouveront plus d'aifance, les autres plus de fureté. Ne ferait-il pas utile de perfuader aux hommes que l'intérêt des différentes claffes de la fociété n'eft point de fe féparer , mais de fe rapprocher ; qu'elles doivent chercher non à s'opprimer , mais à s'unir , parce qu'aucune claffe ne peut augmenter fon bonheur aux dépens d'une autre , mais feulement en fefant des facrifices au bonheur commun ?

Il était naturel que deux hommes , dont l'un croyait que la fociété & les lumières corrompent l'homme , tandis que l'autre voyait dans les progrès des lumières une fource de perfection pour la fociété , & de bonheur pour l'efpèce humaine , fuffent prefque toujours d'avis contraire ; mais qui des deux a été le plus utile aux hommes ? celui fans doute dont l'opinion était la plus conforme à la vérité.

DEUXIEME DISCOURS.

DE LA LIBERTÉ.

On entend par ce mot liberté *le pouvoir de faire ce qu'on veut. Il n'y a, & ne peut y avoir d'autre liberté. C'est pourquoi Locke l'a si bien définie* puissance.

Dans le cours de nos ans, étroit & court paſſage,
Si le bonheur qu'on cherche eſt le prix du vrai ſage,
Qui pourra me donner ce tréſor précieux?
Dépend-il de moi-même? eſt-ce un préſent des cieux?
Eſt-il comme l'eſprit, la beauté, la naiſſance,
Partage indépendant de l'humaine prudence?
Suis-je libre en effet? ou mon ame & mon corps
Sont-ils d'un autre agent les aveugles reſſorts?
Enfin, ma volonté, qui me meut, qui m'entraîne,
Dans le palais de l'ame eſt-elle eſclave ou reine?
    Obſcurément plongé dans ce doute cruel,
Mes yeux, chargés de pleurs, ſe tournaient vers le ciel,
Lorſqu'un de ces eſprits, que le ſouverain Etre
Plaça près de ſon trône, & fit pour le connaître,
Qui reſpirent dans lui, qui brûlent de ſes feux,
Deſcendit juſqu'à moi de la voûte des cieux; (a)
Car on voit quelquefois ces fils de la lumière
Eclairer d'un mondain l'ame ſimple & groſſière,
Et fuir obſtinément tout docteur orgueilleux,
Qui dans ſa chaire aſſis penſe être au-deſſus d'eux,
Et le cerveau troublé des vapeurs d'un ſyſtême,
Prend ces brouillards épais pour le jour du ciel même.
    Ecoute, me dit-il, prompt à me conſoler,
Ce que tu peux entendre, & qu'on peut révéler.

J'ai

J'ai pitié de ton trouble ; & ton ame fincère,
Puifqu'elle fait douter, mérite qu'on l'éclaire.
Oui, l'homme fur la terre eft libre ainfi que moi ;
C'eft le plus beau préfent de notre commun roi.
La liberté, qu'il donne à tout être qui penfe,
Fait des moindres efprits & la vie & l'effence.
Qui conçoit, veut, agit, eft libre en agiffant ;
C'eft l'attribut divin de l'Etre tout-puiffant.
Il en fait un partage à fes enfans qu'il aime.
Nous fommes fes enfans, des ombres de lui-même.
Il connut, il voulut, & l'univers naquit ;
Ainfi, lorfque tu veux, la matière obéit.
Souverain fur la terre, & roi par la penfée,
Tu veux, & fous tes mains la nature eft forcée.
Tu commandes aux mers, au fouffle des zéphyrs,
A ta propre penfée, & même à tes défirs.
Ah! fans la liberté, que feraient donc nos ames ?
Mobiles agités par d'invifibles flammes,
Nos vœux, nos actions, nos plaifirs, nos dégoûts,
De notre être, en un mot, rien ne ferait à nous.
D'un artifan fuprême impuiffantes machines,
Automates penfans, mûs par des mains divines,
Nous ferions à jamais de menfonge occupés,
Vils inftrumens d'un Dieu qui nous aurait trompés.
    Comment, fans liberté, ferions-nous fes images ?
Que lui reviendrait-il de fes brutes ouvrages ?
On ne peut donc lui plaire, on ne peut l'offenfer ;
Il n'a rien à punir, rien à récompenfer.
Dans les cieux, fur la terre, il n'eft plus de juftice.
(b) Pucelle eft fans vertu, (1) Desfontaines fans vice. (c)
Le deftin nous entraîne à nos affreux penchans ;
Et ce chaos du monde eft fait pour les méchans.

Poëmes.   B

L'oppreſſeur inſolent, l'uſurpateur avare,
Cartouche, Miriweis, ou tel autre barbare,
Plus coupable enfin qu'eux, le calomniateur
Dira : Je n'ai rien fait, Dieu ſeul en eſt l'auteur ;
Ce n'eſt pas moi, c'eſt lui qui manque à ma parole,
Qui frappe par mes mains, pille, brûle, viole.
C'eſt ainſi que le Dieu de juſtice & de paix
Serait l'auteur du trouble, & le Dieu des forfaits.
Les triſtes partiſans de ce dogme effroyable
Diraient-ils rien de plus s'ils adoraient le diable ?

J'étais, à ce diſcours, tel qu'un homme enivré,
Qui s'éveille en ſurſaut, d'un grand jour éclairé,
Et dont la clignotante & débile paupière
Lui laiſſe encore à peine entrevoir la lumière.
J'oſai répondre enfin d'une timide voix :
Interprète ſacré des éternelles lois,
Pourquoi, ſi l'homme eſt libre, a-t-il tant de faibleſſe ?
Que lui ſert le flambeau de ſa vaine ſageſſe ?
Il le fuit, il s'égare ; & toujours combattu,
Il embraſſe le crime en aimant la vertu.
Pourquoi ce roi du monde, & ſi libre, & ſi ſage,
Subit-il ſi ſouvent un ſi dur eſclavage ?

L'eſprit conſolateur à ces mots répondit ;
Quelle douleur injuſte accable ton eſprit ?
La liberté, dis-tu, t'eſt quelquefois ravie :
Dieu te la devait-il immuable, infinie,
Egale en tout état, en tout temps, en tout lieu ?
Tes deſtins ſont d'un homme, &tes vœux ſont d'unDieu. (d)
Quoi ! dans cet océan cet atome qui nage
Dira : L'immenſité doit être mon partage.
Non, tout eſt faible en toi, changeant & limité ;
Ta force, ton eſprit, tes talens, ta beauté.

La nature, en tout fens, a des bornes prefcrites,
Et le pouvoir humain ferait feul fans limites !
Mais, dis-moi, quand ton cœur, formé de paffions ,
Se rend malgré lui-même à leurs impreffions,
Qu'il fent dans fes combats fa liberté vaincue,
Tu l'avais donc en toi, puifque tu l'as perdue?
Une fièvre brûlante, attaquant tes refforts,
Vient à pas inégaux miner ton faible corps.
Mais, quoi ! par ce danger répandu fur ta vie,
Ta fanté pour jamais n'eft point anéantie :
On te voit revenir des portes de la mort,
Plus ferme, plus content, plus tempérant, plus fort.
Connais mieux l'heureux don que ton chagrin réclame:
La liberté dans l'homme eft la fanté de l'ame.
On la perd quelquefois ; la foif de la grandeur,
La colère, l'orgueil, un amour fuborneur,
D'un défir curieux les trompeufes faillies :
Hélas ! combien le cœur a-t-il de maladies?
Mais contre leurs affauts tu feras raffermi ;
Prends ce livre fenfé, confulte cet ami.
(Un ami, don du ciel, eft le vrai bien du fage.)
Voilà l'Helvétius, le Silva, le Vernage, (e)
Que le Dieu des humains, prompt à les fecourir,
Daigne leur envoyer fur le point de périr.
Eft-il un feul mortel de qui l'ame infenfée,
Quand il eft en péril, ait une autre penfée?
Vois de la liberté cet ennemi mutin,
Aveugle partifan d'un aveugle deftin.
Entends comme il confulte, approuve ou délibère ;
Entends de quel reproche il couvre un adverfaire ;
Vois comment d'un rival il cherche à fe venger,
Comme il punit fon fils, & le veut corriger.

Il le croyait donc libre ? oui, fans doute, & lui-même
Dément à chaque pas fon funefte fyftême.
Il mentait à fon cœur, en voulant expliquer
Ce dogme abfurde à croire, abfurde à pratiquer.
Il reconnaît en lui le fentiment qu'il brave ;
Il agit comme libre, & parle comme efclave.

Sûr de ta liberté, rapporte à fon auteur
Ce don que fa bonté te fit pour ton bonheur.
Commande à ta raifon d'éviter ces querelles,
Des tyrans de l'efprit difputes immortelles. (*f*)
Ferme en tes fentimens, & fimple dans ton cœur,
Aime la vérité, mais pardonne à l'erreur.
Fuis les emportemens d'un zèle atrabilaire ;
Ce mortel qui s'égare eft un homme, eft ton frère :
Sois fage pour toi feul, compatiffant pour lui ;
Fais ton bonheur, enfin, par le bonheur d'autrui.

Ainfi parlait la voix de ce Sage fuprême :
Ses difcours m'élevaient au-deffus de moi-même.
J'allais lui demander, indifcret dans mes vœux,
Des fecrets réfervés pour les peuples des cieux :
Ce que c'eft que l'efprit, l'efpace, la matière,
L'éternité, le temps, le reffort, la lumière ;
Etranges queftions, qui confondent fouvent
Le profond (*g*) s'Gravefande & le fubtil (*h*) Mairan,
Et qu'expliquait en vain, dans fes doctes chimères,
L'auteur des tourbillons que l'on ne croit plus guères.
Mais, déjà s'échappant à mon œil enchanté,
Il volait au féjour où luit la vérité.

Il n'était pas vers moi defcendu pour m'apprendre
Les fecrets du Très-Haut, que je ne puis comprendre ;
Mes yeux d'un plus grand jour auraient été bleffés ;
Il m'a dit : Sois heureux ; il m'en a dit affez. (*i*)

NOTES ET VARIANTES

DU DEUXIEME DISCOURS.

(*a*) *Defcendit jufqu'à moi de la voûte des cieux.*
Tel du fein du foleil un torrent de lumière
Part, arrive à l'inftant, & couvre l'hémifphère.
Il avait pris un corps, ainfi que l'un d'entre eux,
Que nos pères ont vu dans des jours ténébreux
Sous les traits de Newton, fous ceux de Galilée,
Apporter la lumière à la terre aveuglée.
   Ecoute, me dit-il, &c.

(*b*) L'abbé *Pucelle*, célèbre confeiller au parlement. L'abbé *Desfontaines*; homme fouvent repris de juftice, qui ténait une boutique ouverte où il vendait des louanges & des fatires.

(*c*) On lifait dans les premières éditions :

Caton fut fans vertu, Catilina fans vice:

(*d*) Traduction de ce vers d'*Ovide* :

   Sors tua mortalis, non eft mortale quod optas.

(*e*) Fameux médecin de Paris.

(*f*)   Epargne à ta raifon ces difputes frivoles,
   Ce poifon de l'efprit, né du fein des écoles.

(*g*) M. *s'Gravefande*, profeffeur à Leide, le premier qui ait enfeigné en Hollande les découvertes de *Newton*.

(*h*) M. *Dortous de Mairan*, fecrétaire de l'académie des fciences de Paris.

(*i*) Et s'il a daigné dire à mes vœux empreffés
   Le fecret d'être heureux, il en a dit affez.

(*1*) L'abbé *Pucelle* était neveu de M. de *Catinat*. Sa mère accordait à fon frère aîné une préférence que les premières années de la jeuneffe du cadet femblaient excufer, & qui cependant était la feule caufe de ces erreurs , dans un homme qui était né avec un caractère très-ferme & une ame ardente. Elle le déshérita ; il n'avait encore aucun état, quoiqu'il eût été tonfure dans son enfance. Son frère vint le trouver quelques jours après , lui remit la fortune dont sa mère l'avait privé , & lui annonça en même temps qu'il avait acheté pour lui une charge de conseiller-clerc au parlement de Paris , & obtenu sa nomination à une abbaye , en ajoutant qu'il ne lui demandait d'autres preuves de reconnaissance que d'oublier l'injustice de sa mère. Le frère de l'abbé *Pucelle* mourut , peu de temps après , premier préfident du parlement de Grenoble.

Le conseiller au parlement de Paris se fit une grande réputation par son intégrité , par le courage avec lequel il défendit la liberté des citoyens contre les prétentions de la cour de Rome & du clergé. Comme le janfénifme était alors le prétexte de ses entreprises , les Parisiens le prirent pour un janfenifte ; mais sa véritable religion était l'amour des lois & la haine de la tyrannie facerdotale : il n'en eut jamais d'autre.

TROISIEME DISCOURS.

DE L'ENVIE.

SI l'homme eft créé libre, il doit fe gouverner :
Si l'homme a des tyrans, il les doit détrôner.
On ne le fait que trop ; ces tyrans font les vices.
Le plus cruel de tous dans fes fombres caprices,
Le plus lâche à la fois, & le plus acharné ;
Qui plonge au fond du cœur un trait empoifonné,
Ce bourreau de l'efprit, quel eft-il ? c'eft l'envie.
L'orgueil lui donna l'être au fein de la folie ;
Rien ne peut l'adoucir, rien ne peut l'éclairer :
Quoiqu'enfant de l'orgueil, il craint de fe montrer.
Le mérite étranger eft un poids qui l'accable ;
Semblable à ce géant fi connu dans la fable,
Trifte ennemi des dieux, par les dieux écrafé,
Lançant en vain les feux dont il eft embrafé ;
Il blafphème, il s'agite en fa prifon profonde ;
Il croit pouvoir donner des fecouffes au monde.
Il fait trembler l'Etna, dont il eft oppreffé ;
L'Etna fur lui retombe, il en eft terraffé. (a)
    J'ai vu des courtifans, ivres de fauffe gloire,
Détefter dans Villars l'éclat de la victoire.
Ils haïffaient le bras qui fefait leur appui.
Il combattait pour eux, ils parlaient contre lui.
Ce héros eut raifon, quand cherchant les batailles
Il difait à Louis : *Je ne crains que Verfailles;*
Contre vos ennemis je marche fans effroi:
Défendez-moi des miens ; ils font près de mon roi.
    Cœurs jaloux ! à quels maux êtes vous donc en proie ?
Vos chagrins font formés de la publique joie.

B 4

Convives dégoûtés, l'aliment le plus doux,
Aigri par votre bile, eſt un poiſon pour vous.
O vous qui de l'honneur entrez dans la carrière,
Cette route à vous ſeul appartient-elle entière?
N'y pouvez-vous ſouffrir les pas d'un concurrent?
Voulez-vous reſſembler à ces rois d'Orient,
Qui de l'Aſie eſclave oppreſſeurs arbitraires,
Penſent ne bien régner qu'en étranglant leurs frères?

    Lorſqu'aux jeux du théâtre, écueil de tant d'eſprits,
Une affiche nouvelle entraîne tout Paris;
Quand Dufreſne (*b*) & Gauſſin, d'une voix attendrie,
Font parler Oroſmane, Alzire, Zénobie,
Le ſpectateur content, qu'un beau trait vient ſaiſir,
Laiſſe couler des pleurs, enfans de ſon plaiſir:
Rufus déſeſpéré, que ce plaiſir outrage,
Pleure auſſi dans un coin; mais ſes pleurs ſont de rage.

    Hé bien, pauvre affligé, ſi ce fragile honneur,
Si ce bonheur d'un autre a déchiré ton cœur,
Mets du moins à profit le chagrin qui t'anime:
Mérite un tel ſuccès, compoſe, efface, lime.
Le public applaudit aux vers du Glorieux;
Eſt-ce un affront pour toi? courage, écris, fais mieux;
Mais garde-toi ſurtout, ſi tu crains les critiques,
D'envoyer à Paris tes aïeux chimériques: (*c*)
Ne fais plus grimacer tes odieux portraits
Sous des crayons groſſiers, pillés chez Rabelais.

    Tôt ou tard on condamne un rimeur ſatirique,
Dont la moderne muſe emprunte un air gothique,
Et dans un vers forcé, que ſurcharge un vieux mot,
Couvre ſon peu d'eſprit des phraſes de Marot. (*d*)
Ce jargon dans un conte eſt encor ſupportable;
Mais le vrai veut un air, un ton plus reſpectable.

Si tu veux, faux dévot, féduire un fot lecteur,
Au miel d'un froid fermon mêle un peu moins d'aigreur:
Que ton jaloux orgueil parle un plus doux langage;
Singe de la vertu, mafque mieux ton vifage.
La gloire d'un rival s'obftine à t'outrager;
C'eft en le furpaffant que tu dois t'en venger.
Erige un monument plus haut que fon trophée;
Mais pour fiffler Rameau l'on doit être un Orphée;
Qu'un petit monftre noir, peint de rouge & de blanc,
Se garde de railler ou Vénus ou Rohan: (e)
On ne s'embellit point en blâmant fa rivale.
  Qu'a fervi contre Bayle une infame cabale?
Par le fougueux Jurieu (f) Bayle perfécuté
Sera des bons efprits à jamais refpecté;
Et le nom de Jurieu, fon rival fanatique,
N'eft aujourd'hui connu que par l'horreur publique.
  Souvent dans fes chagrins un miférable auteur
Defcend au rôle affreux de calomniateur.
Au lever de Séjan, chez Neftor, chez Narciffe,
Il diftille à longs traits fon abfurde malice.
Pour lui tout eft fcandale, & tout impiété.
Affurer que ce globe, en fa courfe emporté
S'élève à l'équateur, en tournant fur lui-même,
C'eft un raffinement d'erreur & de blafphême.
Malbranche eft Spinofifte, & Loke, en fes écrits,
Du poifon d'Epicure infecte les efprits.
Pope eft un fcélérat, de qui la plume impie
Ofe vanter de DIEU la clémence infinie;
Qui prétend follement, ô le mauvais chrétien !
Que DIEU nous aime tous, & qu'ici tout eft bien. (g)
  Cent fois plus malheureux, & plus infame encore,
Eft ce fripier d'écrits, que l'intérêt dévore,

Qui vend au plus offrant fon encre & fes fureurs;
Méprifable en fon goût, déteftable en fes mœurs;
Médifant, qui fe plaint des brocards qu'il effuie;
Satirique ennuyeux, difant que tout l'ennuie;
Criant que le bon goût s'eft perdu dans Paris,
Et le prouvant très-bien, du moins par fes écrits. (*h*)

On peut à Defpréaux pardonner la fatire;
Il joignit l'art de plaire au malheur de médire.
Le miel que cette abeille avait tiré des fleurs,
Pouvait de fa piqûre adoucir les douleurs.
Mais pour un lourd frélon, méchamment imbécile,
Qui vit du mal qu'il fait, & nuit fans être utile,
On écrafe à plaifir cet infecte orgueilleux,
Qui fatigue l'oreille, & qui choque les yeux.

Quelle était votre erreur, ô vous, peintres vulgaires!
Vous, rivaux clandeftins, dont les mains téméraires,
Dans ce cloître où Bruno femble encor refpirer,
Par une lâche envie ont pu défigurer (*i*)
Du Zeuxis des Français les favantes peintures?
L'honneur de fon pinceau s'accrut par vos injures:
Ces lambeaux déchirés en font plus précieux;
Ces traits en font plus beaux, & vous plus odieux.
Déteftons à jamais un fi dangereux vice. (*k*)

Ah! qu'il nous faut chérir ce trait plein de juftice,
D'un critique modefte, & d'un vrai bel-efprit,
Qui, lorfque Richelieu follement entreprit
De rabaiffer du Cid la naiffante merveille,
Tandis que Chapelain ofait juger Corneille,
Chargé de condamner cet ouvrage imparfait,
Dit, pour tout jugement: Je voudrais l'avoir fait: (*l*)
C'eft ainfi qu'un grand cœur fait penfer d'un grand homme.

A la voix de Colbert, Bernini vint de Rome;

De Perrault (*m*) dans le louvre il admira la main.
Ah! dit-il, fi Paris renferme dans fon fein
Des travaux fi parfaits, un fi rare génie,
Fallait-il m'appeler du fond de l'Italie?
Voilà le vrai mérite : il parle avec candeur;
L'envie eft à fes pieds, la paix eft dans fon cœur. (*n*)
    Qu'il eft grand! qu'il eft doux, de fe dire à foi-même,
Je n'ai point d'ennemis, j'ai des rivaux que j'aime;
Je prends part à leur gloire, à leurs maux, à leurs biens;
Les arts nous ont unis, leurs beaux jours font les miens.
C'eft ainfi que la terre avec plaifir raffemble
Ces chênes, ces fapins, qui s'élèvent enfemble :
Un fuc toujours égal eft préparé pour eux :
Leur pied touche aux enfers, leur cime eft dans les cieux :
Leur tronc inébranlable, & leur pompeufe tête,
Réfifte, en fe couchant, aux coups de la tempête.
Ils vivent l'un par l'autre; ils triomphent du temps :
Tandis que fous leur ombre on voit de vils ferpens
Se livrer, en fifflant, des guerres inteftines,
Et de leur fang impur arrofer leurs racines.

NOTES ET VARIANTES

DU TROISIEME DISCOURS.

(*a*) L'Auteur a retranché les quatre vers fuivans :

Quelle était la raifon du magiftrat perfide
Qui voulait en exil envoyer Ariftide ?
Il fut, dans fon dépit, contraint de l'avouer :
Je fuis las, difait-il, de l'entendre louer.
J'ai vu des courtifans, &c.

(*b*) *Dufrefne*, célèbre acteur de Paris. Mademoifelle *Gauffin*, actrice pleine de graces, qui joua Zaïre.

(*c*) Mauvaife comédie de *Rouffeau*, qui n'a pu être jouée. (*N. B.* On trouvera dans la vie de M. de *Voltaire* les détails fur fes querelles avec *Rouffeau*, *Desfontaines*, &c.)

(*d*) Il eft à remarquer que M. de *Voltaire* s'eft toujours élevé contre ce mélange de l'ancienne langue & de la nouvelle. Cette bigarrure eft non-feulement ridicule, mais elle jetterait dans l'erreur les étrangers qui apprennent le français.

(*e*) Un petit monftre noir, peint de rouge & de blanc,
Ne doit point cenfurer ou Vénus ou Rohan.
Ta rivale eft aimée ; un bon couplet contre elle
Ne peut ni l'enlaidir, ni te rendre plus belle.
Par le fougueux Jurieu, &c.

Et dans l'édition *in-4°*, après ce vers :

Mais pour fiffler Rameau, l'on doit être un Orphée ;
Il faut être Pfyché pour cenfurer Vénus.
Hé, pourquoi cenfurer ? quel trifte & vain abus !
On ne s'embellit point, &c.

(*f*) *Jurieu* était un miniftre proteftant qui s'acharna contre *Bayle* & contre le bon fens ; il écrivit en fou, & il fit le prophète : il prédit que le royaume de France éprouverait des révolutions qui ne font jamais arrivées. Quant à *Bayle*, on fait que c'eft un des grands hommes que la France ait produits. Le parlement de Touloufe lui a fait un honneur unique, en fefant valoir fon teftament qui devait être annullé comme celui d'un réfugié, felon la rigueur de la loi, & qu'il déclare valide, comme le teftament d'un homme qui avait éclairé le monde, & honoré fa patrie. L'arrêt fut rendu fur le rapport de M. de *Senaux*, confeiller.

(*g*) L'optimifme de *Platon*, renouvelé par *Shaftersburi*, *Bolingbrocke*, *Leibnitz*, & chanté par *Pope* en beaux vers, eft peut-être un fyftême faux : mais ce n'eft pas affurément un fyftême impie , comme des calomniateurs l'ont dit.

(*h*) Ces vers défignent l'abbé *Desfontaines ;* il a eu tant de fucceffeurs fi dignes de lui qu'on pourrait s'y tromper.

(*i*) Quelques peintres , jaloux de *le Sueur* , gâtèrent fes tableaux qui font aux Chartreux.

(*k*) Méprifable en fon goût , détestable en fes mœurs ,
Médifant acharné , quelle étrange manie
Fait aboyer ta voix contre une académie ?
As-tu , vieux candidat , chez les quarante élus ,
Approché feulement de l'honneur d'un refus ?
Hélas ! quel eft le fruit de tes cris imbéciles ?
La police eft févère ; on fouette les Zoïles.
Chacun avec mépris fe détourne de toi ;
Tout fuit , jufqu'aux enfans , & l'on fait trop pourquoi.
Déteftons , Hermotime , un fi dangereux vice.
Ah ! qu'il nous faut chérir , &c.

(*l*) *Habert de Cerifi* , de l'académie.

(*m*) La belle façade du vieux louvre eft de M. *Perrault*.

(*n*) Voilà le vrai mérite ; il fe peint dans ces traits ;
C'eft ainfi qu'en fon ame on conferve la paix.

QUATRIEME DISCOURS.

DE LA MODERATION EN TOUT,

Dans l'étude, dans l'ambition, dans les plaisirs.

A M. HELVETIUS.

Tout vouloir eſt d'un fou, l'excès eſt ſon partage ;
La modération eſt le tréſor du ſage :
Il ſait régler ſes goûts, ſes travaux, ſes plaiſirs,
Mettre un but à ſa courſe, un terme à ſes déſirs.
Nul ne peut avoir tout. L'amour de la ſcience
A guidé ta jeuneſſe au ſortir de l'enfance ;
La nature eſt ton livre, & tu prétends y voir
Moins ce qu'on a penſé que ce qu'il faut ſavoir.
La raiſon te conduit ; avance à ſa lumière ;
Marche encor quelques pas, mais borne ta carrière ;
Au bord de l'infini ton cours doit s'arrêter ;
Là commence un abyme, il le faut reſpecter.

Réaumur, (1) dont la main ſi ſavante & ſi ſûre
A percé tant de fois la nuit de la nature,
M'apprendra-t-il jamais par quels ſubtils reſſorts
L'éternel Artiſan fait végéter les corps ?
Pourquoi l'aſpic affreux, le tigre, la panthère,
N'ont jamais adouci leur cruel caractère,
Et que reconnaiſſant la main qui le nourrit,
Le chien meurt en léchant le maître qu'il chérit ?
D'où vient qu'avec cent pieds, qui ſemblent inutiles,
Cet inſecte tremblant traîne ſes pas débiles ?
Pourquoi ce ver changeant ſe bâtit un tombeau,
S'enterre, & reſſuſcite avec un corps nouveau ;

Et le front couronné, tout brillant d'étincelles,
S'élance dans les airs en déployant ſes ailes ?
Le ſage du Faï (a) parmi ſes plants divers,
Végétaux raſſemblés des bouts de l'univers,
Me dira t-il pourquoi la tendre ſenſitive
Se flétrit ſous nos mains, honteuſe & fugitive ?
Pour découvrir un peu ce qui ſe paſſe en moi
Je m'en vais conſulter le médecin du roi :
Sans doute il en ſait plus que ſes doctes confrères.
Je veux ſavoir de lui par quels ſecrets miſtères (b)
Ce pain, cet aliment dans mon corps digéré
Se transforme en un lait doucement préparé ?
Comment toujours filtré dans ſes routes certaines, (2)
En longs ruiſſeaux de pourpre il court enfler mes veines,
A mon corps languiſſant rend un pouvoir nouveau,
Fait palpiter mon cœur, & penſer mon cerveau ?
Il lève au ciel les yeux, il s'incline, il s'écrie :
Demandez-le à ce D I E U qui nous donna la vie.

Courriers de la phyſique, (c) Argonautes nouveaux,
Qui franchiſſez les monts, qui traverſez les eaux,
Ramenez des climats ſoumis aux trois couronnes
Vos perches, vos ſecteurs, & ſurtout deux Laponnes : (d)
Vous avez confirmé dans ces lieux pleins d'ennui
Ce que Newton connut ſans ſortir de chez lui.
Vous avez arpenté quelque faible partie
Des flancs toujours glacés de la terre applatie.
Dévoilez ces reſſorts qui font la peſanteur.
Vous connaiſſez les lois qu'établit ſon auteur.
Parlez, enſeignez-moi comment ſes mains fécondes
Font tourner tant de cieux, graviter tant de mondes :
Pourquoi, vers le ſoleil notre globe entraîné
Se meut autour de ſoi ſur ſon axe incliné :

Parcourant en douze ans les céleftes demeures,
D'où vient que Jupiter a fon jour de dix heures ?
Vous ne le favez point : votre favant compas
Mefure l'univers, & ne le connaît pas.
Je vous vois deffiner, par un art infaillible,
Les dehors d'un palais à l'homme inacceffible ;
Les angles, les côtés font marqués par vos traits ;
Le dedans à vos yeux eft fermé pour jamais.
Pourquoi donc m'affliger, fi ma débile vue
Ne peut percer la nuit fur mes yeux répandüe ?
Je n'imiterai point ce malheureux favant,
Qui des feux de l'Etna fcrutateur imprudent,
Marchant fur des monceaux de bitume & de cendre,
Fut confumé du feu qu'il cherchait à comprendre.

Modérons-nous furtout dans notre ambition :
C'eft du cœur des humains la grande paffion. (*e*)
L'empefé magiftrat, le financier fauvage,
La prude aux yeux dévots, la coquette volage,
Vont en pofte à Verfaille effuyer des mépris,
Qu'ils reviennent foudain rendre en pofte à Paris.
Les libres habitans des rives du Permeffe
Ont faifi quelquefois cette amorce traîtreffe :
Platon va raifonner à la cour de Denis ;
Racine janfénifte eft auprès de Louis.
L'auteur voluptueux qui célébra Glycère
Prodigue au fils d'Octave un encens mercenaire.
Moi-même renonçant à mes premiers deffeins, (*f*)
J'ai vécu, je l'avoue, avec des fouverains.
Mon vaiffeau fit naufrage aux mers de ces Sirènes ;
Leur voix flatta mes fens, ma main porta leurs chaînes ;
On me dit, je vous aime, & je crus comme un fot
Qu'il était quelque idée attachée à ce mot.

J'y

J'y fus pris. J'affervis au vain défir de plaire
La mâle liberté qui fait mon caractère;
Et perdant la raifon dont je devais m'armer,
J'allai m'imaginer qu'un roi pouvait aimer.
Que je fuis revenu de cette erreur groffière !
A peine de la cour j'entrai dans la carrière
Que mon ame éclairée, ouverte au repentir,
N'eut d'autre ambition que d'en pouvoir fortir.
Raifonneurs beaux efprits, & vous qui croyez l'être,
Voulez-vous vivre heureux? vivez toujours fans maître. (g)
 O vous qui ramenez dans les murs de Paris
Tous les excès honteux des mœurs de Sibaris,
Qui, plongés dans le luxe, énervés de molleffe,
Nourriffez dans votre ame une éternelle ivreffe,
Apprenez, infenfés, qui cherchez le plaifir,
Et l'art de le connaître, & celui de jouir.
Les plaifirs font les fleurs que notre divin maître
Dans les ronces du monde autour de nous fait naître.
Chacune a fa faifon, & par des foins prudens
On peut en conferver pour l'hiver de nos ans.
Mais s'il faut les cueillir, c'eft d'une main légère;
On flétrit aifément leur beauté paffagère.
N'offrez pas à vos fens, de molleffe accablés,
Tous les parfums de Flore à la fois exhalés :
Il ne faut point tout voir, tout fentir, tout entendre.
Quittons les voluptés pour pouvoir les reprendre.
Le travail eft fouvent le père du plaifir.
Je plains l'homme accablé du poids de fon loifir.
Le bonheur eft un bien que nous vend la nature.
Il n'eft point ici-bas de moiffons fans culture :
Tout veut des foins fans doute, & tout eft acheté,
 Regardez (h) Broffloret, de fa table entêté,

Poëmes.   C

Au fortir d'un fpectacle, où de tant de merveilles
Le fon perdu pour lui frappe en vain fes oreilles;
Il fe traîne à fouper, plein d'un fecret ennui,
Cherchant en vain la joie, & fatigué de lui. (*i*)
Son efprit offufqué d'une vapeur groffière
Jette encor quelques traits fans force & fans lumière;
Parmi les voluptés dont il croit s'enivrer,
Malheureux, il n'a pas le temps de défirer!

Jadis trop careffé des mains de la molleffe,
Le plaifir s'endormit au fein de la pareffe;
La langueur l'accabla; plus de chants, plus de vers,
Plus d'amour; & l'ennui détruifait l'univers.
Un Dieu qui prit pitié de la nature humaine,
Mit auprès du plaifir le travail & la peine.
La crainte l'éveilla, l'efpoir guida fes pas;
Ce cortége aujourd'hui l'accompagne ici-bas.

Semez vos entretiens de fleurs toujours nouvelles;
Je le dis aux amans, je le répète aux belles.
Damon, tes fens trompeurs, & qui t'ont gouverné,
T'ont promis un bonheur qu'ils ne t'ont point donné
Tu crois, dans les douceurs qu'un tendre amour apprête,
Soutenir de Daphné l'éternel tête-à-tête:
Mais ce bonheur ufé n'eft qu'un dégoût affreux, (*k*)
Et vous avez befoin de vous quitter tous deux.
Ah, pour vous voir toujours fans jamais vous déplaire,
Il faut un cœur plus noble, une ame moins vulgaire,
Un efprit vrai, fenfé, fécond, ingénieux,
Sans humeur, fans caprice, & furtout vertueux:
Pour les cœurs corrompus l'amitié n'eft point faite,
O divine amitié! félicité parfaite!
Seul mouvement de l'ame, où l'excès foit permis,
Change en bien tous les maux où le ciel m'a foumis.

Compagne de mes pas dans toutes mes demeures,
Dans toutes les faifons & dans toutes les heures ;
Sans toi tout homme eft feul ; il peut par ton appui
Multiplier fon être & vivre dans autrui.
Idole d'un cœur jufte, & paffion du fage ,
Amitié, que ton nom couronne cet ouvrage ;
Qu'il préfide à mes vers, comme il règne en mon cœur ;
Tu m'appris à connaître, à chanter le bonheur.

NOTES ET VARIANTES

DU QUATRIEME DISCOURS.

(a) M. *du Faï* était directeur du jardin & du cabinet d'histoire naturelle du roi, qui avaient été très-négligés jusqu'à lui, & qui ont été ensuite portés par M. de *Buffon* à un point qui fait l'admiration des étrangers. Il existe en Europe des cabinets plus riches dans quelques parties, mais il n'en est aucun d'aussi complet.

(b) On lisait dans les premières éditions, & dans l'in-4°.

> Malade & dans un lit, de douleur accablé,
> Par l'éloquent Sylva vous êtes consolé;
> Il fait l'art de guérir autant que l'art de plaire.
> Demandez à Sylva par quel secret mystère
> *Ce pain, cet aliment, &c.*

(c) Messieurs de *Maupertuis, Clairault, le Monnier, &c.* allèrent en 1736 à Tornéa, mesurer un degré du méridien, & ramenèrent deux Laponnes. Les trois couronnes sont les armes de la Suède, à qui Tornéa appartient.

(d) Revole, Maupertuis, de ces déserts glacés,
> Où les rayons du jour sont six mois éclipsés:
> Apôtre de Newton, digne appui d'un tel maître,
> Né pour la vérité, viens la faire connaître.
> Héros de la physique, Argonautes nouveaux,
> Qui franchissez les monts, qui traversez les eaux,
> Dont le travail immense & l'exacte mesure
> De la terre étonnée ont fixé la figure,
> *Dévoilez ces ressorts, &c.*

Nota. Cette leçon est très-différente de la première édition. L'auteur, qui avait à se plaindre de *Maupertuis*, a substitué des plaisanteries à un éloge exagéré. La mesure d'un degré du méridien au pôle était une opération utile aux sciences; mais cette opération méritait moins de gloire que de reconnaissance. On en devait surtout à ceux qui, comme MM. *Clairault, Bouguer, le Monnier*, pouvant s'illustrer *sans sortir de chez eux*, eurent le courage d'entreprendre des voyages aussi pénibles. Le géomètre à qui un homme en place propofait de paffer avec eux, & qui répondit, *je n'ai pas befoin d'aller fi loin pour faire des découvertes*, était injufte ; auffi les plaifanteries de M. de *Voltaire* ne tombent-elles que fur l'importance exceffive que *Maupertuis* attachait à ce voyage. On fait qu'il fe fit peindre applatiffant le globe : c'eft tout au plus ce que *Newton* aurait pu faire, fi *Newton* avait eu de la vanité.

On trouvera dans les Mélanges de poëfies, les vers que M. de *Voltaire* a faits pour ce portrait, dans le temps de fes liaifons avec *Maupertuis*. Il ramena réellement deux fuédoifes. Elles s'appelaient *Plaifcom* : il ne manqua pas de les convertir. Une d'elles fe fit religieufe ; l'autre époufa un gentilhomme de Normandie qui lui intenta, en 1762, un de ces procès que les hommes raifonnables entreprennent rarement, parce qu'ils ne peuvent y gagner que la confirmation juridique d'un titre qu'on eft toujours humilié de porter, quoique l'exemple de *Sylla*, de *Pompée*, de *Céfar*, de *Marc-Aurèle*, put confoler l'amour-propre.

(*e*) Après ce vers : *C'eft du cœur des humains la grande paffion*, on lifait dans les premières éditions les quatre fuivans que l'auteur a retranchés :

> Sans doute elle eft utile, & fon fouffle rapide
> Sur la mer de ce monde eft le vent qui nous guide :
> Il faut des 'paffions ; mais retenez, grands Dieux,
> De ces vents déchaînés le cours impétueux.

(*f*) Dans une édition poftérieure, le morceau, qui remplace celui qu'on vient de lire, était terminé par les quatre vers fuivans :

> *Prodigue au fils d'Octave un encens mercenaire ;*
> S'ils ont cherché la cour, ils ont porté des fers ;
> Mais leur fageffe au moins les a rendus légers.
> Horace modéré vécut riche & tranquille,
> Qui veut tout n'obtient rien, le difcret eft l'habile.
> *O vous qui ramenez, &c.*

L'auteur ajouta ces vers après fon départ de Berlin. Un philofophe doit à l'humanité de donner aux rois les leçons ou les confeils dont ils ont befoin, & qu'ils lui demandent. Il eft au-deffous de lui de fe charger de les amufer, & dangereux de vouloir être leur ami.

(*g*) *C'eft du cœur des humains la grande paffion :*

> On cherche à s'élever beaucoup plus qu'à s'inftruire.
> Vingt favans qu'Apollon prenait foin de conduire,
> De l'éclat des grandeurs n'ont pu fe détromper :
> Au Parnaffe ils régnaient, la cour les vit ramper.

C 3

La cour eſt de Circé le palais redoutable ;
La fortune y préſide , enchantereſſe aimable ,
Qui , des mains des plaiſirs préparant ſon poiſon ,
Par un filtre invincible aſſoupit la raiſon.
Qui la voit eſt changé , c'eſt en vain qu'on la brave ;
On eſt arrivé libre , on ſe retrouve eſclave.
Le guerrier tout couvert du ſang des ennemis ,
Le magiſtrat auſtère , & le groſſier commis ,
Et la dévote adroite , & le marquis volage ,
Tout y cherche à l'envi l'argent & l'eſclavage.
Laiſſons ces inſenſés que leur eſpoir ſéduit ,
Courir en malheureux au bonheur qui les fuit.
Mes vers ne peuvent rien contre tant de folie ;
La ſeule adverſité peut réformer leur vie.
Parlons de nos plaiſirs ; ce ſujet plein d'appas
Eſt bien moins dangereux , & ne s'épuiſe pas ;
De nos réflexions c'eſt la ſource féconde ;
Il vaut mieux en parler que des maîtres du monde :
Que m'importe leur trône , & quel ſuprême honneur ,
Quel éclat peut valoir un ſentiment du cœur?
Les plaiſirs ſont les fleurs , &c.

(h) C'était un conſeiller au parlement , fort riche , homme voluptueux & qui ſeſait excellente chère.

(i) *Cherchant en vain la joie ; & fatigué de lui ,*

Sans appétit il mange , il parle ſans rien dire ;
Il cherche le plaiſir qui de lui ſe retire.
Le nectar d'Epernai , ſi pétillant , ſi frais ,
Pour ſon goût dédaigneux a perdu ſes attraits.

Ces vers ont été retranchés.

(k) Ce cortége aujourd'hui l'accompagne ici-bas.
Ne nous en plaignons point , imitons la nature ;
Elle couvre nos champs de glace ou de verdure :
Tout renaît au printemps , tout mûrit dans l'été ;
Livrons-nous donc comme elle à la diverſité.
Climène a peu d'eſprit , elle eſt vive , légère ;
Touché de ſes appas , vous avez ſu lui plaire :
Vous penſez ſur la foi de vos emportemens ,
De vos jours à ſes pieds couler tous les momens ;
Mais bientôt de vos ſens vous voyez l'impoſture ;
Ce feu follet s'éteint faute de nourriture ;
Votre bonheur uſé n'eſt qu'un dégoût affreux.

Dans la feconde édition, au lieu de

Climène a peu d'efprit, &c.

on lifait :

Semez vos entretiens de fleurs toujours nouvelles ;
Je le dis aux amans, je le répète aux belles.
De l'uniformité l'importante langueur
Glace un cœur émouffé par l'excès du bonheur :
D'un féducteur plaifir redoutez l'impofture.
Ce feu follet, &c.

(1) *Réaumur*, de l'académie des fciences. On lui doit les mémoires fur l'hiftoire des infectes, ouvrage d'un obfervateur exact & patient. C'eft lui qui a formé le projet de la defcription des arts, collection immenfe, & qui, malgré les défauts inévitables dans toute grande entreprife, fait honneur à l'académie des fciences & à la nation. Si la poftérité ne trouve dans fes ouvrages ni les découvertes, ni les vues ingénieufes & nouvelles qui ont illuftré d'autres naturaliftes, elle ne pourra lui refufer l'eftime due à un favant laborieux, qui a fait de fon temps & de fes travaux un ufage utile.

(2) Nous avons fu marquer jufqu'aux routes certaines
Du Méandre vivant qui coule dans nos veines.

PERRAULT, Poëme fur le Siècle de Louis le Grand.

C 4

CINQUIEME DISCOURS.

SUR LA NATURE DU PLAISIR.

Jusqu'a quand verrons-nous ce rêveur fanatique
Fermer le ciel au monde, & d'un ton defpotique
Damnant le genre-humain, qu'il prétend convertir,
Nous prêcher la vertu pour la faire haïr ? (a)
Sur les pas de Calvin, ce fou fombre & févère
Croit que DIEU, comme lui, n'agit qu'avec colère.
Je crois voir d'un tyran le miniftre abhorré,
D'efclaves qu'il a faits triftement entouré,
Dictant d'un air hideux fes volontés finiftres.
Je cherche un roi plus doux, & de plus doux miniftres.
(b) Timon fe croit parfait, depuis qu'il n'aime rien; (c)
Il faut que l'on foit homme, afin d'être chrétien.
Je fuis homme, & d'un DIEU je chéris la clémence.
Mortels ! venez à lui, mais par reconnaiffance.
La nature attentive à remplir vos défirs
Vous appelle à ce DIEU par la voix des plaifirs.
Nul encor n'a chanté fa bonté toute entière ;
Par le feul mouvement il conduit la matière :
Mais c'eft par le plaifir qu'il conduit les humains.
Sentez du moins les dons prodigués par fes mains.
Tout mortel au plaifir a dû fon exiftence.
Par lui le corps agit, le cœur fent, l'efprit penfe.
Soit que du doux fommeil la main ferme vos yeux;
Soit que le jour pour vous vienne embellir les cieux;
Soit que, vos fens flétris cherchant leur nourriture,
L'aiguillon de la faim preffe en vous la nature,
Ou que l'amour vous force en des momens plus doux
A produire un autre être, à revivre après vous;

Par-tout d'un DIEU clément la bonté falutaire
Attache à vos befoins un plaifir néceffaire.
Les mortels en un mot n'ont point d'autre moteur.

    Sans l'attrait du plaifir, fans ce charme vainqueur,
Qui des lois de l'hymen eût fubi l'efclavage ?
Quelle beauté jamais aurait eu le courage
De porter un enfant dans fon fein renfermé,
Qui déchire, en naiffant, les flancs qui l'ont formé ;
De conduire avec crainte une enfance imbécile,
Et d'un âge fougueux l'imprudence indocile ?

    Ah ! dans tous vos états, en tout temps, en tout lieu,
Mortels, à vos plaifirs reconnaiffez un DIEU.
Que dis-je ? à vos plaifirs ! c'eft à la douleur même
Que je connais de DIEU la fageffe fuprême.
Ce fentiment fi prompt dans nos corps répandu,
Parmi tous nos dangers fentinelle affidu,
D'une voix falutaire inceffamment nous crie :
Ménagez, défendez, confervez votre vie.

    Chez de fombres dévots l'amour propre eft damné ;
C'eft l'ennemi de l'homme, aux enfers il eft né.
Vous vous trompez, ingrats, c'eft un don de DIEU même.
Tout amour vient du ciel ; DIEU nous chérit, il s'aime. (d)
Nous nous aimons dans nous, dans nos biens, dans nos fils,
Dans nos concitoyens, furtout dans nos amis ;
Cet amour néceffaire eft l'ame de notre ame ;
Notre efprit eft porté fur fes ailes de flamme.
Oui, pour nous élever aux grandes actions,
DIEU nous a par bonté donné les paffions. (e)
Tout dangereux qu'il eft, c'eft un préfent célefte ;
L'ufage en eft heureux, fi l'abus eft funefte.
J'admire & ne plains point un cœur maître de foi,
Qui, tenant fes défirs enchaînés fous fa loi,

S'arrache au genre-humain pour Dieu qui nous fit naître,
Se plaît à l'éviter plutôt qu'à le connaître,
Et brûlant pour son Dieu d'un amour dévorant,
Fuit les plaisirs permis, par un plaisir plus grand.
Mais que fier de ses croix, vain de ses abstinences,
Et surtout en secret lassé de ses souffrances,
Il condamne dans nous tout ce qu'il a quitté,
L'hymen, le nom de père & la société ;
On voit de cet orgueil la vanité profonde ;
C'est moins l'ami de Dieu que l'ennemi du monde :
On lit dans ses chagrins les regrets des plaisirs.
Le ciel nous fit un cœur, il lui faut des désirs.
Des stoïques nouveaux le ridicule maître
Prétend m'ôter à *moi*, me priver de mon être.
Dieu, si nous l'en croyons, serait servi par nous,
Ainsi qu'en son sérail un musulman jaloux,
Qui n'admet près de lui que ces monstres d'Asie,
Que le fer a privés des sources de la vie.

Vous qui vous élevez contre l'humanité,
N'avez-vous lu jamais la docte antiquité ?
Ne connaissez-vous point les filles de Pélie ?
Dans leur aveuglement voyez votre folie.
Elles croyaient dompter la nature & le temps,
Et rendre leur vieux père à la fleur de ses ans :
Leurs mains par piété dans son sein se plongèrent ;
Croyant le rajeunir, ses filles l'égorgèrent.
Voilà votre portrait, stoïques abusés ; (*f*)
Vous voulez changer l'homme, & vous le détruisez. (*g*)
Usez, n'abusez point ; le sage ainsi l'ordonne.
Je suis également Epictète & Pétrone.
L'abstinence ou l'excès ne fit jamais d'heureux.

Je ne conclus donc pas, orateur dangereux,

Qu'il faut lâcher la bride aux paffions humaines;
De ce courfier fougueux je veux tenir les rênes;
Je veux que ce torrent, par un heureux fecours,
Sans inonder mes champs, les abreuve en fon cours.
Vents, épurez les airs, & foufflez fans tempêtes;
Soleil, fans nous brûler, marche & luis fur nos têtes.
DIEU des êtres penfans, DIEU des cœurs fortunés,
Confervez les défirs que vous m'avez donnés,
Ce goût de l'amitié, cette ardeur pour l'étude,
Cet amour des beaux arts & de la folitude.
Voilà mes paffions; mon ame en tous les temps (h)
Goûta de leurs attraits les plaifirs confolans.
Quand fur les bords du Mein deux écumeurs barbares,
Des lois des nations violateurs avares,
Deux fripons à brevet, brigands accrédités,
Epuifaient contre moi leurs lâches cruautés,
Le travail occupait ma fermeté tranquille;
Des arts qu'ils ignoraient leur antre fut l'afile.
Ainfi le dieu des bois enflait fes chalumeaux;
Quand le voleur Cacus enlevait fes troupeaux:
Il n'interrompit point fa douce mélodie.
Heureux qui jufqu'au temps du terme de fa vie,
Des beaux arts amoureux, peut cultiver leurs fruits!
Il brave l'injuftice, il calme fes ennuis;
Il pardonne aux humains, il rit de leur délire,
Et de fa main mourante il touche encor fa lyre. (i)

NOTES ET VARIANTES

DU CINQUIEME DISCOURS.

(a) DANS la mort de Céfar, *Antoine* dit à *Brutus* :

Et ton farouche orgueil, que rien ne peut fléchir,
Embraffa la vertu pour les faire haïr.

(b) Cette pièce eft uniquement fondée fur l'impoffibilité où eft l'homme d'avoir des fenfations fur lui-même. Tout fentiment prouve un Dieu , & tout fentiment agréable prouve un Dieu bienfefant.

(c) Pafcal fe crut parfait alors qu'il n'aima rien.

(d) O moitié de notre être ! amour propre enchanteur ,
Sans nous tyrannifer, règne dans notre cœur ;
Pour aimer un autre homme , il faut s'aimer foi-même.
Que dieu foit notre exemple , il nous chérit, il s'aime.
Nous nous aimons dans nous , &c.

(e) Comme prefque tous les mots d'une langue peuvent être entendus en plus d'un fens , il eft bon d'avertir ici qu'on entend par le mot *paffions* des défirs vifs & continus de quelque bien que ce puiffe être. Ce mot vient de *pâtir*, fouffrir, parce qu'il n'y a aucun défir fans fouffrance ; défirer un bien , c'eft fouffrir l'abfence de ce bien , c'eft *pâtir*, c'eft avoir une paffion ; & le premier pas vers le plaifir eft effentiellement un foulagement de cette fouffrance. Les vicieux & les gens de bien ont tous également de ces défirs vifs & continus, appelés *paffions*, qui ne deviennent des vices que par leur objet ; le défir de réuffir dans fon art, l'amour conjugal, l'amour paternel , le goût des fciences font des paffions qui n'ont rien de criminel. Il ferait à fouhaiter que les langues euffent des mots pour exprimer les défirs habituels qui en foi font indifférens, ceux qui font vertueux , ceux qui font coupables ; mais il n'y a aucune langue au monde qui ait des fignes repréfentatifs de chacune de nos idées; & on eft obligé de fe fervir du même mot dans une acception différente, à peu près comme on fe fert quelquefois du même inftrument pour des ouvrages de différente nature.

(f) M. de *Voltaire* combat ici , comme dans le difcours feptième., la morale fauffe & outrée des janfeniftes , qui était alors encore à la mode, & en général la morale chrétienne. Il eft un des premiers , parmi nos philofophes , qui ait fait voir qu'il vaut mieux diriger nos paffions naturelles vers un but utile que de chercher à les détruire ; qu'un homme qui pafferait fa vie à combattre en lui la nature , ferait fort inutile à fes femblables. Ce font les mêmes principes exagérés depuis dans le livre de l'*efprit* qui ont excité , avec fi peu de raifon, tant de fcandale & d'enthoufiafme.

(*g*) Cela ne regarde que les esprits outrés , qui veulent ôter à l'homme tous les sentimens.

Vous voulez changer l'homme , & vous le détruisez.
Un monarque de l'Inde , honnête homme & peu sage,
Vers les rives du Gange , après un long orage ,
Voyant de vingt vaisseaux les débris disperfés ,
Des mâts demi-rompus , & des morts entassés ,
Fit fermer par pitié le port de son rivage ;
Défendit que jamais , par un profane usage ,
Les pins de ses forêts , façonnés en vaisseaux ,
Portassent sur les mers , à des peuples nouveaux ,
Les fruits trop dangereux de l'humaine avarice.
Un bonze l'applaudit , on vanta sa justice :
Mais bientôt triste roi d'un Etat indigent ,
Il se vit sans pouvoir , ainsi que sans argent.
Un voisin moins bigot , & bien plus sage prince ,
Conquit en peu de temps sa stérile province ;
Il rendit la mer libre & l'Etat fut heureux.
Je suis loin d'en conclure , orateur dangereux ,
Qu'il faut , &c.

(*h*) Voici la fin de ce discours dans les premières éditions :

Voilà mes passions. Vous qui les approuvez ,
Vous l'honneur de ces arts par vos mains cultivés ,
Vous dont la passion nouvelle & généreuse
Est d'éclairer la terre , & de la rendre heureuse ;
Grand Prince , esprit sublime , heureux présent du ciel ,
Qui connaît mieux que vous les dons de l'Eternel ?
Aidez ma voix tremblante & ma lyre affaiblie
A chanter le bonheur qu'il répand sur la vie.
Qu'un autre en frémissant craigne ses cruautés ;
Un cœur aimé de vous ne sent que ses bontés.

(*i*) Dans les premières éditions , ce discours était terminé par un envoi au roi de Prusse , alors prince royal. (Voyez la note (*h*). M. de *Voltaire* changea ces vers ; &, au témoignage de sa reconnaissance pour le prince royal , il substitua le tableau des violences exercées contre lui à Francfort au nom du roi , & les traça avec ce burin qui , pour emprunter une de ses expressions , *gravait pour l'immortalité.* C'était la vengeance la plus grande & la plus noble qu'un particulier pût exercer contre un souverain.

SIXIEME DISCOURS.

DE LA NATURE DE L'HOMME.

LA voix de la vertu préfide à tes concerts ;
Elle m'appelle à toi par le charme des vers.
Ta grande étude eft l'homme, & de ce labyrinthe
Le fil de la raifon te fait chercher l'enceinte.
Montre l'homme à mes yeux : honteux de m'ignorer,
Dans mon être, dans moi, je cherche à pénétrer.
Defpréaux & Pafcal en ont fait la fatire.
Pope & le grand Leïbnitz, moins enclins à médire,
Semblent dans leurs écrits prendre un fage milieu ;
Ils defcendent à l'homme, ils s'élèvent à DIEU :
Mais quelle épaiffe nuit voile encor la nature ?
Sur l'Oedipe nouveau de cette énigme obfcure
Chacun a dit fon mot ; on a long-temps rêvé ;
Le vrai fens de l'énigme eft-il enfin trouvé ?
Je fais bien qu'à fouper chez Laïs ou Catulle,
Cet examen profond paffe pour ridicule.
Là, pour tout argument quelques couplets malins
Exercent plaifamment nos cerveaux libertins.
Autre temps, autre étude ; & fa raifon févère
Trouve accès à fon tour, & peut ne point déplaire.
Dans le fond de fon cœur on fe plaît à rentrer ;
Nos yeux cherchent le jour, lent à nous éclairer.
Le grand monde eft léger, inappliqué, volage ;
Sa voix trouble & féduit ; eft-on feul, on eft fage :
Je veux l'être ; je veux m'élever avec toi
Des fanges de la terre au trône de fon roi.
Montre-moi, fi tu peux, cette chaîne invifible
Du monde des efprits, & du monde fenfible,

Cet ordre si caché de tant d'êtres divers,
Que Pope après Platon crut voir dans l'univers.
   Vous me pressez en vain. Cette vaste science,
Ou passe ma portée, ou me force au silence;
Mon esprit resserré sous le compas français,
N'a point la liberté des Grecs & des Anglais.
Pope a droit de tout dire, & moi je dois me taire.
A Bourge un Bachelier peut percer ce mystère.
Je n'ai point mes degrés, & je ne prétends pas
Hasarder pour un mot de dangereux combats.
Ecoutez seulement un récit véritable,
Que peut-être Fourmont (a) prendra pour une fable;
Et que je lus hier dans un livre chinois,
Qu'un jésuite à Pékin traduisit autrefois.
   Un jour quelques souris se disaient l'une à l'autre:
Que ce monde est charmant! quel empire est le nôtre!
Ce palais si superbe est élevé pour nous;
De toute éternité D i e u nous fit ces grands trous.
Vois-tu ces gras jambons sous cette voûte obscure?
Ils y furent créés des mains de la nature.
Ces montagnes de lard, éternels alimens,
Sont pour nous en ces lieux jusqu'à la fin des temps.
Oui, nous sommes, grand D i e u, si l'on en croit nos sages,
Le chef-d'œuvre, la fin, le but de tes ouvrages.
Les chats sont dangereux & prompts à nous manger;
Mais c'est pour nous instruire & pour nous corriger.
   Plus loin, sur le duvet d'une herbe renaissante,
Près des bois, près des eaux, une troupe innocente
De canards nazillans, de dindons rengorgés,
De gros moutons bêlans, que leur laine a chargés,
Disaient: tout est à nous, bois, prés, étangs, montagnes;
Le Ciel pour nos besoins fait verdir les campagnes.

L'âne paiffait auprès, & fe mirant dans l'eau,
Il rendait grace au Ciel, en fe trouvant fi beau.
Pour les ânes, dit-il, le Ciel a fait la terre :
L'homme eft né mon efclave, il me panfe, il me ferre,
Il m'étrille, il me lave, il prévient mes défirs,
Il bâtit mon férail, il conduit mes plaifirs :
Refpectueux témoin de ma noble tendreffe,
Miniftre de ma joie, il m'amène une âneffe ;
Et je ris, quand je vois cet efclave orgueilleux
Envier l'heureux don que j'ai reçu des Cieux.

L'homme vint, & cria: Je fuis puiffant & fage ;
Cieux, terres, élémens, tout eft pour mon ufage ;
L'océan fut formé pour porter mes vaiffeaux ;
Les vents font mes courriers, les aftres mes flambeaux.
Ce globe, qui des nuits blanchit les fombres voiles,
Croît, décroît, fuit, revient, & préfide aux étoiles ;
Moi, je préfide à tout ; mon efprit éclairé
Dans les bornes du monde eût été trop ferré :
Mais enfin de ce monde & l'oracle & le maître,
Je ne fuis point encor ce que je devrais être.
Quelques anges alors, qui là-haut dans les cieux
Règlent ces mouvemens imparfaits à nos yeux,
En fefant tournoyer ces immenfes planètes,
Difaient: Pour nos plaifirs fans doute elles font faites.
Puis de-là fur la terre ils jetaient un coup d'œil,
Ils fe moquaient de l'homme & de fon fot orgueil.
Le Tien (b) les entendit ; il voulut que fur l'heure
On les fît affembler dans fa haute demeure,
Ange, homme, quadrupède, & ces êtres divers,
Dont chacun forme un monde en ce vafte univers.
Ouvrage de mes mains, enfans du même père,
Qui portez, leur dit-il, mon divin caractère,

Vous

Vous êtes nés pour moi, rien ne fut fait pour vous :
Je suis le centre unique où vous répondez tous.
Des destins & des temps connaissez le seul maître.
Rien n'est grand ni petit; tout est ce qu'il doit être.
D'un parfait assemblage instrumens imparfaits,
Dans votre rang placés, demeurez satisfaits.

L'homme ne le fut point. Cette indocile espèce
Sera-t-elle occupée à murmurer sans cesse ?
Un vieux lettré chinois, qui, toujours sur les bancs,
Combattit la raison par de beaux argumens,
Plein de Confucius, & sa logique en tête,
Distinguant, concluant, présenta sa requête.

Pourquoi suis-je en un point resserré par le temps ?
Mes jours devraient aller par-delà vingt mille ans ;
Ma taille pour le moins dut avoir cent coudées.
D'où vient que je ne puis, plus prompt que mes idées
Voyager dans la lune, & réformer son cours ?
Pourquoi faut-il dormir un grand tiers de mes jours ?
Pourquoi ne puis-je, au gré de ma pudique flamme,
Faire au moins en trois mois cent enfans à ma femme ?
Pourquoi fus-je en un jour si las de ses attraits ?

Tes *Pourquoi*, dit le Dieu, ne finiraient jamais :
Bientôt tes questions vont être décidées :
Va chercher ta réponse au pays des idées ;
Pars. Un ange aussitôt l'emporte dans les airs,
Au sein du vide immense où se meut l'univers,
A travers cent soleils entourés de planètes,
De lunes & d'anneaux, & de longues comètes.
Il entre dans un globe où d'immortelles mains
Du roi de la nature ont tracé les desseins,
Où l'œil peut contempler les images visibles,
Et des mondes réels & des mondes possibles.

Poëmes.   D

Mon vieux lettré chercha, d'efpérance animé,
Un monde fait pour lui, tel qu'il l'aurait formé.
Il cherchait vainement : l'ange lui fait connaître
Que rien de ce qu'il veut en effet ne peut être ;
Que fi l'homme eût été tel qu'on feint les géans,
Fefant la guerre au Ciel, ou plutôt au bon fens,
S'il eût à vingt mille ans étendu fa carrière,
Ce petit amas d'eau, de fable & de pouffière,
N'eût jamais pu fuffire à nourrir dans fon fein
Ces énormes enfans d'un autre genre-humain.
Le chinois argumente ; on le force à conclure
Que dans tout l'univers chaque être a fa mefure ;
Que l'homme n'eft point fait pour ces vaftes défirs ;
Que fa vie eft bornée, ainfi que fes plaifirs ;
Que le travail, les maux, la mort font néceffaires ;
Et que fans fatiguer, par de lâches prières,
La volonté d'un Dieu qui ne faurait changer,
On doit fubir la loi qu'on ne peut corriger,
Voir la mort d'un œil ferme & d'une ame foumife.
Le lettré convaincu, non fans quelque furprife, (c)
S'en retourne ici-bas, ayant tout approuvé ;
Mais il y murmura, quand il fut arrivé.
Convertir un docteur eft une œuvre impoffible.

Matthieu (d) Garo chez nous eut l'efprit plus flexible :
Il loua DIEU de tout. Peut-être qu'autrefois
De longs ruiffeaux de lait ferpentaient dans nos bois ;
La lune était plus grande & la nuit moins obfcure ;
L'hiver fe couronnait de fleurs & de verdure :
L'homme, ce roi du monde, & roi très-fainéant,
Se contemplait à l'aife, admirait fon néant ;
Et formé pour agir, fe plaifait à rien faire.
Mais pour nous, fléchiffons fous un fort tout contraire.

Contentons-nous des biens qui nous font deftinés,
Paffagers comme nous, & comme nous bornés:
Sans rechercher en vain ce que peut notre maître,
Ce que fut notre monde & ce qu'il devrait être,
Obfervons ce qu'il eft, & recueillons le fruit
Des tréfors qu'il renferme & des biens qu'il produit.
Si du Dieu qui nous fit l'éternelle puiffance
Eût à deux jours au plus borné notre exiftence,
Il nous aurait fait grace; il faudrait confumer
Ces deux jours de la vie à lui plaire, à l'aimer:
Le temps eft affez long pour quiconque en profite;
Qui travaille & qui penfe en étend la limite.
On peut vivre beaucoup fans végéter long-temps:
Et je vais te prouver par mes raifonnemens.....
Mais malheur à l'auteur qui veut toujours inftruire !
Le fecret d'ennuyer eft celui de tout dire.
C'eft ainfi que ma mufe, avec fimplicité,
Sur des tons différens chantait la vérité,
Lorfque de la nature éclairciffant les voiles,
Nos Français à Quito cherchaient d'autres étoiles;
Que Clairault, Maupertuis, entourés de glaçons,
D'un fecteur à lunette étonnaient les Lapons,
Tandis que d'une main ftérilement vantée, (1)
Le hardi Vaucanfon, rival de Prométhée,
Semblait, de la nature imitant les refforts,
Prendre le feu des cieux pour animer les corps.

    Pour moi, loin des cités, fur les bords du Permeffe,
Je fuivais la nature, & cherchais la fageffe;
Et des bords de la fphére où s'emporta Milton,
Et de ceux de l'abyme où pénétra Newton,
Je les voyais franchir leur carrière infinie;
Amant de tous les arts & de tout grand génie,

Implacable ennemi du calomniateur ,
Du fanatique abfurde & du vil délateur ;
Ami fans artifice, auteur fans jaloufie ;
Adorateur d'un Dieu, mais fans hypocrifie ;
Dans un corps languiffant, de cent maux attaqué ,
Gardant un efprit libre, à l'étude appliqué ; (2)
Et fachant qu'ici-bas la félicité pure
Ne fut jamais permife à l'humaine nature.

NOTES ET VARIANTES

DU SIXIEME DISCOURS.

(a) Homme très-favant dans l'hiftoire des Chinois, & même dans leur langue.

(b) Dieu des Chinois.

(c) Que fa vie eft bornée, ainfi que fes plaifirs ;
Que DIEU feul a raifon, fans qu'il nous en informe.
Le lettré convaincu de fa fottife énorme
S'en retourne ici bas, &c.

(d) Voyez la fable de *la Fontaine* :

En louant D I E U de toute chofe,
Garo retourne à la maifon.

Cependant on a répondu à *Matthieu Garo*, dans le *Dictionnaire philofophique.*

(1) M. de *Vaucanfon* n'était encore connu que par fon flûteur, fon joueur de tambourin, fes canards. Il s'eft illuftré depuis en appliquant fon génie pour la mécanique à la perfection des arts, & il en a été récompenfé comme il méritait de l'être. Lui-même ne regardait fes automates que comme *des jeux d'enfans ;* mais on avait tort de ne pas fentir que ces jeux d'enfans annonçaient un génie qu'il ne fallait qu'employer pour le rendre utile.

(2) Qu'il nous foit permis d'obferver que nous avons vu M. de *Voltaire* à quatre-vingts ans tel que lui-même fe peignait ici à quarante.

SEPTIEME DISCOURS.

SUR LA VRAIE VERTU. (a)

LE nom de la vertu retentit fur la terre;
On l'entend au théâtre, au barreau, dans la chaire;
Jufqu'au milieu des cours il parvient quelquefois:
Il s'eft même gliffé dans les traités des rois.
C'eft un beau mot fans doute, & qu'on fe plaît d'entendre,
Facile à prononcer, difficile à comprendre :
On trompe. on eft trompé. Je crois voir des jetons
Donnés, reçus, rendus, troqués par des fripons;
Ou bien ces faux billets, vains enfans du fyftême.
De ce fou d'écoffais qui fe dupa lui-même.

Qu'eft-ce que la vertu? le meilleur citoyen,
Brutus, fe repentit d'être un homme de bien:
La vertu, difait-il, eft un nom fans fubftance. (b)

L'école de Zénon, dans fa fière ignorance.
Prit jadis pour vertu l'infenfibilité.
Dans les champs levantins le derviche hébété,
L'œil au ciel, les bras hauts & l'efprit en prières,
Du Seigneur en danfant invoque les lumières;
Et tournant dans un cercle au nom de Mahomet,
Croit de la vertu même atteindre le fommet.

Les reins ceints d'un cordon, l'œil armé d'impudence,
Un ermite à fandale, engraiffé d'ignorance,
Parlant du nez à DIEU chante au dos d'un lutrin
Cent cantiques hébreux, mis en mauvais latin.
Le Ciel puiffe bénir fa piété profonde !
Mais quel en eft le fruit? quel bien fait-il au monde?

Malgré la fainteté de fon augufte emploi,
C'eft n'être bon à rien, de n'être bon qu'à foi.

Quand l'Ennemi divin des fcribes & des prêtres
Chez Pilate autrefois fut traîné par des traîtres;
De cet air infolent, qu'on nomme dignité,
Le romain demanda : *Qu'eft-ce que vérité?*
L'Homme-DIEU, qui pouvait l'inftruire ou le confondre,
A ce juge orgueilleux dédaigna de répondre.
Son filence éloquent difait affez à tous
Que ce vrai tant cherché ne fut point fait pour nous.
Mais lorfque pénétré d'une ardeur ingénue,
Un fimple citoyen l'aborda dans la rue,
Et que difciple fage, il prétendit favoir
Quel eft l'état de l'homme, & quel eft fon devoir;
Sur ce grand intérêt, fur ce point qui nous touche,
Celui qui favait tout ouvrit alors la bouche,
Et dictant d'un feul mot fes décrets folemnels,
Aimez DIEU, lui dit-il, mais aimez les mortels.
Voilà l'homme & fa loi, c'eft affez, le Ciel même
A daigné tout nous dire en ordonnant qu'on aime.
Le monde eft médifant, vain, léger, envieux;
Le fuir eft très-bien fait, le fervir encor mieux :
A fa famille, aux fiens je veux qu'on foit utile.

Où vas-tu loin de moi, fanatique indocile?
Pourquoi ce téint jauni, ces regards effarés,
Ces élans convulfifs & ces pas égarés? (c)
Contre un fiècle indévot plein d'une fainte rage,
Tu cours chez ta béate à fon cinquième étage;
Quelques faints poffédés dans cet honnête lieu,
Jurent, tordent les mains en l'honneur du BON DIEU :

D 4

Sur leurs tréteaux montés, ils rendent des oracles,
Prédifent le paffé, font cent autres miracles :
L'aveugle y vient pour voir, & des deux yeux privé,
Retourne aux Quinze-Vingts marmotant fon *Ave.*
Le boiteux faute & tombe, & fa fainte famille
Le ramène en chantant, porté fur fa béquille.
Le fourd au front ftupide écoute & n'entend rien.
D'aife alors tous pâmés, de pauvres gens de bien,
Qu'un fot voifin bénit, & qu'un fourbe feconde,
Aux filles du quartier prêchent la fin du monde.

Je fais que ce myftère a de nobles appas.
Les faints ont des plaifirs que je ne connais pas.
Les miracles font bons ; mais foulager fon frère,
Mais tirer fon ami du fein de la mifère,
Mais à fes ennemis pardonner leurs vertus,
C'eft un plus grand miracle, & qui ne fe fait plus. (*d*)

Ce magiftrat, dit-on, eft févère, inflexible ;
Rien n'amollit jamais fa grande ame infenfible :
J'entends : il fait haïr fa place & fon pouvoir ;
Il fait des malheureux par zèle & par devoir.
Mais l'a-t-on jamais vu, fans qu'on le follicite,
Courir d'un air affable au devant du mérite,
Le choifir dans la foule, & donner fon appui
A l'honnête homme obfcur qui fe tait devant lui ?
De quelques criminels il aura fait juftice !
C'eft peu d'être équitable, il faut rendre fervice.

Le jufte eft bienfefant. On conte qu'autrefois
Le miniftre odieux d'un de nos meilleurs rois
Lui difait en ces mots fon avis defpotique :
Timante eft en fecret bien mauvais catholique ;

On a trouvé chez lui la bible de Calvin;
A ce funefte excès, vous devez mettre un frein ;
Il faut qu'on l'emprifonne, ou du moins qu'on l'exile.
Comme vous, dit le roi, Timante m'eft utile ;
Vous m'apprenez affez quels font fes attentats;
Il ma donné fon fang, & vous n'en parlez pas.
De ce roi bienfefant la prudence équitable
Peint mieux que vingt fermons la vertu véritable. (e)
   Du nom de vertueux feriez-vous honoré,
Doux & difcret Cyrus, en vous feul concentré,
Prêchant le fentiment, vous bornant à féduire,
Trop faible pour fervir, trop pareffeux pour nuire,
Honnête homme indolent, qui dans un doux loifir,
Loin du mal & du bien, vivez pour le plaifir ?
Non, je donne ce titre au cœur tendre & fublime
Qui foutient hardiment fon ami qu'on opprime.
Il t'était dû fans doute, éloquent Péliffon,
Qui défendis Fouquet du fond de ta prifon.
Je te rends grace, ô Ciel, dont la bonté propice
M'accorda des amis dans les temps d'injuftice,
Des amis courageux, dont la mâle vigueur
Repouffa les affauts du calomniateur,
Du fanatifme ardent, du ténébreux Zoïle,
Du miniftre abufé par leur troupe imbécile,
Et des petits tyrans bouffis de vanité,
Dont mon indépendance irritait la fierté.
Oui, pendant quarante ans pourfuivi par l'envie,
Des amis vertueux ont confolé ma vie.
J'ai mérité leur zèle & leur fidélité ;
J'ai fait quelques ingrats, & ne l'ai point été.
   Certain légiflateur, (f) dont la plume féconde
Fit tant de vains projets pour le bien de ce monde,

Et qui depuis trente ans écrit pour des ingrats,
Vient de créer un mot qui manque à Vaugelas.
Ce mot eſt *bienfeſance*, il me plaît, il raſſemble,
Si le cœur en eſt cru, bien des vertus enſemble.
Petits grammairiens, grands précepteurs des ſots,
Qui peſez la parole & meſurez les mots,
Pareille expreſſion vous ſemble haſardée :
Mais l'univers entier doit en chérir l'idée.

NOTES ET VARIANTES

DU SEPTIEME DISCOURS.

(*a*) CE difcours fut d'abord adreffé à *Racine* le fils, auteur d'un poëme janféniſte fur la grace.

Il commençait alors de la manière fuivante :

> J'ai lu les quatre points des fermons poëtiques
> Qu'a débités ta mufe, en fes vers didactiques :
> Peut-être il ferait mieux de prêcher un peu moins,
> Et d'imiter Greffet, qui fans art & fans foins,
> Dans un ſtyle rapide & vif, avec molleffe,
> Peint les plaifirs du fage, & chante la pareffe.
> Mais j'aime mieux cent fois ta mâle auſtérité,
> Et de tes vers hardis la pénible beauté,
> Qu'un écrit bigarré de grave & de comique,
> Où le rimeur moderne affecte un air gothique,
> Et dans un vers forcé que furcharge un vieux mot,
> Veut couvrir la raifon du mafque de Marot.
> Il faut parler français; Boileau n'a qu'un langage,
> Son ſtyle eſt clair & pur; il prouve un efprit fage :
> Suis cet exemple heureux, laiffe aux efprits mal faits
> L'art de moralifer du ton de Rabelais.
> Ce jargon dans un conte eſt encor fupportable;
> Mais le vrai veut un air, un ton plus refpectable :
> Inſtruis-moi donc, pourfuis, parle, & dans tes difcours
> Définis la vertu que tu chantas toujours.
> *C'eſt un beau mot fans doute,* &c.

On retrouve quelques-uns des derniers vers dans le difcours fur l'*ENVIE*.

(*b*) Après ce vers :

> *La vertu, difait-il, eſt un nom fans fubſtance,*

il y avait :

> Hermotime, il eſt temps de rompre le filence,
> Il eſt temps que ma voix défende en liberté
> La caufe de DIEU même & de l'humanité.
> Qui fe tait la trahit; l'intérêt de la terre
> Force encore un profane à remonter en chaire.

Le bonheur des humains , ce grand but où tu cours ,
Eſt le texte, la fin , l'ame de mes diſcours. (*)
Quand l'ennemi divin , &c.

(*d*) Les convulſionnaires.

(*d*) Premières éditions.

Je ſais que ce ſaint œuvre a des charmes puiſſans :
Mais , dis-moi , n'as-tu point des devoirs plus preſſans ?
D'où vient que ton ami languit dans la miſère ?
Pourquoi lui refuſer le plus vil néceſſaire ,
Tandis qu'entouré d'or , & même de Cloris ,
Tu vis dans la molleſſe en damnant tout Paris ?
    „ Sur mon ami , dis-tu , j'exerce la juſtice ,
   „ C'eſt un homme incrédule & qu'il faut qu'on puniſſe ,
   „ Ce n'eſt pas aux élus , par la grace éprouvés ,
   „ A faire aveuglément l'aumône aux réprouvés. „
Voilà donc ta réponſe , ame farouche & dure !
Quelle vertu , grand Dieu , dont frémit la nature !
Et puiſque par ſon nom tout doit être nommé ,
Quel déteſtable vice en vertu transformé !
Ce magiſtrat , dit-on , eſt ſévère , &c.

Dans les éditions ſuivantes on liſait :

Je ſais que ce ſaint œuvre a des charmes puiſſans :
Mais , dis-moi , n'as-tu point des devoirs plus preſſans ?
D'où vient que ton ami languit dans la miſère ?
Pourquoi lui refuſer le plus vil néceſſaire ?
Chez toi , chez tes pareils , le ſeul riche eſt ſauvé ,
Et le pauvre inutile eſt le ſeul réprouvé.
Ce magiſtrat , &c.

(*e*) Premières éditions.

Alors d'un ton de père & d'un regard tranquille
Le roi lui répondit : modérons nos rigueurs ;
Je ſais quel eſt Timante & je hais ſes erreurs ;
L'eſprit de l'héréſie infecta ſa province ;
Mais ſon cœur eſt français , ſon bras eſt à ſon prince :
Vous groſſiſſez ici ſes faibles attentats ,
Il m'a donné ſon ſang , & vous n'en parlez pas !
Je le fais à l'inſtant gouverneur de la ville
Où vos ſévérités conſeillent qu'on l'exile :
Allez de mes bienfaits l'aſſurer aujourd'hui ,

(*) Et cela a été vrai ſoixante ans.

Et fans plus l'accufer fervez-moi comme lui.
Ce roi , je l'avoûrai , tendre , ferme , équitable ,
Peint mieux que vingt fermons la vertu véritable.
Ce beau nom de vertu ferait-il accordé
Au mérite farouche , à l'art toujours fardé ,
A l'indolent Germont, dont la pitié difcrète
Craint de parler pour moi quand Séjan m'inquiète ;
Au faible & doux Cyrus tout le jour occupé
Des propos d'un flatteur , & des foins d'un foupé ?
Non , je donne ce titre au cœur tendre & fublime
Qui, prévient les befoins d'un ami qu'on opprime ;
Je le donne à Normand, je le donne à Cochin ,
Dont l'éloquente voix protégea l'orphelin :
Non pas à toi , Griffon, babillard mercenaire ,
Qui, prodiguant en vain ta vénale colère ,
Et changeant un art noble en un lâche métier,
N'as fait qu'un plat libelle , au lieu d'un plaidoyer.
Toi qui vas nous quitter , magiftrat plein de zèle ,
Parlant comme de Thou , jugeant comme Pucelle ,
Tendre & fidèle ami , bienfaiteur généreux ,
Qui peut te refufer le nom de vertueux ?
Jouis de ce grand titre , ô toi dont la fageffe
N'eft point le trifte fruit d'une auftère rudeffe ;
Toi qui , malgré l'éclat dont tu bleffes les yeux ,
Peut compter plus d'amis que tu n'as d'envieux.
Certain légiflateur , &c.

Dans quelques autres éditions on lifait :

> Au cœur ferme & fublime
> Qui fut gagner mon cœur en forçant mon eftime ,
> A ce fage guerrier , confidéré des rois ,
> Eloquent pour autrui , muet fur fes exploits ;
> Je le donne à Normand . . . . . . (*)

(*f*) L'abbé de *Saint-Pierre.* C'eft lui qui a mis le mot de *bienfefance* à la mode , à force de le répéter. On l'appelle légiflateur , parce qu'il n'a écrit que pour réformer le gouvernement. Il s'eft rendu un peu ridicule en France par l'excès de fes bonnes intentions.

(*) *Normand* & *Cochin* étaient des avocats célèbres alors. Par *ce fage guerrier* , M. de *Voltaire* défigne le maréchal d'*Etrées* , doyen de l'académie françaife. Il s'était rendu cher aux gens de lettres , en s'oppofant à une cabale de prêtres qui voulaient faire exclure de l'académie l'auteur des *Lettres perfanes.*

Le magiftrat dont parle l'auteur eft M. le comte d'*Argental*, miniftre plénipotentiaire de l'infant duc de Parme, alors confeiller au parlement. Il avait été nommé intendant d'une des îles de l'Amérique, mais il n'accepta point cette place. Il quitta fa charge de confeiller au parlement, parce que l'abfurdité & la barbarie de notre jurifprudence criminelle le révoltaient. Il a été l'ami conftant de M. de *Voltaire* depuis fa jeuneffe jufqu'à la mort de ce grand-homme, & l'a foutenu dans tous les temps de tout le crédit que des amis puiffans pouvaient lui donner. Cette amitié fi conftante eft une des meilleures réponfes qu'on puiffe faire ici à cette foule de détracteurs de M. de *Voltaire*, qui, bien sûrs que fon génie eft au-deffus de leurs atteintes, ont recours à la honteufe reffource de calomnier fa perfonne.

Pour les cœurs corrompus l'amitié n'eft point faite.

Et c'eft furtout pour les amitiés longues & inaltérables que ce vers eft vrai.

LE POUR

ET

LE CONTRE.

AVERTISSEMENT

AVERTISSEMENT
DES EDITEURS

SUR LE POUR ET LE CONTRE.

Ce petit poëme eſt un des premiers ouvrages
où M. de *Voltaire* ait fait connaître ouvertement
ſes opinions ſur la religion & la morale. Nous
ignorons quelle eſt la femme à qui l'auteur
l'avait adreſſé. Il eſt du temps de ſa jeuneſſe,
& antérieur à ſes querelles avec *J. B. Rouſſeau*,
qui parle de cet ouvrage comme d'une des rai-
ſons qui l'ont éloigné de M. de *Voltaire*; délicateſſe bien ſingulière dans l'auteur de tant
d'épigrammes où la religion eſt tournée en
ridicule. *Rouſſeau* croyait apparemment qu'il
n'y avait de ſcandale que dans les raiſonnemens
philoſophiques; & que pourvu qu'un conte
irréligieux fût obſcène, la foi de l'auteur était
à l'abri de tout reproche.

Au, reſte cet ouvrage a le mérite ſingulier
de renfermer dans quelques pages, & en très-
beaux vers, les objeſtions les plus fortes
contre la religion chrétienne, les réponſes
que font à ces objeſtions les dévots perſuadés
& les dévots politiques, & enfin le plus ſage

Poëmes.   E

conseil qu'on puisse donner à un homme rai-
sonnable, qui ne veut connaître sur ces objets
que ce qui est nécessaire pour se bien conduire.
La fameuse profession de foi du *vicaire savoyard*
n'est presque qu'un commentaire éloquent de
cette épître, & de quelques morceaux du poëme
de la Loi naturelle.

LE POUR

ET

LE CONTRE. (*a*)

A MADAME......

Tu le veux donc, belle Uranie,
Qu'érigé, par ton ordre, en Lucrèce nouveau,
Devant toi d'une main hardie
Aux fuperftitions j'arrache le bandeau ;
Que j'expofe à tes yeux le dangereux tableau
Des menfonges facrés dont la terre eft remplie ;
Et qu'enfin ma philofophie
T'apprenne à méprifer les horreurs du tombeau
Et les terreurs de l'autre vie.
Ne crois point qu'enivré des erreurs de mes fens,
De ma religion blafphémateur profane,
Je veuille avec dépit, dans mes égaremens,
Détruire en libertin la loi qui les condamne.
Viens, pénètre avec moi, d'un pas refpeftueux,
Les profondeurs du fanftuaire
Du Dieu qu'on nous annonce, & qu'on cache à nos yeux.
Je veux aimer ce Dieu, je cherche en lui mon père :

(*a*) On a attribué cet ouvrage à l'abbé de *Chaulieu*, parce qu'il y a
en effet quelque reffemblance entre cette pièce & celle du *Déifte*, qui
commence par ces mots :

    J'ai vu de près le Stix, j'ai vu les Euménides.
    Déjà venaient frapper mes oreilles timides
    Les affreux cris du chien de l'empire des morts , &c.

On me montre un tyran que nous devons haïr.
Il créa les humains à lui-même semblables,
  Afin de les mieux avilir;
   Il nous donna des cœurs coupables,
  Pour avoir droit de nous punir.
   Il nous fit aimer le plaifir,
Pour nous mieux tourmenter par des maux effroyables,
Qu'un miracle éternel empêche de finir.
  Il venait de créer un homme à fon image,
   On l'en voit foudain repentir,
Comme fi l'ouvrier n'avait pas dû fentir
   Les défauts de fon propre ouvrage.
Aveugle en fes bienfaits, aveugle en fon courroux,
A peine il nous fit naître, il va nous perdre tous.
Il ordonne à la mer de fubmerger le monde;
Ce monde qu'en fix jours il forma du néant.
Peut-être qu'on verra fa fageffe profonde
Faire un autre univers plus pur, plus innocent :
   Non, il tire de la pouffière
   Une race d'affreux brigands,
D'efclaves fans honneur, & de cruels tyrans,
   Plus méchante que la première.
Que fera-t-il enfin, quels foudres dévorans
Vont fur ces malheureux lancer fes mains févères?
Va-t-il dans le chaos plonger les élémens?
Ecoutez, ô prodige! ô tendreffe! ô myftères!
   Il venait de noyer les pères,
   Il va mourir pour les enfans.
  Il eft un peuple obfcur, imbécille, volage,
Amateur infenfé des fuperftitions,
Vaincu par fes voifins, rampant dans l'efclavage,
Et l'éternel mépris des autres nations.

Le fils de DIEU, DIEU même, oubliant fa puiffance,
Se fait concitoyen de ce peuple odieux ;
Dans les flancs d'une juive il vient prendre naiffance ;
Il rampe fous fa mère ; il fouffre fous fes yeux
   Les infirmités de l'enfance.
Long-temps vil ouvrier, le rabot à la main,
Ses beaux jours font perdus dans ce lâche exercice ;
Il prêche enfin trois ans le peuple iduméen,
   Et périt du dernier fupplice.
Son fang du moins, le fang d'un Dieu mourant pour nous,
N'était-il pas d'un prix affez noble, affez rare
   Pour fuffire à parer les coups
   Que l'enfer jaloux nous prépare ?
Quoi ! DIEU voulut mourir pour le falut de tous,
   Et fon trépas eft inutile !
Quoi ! l'on me vantera fa clémence facile,
Quand remontant au ciel il reprend fon courroux ;
Quand fa main nous replonge aux éternels abymes ;
Et quand par fa fureur effaçant fes bienfaits,
Ayant verfé fon fang pour expier nos crimes,
Il nous punit de ceux que nous n'avons point faits !
Ce Dieu pourfuit encore, aveugle en fa colère,
Sur fes derniers enfans l'erreur d'un premier père ;
Il en demande compte à cent peuples divers,
   Affis dans la nuit du menfonge ;
   Il punit au fond des enfers
L'ignorance invincible où lui-même il les plonge,
Lui qui veut éclairer & fauver l'univers !
   Amérique, vaftes contrées,
Peuples que DIEU fit naître aux portes du foleil,
   Vous, nations hyperborées,
Que l'erreur entretient dans un fi long fommeil,

Serez-vous pour jamais à fa fureur livrées,
     Pour n'avoir pas fu qu'autrefois
Dans un autre hémifphère, au fond de la Syrie,
Le fils d'un charpentier, enfanté par Marie,
Renié par Céphas, expira fur la croix?
    Je ne reconnais point à cette indigne image,
       Le Dieu que je dois adorer;
       Je croirais le déshonorer
Par une telle infulte & par un tel hommage.
Entends, DIEU que j'implore, entends du haut des cieux,
     Une voix plaintive & fincère.
Mon incrédulité ne doit point te déplaire,
     Mon cœur eft ouvert à tes yeux;
L'infenfé te blafphème, & moi je te révère:
Je ne fuis pas chrétien; mais c'eft pour t'aimer mieux.
    Cependant quel objet fe préfente à ma vue!
Le voilà, c'eft le CHRIST puiffant & glorieux.
     Auprès de lui, dans une nue,
L'étendard de fa mort, la croix brille à mes yeux.
Sous fes pieds triomphans la mort eft abattue;
Des portes de l'enfer il fort victorieux;
Son règne eft annoncé par la voix des oracles;
Son trône eft cimenté par le fang des martyrs;
Tous les pas de fes faints font autant de miracles;
Il leur promet des biens plus grands que leurs défirs;
Ses exemples font faints, fa morale eft divine,
Il confole en fecret les cœurs qu'il illumine;
Dans les plus grands malheurs il leur offre un appui;
Et fi fur l'impofture il fonde fa doctrine,
C'eft un bonheur encor d'être trompé par lui.
    Entre ces deux portraits, incertaine Uranie,
C'eft à toi de chercher l'obfcure vérité,

A toi que la nature honora d'un génie
    Qui feul égale ta beauté.
Songe que du Très-Haut la fageffe éternelle
A gravé de fa main, dans le fond de ton cœur,
    La religion naturelle.
Crois que de ton efprit la naïve candeur
Ne fera point l'objet de fa haine immortelle ;
Crois que devant fon trône en tout temps, en tous lieux,
    Le cœur du jufte eft précieux ;
Crois qu'un bonze modefte, un dervis charitable,
    Trouvent plutôt grace à fes yeux
    Qu'un janfénifte impitoyable,
    Ou qu'un pontife ambitieux.
Et qu'importe en effet fous quel titre on l'implore ?
Tout hommage eft reçu ; mais aucun ne l'honore.
Un Dieu n'a pas befoin de nos foins affidus ;
Si l'on peut l'offenfer, c'eft par des injuftices.
    Il nous juge fur nos vertus,
    Et non pas fur nos facrifices.

F I N.

POEME

SUR

LA LOI NATURELLE.

AU ROI DE PRUSSE.

AVERTISSEMENT

DES EDITEURS

SUR LES DEUX POEMES SUIVANS.

L'OBJET du poëme fur la loi naturelle eft d'établir l'exiftence d'une morale univerfelle & indépendante, non-feulement de toute religion révélée, mais de tout fyftême particulier fur la nature de l'Etre fuprême.

La tolérance des religions, & l'abfurdité de l'opinion qu'il peut exifter une puiffance fpiri-tuelle, indépendante de la puiffance civile, font des conféquences néceffaires de ce premier principe, conféquences que M. de *Voltaire* déve-loppe dans les deux dernières parties. En effet, s'il exifte une morale indépendante de toute opinion fpéculative, ces opinions deviennent indifférentes au bonheur des hommes, & dès-lors ceffent de pouvoir être l'objet de la légifla-tion. Ce n'eft pas pour être inftruits fur la métaphyfique, mais pour s'affurer le libre exercice de leurs droits, que les hommes fe font réunis en fociété ; & le droit de penfer ce qu'on veut, & de faire tout ce qui n'eft pas contraire au droit d'autrui, eft auffi réel, auffi facré que le droit de propriété.

Dans le poëme fur le défaftre de Lisbonne, M. de *Voltaire* attaque l'opinion que *tout eft bien*, opinion, très-répandue au commencement de ce fiècle, parmi les philofophes d'Angleterre & d'Allemagne. La queftion de l'origine du mal a été infoluble jufqu'ici, & le fera toujours. En effet le mal, tel qu'il exifte à notre égard, eft une fuite néceffaire de l'ordre du monde ; mais pour favoir fi un autre ordre était poffible, il faudrait connaître le fyftême entier de celui qui exifte. D'ailleurs, en réfléchiffant fur la manière dont nous acquérons nos idées, il eft aifé de voir que nous ne pouvons en avoir aucune de la poffibilité prife en général, puifque notre idée de poffibilité, relative à des objets réels, ne fe forme que d'après l'obfervation des faits exiftans.

M. *Rouffeau* a publié une lettre adreffée à M. de *Voltaire*, à l'occafion du poëme fur la deftruction de Lisbonne : elle contient quelques objections fur lefquelles la réputation méritée de cet auteur nous oblige d'entrer dans quelques détails.

Il convient d'abord que nous n'avons aucun moyen d'expliquer l'origine du mal ; & il ajoute qu'il ne croit le fyftême de l'optimifme que parce qu'il trouve ce fyftême très-confolant, & qu'il penfe qu'on doit déduire de l'exiftence d'un Dieu jufte que tout eft bien, & non déduire de la perfection de l'ordre du monde l'exiftence d'un Dieu jufte.

Nous obferverons 1°. que l'on ne doit croire une chofe que parce qu'elle eft prouvée. Il y a des hommes qui croient plus facilement ce qui leur eft plus agréable ; d'autres font au contraire plus portés à croire les événemens fâcheux. La conftitution des premiers eft plus heureufe , mais le doute fur ce qui n'eft pas prouvé eft le feul parti raifonnable.

2°. En fuppofant que l'ordre du monde , tel que nous le connaiffons, nous conduife à l'exiftence d'un Etre fuprême, il eft évident que nous ne pouvons nous former une idée de fa juftice ou de fa bonté que d'après la manière dont nous le voyons agir. Chercher *à priori* à fe faire une idée des attributs de DIEU, eft une méthode de philofopher qui ne peut conduire à aucune véritable connaiffance. Des métaphy-ficiens hardis en ont conclu qu'on ne pouvait fe former une idée de DIEU ; cette affertion eft trop abfolue ; il fallait ajouter , en fuivant la méthode des théologiens & des métaphyficiens de l'école. Mais on ne peut fe former de DIEU, comme d'aucun autre objet réel, que des idées incomplètes , & feulement d'après des faits obfervés. Voyez *Locke* & l'article *exiftence* dans l'Encyclopédie.

M. de *Voltaire* avait dit dans fes notes que rien dans l'univers n'eft affujetti à des lois rigou-reufement mathématiques, & qu'il peut y avoir des événemens indifférens à l'ordre du monde. M. *Rousseau* combat ces assertions ; mais nous répondrons , 1°. qu'il ne peut être question que de lois mathématiques connues de nous : car dire qu'il existe peut-être dans l'univers un ordre que nous ne voyons pas , c'est apporter non une preuve que cet ordre existe , mais un motif de ne pas en nier l'existence.

2°. En supposant un ordre d'événemens quelconques, ils suivront toujours entre eux une certaine loi générale. Supposez deux mille boules placées sur une table ; quel que soit leur ordre, vous pourrez toujours faire passer une courbe géométrique par le centre de toutes ces boules ; en conclurez-vous qu'elles ont été arrangées suivant un certain ordre ? Ce mot d'ordre appliqué à la nature , est vide de sens , s'il ne signifie un arrangement dont nous saisissons la régularité & le dessin.

Quant à l'existence des événemens indifférens , il est difficile d'en nier la possibilité , parce que l'on peut supposer que le petit dérangement qui résulte de cet événement , soit imperceptible pour la totalité du système général. Supposons, par exemple , cent millions de planètes mues suivant certaines lois , il est évident que leur position peut être telle qu'un léger dérangement dans la vitesse de l'une d'elles ne changera point leur ordre d'une manière sensible dans un temps même infini : cela eft encore plus vrai pour les fyftêmes de corps qui, après un petit dérangement, reviennentà l'équilibre. L'ordre du monde peut être changé par la feule différence d'un mouvement que j'aurai fait à droite ou à gauche, mais il peut aussi ne pas l'être.

M. *Rousseau* propofait, dans cette même lettre, d'exclure de la tolérance univerfelle toute opinion intolérante. Cette maxime féduit par un faux air de juftice ; mais M. de *Voltaire* n'eût pas voulu l'admettre. Les lois en effet ne doivent avoir d'empire que fur les actions extérieures : elles doivent punir un homme pour avoir per- fécuté, mais non pour avoir prétendu que la perfécution eft ordonnée par D I E U même. Ce n'eft pas pour avoir eu des idées extravagantes, mais pour avoir fait des actions de folie que la fociété a le droit de priver un homme de fa liberté. Ainfi, fous aucun point de vue, une opinion qui ne s'eft manifeftée que par des raifonnemens généraux, même imprimés, ne pouvant être regardée comme une action, elle ne peut jamais être l'objet d'une loi.

Le feul reproche fondé qu'on puiffe faire à M. de *Voltaire*, ferait d'avoir exagéré les maux de l'humanité ; mais s'il les a fentis comme il les a peints, dans l'inftant où il a écrit fon poëme, il a eu raifon. Le devoir d'un écrivain n'eft

pas de dire des chofes qu'il croit agréables ou
confolantes , mais de dire des chofes vraies :
d'ailleurs ; la doctrine que *tout eft bien* eft auffi
décourageante que celle de la fatalité. On trompe
fes douleurs par des opinions générales , comme
chaque homme peut adoucir fes chagrins par
des illufions particulières : tel fe confole de
mourir , parce qu'il ne laiffe au monde que des
mourans ; tel autre , parce que fa mort eft une
fuite néceffaire de l'ordre de l'univers ; un
troifième , parce qu'elle fait partie d'un arrangement où tout eft bien ; un autre enfin , parce
qu'il fe réunira à l'ame univerfelle du monde.
Des hommes d'une autre claffe fe confoleront
en fongeant qu'ils vont entendre la mufique
des efprits bienheureux , fe promener en caufant dans de beaux jardins, careffer des houris,
boire la bierre célefte , voir DIEU face à
face , &c. &c. ; mais il ferait ridicule d'établir fur aucune de ces opinions le bonheur
général de l'efpèce humaine.

N'eft-il pas plus raifonnable à la fois & plus
utile de fe dire : la nature a condamné les
hommes à des maux cruels , & ceux qu'ils fe
font à eux-mêmes font encore fon ouvrage,
puifque c'eft d'elle qu'ils tiennent leurs penchans ? Quelle eft la raifon première de ces
maux , je l'ignore ; mais la nature m'a donné
le pouvoir de détourner une partie des malheurs
auxquels

auxquels elle m'a foumis. L'homme doué de
raifon peut fe flatter, par fes progrès dans
les fciences & dans la légiflation, de s'affurer
une vie douce & une mort facile, de terminer
un jour tranquille par un fommeil paifible.
Travaillons fans ceffe à ce but, pour nous-
mêmes comme pour les autres : la nature nous
a donné des befoins, mais nous trouvons avec
les arts les moyens de les fatisfaire. Nous oppo-
fons aux douleurs phyfiques la tempérance &
les remèdes : nous avons appris à braver le
tonnerre, cherchons à pénétrer la caufe des
volcans & des tremblemens de terre, à les
prévoir, fi nous ne pouvons les détourner. Cor-
rigeons les mauvais penchans, s'il en exifte,
par une bonne éducation ; apprenons aux
hommes à bien connaître leurs vrais intérêts ;
accoutumons-les à fe conduire d'après la raifon.
La nature leur a donné la pitié & un fentiment d'affection pour leurs femblables ; avec
ces moyens dirigés par une raifon éclairée,
nous détournerons loin de nous le vice & le
crime.

Qu'importe que tout foit bien, pourvu que
nous faffions en forte que tout foit mieux qu'il
n'était avant nous.

PREFACE.

ON sait assez que ce poëme n'avait pas été fait pour être public ; c'était depuis trois ans un secret entre un grand roi & l'auteur. Il n'y a que trois mois qu'il s'en répandit quelques copies dans Paris; & bientôt après, il y fut imprimé plusieurs fois d'une manière aussi fautive que les autres ouvrages qui sont partis de la même plume.

Il serait juste d'avoir plus d'indulgence pour un écrit secret, tiré de l'obscurité où son auteur l'avait condamné, que pour un ouvrage qu'un écrivain expose lui-même au grand jour. Il serait encore juste de ne pas juger le poëme d'un laïque comme on jugerait une thèse de théologie. Ces deux poëmes (*) sont les fruits d'un arbre transplanté. Quelques-uns de ces fruits peuvent n'être pas du goût de quelques personnes : ils sont d'un climat étranger, mais il n'y en a aucun d'empoisonné, & plusieurs peuvent être salutaires.

Il faut regarder cet ouvrage comme une lettre où l'on expose en liberté ses sentimens. La plupart des livres ressemblent à ces conversations générales & gênées, dans lesquelles on dit rarement ce qu'on pense. L'auteur a dit ici ce qu'il a pensé à un prince philosophe auprès duquel il avait alors l'honneur de vivre. Il a

(*) L'auteur parle ici du poëme sur le *désastre de Lisbonne*, qui parut avec celui de la *Loi naturelle*.

appris que des efprits éclairés n'ont pas été
mécontens de cette ébauche : ils ont jugé que
le poëme fur la Loi naturelle eft une préparation
à des vérités plus fublimes. Cela feul aurait
déterminé l'auteur à rendre l'ouvrage plus
complet & plus correct, fi fes infirmités l'avaient
permis. Il a été obligé de fe borner à corriger
les fautes dont fourmillent les éditions qu'on
en a faites.

Les louanges, données dans cet écrit à un
prince qui ne cherchait pas ces louanges, ne
doivent furprendre perfonne ; elles n'avaient
rien de la flatterie, elles partaient du cœur :
ce n'eft pas là de cet encens que l'intérêt prodigue à la puiffance. L'homme de lettres pouvait ne pas mériter les éloges & les bontés dont
le monarque le comblait ; mais le monarque
méritait la vérité que l'homme de lettres lui
difait dans cet ouvrage. Les changemens fur-
venus depuis, dans un commerce fi honorable
pour la littérature, n'ont point altéré les fentimens qu'il avait fait naître.

Enfin, puifqu'on a arraché au fecret & à
l'obfcurité un écrit deftiné à ne point paraître,
il fubfiftera chez quelques fages, comme un
monument d'une correfpondance philofophique
qui ne devait point finir ; & l'on ajoute que fi la
faibleffe humaine fe fait fentir par-tout, la vraie
philofophie dompte toujours cette faibleffe.

Au refte ce faible effai fut compofé à l'occafion d'une petite brochure qui parut en ce
temps-là. Elle était intitulée *Du fouverain bien*,
& elle devait l'être *Du fouverain mal*. On y
prétendait qu'il n'y a ni vertu ni vice, & que
les remords font une faibleffe d'éducation qu'il
faut étouffer. L'auteur du poëme prétend que
les remords nous font auffi naturels que les
autres affections de notre ame. Si la fougue
d'une paffion fait commettre une faute, la nature,
rendue à elle-même, fent cette faute. La fille
fauvage, trouvée près de Châlons, avoua que
dans la colère elle avait donné à fa compagne
un coup dont cette infortunée mourut entre
fes bras. Dès qu'elle vit fon fang couler, elle
fe repentit, elle pleura, elle étancha ce fang,
elle mit des herbes fur la bleffure. Ceux qui
difent que ce retour d'humanité n'eft qu'une
branche de notre amour-propre, font bien de
l'honneur à l'amour-propre. Qu'on appelle la
raifon & les remords comme on voudra, ils
exiftent, & ils font les fondemens de la loi
naturelle. (*)

(*) Dans une édition précédente on lifait ici en note :

Nous favons que ce poëme, qu'on regarde comme l'un des meilleurs
ouvrages de notre auteur, fut fait vers l'an 1751, chez madame la Margrave de *Bareith*, fœur du roi de Pruffe. Je ne fais quels pédans eurent
depuis l'atrocité imbécille de le condamner.

LA
LOI NATURELLE.
POEME
EN QUATRE PARTIES.

EXORDE.

O vous dont les exploits, le règne & les ouvrages
Deviendront la leçon des héros & des fages,
Qui voyez d'un même œil les caprices du fort,
Le trône & la cabane, & la vie & la mort;
Philofophe intrépide, affermiffez mon ame;
Couvrez-moi des rayons de cette pure flamme
Qu'allume la raifon, qu'éteint le préjugé.
Dans cette nuit d'erreurs, où le monde eft plongé,
Apportons, s'il fe peut, une faible lumière.
Nos premiers entretiens, notre étude première,
Etaient, je m'en fouviens, Horace avec Boileau.
Vous y cherchiez le *vrai*, vous y goûtiez le *beau*.
Quelques traits échappés d'une utile morale,
Dans leurs piquans écrits brillent par intervalle;
Mais Pope approfondit ce qu'ils ont effleuré.
D'un efprit plus hardi, d'un pas plus affuré,
Il porta le flambeau dans l'abyme de l'être,
Et l'homme avec lui feul apprit à fe connaître.

F 3

L'art quelquefois frivole, & quelquefois divin,
L'art des vers est dans Pope utile au genre-humain.
Que m'importe en effet que le flatteur d'Octave,
Parasite discret, non moins qu'adroit esclave,
Du lit de sa Glycère, ou de Ligurinus,
En prose mesurée insulte à Crispinus?
Que Boileau, répandant plus de sel que de grace,
Veuille outrager Quinault, pense avilir le Tasse?
Qu'il peigne de Paris les tristes embarras,
Ou décrive en beaux vers un fort mauvais repas?
Il faut d'autres objets à votre intelligence.

    De l'esprit qui vous meut vous recherchez l'essence,
Son principe, sa fin, & surtout son devoir.
Voyons sur ce grand point ce qu'on a pu savoir,
Ce que l'erreur fait croire aux docteurs du vulgaire,
Et ce que vous inspire un Dieu qui vous éclaire.
Dans le fond de nos cœurs il faut chercher ses traits:
Si DIEU n'est pas dans nous, il n'exista jamais.
Ne pouvons-nous trouver l'auteur de notre vie
Qu'au labyrinthe obscur de la théologie?
Origène & Jean Scot font chez vous sans crédit:
La nature en sait plus qu'ils n'en ont jamais dit.
Ecartons ces romans qu'on appelle systêmes;
Et pour nous élever descendons dans nous-mêmes. (a)

PREMIERE PARTIE.

DIEU *a donné aux hommes les idées de la justice, & la conscience pour les avertir, comme il leur a donné tout ce qui leur est nécessaire. C'est-là cette loi naturelle sur laquelle la religion est fondée ; c'est ce seul principe qu'on développe ici. L'on ne parle que de la loi naturelle, & non de la religion & de ses augustes mystères.*

Soit qu'un être inconnu, par lui seul existant,
Ait tiré depuis peu l'univers du néant;
Soit qu'il ait arrangé la matière éternelle;
Qu'elle nage en son sein, ou qu'il règne loin d'elle; (b)
Que l'ame, ce flambeau souvent si ténébreux,
Ou soit un de nos sens, ou subsiste sans eux ;
Vous êtes sous la main de ce maître invisible.
    Mais du haut de son trône obscur, inaccessible
Quel hommage, quel culte exige-t-il de vous ?
De sa grandeur suprême indignement jaloux,
Des louanges, des vœux flattent-ils sa puissance ?
Est-ce le peuple altier, conquérant de Bisance,
Le tranquille Chinois, le Tartare indompté,
Qui connaît son essence, & suit sa volonté ?
Différens dans leurs mœurs, ainsi qu'en leur hommage.
Ils lui font tenir tous un différent langage.
Tous se font donc trompés. Mais détournons les yeux
De cet impur amas d'imposteurs odieux ; (c)
Et sans vouloir sonder, d'un regard téméraire,
De la loi des chrétiens l'ineffable mystère,
Sans expliquer en vain ce qui fut révélé,
Cherchons par la raison si DIEU n'a point par

F 4

La nature a fourni d'une main falutaire
Tout ce qui dans la vie à l'homme eft néceffaire,
Les refforts de fon ame, & l'inftinct de fes fens.
Le ciel à fes befoins foumet les élémens.
Dans les plis du cerveau la mémoire habitante
Y peint de la nature une image vivante.
Chaque objet de fes fens prévient la volonté.
Le fon dans fon oreille eft par l'air apporté.
Sans efforts & fans foins fon œil voit la lumière.
Sur fon Dieu, fur fa fin, fur fa caufe première,
L'homme eft-il, fans fecours, à l'erreur attaché ?
Quoi ! le monde eft vifible, & D i e u ferait caché !
Quoi ! le plus grand befoin que j'aye en ma misère,
Eft le feul qu'en effet je ne puis fatisfaire ?
Non : le Dieu qui m'a fait ne m'a point fait en vain :
Sur le front des mortels il mit fon fceau divin.
Je ne puis ignorer ce qu'ordonna mon maître ;
Il m'a donné fa loi, puifqu'il m'a donné l'être.
Sans doute il a parlé, mais c'eft à l'univers :
Il n'a point de l'Egypte habité les déferts ;
Delphes, Délos, Ammon, ne font pas fes afiles ;
Il ne fe cacha point aux antres des fibylles.
La morale uniforme en tout temps, en tout lieu,
A des fiècles fans fin parle au nom de ce Dieu.
C'eft la loi de Trajan, de Socrate & la vôtre.
De ce culte éternel la nature eft l'apôtre ;
Le bon fens la reçoit, & les remords vengeurs,
Nés de la confcience, en font les défenfeurs ;
Leur redoutable voix par-tout fe fait entendre.
    Penfez-vous en effet que ce jeune Alexandre,
Auffi vaillant que vous, mais bien moins modéré,
Teint du fang d'un ami trop inconfidéré,

Ait pour fe repentir confulté des augures ?
Ils auraient dans leurs eaux lavé fes mains impures ;
Ils auraient à prix d'or abfous bientôt le roi.
Sans eux, de la nature il écouta la loi ;
Honteux, défefpéré d'un moment de furie,
Il fe jugea lui-même indigne de la vie.
Cette loi fouveraine, à la Chine, au Japon,
Infpira Zoroaftre, illumina Solon.
D'un bout du monde à l'autre elle parle, elle crie,
ADORE UN DIEU, SOIS JUSTE, ET CHERIS TA PATRIE.
Ainfi le froid Lapon crut un Etre éternel ;
Il eut de la juftice un inftinct naturel ;
Et le Nègre vendu fur un lointain rivage,
Dans les Nègres encore aima fa noire image.
Jamais un parricide, un calomniateur,
N'a dit tranquillement, dans le fond de fon cœur :
" Qu'il eft beau, qu'il eft doux d'accabler l'innocence,
" De déchirer le fein qui nous donna naiffance !
" Dieu jufte, Dieu parfait ! que le crime a d'appas ! "
Voilà ce qu'on dirait, mortels, n'en doutez pas,
S'il n'était une loi terrible, univerfelle,
Que refpecte le crime en s'élevant contre elle.
Eft-ce nous qui créons ces profonds fentimens ?
Avons-nous fait notre ame ? avons-nous fait nos fens ?
L'or qui naît au Pérou, l'or qui naît à la Chine,
Ont la même nature & la même origine :
L'artifan les façonne, & ne peut les former.
Ainfi l'Etre éternel, qui nous daigne animer,
Jeta dans tous les cœurs une même femence.
Le ciel fit la vertu, l'homme en fit l'apparence.
Il peut la revêtir d'impofture & d'erreur ;
Il ne peut la changer ; fon juge eft dans fon cœur.

SECONDE PARTIE.

Réponfes aux objeƈlions contre les principes d'une morale
univerfelle. Preuve de cette vérité.

J'ENTENDS avec Cardan Spinofa qui murmure.
Ces remords, me dit-il, ces cris de la nature,
Ne font que l'habitude, & les illufions
Qu'un befoin mutuel infpire aux nations,
Raifonneur malheureux, ennemi de toi-même,
D'où nous vient ce befoin ? pourquoi l'Etre fuprême
Mit-il dans notre cœur, à l'intérêt porté,
Un inftinƈt qui nous lie à la fociété ?
Les lois que nous fefons, fragiles, inconftantes,
Ouvrages d'un moment, font par-tout différentes.
Jacob, chez les Hébreux, put époufer deux fœurs ;
David, fans offenfer la décence & les mœurs,
Flatta de cent beautés la tendreffe importune ;
Le pape au Vatican n'en peut poffédér une.
Là, le père à fon gré choifit fon fucceffeur ;
Ici, l'heureux aîné de tout eft poffeffeur.
Un Polaque à mouftache, à la démarche altière,
Peut arrêter d'un mot fa république entière.
L'empereur ne peut rien fans fes chers éleƈteurs.
L'Anglais a du crédit, le pape a des honneurs.
Ufages, intérêts, culte, lois, tout diffère.
Qu'on foit jufte, il fuffit ; le refte eft arbitraire. (*d*)
　　Mais tandis qu'on admire & ce jufte & ce beau,
Londre immole fon roi par la main d'un bourreau.
Du pape Borgia le bâtard fanguinaire
Dans les bras de fa fœur affaffine fon frère.

Là, le froid Hollandais devient impétueux;
Il déchire en morceaux deux frères vertueux.
Plus loin la Brinvilliers, dévote avec tendreſſe,
Empoiſonne ſon père en courant à confeſſe.
Sous le fer du méchant le juſte eſt abattu.
Hé bien, conclurez-vous qu'il n'eſt point de vertu?
Quand des vents du Midi les funeſtes haleines
De ſemences de mort ont inondé nos plaines,
Direz-vous que jamais le Ciel en ſon courroux
Ne laiſſa la ſanté ſéjourner parmi nous?
Tous les divers fléaux dont le poids nous accable,
Du choc des élémens effet inévitable,
Des biens que nous goûtons corrompent la douceur;
Mais tout eſt paſſager, le crime & le malheur.
De nos déſirs fougueux la tempête fatale
Laiſſe au fond de nos cœurs la règle & la morale:
C'eſt une ſource pure: en vain dans ſes canaux
Les vents contagieux en ont troublé les eaux;
En vain ſur ſa ſurface une fange étrangère
Apporte, en bouillonnant, un limon qui l'altère;
L'homme le plus injuſte, & le moins policé,
S'y contemple aiſément quand l'orage eſt paſſé.
Tous ont reçu du Ciel, avec l'intelligence,
Ce frein de la juſtice & de la conſcience.
De la raiſon naiſſante elle eſt le premier fruit;
Dès qu'on la peut entendre, auſſitôt elle inſtruit:
Contrepoids toujours prompt à rendre l'équilibre
Au cœur plein de déſirs, aſſervi, mais né libre;
Arme que la nature a miſe en notre main,
Qui combat l'intérêt par l'amour du prochain. (e)
De Socrate en un mot c'eſt-là l'heureux génie;
C'eſt-là ce Dieu ſecret qui dirigeait ſa vie,

Ce Dieu qui jufqu'au bout préfidait à fon fort,
Quand il but, fans pâlir, la coupe de la mort.
Quoi! cet efprit divin n'eft-il que pour Socrate?
Tout mortel a le fien qui jamais ne le flatte.
Néron, cinq ans entiers, fut foumis à fes lois;
Cinq ans des corrupteurs il repouffa la voix.
Marc-Aurèle, appuyé fur la philofophie,
Porta ce joug heureux tout le temps de fa vie.
Julien, s'égarant dans fa religion,
Infidele à la foi, fidele à la raifon,
Scandale de l'Eglife, & des rois le modèle,
Ne s'écarta jamais de la loi naturelle.

On infifte, on me dit: L'enfant, dans fon berceau,
N'eft point illuminé par ce divin flambeau;
C'eft l'éducation qui forme fes penfées;
Par l'exemple d'autrui fes mœurs lui font tracées;
Il n'a rien dans l'efprit, il n'a rien dans le cœur;
De ce qui l'environne il n'eft qu'imitateur;
Il répète les noms de devoir, de juftice;
Il agit en machine; & c'eft par fa nourrice
Qu'il eft juif ou païen, fidele ou mufulman,
Vêtu d'un juftaucorps, ou bien d'un doliman.

Oui, de l'exemple en nous je fais quel eft l'empire.
Il eft des fentimens que l'habitude infpire.
Le langage, la mode & les opinions,
Tous les dehors de l'ame, & fes préventions,
Dans nos faibles efprits font gravés par nos pères,
Du cachet des mortels impreffions légères.
Mais les premiers refforts font faits d'une autre main;
Leur pouvoir eft conftant, leur principe eft divin,
Il faut que l'enfant croiffe, afin qu'il les exerce;
Il ne les connaît pas fous la main qui le berce.

Le moineau, dans l'inftant qu'il a reçu le jour,
Sans plumes dans fon nid, peut-il fentir l'amour?
Le renard en naiffant va-t-il chercher fa proie?
Les infectes changeans, qui nous filent la foie,
Les effaims bourdonnans de ces filles du ciel,
Qui pétriffent la cire & compofent le miel,
Sitôt qu'ils font éclos, forment-ils leurs ouvrages?
Tout mûrit par le temps, & s'accroît par l'ufage.
Chaque être a fon objet, & dans l'inftant marqué,
Il marche vers le but par le ciel indiqué.
De ce but, il eft vrai, s'écartent nos caprices.
Le jufte quelquefois commet des injuftices.
On fuit le bien qu'on aime, on hait le mal qu'on fait.
De foi-même en tout temps quel cœur eft fatisfait?
  L'homme (on nous l'a tant dit) eft une énigme obfcure.
Mais en quoi l'eft-il plus que toute la nature?
Avez-vous pénétré, philofophes nouveaux,
Cet inftinct fûr & prompt qui fert les animaux?
Dans fon germe impalpable avez-vous pu connaître
L'herbe qu'on foule aux pieds, & qui meurt pour renaître?
Sur ce vafte univers un grand voile eft jeté;
Mais dans les profondeurs de cette obfcurité,
Si la raifon nous luit, qu'avons-nous à nous plaindre?
Nous n'avons qu'un flambeau, gardons-nous de l'éteindre.
  Quand de l'immenfité DIEU peupla les déferts,
Alluma des foleils & fouleva des mers;
Demeurez, leur dit-il, dans vos bornes prefcrites,
Tous les mondes naiffans connurent leurs limites.
Il impofa des lois à Saturne, à Vénus,
Aux feize orbes divers dans nos cieux contenus,
Aux élémens unis dans leur utile guerre,
A la courfe des vents, aux flèches du tonnerre,

A l'animal qui penſe, & né pour l'adorer,
Au ver qui nous attend, né pour nous dévorer.
Aurons-nous bien l'audace, en nos faibles cervelles,
D'ajouter nos décrets à ces lois immortelles ? (*f*)
Hélas ! ferait-ce à nous, fantômes d'un moment,
Dont l'être imperceptible eſt voiſin du néant,
De nous mettre à côté du maître du tonnerre,
Et de donner en dieux des ordres à la terre ? (*g*)

TROISIEME PARTIE.

Que les hommes ayant, pour la plupart défiguré, par les opinions qui les diviſent, le principe de la religion naturelle qui les unit, doivent ſe ſupporter les uns les autres.

L'UNIVERS eſt un temple où ſiége l'Eternel.
Là (*h*) chaque homme à ſon gré veut bâtir un autel.
Chacun vante ſa foi, ſes ſaints & ſes miracles,
Le ſang de ſes martyrs, la voix de ſes oracles.
L'un penſe, en ſe lavant cinq ou ſix fois par jour,
Que le Ciel voit ſes bains d'un regard plein d'amour,
Et qu'avec un prépuce on ne ſaurait lui plaire.
L'autre a du dieu Brama défarmé la colère,
Et pour s'être abſtenu de manger du lapin,
Voit le ciel entr'ouvert, & des plaiſirs ſans fin.
Tous traitent leurs voiſins d'impurs & d'infidèles.
Des chrétiens diviſés les infames querelles
Ont, au nom du Seigneur, apporté plus de maux,
Répandu plus de ſang, creuſé plus de tombeaux,

Que le prétexte vain d'une utile balance
N'a défolé jamais l'Allemagne & la France.

Un doux inquifiteur, un crucifix en main,
Au feu par charité fait jeter fon prochain,
Et, pleurant avec lui d'une fin fi tragique,
Prend pour s'en confoler fon argent qu'il s'applique,
Tandis que de la grace ardent à fe toucher,
Le peuple en louant D I E U danfe autour du bûcher.
On vit plus d'une fois, dans une fainte ivreffe,
Plus d'un bon catholique, au fortir de la meffe,
Courant fur fon voifin, pour l'honneur de la foi,
Lui crier, *meurs, impie, ou penfe comme moi.*
Calvin & fes fuppôts, guettés par la juftice,
Dans Paris, en peinture, allèrent au fupplice.
Servet fut en perfonne immolé par Calvin.
Si Servet dans Genève eût été fouverain,
Il eut, pour argument contre fes adverfaires,
Fait ferrer d'un lacet le cou des Trinitaires.
Ainfi d'Arminius les ennemis nouveaux
En Flandre étaient martyrs, en Hollande bourreaux.

D'où vient que deux cents ans cette pieufe rage
De nos aïeux groffiers fut l'horrible partage?
C'eft que de la nature on étouffa la voix;
C'eft qu'à fa loi facrée on ajouta des lois;
C'eft que l'homme, amoureux de fon fot efclavage,
Fit dans fes préjugés D I E U même à fon image.
Nous l'avons fait injufte, emporté, vain, jaloux,
Séducteur, inconftant, barbare comme nous.

Enfin grace en nos jours à la philofophie,
Qui de l'Europe au moins éclaire une partie,
Les mortels plus inftruits en font moins inhumains :
Le fer eft émouffé, les bûchers font éteints.

Mais fi le fanatifme était encor le maître,
Que ces feux étouffés feraient prompts à renaître !
On s'eft fait, il eft vrai, le généreux effort
D'envoyer moins fouvent fes frères à la mort ;
On brûle moins d'Hébreux dans les murs de Lisbonne ; (*i*)
Et même le mouphti, qui rarement raifonne,
Ne dit plus aux chrétiens que le fultan foumet :
Renonce au vin, barbare, & crois à Mahomet.
Mais du beau nom de *chien* ce mouphti nous honore ; (*k*)
Dans le fond des enfers il nous envoie encore.
Nous le lui rendons bien : nous damnons à la fois
Le peuple circoncis vainqueur de tant de rois,
Londres, Berlin, Stockholm & Genève ; & vous-même,
Vous êtes, ô grand Roi ! compris dans l'anathême.
En vain par des bienfaits fignalant vos beaux jours,
A l'humaine raifon vous donnez des fecours,
Aux beaux arts des palais, aux pauvres des afiles ;
Vous peuplez les déferts, vous les rendez fertiles :
De fort favans efprits jurent fur leur falut (*l*)
Que vous êtes fur terre un fils de Belzébut. (*m*)

    Les vertus des païens étaient, dit-on, des crimes.
Rigueur impitoyable ! odieufes maximes !
Gazetier clandeftin, dont la platte âcreté
Damne le genre-humain de pleine autorité,
Tu vois d'un œil ravi les mortels tes femblables,
Pétris des mains de D i e u pour le plaifir des diables !
N'es-tu pas fatisfait de condamner au feu
Nos meilleurs citoyens, Montagne & Montefquieu ?
Penfes-tu que Socrate, & le jufte Ariftide,
Solon qui fut des Grecs & l'exemple & le guide,
Penfes-tu que Trajan, Marc-Aurèle, Titus,
Noms chéris, noms facrés que tu n'as jamais lus,

Aux

Aux fureurs des démons font livrés en partage
Par le Dieu bienfefant dont ils étaient l'image?
Et que tu feras, toi, de rayons couronné,
D'un cœur de chérubins au ciel environné,
Pour avoir quelque temps, chargé d'une beface,
Dormi dans l'ignorance, & croupi dans la craffe?
Sois fauvé, j'y confens; mais l'immortel Newton,
Mais le favant Leibnitz, & le fage Addiffon,
Et ce Locke, en un mot, dont la main courageufe (n)
A de l'efprit humain pofé la borne heureufe;
Ces efprits qui femblaient de DIEU même éclairés
Dans des feux éternels feront-ils dévorés?
Porte un arrêt plus doux, prends un ton plus modefte;
Ami, ne préviens point le jugement célefte;
Refpecte ces mortels, pardonne à leur vertu :
Ils ne t'ont point damné; pourquoi les damnes-tu?
A la religion difcrètement fidèle,
Sois doux, compatiffant, fage, indulgent comme elle;
Et fans noyer autrui fonge à gagner le port :
La clémence a raifon, & la colère a tort.
Dans nos jours paffagers de peines, de mifères,
Enfans du même DIEU, vivons du moins en frères :
Aidons-nous l'un & l'autre à porter nos fardeaux.
Nous marchons tous courbés fous le poids de nos maux;
Mille ennemis cruels affiégent notre vie,
Toujours par nous maudite, & toujours fi chérie :
Notre cœur égaré, fans guide & fans appui,
Eft brûlé de défirs, ou glacé par l'ennui.
Nul de nous n'a vécu fans connaître les larmes.
De la fociété les fecourables charmes
Confolent nos douleurs au moins quelques inftans
Remède encor trop faible à des maux fi conftans

Poëmes.   G

Ah! n'empoifonnons pas la douceur qui nous refte.
Je crois voir des forçats dans un cachot funefte,
Se pouvant fecourir, l'un fur l'autre acharnés,
Combattre avec les fers dont ils font enchaînés.

QUATRIEME PARTIE.

C'eft au gouvernement à calmer les malheureufes difputes
de l'Ecole qui troublent la fociété.

Oui, je l'entends fouvent de votre bouche augufte,
Le premier des devoirs, fans doute, eft d'être jufte;
Et le premier des biens eft la paix de nos cœurs.
Comment avez-vous pu, parmi tant de docteurs,
Parmi ces différens que la difpute enfante,
Maintenir dans l'Etat une paix fi conftante ?
D'où vient que les enfans de Calvin, de Luther,
Qu'on croit de-là les monts bâtards de Lucifer,
Le grec & le romain, l'empefé quiétifte,
Le quakre au grand chapeau, le fimple anabaptifte,
Qui jamais dans leur loi n'ont pu fe réunir,
Sont tous, fans difputer, d'accord pour vous bénir ?
C'eft que vous êtes fage, & que vous êtes maître.
Si le dernier Valois, hélas! avait fu l'être,
Jamais un jacobin, guidé par fon prieur,
De Judith & d'Aod fervent imitateur,
N'eût tenté dans Saint-Cloud fa funefte entreprife :
Mais Valois aiguifa le poignard de l'Eglife, (o)
Ce poignard qui bientôt égorgea dans Paris,
Aux yeux de fes fujets, le plus grand des Henris.
Voilà le fruit affreux des pieufes querelles
Toutes les factions à la fin font cruelles;

Pour peu qu'on les foutienne, on les voit tout ofer ;
Pour les anéantir, il les faut méprifer.
Qui conduit des foldats peut gouverner des prêtres.
Un roi, dont la grandeur éclipfa fes ancêtres,
Crut pourtant, fur la foi d'un confeffeur normand,
Janfénius à craindre, & Quefnel important ;
Du fceau de fa grandeur il chargea leurs fottifes.
De la difpute alors cent cabales éprifes,
Cent bavards en fourrure, avocats, bacheliers,
Colporteurs, capucins, jéfuites, cordeliers,
Troublèrent tout l'Etat par leurs doctes fcrupules :
Le régent plus fenfé les rendit ridicules ; (p)
Dans la poufhère alors on les vit tous rentrer.

    L'œil du maître fuffit, il peut tout opérer.
L'heureux cultivateur des préfens de Pomone,
Des filles du printemps, des tréfors de l'automne
Maître de fon terrain, ménage aux arbriffeaux
Les fecours du foleil, de la terre & des eaux ;
Par de légers appuis foutient leurs bras débiles ;
Arrache impunément les plantes inutiles ;
Et des arbres touffus, dans fon clos renfermés,
Emonde les rameaux de la fève affamés.
Son docile terrain répond à fa culture.
Miniftre induftrieux des lois de la nature,
Il n'eft pas traverfé dans fes heureux deffeins ;
Un arbre qu'avec peine il planta de fes mains,
Ne prétend point le droit de fe rendre ftérile ;
Et du fol épuifé tirant un fuc utile,
Ne va pas refufer à fon maître affligé
Une part de fes fruits dont il eft trop chargé.
Un jardinier voifin n'eut jamais la puiffance
De diriger des cieux la maligne influence,

De maudire fes fruits pendans aux efpaliers,
Et de fécher d'un mot fa vigne & fes figuiers.

Malheur aux nations dont les lois oppofées
Embrouillent de l'Etat les rènes divifées !
Le fénat des Romains, ce confeil de vainqueurs,
Préfidait aux autels, & gouvernait les mœurs ;
Reftreignait fagement le nombre des veftales ;
D'un peuple extravagant réglait les bacchanales.
Marc-Aurèle & Trajan mêlaient, aux champs de Mars,
Le bonnet de pontife au bandeau des céfars :
L'univers, repofant fous leur heureux génie,
Des guerres de l'école ignora la manie.
Ces grands légiflateurs, d'un faint zèle enivrés,
Ne combattirent point pour leurs poulets facrés.
Rome, encore aujourd'hui confervant ces maximes,
Joint le trône à l'autel par des nœuds légitimes :
Ses citoyens, en paix fagement gouvernés,
Ne font plus conquérans, & font plus fortunés.

Je ne demande pas que, dans fa capitale,
Un roi, portant en main la croffe épifcopale,
Au fortir du confeil allant en miffion,
Donne au peuple contrit fa bénédiction.
Toute églife a fes lois, tout peuple a fon ufage :
Mais je prétends qu'un roi, que fon devoir engage
A maintenir la paix, l'ordre, la fureté,
Ait fur tous fes fujets égale autorité : (q)
Ils font tous fes enfans ; cette famille immenfe
Dans fes foins paternels a mis fa confiance.
Le marchand, l'ouvrier, le prêtre, le foldat,
Sont tous également les membres de l'Etat.
De la religion l'appareil néceffaire
Confond aux yeux de DIEU le grand & le vulgaire ;

Et les civiles lois, par un autre lien,
Ont confondu le prêtre avec le citoyen.
La loi dans tout Etat doit être univerfelle.
Les mortels, quels qu'ils foient, font égaux devant elle.
Je n'en dirai pas plus fur ces points délicats :
Le Ciel ne m'a point fait pour régir les Etats,
Pour confeiller les rois, pour enfeigner les fages ;
Mais du port où je fuis contemplant les orages,
Dans cette heureufe paix où je finis mes jours,
Eclairé par vous-même, & plein de vos difcours,
De vos nobles leçons falutaire interprète,
Mon efprit fuit le vôtre, & ma voix vous répète.

Que conclure à la fin de tous mes longs propos ?
C'eft que les préjugés font la raifon des fots ;
Il ne faut pas pour eux fe déclarer la guerre :
Le vrai nous vient du ciel, l'erreur vient de la terre ;
Et parmi les chardons qu'on ne peut arracher,
Dans les fentiers fecrets le fage doit marcher.
La paix enfin, la paix, que l'on trouble, & qu'on aime,
Eft d'un prix auffi grand que la vérité même.

PRIERE.

O DIEU qu'on méconnaît, ô DIEU que tout annonce,
Entends les derniers mots que ma bouche prononce.
Si je me fuis trompé, c'eft en cherchant ta loi :
Mon cœur peut s'égarer, mais il eft plein de toi.
Je vois fans m'alarmer l'éternité paraître,
Et je ne puis penfer qu'un Dieu qui m'a fait naître,
Qu'un Dieu qui fur mes jours verfa tant de bienfaits,
Quand mes jours font éteints, me tourmente à jamais.

G 3

NOTES ET VARIANTES

SUR LA LOI NATURELLE.

(*a*) IL paraît que ce poëme fut d'abord adreſſé à madame la Margrave de *Bareith.* L'exorde commence ainſi dans une ancienne copie :

Souveraine ſans faſte & femme ſans faibleſſe ,
Vous dont la raiſon mâle & la ferme ſageſſe
Sont pour moi des attraits plus chers , plus précieux
Que ces feux ſéduiſans qui brillent dans vos yeux :
Digne ouvrage d'un Dieu, connaiſſez votre maître ;
La main des préjugés défigura ſon être.
Dans le fond de nos cœurs il faut chercher ſes traits :
Si DIEU n'eſt pas dans nous, il n'exiſta jamais , &c.

. . . .

. . . .

. . . .

Je n'irai point d'abord , philoſophe orgueilleux ,
Sur l'aile de Platon me perdre dans les cieux ;
Ecartons ces romans qu'on appelle ſyſtêmes ,
Et pour nous élever deſcendons dans nous-mêmes.
Soit qu'un être inconnu , &c.

(*b*) DIEU étant un être infini , ſa nature a dû être inconnue à tous les hommes. Comme cet ouvrage eſt tout philoſophique , il a fallu rapporter les ſentimens des philoſophes. Tous les anciens , ſans exception, ont cru l'éternité de la matière ; c'eſt preſque le ſeul point ſur lequel ils convenaient. La plupart prétendaient que les dieux avaient arrangé le monde ; nul ne croyait que DIEU l'eut tiré du néant. Ils diſaient que l'intelligence céleſte avait , par ſa propre nature, le pouvoir de diſpoſer de la matière , & que la matière exiſtait par ſa propre nature.

Selon preſque tous les philoſophes & les poëtes , les grands dieux habitaient loin de la terre : l'ame de l'homme, ſelon pluſieurs, était un feu céleſte ; ſelon d'autres, une harmonie réſultante de ſes organes : les uns en feſaient une partie de la Divinité , *Divinæ particulam auræ ;* les autres une matière épurée , une quinteſſence ; les plus ſages un être immatériel : mais quelque ſecte qu'ils aient embraſſée , tous , hors les épicuriens , ont reconnu que l'homme eſt entièrement ſoumis à la Divinité.

(*c*) Il faut diſtinguer *Confutzée,* qui s'en eſt tenu à la religion naturelle , & qui a fait tout ce qu'on peut faire ſans révélation.

(*d*) Il eft évident que cet *arbitraire* ne regarde que les chofes d'inftitution, les lois civiles, la difcipline, qui changent tous les jours felon le befoin.

(*e*) Pilote qui s'oppofe aux vents toujours contraires
　　De tant de paffions qui nous font néceffaires.
　　On infifte, &c.

(*f*) On ne doit entendre par ce mot *décrets* que les opinions paffagères des hommes qui veulent donner leurs fentimens particuliers pour des lois générales.

(*g*) Et vous avez l'audace, en vos vifions folles,
　　Orgueilleux excrémens du bourbier des écoles,
　　D'ajouter vos décrets aux volontés des Cieux !
　　Imbécilles tyrans qui nous parlez en dieux,
　　Vous commandez aux rois profternés dans la poudre,
　　Quoi! l'infecte rampant doit-il lancer la foudre?

(*h*) *Chaque homme* fignifie clairement chaque particulier qui veut s'ériger en légiflateur ; & il n'eft ici queftion que des cultes étrangers, comme on l'a déclaré au commencement de la première partie.

(*i*) On ne pouvait prévoir alors que les flammes détruiraient une partie de cette ville malheureufe, dans laquelle on alluma trop fouvent des bûchers.

(*k*) Les Turcs appellent indifféremment les chrétiens *infidèles* & *chiens.*

(*l*) On refpecte cette maxime, *hors de l'Eglife point de falut :* mais tous les hommes fenfés trouvent ridicule & abominable que des particuliers ofent employer cette fentence générale & comminatoire contre les hommes qui font leurs fupérieurs & leurs maîtres en tout genre : les hommes raifonnables n'en ufent point ainfi. L'archevêque *Tillotfon* aurait-il jamais écrit à l'archevêque *Fénélon, vous êtes damné?* & un roi de Portugal écrirait-il à un roi d'Angleterre qui lui envoie des fecours, *mon frère, vous irez à tous les diables?* La dénonciation des peines éternelles à ceux qui ne penfent pas comme nous, eft une arme ancienne qu'on laiffe fagement repofer dans l'arfenal, & dont il n'eft permis à aucun particulier de fe fervir.

(*m*) Boyer & Tamponet jurent sur leur salut
    Que vous êtes sur terre un fils de Belzébut ;
    Ils ont des partisans ; & l'on honore en France
    De ces ânes fourrés l'imbécille insolence.

    Ça, dis-moi, tête chauve, ou toi qui dans un froc,
    Des argumens en forme as soutenu le choc,
    Penses-tu que Socrate & le juste Aristide,
    Solon qui fut des Grecs & l'exemple & le guide ;
    Penses-tu que Trajan, Marc-Aurèle, Titus,
    Noms chéris, noms sacrés que tu n'as jamais lus,
    De l'univers charmé bienfaiteurs adorables,
    Soient au fond des enfers empalés par des diables?
    Et que tu feras, toi, &c.

(*n*) *Et ce Locke, en un mot, dont la main courageuse*
    A de l'esprit humain posé la borne heureuse.

Le modeste & sage *Locke* est connu pour avoir développé toute la marche de l'entendement humain, & pour avoir montré les limites de son pouvoir. Convaincu de la faiblesse humaine, & pénétré de la puissance infinie du créateur, il dit que nous ne connaissons la nature de notre ame que par la foi ; il dit que l'homme n'a point par lui-même assez de lumières pour assurer que DIEU ne peut pas communiquer la pensée à tout être auquel il daignera faire ce présent, à la matière elle-même.

Ceux qui étaient encore dans l'ignorance, s'élevèrent contre lui. Entêtés d'un cartésianisme aussi faux en tout que le péripatétisme, ils croyaient que la matière n'est autre chose que l'étendue en longueur, largeur & profondeur : ils ne savaient pas qu'elle a la gravitation vers un centre, la force d'inertie & d'autres propriétés ; que ses élémens sont indivisibles, tandis que ses composés se divisent sans cesse. Ils bornaient la puissance de l'Etre tout-puissant ; ils ne fesaient pas réflexion qu'après toutes les découvertes sur la matière, nous ne connaissons point le fond de cet être. Ils devaient songer que l'on a long-temps agité si l'entendement humain est une faculté ou une substance ; ils devaient s'interroger eux-mêmes & sentir que nos connaissances sont trop bornées pour sonder cet abyme.

La faculté que les animaux ont de se mouvoir n'est point une substance, un être à part ; il paraît que c'est un don du créateur. *Locke* dit que ce même créateur peut faire ainsi un don de la pensée à tel être qu'il daignera choisir. Dans cette hypothèse qui nous soumet plus que toute autre à l'Etre suprême, la penfée accordée à un élément de matière n'en eft pas moins pure, moins immortelle que dans toute autre hypothèfe. Cet élément indivifible eft impériffable : la penfée peut affurément fubfifter à jamais avec lui, quand le corps eft diffous. Voilà ce que *Locke* propofe fans rien affirmer. Il dit ce que DIEU eût pu faire ; & non ce que DIEU a fait. Il ne connaît point ce que c'eft que la matière : il avoue qu'entre elle & DIEU il peut y avoir une infinité de fubftances créées, abfolument différentes les unes des autres. La lumière, le feu élémentaire paraît en effet, comme on l'a dit dans les élémens de *Newton*, une fubftance mitoyenne entre cet être inconnu nommé matière, & d'autres êtres encore plus inconnus. La lumière ne tend point vers un centre comme la matière ; elle ne paraît pas impénétrable ; auffi *Newton* dit fouvent dans fon *Optique : Je n'examine pas fi les rayons de la lumière font des corps ou non*.

Locke dit donc qu'il peut y avoir un nombre innombrable de fubftances, & que DIEU eft le maître d'accorder des idées à ces fubftances. Nous ne pouvons deviner par quel art divin un être, quel qu'il foit, a des idées ; nous en fommes bien loin : nous ne faurons jamais comment un ver de terre a le pouvoir de fe remuer. Il faut dans toutes ces recherches s'en remettre à DIEU & fentir fon néant. Telle eft la philofophie de cet homme, d'autant plus grand qu'il eft plus fimple ; & c'eft cette foumiffion à DIEU qu'on a ofé appeler impiété ; & ce font fes fectateurs convaincus de l'immortalité de l'ame qu'on a nommé matérialiftes ; & c'eft un homme tel que *Locke* à qui un compilateur de quelque phyfique a donné le nom d'*ennuyeux*.

Quand même *Locke* fe ferait trompé fur ce point, (fi l'on peut pourtant fe tromper en n'affirmant rien) cela n'empêche pas qu'il ne mérite la louange qu'on lui donne ici : il eft le premier, ce me femble, qui ait montré qu'on ne connaît aucun axiome avant d'avoir connu les vérités particulières ; il eft le premier qui ait fait voir ce que c'eft que l'identité, & ce que c'eft que d'être la même perfonne, le même *foi* ; il eft le premier qui ait prouvé la fauffeté du fyftême des idées innées. Sur quoi je remarquerai qu'il y a des écoles qui anathématifèrent les idées innées, quand *Defcartes* les établit, & qui anathématifèrent enfuite les adverfaires des idées innées, quand *Locke* les eut détruites. C'eft ainfi que jugent les hommes qui ne font pas philofophes.

N. B. *Le lecteur curieux peut confulter l'article* Locke *dans le dictionnaire philofophique.*

(*o*) Il ne faut pas entendre par ce mot l'Eglife catholique, mais le poignard d'un eccléfiaftique, le fanatifme abominable de quelques gens d'églife de ces temps-là, détefté par l'Eglife de tous les temps.

(*p*) Ce ridicule , fi univerfellement fenti par toutes les nations , tombe fur les grandes intrigues pour de petites chofes , fur la haine acharnée de deux partis qui n'ont jamais pu s'entendre , fur plus de quatre mille volumes imprimés.

(*q*) Ce n'eft pas à dire que chaque ordre de l'Etat n'ait fes diftinctions , fes priviléges indifpenfablement attachés à fes fonctions. Ils jouiffent de ces priviléges dans tout pays ; mais la loi générale lie également tout le monde.

POEME

SUR

LE DESASTRE

DE LISBONNE,

EN 1755.

PREFACE.

Sɪ jamais la queſtion du mal phyſique a mérité l'attention de tous les hommes, c'eſt dans ces événemens funeſtes qui nous rappellent à la contemplation de notre faible nature, comme les peſtes générales qui ont enlevé le quart des hommes dans le monde connu, le tremblement de terre qui engloutit quatre cents mille perſonnes à la Chine en 1699, celui de Lima & de Callao, & en dernier lieu celui de Portugal & du royaume de Fez. L'axiome *tout eſt bien* paraît un peu étrange à ceux qui ſont les témoins de ces déſaſtres. Tout eſt arrangé, tout eſt ordonné, ſans doute, par la Providence ; mais il n'eſt que trop ſenſible que tout depuis long-temps n'eſt pas arrangé pour notre bien-être préſent.

(*a*) Lorſque l'illuſtre *Pope* donna ſon *Eſſai ſur*

(*a*) C'eſt peut-être la première fois qu'on a dit que le ſyſtême de *Pope* était celui du lord *Shaſtesburi* ; c'eſt pourtant une vérité inconteſtable. Toute la partie phyſique eſt preſque mot à mot dans la première partie du chapitre intitulé *Les Moraliſtes*, ſection 3. Mᴜᴄʜ ɪs ᴀʟʟᴇᴅɢᴇᴅ ɪɴ ᴀɴsᴡᴇʀ ᴛᴏ Sʜᴏᴡ, &c. *On a beaucoup à répondre à ces plaintes des défauts de la nature. Comment eſt-elle ſortie ſi impuiſſante & ſi défeſtueuſe des mains d'un être parfait ? Mais je nie qu'elle ſoit défeſtueuſe..... Sa beauté réſulte des contrariétés, & la concorde univerſelle naît d'un combat perpétuel..... il faut que chaque être ſoit immolé à d'autres ; les végétaux aux animaux, les animaux à la terre.... & les lois du pouvoir central & de la gravitation, qui donnent*

l'homme , & qu'il développa dans fes vers immortels les fyftêmes de *Leibnitz* , du Lord *Shaftesburi* ,

aux corps céleftes leur poids & leur mouvement , ne feront point dérangées
pour l'amour d'un chétif & faible animal qui , tout protégé qu'il eft par ces
mêmes lois , fera bientôt par elles réduit en pouffière.

Cela eft admirablement dit : & cela n'empêche pas que l'illuftre
docteur *Clarke* , dans fon traité de l'exiftence de DIEU , ne dife que
le *genre humain fe trouve dans un état où l'ordre naturel des chofes de ce*
monde eft manifeftement renverfé , page 10 , tome II , deuxième édition , traduction de M. *Ricotier :* cela n'empêche pas que l'homme
ne puiffe dire : Je dois être auffi cher à mon maître, moi, être
penfant & fentant , que les planètes qui probablement ne fentent
point : cela n'empêche pas que les chofes de ce monde ne puiffent
être autrement , puifqu'on nous apprend que l'ordre a été per-
verti , & qu'il fera rétabli : cela n'empêche pas que le mal phyfique
& le mal moral ne foient une chofe incompréhenfible à l'efprit
humain : cela n'empêche pas qu'on ne puiffe révoquer en doute
le *tout eft bien* , en refpectant *Shaftesburi* & *Pope* , dont le fyftême a
d'abord été attaqué comme fufpect d'athéïfme , & eft aujourd'hui
canonifé.

La partie morale de l'*Effai fur l'homme* de *Pope* eft auffi toute
entière dans *Shaftesburi* , à l'article de la recherche fur la vertu,
au fecond volume des *Caractériftics*. C'eft-là que l'auteur dit que
l'intérêt particulier bien entendu fait l'intérêt général. Aimer le
bien public & le nôtre eft non-feulement poffible , mais infépa-
rable : *To be well affected towards the publick intereft and one's own* ,
is not only confiftent , but infeparable. C'eft-là ce qu'il prouve dans
tout ce livre , & c'eft la bafe de toute la partie morale de l'*Effai de*
Pope fur l'homme. C'eft par-là qu'il finit.

> *That reafon , paffion anfwer one great aim ,*
> *That true felf love and focial be the fame.*

La raifon & les paffions répondent au grand but de DIEU. Le
véritable amour-propre & l'amour focial font le même.

Une fi belle morale , bien mieux développée encore dans *Pope*
que dans *Shaftesburi* , a toujours charmé l'auteur des poëmes fur
Lisbonne & fur la loi naturelle : voilà pourquoi il a dit :

& du lord *Bolingbrocke*, une foule de théologiens de toutes les communions attaqua ce fyftême.

Mais Pope approfondit ce qu'ils ont effleuré,
Et l'homme avec lui feul apprend à fe connaître.

Le lord *Shaftesburi* prouve encore que la perfection de la vertu eft due néceffairement à la croyance d'un Dieu. *And thus perfection of virtue muft be owing to the belief of a God.*

C'eft apparemment fur ces paroles que quelques perfonnes ont traité *Shaftesburi* d'athée. Si elles avaient bien lu fon livre, elles n'auraient pas fait cet infame reproche à la mémoire d'un pair d'Angleterre, d'un philofophe élevé par le fage *Locke*.

C'eft ainfi que le père *Hardouin* traita d'athées *Pafcal*, *Mallebranche* & *Arnauld*; c'eft ainfi que le docteur *Lange* traita d'athée le refpectable *Wolf*, pour avoir loué la morale des Chinois : & *Wolf* s'étant appuyé du témoignage des jéfuites miffionnaires à la Chine, le docteur répondit : *Ne fait-on pas que les jéfuites font des athées ?* Ceux qui gémirent fur l'aventure des diables de Loudun, fi humiliante pour la raifon humaine ; ceux qui trouvèrent mauvais qu'un récollet, en conduifant *Urbain Grandier* au fupplice, le frappât au vifage avec un crucifix de fer, furent appelés athées par les récollets. Les convulfionnaires ont imprimé que ceux qui fe moquaient des convulfions étaient des athées ; & les moliniftes ont cent fois baptifé de ce nom les janféniftes.

Lorfqu'un homme connu écrivit le premier en France, il y a plus de trente ans, fur l'inoculation de la petite vérole, un auteur inconnu écrivit : *Il n'y a qu'un athée, imbu des folies anglaifes, qui puiffe propofer à notre nation de faire un mal certain pour un bien incertain.*

L'auteur des Nouvelles eccléfiaftiques, qui écrit tranquillement depuis fi long-temps contre les lois & contre la raifon, a employé une feuille à prouver que M. de *Montefquieu* était athée, & une autre feuille à prouver qu'il était déifte.

Saint-Sorlin des Marets, connu en fon temps par le poëme de *Clovis* & par fon fanatifme, voyant paffer un jour dans la galerie du louvre *la Mothe-le-Vayer*, confeiller d'Etat & précepteur de *Monfieur* ; Voilà, dit-il, *un homme qui n'a point de religion* : la *Mothe-le-Vayer* fe retourna vers lui, & daigna lui dire : *Mon ami, j'ai tant de religion que je ne fuis point de ta religion.*

On fe révoltait contre cet axiome nouveau, que *tout eft bien*, que *l'homme jouit de la feule mefure du bonheur dont fon être foit fufceptible*, &c... Il y a toujours un fens dans lequel on peut condamner un écrit, & un fens dans lequel on peut l'approuver. Il ferait bien plus raifonnable de ne faire attention qu'aux beautés utiles d'un ouvrage , & de n'y point chercher un fens odieux : mais c'eft une des imperfections de notre nature, d'interpréter malignement tout ce qui peut être interprété, & de vouloir décrier tout ce qui a eu du fuccès.

On crut donc voir dans cette propofition, *tout eft bien*, le renverfement du fondement des idées reçues. Si tout eft bien, difait-on, il eft donc faux que la nature humaine foit déchue. Si l'ordre général exige que tout foit comme il eft, la nature humaine n'a donc pas été corrompue ; elle n'a donc pas eu befoin de rédempteur. Si ce monde, tel qu'il eft, eft le meilleur des mondes poffibles, on ne peut donc pas efpérer un avenir plus heureux. Si tous les maux dont nous fommes accablés font un bien général,

---

En général, cette ridicule & abominable démence d'accufer d'athéifme à tort & à travers tous ceux qui ne penfent pas comme nous, eft ce qui a le plus contribué à répandre d'un bout de l'Europe à l'autre ce profond mépris que tout le public a aujourd'hui pour les libelles de controverfe.

toutes

toutes les nations policées ont donc eu tort de rechercher l'origine du mal phyfique & du mal moral. Si un homme mangé par les bêtes féroces fait le bien-être de ces bêtes , & contribue à l'ordre du monde ; fi les malheurs de tous les particuliers ne font que la fuite de cet ordre général & néceffaire, nous ne fommes donc que des roues qui fervent à faire jouer la grande machine ; nous ne fommes pas plus précieux aux yeux de DIEU que les animaux qui nous dévorent.

Voilà les conclufions qu'on tirait du poëme de M. *Pope* ; & ces conclufions même augmentaient encore la célébrité & le fuccès de l'ouvrage. Mais on devait l'envifager fous un autre afpect. Il fallait confidérer le refpect pour la Divinité, la réfignation qu'on doit à fes ordres fuprêmes, la faine morale , la tolérance , qui font l'ame de cet excellent écrit. C'eft ce que le public a fait ; & l'ouvrage , ayant été traduit par des hommes dignes de le traduire, a triomphé d'autant plus des critiques qu'elles roulaient fur des matières plus délicates.

C'eft le propre des cenfures violentes d'accréditer les opinions qu'elles attaquent. On crie contre un livre parce qu'il réuffit, on lui impute des erreurs. Qu'arrive-t-il ? les hommes , révoltés contre ces cris , prennent pour des vérités les erreurs mêmes que ces critiques ont cru apercevoir. La cenfure élève des fantômes pour les combattre, & les lecteurs indignés embraffent ces fantômes.

Les critiques ont dit : *Leibnitz, Pope, enfeignent le fatalifme* ; & les partifans de *Leibnitz* & de *Pope* ont dit : *Si Leibnitz & Pope enfeignent le fatalifme, ils ont donc raifon ; & c'eft à cette fatalité invincible qu'il faut croire.*

Pope avait dit *tout eft bien* en un fens qui était très-recevable ; & ils le difent aujourd'hui en un fens qui peut être combattu.

L'auteur du poëme fur le défaftre de Lisbonne ne combat point l'illuftre *Pope*, qu'il a toujours admiré & aimé ; il penfe comme lui fur prefque tous les points : mais pénétré des malheurs des hommes, il s'élève contre les abus qu'on peut faire de cet ancien axiome *tout eft bien*. Il adopte cette trifte & plus ancienne vérité reconnue de tous les hommes, *qu'il y a du mal fur la terre* ; il avoue que le mot *tout eft bien*, pris dans un fens abfolu, & fans l'efpérance d'un avenir, n'eft qu'une infulte aux douleurs de notre vie.

Si lorfque Lisbonne, Méquinez, Tétuan, & tant d'autres villes furent englouties avec un fi grand nombre de leurs habitans, au mois de novembre 1755, des philofophes avaient crié aux malheureux qui échappaient à peine des ruines. *Tout est bien ; les héritiers des morts augmenteront leurs fortunes ; les maçons gagneront de l'argent à rebâtir des maisons ; les bêtes se nourriront des cadavres enterrés dans les débris; c'est l'effet nécessaire des causes nécessaires; votre mal particulier n'est rien , vous contribuez au bien général ;* un tel discours certainement eût été aussi cruel que le tremblement de terre a été funeste : & voilà ce que dit l'auteur du poëme sur le désastre de Lisbonne.

Il avoue donc, avec toute la terre, qu'il y a du mal sur la terre , ainsi que du bien ; il avoue qu'aucun philosophe n'a pu jamais expliquer l'origine du mal moral & du mal physique ; il avoue que *Bayle* , le plus grand dialecticien qui ait jamais écrit , n'a fait qu'apprendre à douter, & qu'il se combat lui-même; il avoue qu'il y a autant de faiblesses dans les lumières de l'homme que de misères dans sa vie. Il expose tous les systêmes en peu de mots. Il dit que la révélation seule peut dénouer ce grand nœud que tous les philosophes ont embrouillé ; il dit que l'espérance d'un développement de notre être, dans un nouvel ordre de choses, peut seule consoler des malheurs présens, & que la bonté de la Providence est le seul asile auquel l'homme puisse recourir dans les ténèbres de sa raison ,

& dans les calamités de fa nature faible &
mortelle.

P. S. Il eſt toujours malheureuſement néceffaire d'avertir qu'il faut diſtinguer les objections
que ſe fait un auteur, de ſes réponſes aux objections, & ne pas prendre ce qu'il réfute pour
ce qu'il adopte.

POEME

SUR

LE DESASTRE DE LISBONNE,

OU

EXAMEN DE CET AXIOME

TOUT EST BIEN.

O malheureux mortels, ô terre déplorable !
O de tous les fléaux affemblage effroyable !
D'inutiles douleurs éternel entretien !
Philofophes trompés, qui criez *tout eft bien* ;
Accourez, contemplez ces ruines affreufes,
Ces débris, ces lambeaux, ces cendres malheureufes ,
Ces femmes, ces enfans, l'un fur l'autre entaffés ,
Sous ces marbres rompus ces membres difperfés ;
Cent mille infortunés que la terre dévore ,
Qui , fanglans, déchirés, & palpitans encore,
Enterrés fous leurs toits, terminent fans fecours ,
Dans l'horreur des tourmens, leurs lamentables jours.
Aux cris demi-formés de leurs voix expirantes ,
Au fpectacle effrayant de leurs cendres fumantes ,
Direz-vous, c'eft l'effet des éternelles lois,
Qui d'un Dieu libre & bon néceffitent le choix ?
Direz-vous, en voyant cet amas de victimes,
DIEU s'eft vengé , leur mort eft le prix de leurs crimes ?

Quel crime, quelle faute ont commis ces enfans,
Sur le fein maternel écrafés & fanglans?
Lisbonne qui n'eft plus eut-elle plus de vices
Que Londres, que Paris, plongés dans les délices!
Lisbonne eft abymée, & l'on danfe à Paris.
Tranquilles fpectateurs, intrépides efprits, (1)
De vos frères mourans contemplant les naufrages,
Vous recherchez en paix les caufes des orages;
Mais du fort ennemi quand vous fentez les coups,
Devenus plus humains, vous pleurez comme nous.

Croyez-moi: quand la terre entr'ouvre fes abymes,
Ma plainte eft innocente, & mes cris légitimes.
Par-tout environnés des cruautés du fort,
Des fureurs des méchans, des piéges de la mort,
De tous les élémens éprouvant les atteintes,
Compagnons de nos maux, permettez-nous les plaintes.
C'eft l'orgueil, dites-vous, l'orgueil féditieux,
Qui prétend qu'étant mal nous pouvions être mieux.
Allez interroger les rivages du Tage;
Fouillez dans les débris de ce fanglant ravage;
Demandez aux mourans, dans ce féjour d'effroi,
Si c'eft l'orgueil qui crie : *O Ciel, fecourez-moi;*
O Ciel, ayez pitié de l'humaine mifère!

Tout eft bien, dites-vous, & tout eft *néceffaire.*
Quoi! l'univers entier, fans ce gouffre infernal,
Sans engloutir Lisbonne, eût-il été plus mal?
Etes-vous affurés que la caufe éternelle,
Qui fait tout, qui fait tout, qui créa tout pour elle,
Ne pouvait nous jeter dans ces triftes climats
Sans former des volcans allumés fous nos pas?

Borneriez-vous ainſi la ſuprême puiſſance ?
Lui défendriez-vous d'exercer ſa clémence ?
L'éternel artiſan n'a-t-il pas dans ſes mains
Des moyens infinis tout prêts pour ſes deſſeins ?
Je déſire humblement, ſans offenſer mon maître,
Que ce gouffre enflammé de ſoufre & de ſalpêtre
Eût allumé ces feux dans le fond des déſerts.
Je reſpecte mon Dieu, mais j'aime l'univers :
Quand l'homme oſe gémir d'un fléau ſi terrible,
Il n'eſt point orgueilleux, hélas! il eſt ſenſible.

Les triſtes habitans de ces bords déſolés,
Dans l'horreur des tourmens feraient-ils conſolés,
Si quelqu'un leur diſait : *Tombez, mourez tranquilles;*
Pour le bonheur du monde on détruit vos aſiles;
D'autres mains vont bâtir vos palais embraſés;
D'autres peuples naîtront dans vos murs écraſés;
Le Nord va s'enrichir de vos pertes fatales;
Tous vos maux ſont un bien dans les lois générales;
Dieu vous voit du même œil que les vils vermiſſeaux,
Dont vous ſerez la proie au fond de vos tombeaux ?
A des infortunés quel horrible langage !
Cruels, à mes douleurs n'ajoutez point l'outrage.

Non, ne préſentez plus à mon cœur agité
Ces immuables lois de la néceſſité,
Cette chaîne des corps, des eſprits & des mondes.
O rêves de ſavans ! ô chimères profondes !
Dieu tient en main la chaîne, & n'eſt point enchaîné; (*a*)
Par ſon choix bienfeſant tout eſt déterminé :
Il eſt libre, il eſt juſte, il n'eſt point implacable.
Pourquoi donc ſouffrons-nous ſous un maître équitable?(*b*)

H 4

Voilà le nœud fatal qu'il fallait délier.
Guérirez-vous nos maux en ofant les nier?
Tous les peuples tremblans fous une main divine,
Du mal que vous niez ont cherché l'origine.
Si l'éternelle loi qui meut les élémens
Fait tomber les rochers fous les efforts des vents,
Si les chênes touffus par la foudre s'embrafent,
Ils ne reffentent point les coups qui les écrafent.
Mais je vis, mais je fens, mais mon cœur opprimé
Demande des fecours au Dieu qui l'a formé.

Enfans du Tout-puiffant, mais nés dans la misère,
Nous étendons les mains vers notre commun père.
Le vafe, on le fait bien, ne dit point au potier,
Pourquoi fuis-je fi vil, fi faible & fi groffier ?
Il n'a point la parole, il n'a point la penfée.
Cette urne en fe formant, qui tombe fracaffée,
De la main du potier ne reçut point un cœur
Qui défirât les biens & fentît fon malheur.
Ce malheur, dites-vous, eft le bien d'un autre être :
De mon corps tout fanglant mille infectes vont naître.
Quand la mort met le comble aux maux que jai foufferts,
Le beau foulagement d'être mangé des vers !
Triftes calculateurs des misères humaines,
Ne me confolez point, vous aigriffez mes peines;
Et je ne vois en vous que l'effort impuiffant
D'un fier infortuné qui feint d'être content.

Je ne fuis du grand *Tout* qu'une faible partie :
Oui; mais les animaux condamnés à la vie,
Tous les êtres fentans, nés fous la même loi,
Vivent dans la douleur, & meurent comme moi.

Le vautour, acharné fur fa timide proie,
De fes membres fanglans fe repait avec joie :
Tout femble bien pour lui ; mais bientôt à fon tour
Une aigle au bec tranchant dévore le vautour.
L'homme d'un plomb mortel atteint cette aigle altière ;
Et l'homme aux champs de Mars couché fur la pouffière,
Sanglant, percé de coups, fur un tas de mourans,
Sert d'aliment affreux aux oifeaux dévorans.
Ainfi du monde entier tout les membres gémiffent ;
Nés tous pour les tourmens, l'un par l'autre ils périffent :
Et vous compoferez, dans ce chaos fatal,
Des malheurs de chaque être un bonheur général ?
Quel bonheur ! ô mortel, & faible, & miférable !
Vous criez *tout eft bien*, d'une voix lamentable :
L'univers vous dément, & votre propre cœur
Cent fois de votre efprit a réfuté l'erreur.

Elémens, animaux, humains, tout eft en guerre.
Il le faut avouer, le *mal* eft fur la terre ;
Son principe fecret ne nous eft point connu.
De l'auteur de tout bien le mal eft-il venu ?
Eft-ce le noir Typhon, (*c*) le barbare Arimane (*d*)
Dont la loi tyrannique à fouffrir nous condamne ?
Mon efprit n'admet point ces monftres odieux,
Dont le monde, en tremblant, fit autrefois des dieux.

Mais comment concevoir un Dieu, la bonté même,
Qui prodigua fes biens à fes enfans qu'il aime,
Et qui verfa fur eux les maux à pleines mains ?
Quel œil peut pénétrer dans fes profonds deffeins ?
De l'Etre tout-parfait le mal ne pouvait naître :
Il ne vient point d'autrui (*e*) puifque Dieu feul eft maître ;

Il exiſte pourtant. O triſtes vérités !
O mélange étonnant de contrariétés !
Un Dieu vint conſoler notre race affligée ;
Il viſita la terre , & ne l'a point changée ! (ƒ)
Un ſophiſte arrogant nous dit qu'il ne l'a pu ;
Il le pouvait, dit l'autre, & ne l'a point voulu :
Il le voudra ſans doute ; & tandis qu'on raiſonne,
Des foudres ſouterrains engloutiſſent Lisbonne,
Et de trente cités diſperſent les débris,
Des bords ſanglans du Tage à la mer de Cadix.

　Ou l'homme eſt né coupable, & DIEU punit ſa race,
Ou ce maître abſolu de l'être & de l'eſpace,
Sans courroux, ſans pitié, tranquille, indifférent,
De ſes premiers décrets ſuit l'éternel torrent ;
Ou la matière informe, à ſon maître rebelle,
Porte en ſoi des défauts *néceſſaires* comme elle ;
Ou bien DIEU nous éprouve, & ce ſéjour mortel (g)
N'eſt qu'un paſſage étroit vers un monde éternel.
Nous eſſuyons ici des douleurs paſſagères.
Le trépas eſt un bien qui finit nos miſères.
Mais quand nous ſortirons de ce paſſage affreux,
Qui de nous prétendra mériter d'être heureux ?

　Quelque parti qu'on prenne, on doit frémir ſans doute.
Il n'eſt rien qu'on connaiſſe, & rien qu'on ne redoute.
La nature eſt muette, on l'interroge en vain.
On a beſoin d'un Dieu qui parle au genre-humain.
Il n'appartient qu'à lui d'expliquer ſon ouvrage,
De conſoler le faible, & d'éclairer le ſage.
L'homme, au doute, à l'erreur, abandonné ſans lui,
Cherche en vain des roſeaux qui lui ſervent d'appui

Leibnitz ne m'apprend point par quels nœuds invifibles ,
Dans le mieux ordonné des univers poffibles,
Un défordre éternel , un chaos de malheurs ,
Mêle à nos vains plaifirs de réelles douleurs ;
Ni pourquoi l'innocent, ainfi que le coupable ,
Subit également ce mal inévitable ;
Je ne conçois pas plus comment tout ferait *bien :*
Je fuis comme un docteur; hélas! je ne fais rien.

Platon dit qu'autrefois l'homme avait eu des ailes,
Un corps impénétrable aux atteintes mortelles :
La douleur, le trépas , n'approchaient point de lui.
De cet état brillant qu'il diffère aujourd'hui !
Il rampe, il fouffre, il meurt: tout ce qui naît expire.
De la deftruction la nature eft l'empire.
Un faible compofé de nerfs & d'offemens
Ne peut être infenfible au choc des élémens.
Ce mélange de fang, de liqueurs & de poudre,
Puifqu'il fut affemblé , fut fait pour fe diffoudre ;
Et le fentiment prompt de ces nerfs délicats
Fut foumis aux douleurs, miniftres du trépas :
C'eft-là ce que m'apprend la voix de la nature.
J'abandonne Platon, je rejète Epicure.
Bayle en fait plus qu'eux tous, je vais le confulter :
La balance à la main, Bayle enfeigne à douter. (*h*)
Affez fage, affez grand pour être fans fyftême,
Il les a tous détruits, & fe combat lui-même ;
Semblable à cet aveugle en but aux Philiftins,
Qui tomba fous les murs abattus par fes mains.

Que peut donc de l'efprit la plus vafte étendue ?
Rien : le livre du fort fe ferme à notre vue.

L'homme étranger à foi, de l'homme eft ignoré.
Que fuis-je, où fuis-je, où vais-je, & d'où fuis-je tiré ? (*i*)
Atomes tourmentés fur cet amas de boue,
Que la mort engloutit, & dont le fort fe joue;
Mais atomes penfans, atomes dont les yeux
Guidés par la penfée ont mefuré les cieux;
Au fein de l'infini nous élançons notre être,
Sans pouvoir un moment nous voir & nous connaître.

Ce monde, ce théâtre & d'orgueil & d'erreur,
Eft plein d'infortunés qui parlent de bonheur :
Tout fe plaint, tout gémit en cherchant le bien-être :
Nul ne voudrait mourir; nul ne voudrait renaître. (*k*)
Quelquefois dans nos jours confacrés aux douleurs
Par la main du plaifir nous effuyons nos pleurs.
Mais le plaifir s'envole, & paffe comme une ombre.
Nos chagrins, nos regrets, nos pertes font fans nombre.
Le paffé n'eft pour nous qu'un trifte fouvenir;
Le préfent eft affreux, s'il n'eft point d'avenir,
Si la nuit du tombeau détruit l'être qui penfe.

Un jour, *tout fera bien*, voilà notre efpérance;
Tout eft bien aujourd'hui, voilà l'illufion.
Les fages me trompaient, & DIEU feul a raifon.
Humble dans mes foupirs, foumis dans ma fouffrance,
Je ne m'élève point contre la Providence.
Sur un ton moins lugubre on me vit autrefois
Chanter des doux plaifirs les féduifantes lois.
D'autres temps, d'autres mœurs : inftruit par la vieilleffe,
Des humains égarés partageant la faibleffe,
Dans une épaiffe nuit cherchant à m'éclairer,
Je ne fais que fouffrir, & non pas murmurer.

Un calife autrefois, à son heure dernière,
Au Dieu qu'il adorait dit pour toute prière :
Je t'apporte, ô seul roi, seul être illimité,
Tout ce que tu n'as pas dans ton immensité,
Les défauts, les regrets, les maux & l'ignorance;
(1) Mais il pouvait encore ajouter *l'espérance.* (2)

NOTES.

LA chaîne univerfelle n'eft point , comme on l'a dit , une gradation fuivie qui lie tous les êtres. Il y a probablement une diftance immenfe entre l'homme & la brute , entre l'homme & les fubftances fupérieures ; il y a l'infini entre DIEU & toutes les fubftances. Les globes qui roulent autour de notre foleil n'ont rien de ces gradations infenfibles , ni dans leur groffeur , ni dans leurs diftances , ni dans leurs fatellites.

Pope dit que l'homme ne peut favoir pourquoi les lunes de *Jupiter* font moins grandes que *Jupiter* ; il fe trompe en cela : c'eft une erreur pardonnable qui a pu échapper à fon beau génie. Il n'y a point de mathématicien qui n'eût fait voir au lord *Bolingbroke*, & à M. *Pope* que , fi *Jupiter* était plus petit que fes fatellites , ils ne pourraient pas tourner autour de lui ; mais il n'y a point de mathématicien qui pût découvrir une gradation fuivie dans les corps du fyftême folaire.

Il n'eft pas vrai que , fi on ôtait un atome du monde , le monde ne pourrait fubfifter ; & c'eft ce que M. de *Crouzas* , favant géomètre , remarqua très-bien dans fon livre contre M. *Pope*. Il paraît qu'il avait raifon en ce point , quoique fur d'autres il ait été invinciblement réfuté par MM. *Warburton* & *Silhouette*.

Cette chaîne des événemens a été admife & très-ingénieufement défendue par le grand philofophe *Leibnitz* : elle mérite d'être éclaircie. Tous les corps , tous les événemens dépendent d'autres corps & d'autres événemens. Cela eft vrai ; mais tous les corps ne font pas néceffaires à l'ordre & à la confervation de l'univers , & tous les événemens ne font pas effentiels à la férie des événemens. Une goutte d'eau , un grain de fable de plus ou de moins ne peuvent rien changer à la conftitution générale. La nature n'eft affervie ni à aucune quantité précife , ni à aucune forme précife. Nulle planète ne fe meut dans une courbe abfolument régulière ; nul être connu n'eft d'une figure précifément mathématique ; nulle quantité précife n'eft requife pour nulle opération : la nature n'agit jamais rigoureufement. Ainfi on n'a aucune raifon d'affurer qu'un atome de moins fur la terre ferait la caufe de la deftruction de la terre.

Il en eft de même des événemens : chacun d'eux a fa caufe dans l'événement qui précède ; c'eft une chofe dont aucun philofophe n'a jamais douté. Si on n'avait pas fait l'opération céfarienne à la mère de *Céfar* , *Céfar* n'aurait pas détruit la république , il n'eût pas adopté *Octave* , & *Octave* n'eût pas laiffé l'empire à *Tibère*. *Maximilien* époufe l'héritière de la Bourgogne & des Pays-Bas , & ce mariage devient la fource de deux cents ans de guerre. Mais que *Céfar* ait craché à droite ou à gauche , que l'héritière de Bourgogne ait arrangé fa coiffure d'une manière ou d'une autre, cela n'a certainement rien changé au fyftème général.

Il y a donc des événemens qui ont des effets , & d'autres qui n'en ont pas. Il en eft de leur chaîne comme d'un arbre généalogique ; on y voit des branches qui s'éteignent la première génération , & d'autres qui continuent la race. Plufieurs événemens reftent fans filiation. C'eft ainfi que dans toute machine il y a des effets néceffaires au mouvement, & d'autres effets indifférens, qui font la fuite des premiers , & qui ne produifent rien. Les roues d'un carroffe fervent à le faire marcher ; mais qu'elles faffent voler un peu plus ou un peu moins de pouffière, le voyage fe fait également. Tel eft donc l'ordre général du monde que les chaînons de la chaîne ne feraient point dérangés par un peu plus ou un peu moins de matière , par un peu plus ou un peu moins d'irrégularité.

La chaîne n'eft pas dans un plein abfolu : il eft démontré que les corps céleftes font leurs révolutions dans l'efpace non réfiftant. Tout l'efpace n'eft pas rempli. Il n'y a donc pas une fuite de corps depuis un atome jufqu'à la plus reculée des étoiles ; il peut donc y avoir des intervalles immenfes entre les êtres fenfibles , comme entre les infenfibles. On ne peut donc affurer que l'homme foit néceffairement placé dans un des chaînons attachés l'un à l'autre par une fuite non interrompue. *Tout eft enchaîné* , ne veut dire autre chofe finon que tout eft arrangé. DIEU eft la caufe & le maître de cet arrangement. Le *Jupiter* d'Homère était l'efclave des deftins ; mais , dans une philofophie plus épurée, DIEU eft le maître des deftins. Voyez *Clarke , traité de l'exiftence de Dieu.*

(*b*) *Sub Deo jufto nemo mifer nifi mereatur. St Auguftin.*

(*c*) Principe du mal chez les Egyptiens.

(*d*) Principe du mal chez les Perfes.

(*e*) C'eft-à-dire , d'un autre principe.

(*f*) Un philofophe anglais a prétendu que le monde phyfique avait dû être changé au premier avènement , comme le monde moral.

(*g*) Voilà , avec l'opinion des deux principes , toutes les folutions qui fe préfentent à l'efprit humain dans cette grande difficulté ; la révélation feule peut enfeigner ce que l'efprit humain ne faurait comprendre.

(*h*)   *La balance à la main, Bayle enseigne à douter.*

Une centaine de remarques répandues dans le dictionnaire de *Bayle* lui ont fait une réputation immortelle. Il a laissé la dispute sur l'*origine du mal* indécise. Chez lui toutes les opinions sont exposées ; toutes les raisons qui les soutiennent, toutes les raisons qui les ébranlent, sont également approfondies ; c'est l'avocat général des philosophes, mais il ne donne point ses conclusions. Il est comme *Cicéron* qui souvent, dans ses ouvrages philosophiques, soutient son caractère d'académicien indécis, ainsi que l'a remarqué le savant & judicieux abbé d'*Olivet*.

Je crois devoir essayer ici d'adoucir ceux qui s'acharnent depuis quelques années avec tant de violence & si vainement contre *Bayle :* j'ai tort de dire vainement, car ils ne servent qu'à le faire lire avec plus d'avidité : ils devraient apprendre de lui à raisonner & à être modérés ; jamais d'ailleurs le philosophe *Bayle* n'a nié ni la Providence, ni l'immortalité de l'ame. On traduit *Cicéron*, on le commente, on le fait servir à l'éducation des princes : mais que trouve-t-on presqu'à chaque page dans *Cicéron*, parmi plusieurs choses admirables ? on y trouve que *s'il est une Providence, elle est blâmable d'avoir donné aux hommes une intelligence dont elle savait qu'ils devaient abuser.* » Sic vestra ista providentia reprehendenda, quæ rationem » dederit eis quos scierit eâ perversè usuros. (*Libro tertio de naturâ Deorum.*)

Jamais personne n'a cru que la vertu vint des Dieux, & on a eu raison. » Virtutem nunquam Deo acceptam nemo retulit, nimirùm rectè. *Idem.*

Qu'un criminel meure impuni, vous dites que les Dieux le frappent dans sa postérité. Une ville souffrirait-elle un législateur qui condamnerait les petits enfans pour les crimes de leur grand-père ? » Ferret-ne ulla civitas latorem » legis ut condemnaretur nepos si avus deliquisset? »

Et ce qu'il y a de plus étrange, c'est que *Cicéron* finit son livre de la *nature des Dieux* sans réfuter de telles assertions. Il soutient en cent endroits la mortalité de l'ame dans ses Tusculanes, après avoir soutenu son immortalité.

Il y a bien plus : c'est à tout le sénat de Rome qu'il dit, dans son plaidoyer pour *Cluentius : Quel mal lui a fait la mort ? Nous rejetons tous les fables ineptes des enfers ; qu'est-ce donc que la mort lui a ôté, sinon le sentiment des douleurs ?* Quid illi mors attulit mali, nisi fortè ineptiis ac » fabulis ducimur ut existimemus illum apud inferos supplicia perferre ? » quæ si falsa sunt, quod omnes intelligunt, quid ei mors eripuit præter » sensum doloris ? »

Enfin dans ses lettres où le cœur parle, ne dit-il pas : *Cùm non ero, sensu omni carebo :* » quand je ne serai plus, tout sentiment périra avec » moi ?

Jamais

Jamais *Bayle* n'a rien dit d'approchant. Cependant on met *Cicéron* entre les mains de la jeuneffe ; on fe déchaîne contre *Bayle* : pourquoi? c'eft que les hommes font inconféquens , c'eft qu'ils font injuftes.

(*i*)   *Que fuis-je , où fuis-je , où vais-je , & d'où fuis-je tiré ?*

Il eft clair que l'homme ne peut , par lui-même , être inftruit de tout cela. L'efprit humain n'acquiert aucune notion que par l'expérience ; nulle expérience ne peut nous apprendre ni ce qui était avant notre exiftence , ni ce qui eft après , ni ce qui anime notre exiftence préfente. Comment avons-nous reçu la vie? quel reffort la foutient ? comment notre cerveau a-t-il des idées & de la mémoire ? comment nos membres obéiffent-ils incontinent à notre volonté ? &c. nous n'en favons rien. Ce globe eft-il feul habité ? a-t-il été fait après d'autres globes , ou dans le même inftant ? chaque genre de plantes vient-il ou non d'une première plante ? chaque genre d'animaux eft-il produit ou non par deux premiers animaux? les plus grands philofophes n'en favent pas plus fur ces matières que les plus ignorans des hommes. Il en faut revenir à ce proverbe populaire : *La poule a-t-elle été avant l'œuf, ou l'œuf avant la poule ?* Le proverbe eft bas , mais il confond la plus haute fageffe, qui ne fait rien fur les premiers principes des chofes fans un fecours furnaturel.

(*k*) On trouve difficilement une perfonne qui voulût recommencer la même carrière qu'elle a courue , & repaffer par les mêmes événemens.

(*l*)   *Mais il pouvait encore ajouter l'efpérance.*

La plupart des hommes ont eu cette efpérance , avant même qu'ils euffent le fecours de la révélation. L'efpoir d'être après la mort eft fondé fur l'amour de l'être pendant la vie ; il eft fondé fur la probabilité que ce qui penfe penfera. On n'en a point de démonftration , parce qu'une chofe démontrée eft une chofe dont le contraire eft une contradiction , & parce qu'il n'y a jamais eu de difputes fur les vérités démontrées. *Lucrèce* , pour détruire cette efpérance, apporte , dans fon troifième livre , des argumens dont la force afflige ; mais il n'oppofe que des vraifemblances à des vraifemblances plus fortes. Plufieurs romains penfaient comme *Lucrèce* ; & on chantait fur le théâtre de Rome : *poft mortem nihil eft ; il n'eft rien après la mort.* Mais l'inftinct , la raifon, le befoin d'être confolé , le bien de la fociété prévalurent , & les hommes ont toujours eu l'efpérance d'une vie à venir ; efpérance, à la vérité , fouvent accompagnée de doute. La révélation détruit le doute , & met la certitude à la place : mais qu'il eft affreux d'avoir encore à difputer tous les jours fur la révélation ; de voir la fociété chrétienne infociable , divifée en cent fectes fur la révélation ; de fe calomnier , de fe perfécuter , de fe détruire pour la révélation ; de

Poëmes.   I

1 30   N O T E S.

faire des Saint-Barthelemi pour la révélation ; d'affaffiner *Henri III* &
Henri IV pour la révélation ; de faire couper la tête au roi *Charles I*
pour la révélation ; de traîner un roi de Pologne tout fanglant pour
la révélation ! O Dieu, révélez-nous donc qu'il faut être humain &
tolérant !

V A R I A N T E S.

(1) O N lit dans quelques copies manufcrites :

Tranquilles raifonneurs, intrépides efprits,
Si fur vous votre ville eût été renverfée,
On vous entendrait dire, en changeant de penfée,
En pleurant vos enfans, & vos femmes & vous,
Le bien fut pour DIEU feul & le mal eft pour nous.
Quand la terre où je fuis porte fur des abymes,
Ma plainte eft innocente & mes cris légitimes, &c.

(2) Dans les premières éditions, le poëme était
terminé par ces deux vers :

Que faut-il ? ô mortels ! mortels il faut fouffrir,
Se foumettre en filence, adorer & mourir.

Auxquels l'auteur a fubftitué :

Ce monde, ce théâtre & d'orgueil & d'horreur, &c.

L E

TEMPLE DU GOUT.

AVERTISSEMENT

DES EDITEURS.

LE Temple du Goût a fait à M. de *Voltaire* plus d'ennemis peut-être que ceux de ses ouvrages où il a combattu les préjugés les plus puissans & les plus funestes.

On ne pardonna point à l'auteur de la Henriade, d'Oedipe, de Brutus & de Zaïre d'oser juger les poëtes du siècle passé, trouver quelques défauts dans *Corneille*, dans *Racine*, dans *Despréaux*, & apprécier ce qu'on était convenu d'admirer. Cependant un demi-siècle s'est écoulé, & il n'y a peut-être pas un seul des jugemens du Temple du Goût qui ne soit devenu l'opinion générale des hommes éclairés.

Nous croyons devoir dire un mot des variantes de ce poëme.

La critique conseillait à M. de *Voltaire* de ne point faire de vers dans sa vieillesse & de ne pas aller en Allemagne. Il n'a point profité de ces conseils, & nous y aurions beaucoup perdu s'il avait suivi le premier. Il a laissé subsister ces vers pour éviter apparemment qu'on lui reprochât de les avoir ôtés : mais il a supprimé,

> Donnez plus d'intrigue à Brutus,
> Plus de vraisemblance à Zaïre.

I 3

parce que ces confeils de la critique étaient moins l'expreffion de fon jugement qu'un facrifice qu'il fefait à l'opinion publique du moment.

Il a fupprimé également quelques louanges qui n'étaient que des complimens de fociétés, & qui, dans un ouvrage lu par toute l'Europe & deftiné pour la poftérité, auraient contrafté avec les jugemens févères, mais juftes, que contient le refte du poëme.

Il n'a pas cru devoir conferver non plus les éloges qu'il avait donnés d'abord au cardinal de *Fleuri*, parce que le cardinal fe rendit, peu de temps après, l'inftrument de la haine des cagots contre M. de *Voltaire*, quoiqu'il les méprifât autant que M. de *Voltaire* lui-même pouvait les méprifer.

Toutes les fois qu'un homme de lettres loue un miniftre ou un prince, il conferve le droit d'effacer fes éloges, s'ils ceffent de les mériter.

LETTRE

A M. DE CIDEVILLE,

SUR LE TEMPLE DU GOUT.

Monsieur, vous avez vu, & vous pouvez rendre témoignage comment cette bagatelle fut conçue & exécutée. C'était une plaisanterie de société. Vous y avez eu part comme un autre ; chacun fourniffait fes idées ; & je n'ai guère eu d'autre fonction que celle de les mettre par écrit.

M. de** difait que c'était dommage que *Bayle* eût enflé fon dictionnaire de plus de deux cents articles de miniftres & de profeffeurs luthériens ou calviniftes ; qu'en cherchant l'article de *Céfar* , il n'avait rencontré que celui de *Jean Céfarius*, profeffeur à Cologne; & qu'au lieu de *Scipion*, il avait trouvé fix grandes pages fur *Gérard Scioppius*. De-là on concluait, à la pluralité des voix, à réduire *Bayle* en un feul tome, dans la bibliothèque du Temple du Goût.

Vous m'affuriez tous que vous aviez été affez ennuyés en lifant l'hiftoire de l'académie française ; que vous vous intéreffiez fort peu à tous les détails des ouvrages de *Balefdeus*, de *Porchères*, de *Bardin*, de *Baudouin*, de *Faret*, de *Colletet*, & d'autres pareils grands-hommes; & je vous en crus fur votre parole. On ajoutait qu'il n'y a guère aujourd'hui de femmes d'efprit qui n'écrivent de meilleures lettres que *Voiture;*

I 4

on difait que *Saint-Evremond* n'aurait jamais dû faire de vers, & qu'on ne devait pas imprimer toute fa profe. C'eft le fentiment du public éclairé; & moi qui trouve toujours tous les livres trop longs, & furtout les miens, je réduifais auffitôt tous ces volumes à très-peu de pages.

Je n'étais en tout cela que le fecrétaire du public : fi ceux qui perdent leur caufe fe plaignent, ils ne doivent pas s'adreffer à celui qui a écrit l'arrêt.

Je fais que des politiques ont regardé cette inno-cente plaifanterie du Temple du Goût comme un grave attentat. Ils prétendent qu'il n'y a qu'un mal-intentionné qui puiffe avancer que le château de Verfailles n'a que fept croifées de face fur la cour, & foutenir que *le Brun*, qui était premier peintre du roi, a manqué de coloris.

Des rigoriftes difent qu'il eft impie de mettre des filles de l'opéra, *Lucrèce* & des docteurs de forbonne, dans le Temple du Goût.

Des auteurs, auxquels on n'a point penfé, crient à la fatire, & fe plaignent que leurs défauts font défignés, & leurs grandes beautés paffées fous filence; crime irrémiffible qu'ils ne pardonneront de leur vie; & ils appellent le Temple du Goût un libelle diffamatoire.

On ajoute qu'il eft d'une ame noire de ne louer perfonne fans un petit correctif; & que, dans cet ouvrage dangereux, nous n'avons jamais manqué de faire quelque égratignure à ceux que nous avons careffés.

Je répondrai en deux mots à cette accusation. Qui loue tout, n'est qu'un flatteur : celui-là seul fait louer, qui loue avec restriction.

Ensuite, pour mettre de l'ordre dans nos idées, comme il convient dans ce siècle éclairé, je dirai qu'il faudrait un peu distinguer entre la *critique*, la *satire* & le *libelle*.

Dire que le *Traité des Etudes* est un livre à jamais utile, & que par cette raison même il en faut retrancher quelques plaisanteries, & quelques familiarités peu convenables à ce sérieux ouvrage : dire que *les Mondes* est un livre charmant & unique, & qu'on est fâché d'y trouver que *le jour est une beauté blonde, & la nuit une beauté brune*, & d'autres petites douceurs : voilà, je crois, de la critique.

Que *Despréaux* ait écrit :

.... Pour trouver un auteur sans défaut ,
La raison dit Virgile, & la rime Quinault.

c'est de la satire, & de la satire même assez injuste en tout sens, (avec le respect que je lui dois) car la rime de *défaut* n'est point assez belle pour rimer avec *Quinault;* & il est aussi peu vrai de dire que *Virgile* est sans défaut, que de dire que *Quinault* est sans naturel & sans graces.

Les *couplets* de *Rousseau*, le *masque* de *Laverne*, & telle autre horreur, certains ouvrages de *Gacon;* voilà ce qui s'appelle un *libelle diffamatoire*.

Tous les honnêtes gens qui penfent font *critiques;* les malins font *fatiriques;* les pervers font des *libelles;* & ceux qui ont fait, avec moi, le Temple du Goût, ne font affurément ni malins ni méchans.

Enfin, voilà ce qui nous amufa pendant plus de quinze jours. Les idées fe fuccédaient les unes aux autres ; on changeait tous les foirs quelque chofe, & cela a produit fept ou huit Temples du Goût, abfolument différens.

Un jour nous y mettions les étrangers, le lendemain nous n'admettions que les Français. Les *Maffei*, les *Popes*, les *Bononcini* ont perdu à cela plus de cinquante vers, qui ne font pas fort à regretter. Quoi qu'il en foit, cette plaifanterie n'était point du tout faite pour être publique.

Une des plus mauvaifes & des plus infidèles copies d'un des plus négligés brouillons de cette bagatelle, ayant couru dans le monde, a été imprimée fans mon aveu; & celui qui l'a donnée, quel qu'il foit, a très-grand tort.

Peut-être fait-on plus mal encore de donner cette nouvelle édition : il ne faut jamais prendre le public pour le confident de fes amufemens; mais la fottife eft faite, & c'eft un de ces cas où l'on ne peut faire que des fautes.

Voici donc une faute nouvelle; & le public aura cette petite efquiffe (fi cela même peut en mériter le nom) telle qu'elle a été faite dans une fociété où l'on favait s'amufer fans la reffource du jeu; où l'on cultivait les belles-lettres fans efprit de parti; où l'on

aimait la vérité plus que la fatire, & où l'on favait
louer fans flatterie.

S'il avait été queftion de faire un Traité du Goût,
on aurait prié les de *Côtes* & les *Beaufrancs* de parler
d'architecture ; les *Coypels*, de définir leur art avec
efprit ; les *Deflouches*, de dire quelles font les graces
de la mufique ; les *Crébillons*, de peindre la terreur
qui doit animer le théâtre : pour peu que chacun
d'eux eût voulu dire ce qu'il fait, cela aurait fait
un gros in-folio ; mais on s'eft contenté de mettre
en général les fentimens du public dans un petit
écrit fans conféquence, & je me fuis chargé uniquement de tenir la plume.

Il me refte à dire un mot fur notre jeune nobleffe
qui emploie l'heureux loifir de la paix à cultiver
les lettres & les arts ; bien différente en cela des
auguftes Vifigoths leurs ancêtres, qui ne favaient
pas figner leurs noms. S'il y a encore dans notre
nation fi polie quelques barbares & quelques mauvais plaifans qui ofent défapprouver des occupations
fi eftimables, on peut affurer qu'ils en feraient autant,
s'ils le pouvaient. Je fuis très-perfuadé que, quand
un homme ne cultive point un talent, c'eft qu'il ne
l'a pas ; qu'il n'y a perfonne qui ne fît des vers,
s'il était né poëte ; & de la mufique, s'il était né
muficien.

Il faut feulement que les graves critiques, aux
yeux defquels il n'y a d'amufement honorable dans
le monde que le lanfquenet & le biribi, fachent que
les courtifans de *Louis XIV*, au retour de la conquête

de la Hollande, en 1672, dansèrent à Paris fur le théâtre de *Lulli*, dans le jeu de paume de *Belleaire*, avec les danfeurs de l'opéra, & que l'on n'ofa pas en murmurer : à plus forte raifon doit-on, je crois, pardonner à la jeuneffe d'avoir eu de l'efprit dans un âge où l'on ne connaiffait que la débauche.

OMNE TULIT PUNCTUM QUI MISCUIT
UTILE DULCI.

Je fuis, &c.

LE

TEMPLE DU GOUT. [1]

L E cardinal, oracle de la France, (a)
Non ce mentor qui gouverne aujourd'hui,
Mais ce Neftor qui du Pinde eft l'appui,
Qui des favans a paffé l'efpérance,
Qui les foutient, qui les anime tous,
Qui les éclaire & qui règne fur nous,
Par les attraits de fa douce éloquence ;
Ce cardinal qui fur un nouveau ton
En vers latins fait parler la fageffe,
Réuniffant Virgile avec Platon,
Vengeur du ciel & vainqueur de Lucrèce. [2]

Ce cardinal enfin, que tout le monde doit reconn-
naître à ce portrait, me dit un jour qu'il voulait que
j'allaffe avec lui au Temple du Goût. C'eft un féjour,
me dit-il, qui reffemble au Temple de l'Amitié,
dont tout le monde parle, où peu de gens vont, &
que la plupart de ceux qui y voyagent n'ont prefque
jamais bien examiné.

Je répondis avec franchife :
Hélas ! je connais affez peu
Les lois de cet aimable Dieu ;
Mais je fais qu'il vous favorife.
Entre vos mains il a remis
Les clefs de fon beau paradis ;
Et vous êtes, à mon avis,
Le vrai pape de cette églife.

Mais de l'autre pape & de vous
(Dût Rome fe mettre en courroux)
La différence eft bien vifible ;
Car la Sorbonne ofe affurer
Que le faint père peut errer,
Chofe, à mon fens, affez poffible :
Mais pour moi, quand je vous entends
D'un ton fi doux & fi plaufible
Débiter vos difcours brillans,
Je vous croirais prefque infaillible.

Ah! me dit-il, l'infaillibilité eft à Rome pour les
chofes qu'on ne comprend point, & dans le Temple
du Goût pour les chofes que tout le monde croit
entendre. Il faut abfolument que vous veniez avec
moi. (b) Mais, infiftai-je encore, fi vous me menez
avec vous, je m'en vanterai à tout le monde.

Sur ce petit pélerinage
Auffitôt on demandera
Que je compofe un gros ouvrage :
Voltaire fimplement fera
Un récit court, qui ne fera
Qu'un très-frivole badinage.
Mais fon récit on frondera ;
A la cour on murmurera ;
Et dans Paris on me prendra
Pour un vieux conteur de voyage,
Qui vous dit, d'un air ingénu,
Ce qu'il n'a ni vu ni connu,
Et qui nous ment à chaque page.

Cependant, comme il ne faut jamais fe refufer un plaifir honnête, dans la crainte de ce que les autres en pourront penfer, je fuivis le guide qui me fefait l'honneur de me conduire.

Cher Rothelin, (3) vous fûtes du voyage,
Vous que le goût ne ceffe d'infpirer ;
Vous dont l'efprit fi délicat, fi fage,
Vous dont l'exemple a daigné me montrer
Par quels chemins on peut, fans s'égarer,
Chercher ce goût, ce dieu que dans cet âge
Maints beaux efprits font gloire d'ignorer.

Nous rencontrâmes en chemin bien des obftacles. D'abord nous trouvâmes MM. *Baldus*, *Scioppius*, *Lexicocraffus*, *Scriblerius* ; une nuée de commentateurs qui reftituaient des paffages, & qui compilaient de gros volumes à propos d'un mot qu'ils n'entendaient pas.

Là j'aperçus les Daciers, (4) les Saumaifes, (5)
Gens hériffés de favantes fadaifes,
Le teint jauni, les yeux rouges & fecs,
Le dos courbé fous un tas d'auteurs grecs,
Tous noircis d'encre & coiffés de pouffière.
Je leur criai de loin par la portière ;
N'allez-vous pas dans le Temple du Goût
Vous décraffer ? Nous ? Meffieurs, point du tout ;
Ce n'eft pas là, grace au ciel, notre étude :
Le goût n'eft rien : nous avons l'habitude
De rédiger au long, de point en point,
Ce qu'on penfa ; mais nous ne penfons point.

Après cet aveu ingénu, ces messieurs voulurent absolument nous faire lire certains passages de *Dictys de Crète*, & de *Métrodore de Lampsaque*, que *Scaliger* avait estropiés. Nous les remerciâmes de leur courtoisie, & nous continuâmes notre chemin. Nous n'eûmes pas fait cent pas que nous trouvâmes un homme entouré de peintres, d'architectes, de sculpteurs, de doreurs, de faux connaisseurs, de flatteurs. Ils tournaient le dos au Temple du Goût.

> D'un air content l'orgueil se reposait,
> Se pavanait sur son large visage;
> Et mon Crassus tout en ronflant disait:
> J'ai beaucoup d'or, de l'esprit davantage;
> Du goût, Messieurs, j'en suis pourvu surtout;
> Je n'appris rien, je me connais à tout;
> Je suis un aigle en conseil, en affaires;
> Malgré les vents, les rocs & les corsaires,
> J'ai dans le port fait aborder ma nef:
> Partant il faut qu'on me bâtisse en bref
> Un beau palais, fait pour moi, c'est tout dire;
> Où tous les arts soient en foule entassés;
> Où tout le jour je prétends qu'on m'admire.
> L'argent est prêt, je parle, obéissez.
> Il dit, & dort. Aussitôt la canaille
> Autour de lui s'évertue & travaille.
> Certain maçon, en Vitruve érigé,
> Lui trace un plan d'ornemens surchargé;
> Nul vestibule, encor moins de façade;
> Mais vous aurez une longue enfilade;
> Vos murs seront de deux doigts d'épaisseur;
> Grands cabinets, sallon sans profondeur;

Petits

Petits trumeaux, fenêtres à ma guife,
Que l'on prendra pour des portes d'églife;
Le tout boifé, verni, blanchi, doré,
Et des badauts à coup sûr admiré.
   Réveillez-vous, Monfeigneur, je vous prie,
Criait un peintre, admirez l'induftrie
De mes talens; Raphaël n'a jamais
Entendu l'art d'embellir un palais.
C'eft moi qui fais ennoblir la nature:
Je couvrirai plafonds, voûte, vouffure,
Par cent magots travaillés avec foin,
D'un pouce ou deux, pour être vus de loin.
Craffus s'éveille; il regarde, il rédige;
A tort, à droit, règle, approuve, corrige.
A fes côtés un petit curieux,
Lorgnette en main, difait: Tournez les yeux,
Voyez ceci, c'eft pour votre chapelle:
Sur ma parole achetez ce tableau;
C'eft DIEU le père, en fa gloire éternelle,
Peint galamment dans le goût du Vateau. (6)
   Et cependant un fripon de libraire, (c)
Des beaux efprits écumeur mercenaire,
Tout Bellegarde à fes yeux étalait,
Gacon, le Noble, & jufqu'à Desfontaines;
Recueils nouveaux, & journaux à centaines:
Et monfeigneur voulait lire, & bâillait.

Je crus en être quitte pour ce petit retardement,
& que nous allions arriver au Temple fans autre
mauvaife fortune; mais la route eft plus dangereufe
que je ne penfais. Nous trouvâmes bientôt une nouvelle embufcade.

Poëmes.   K

Tel un dévot infatigable,
Dans l'étroit chemin du falut,
Eft cent fois tenté par le diable,
Avant d'arriver à fon but. (d)

C'était un concert que donnait un homme de
robe, fou de la mufique qu'il n'avait jamais apprife,
& encore plus fou de la mufique italienne, qu'il ne
connaiffait que par de mauvais airs inconnus à
Rome, & eftropiés en France par quelques filles
de l'opéra.

Il fefait exécuter alors un long récitatif français,
mis en mufique par un italien qui ne favait pas notre
langue. En vain on lui remontra que cette efpèce
de mufique, qui n'eft qu'une déclamation notée, eft
néceffairement affervie au génie de la langue, & qu'il
n'y a rien de fi ridicule que des fcènes françaifes
chantées à l'italienne, fi ce n'eft de l'italien chanté
dans le goût français.

La nature féconde, ingénieufe & fage,
Par fes dons partagés ornant cet univers,
Parle à tous les humains, mais fur des tons divers.
Ainfi que fon efprit, tout peuple a fon langage,
Ses fons & fes accens, à fa voix ajuftés,
Des mains de la nature exactement notés:
L'oreille heureufe & fine en fent la différence.
Sur le ton des Français il faut chanter en France.
Aux loix de notre goût Lulli fut fe ranger;
Il embellit notre art au lieu de le changer.

A ces paroles judicieufes, mon homme répondit
en fecouant la tête : Venez, venez, dit-il, on va

vous donner du neuf. Il fallut entrer, & voilà fon
concert qui commence.

> Du grand Lulli vingt rivaux fanatiques,
> Plus ennemis de l'art & du bon fens,
> Défiguraient, fur des tons glapiffans,
> Des vers français en fredons italiques.
> Une bégueule en lorgnant fe pâmait;
> Et certain fat, ivre de fa parure,
> En fe mirant chevrotait, fredonnait;
> Et de l'index battant faux la mefure,
> Criàit *bravo*, lorfque l'on détonnait.

Nous fortîmes au plus vîte : ce ne fut qu'au travers
de bien des aventures pareilles que nous arrivâmes
enfin au Temple du Goût.

> Jadis en Grèce on en pofa
> Le fondement ferme & durable:
> Puis jufqu'au ciel on exhauffa
> Le faîte de ce temple aimable.
> L'univers entier l'encenfa.
> Le Romain long-temps intraitable
> Dans ce féjour s'apprivoifa.
> Le mufulman, plus implacable,
> Conquit le Temple & le rafa.
> En Italie on ramaffa
> Tous les débris que l'infidèle
> Avec fureur en difperfa.
> Bientôt FRANÇOIS PREMIER ofa
> En bâtir un fur ce modèle.

Sa postérité méprisa
Cette architecture si belle.
Richelieu vint, qui répara
Le Templé abandonné par elle.
LOUIS LE GRAND le décora :
Colbert, son ministre fidèle,
Dans ce sanctuaire attira
Des beaux arts la troupe immortelle.
L'Europe jalouse admira
Ce Temple en sa beauté nouvelle ;
Mais je ne sais s'il durera. (e)

    Je pourrais décrire ce Temple,
Et détailler les ornemens
Que le voyageur y contemple ;
Mais n'abusons point de l'exemple
De tant de feseurs de romans.
Surtout fuyons le verbiage
De monsieur de Félibien,
Qui noie éloquemment un rien
Dans un fatras de beau langage.
Cet édifice précieux
N'est point chargé des antiquailles
Que nos très-gothiques aïeux
Entassaient autour des murailles
De leurs temples, grossiers comme eux.
Il n'a point les défauts pompeux
De la chapelle de Versailles,
Ce colifichet fastueux,
Qui du peuple éblouit les yeux,
Et dont le connaisseur se raille. (f)

Il est plus aisé de dire ce que ce Temple n'est

pas que de faire connaître ce qu'il eſt. J'ajouterai ſeulement en général, pour éviter la difficulté :

Simple en était la noble architecture ;
Chaque ornement, à ſa place arrêté,
Y ſemblait mis par la néceſſité :
L'art s'y cachait ſous l'air de la nature ;
L'œil ſatisfait embraſſait ſa ſtructure,
Jamais ſurpris & toujours enchanté.

Le Temple était environné d'une foule de vir-tuoſes, d'artiſtes & de juges de toute eſpèce, qui s'efforçaient d'entrer, mais qui n'entraient point :

Car la Critique, à l'œil ſévère & juſte,
Gardant les clefs de cette porte auguſte,
D'un bras d'airain fièrement repouſſait
Le peuple goth', qui ſans ceſſe avançait.

(g) Oh ! que d'hommes conſidérables, que de gens du bel air, qui préſident ſi impérieuſement à de petites ſociétés, ne ſont point reçus dans ce Temple, malgré les dîners qu'ils donnent aux beaux eſprits, & malgré les louanges qu'ils reçoivent dans les journaux !

On ne voit point dans ce pourpris
Les cabales toujours mutines
De ces prétendus beaux eſprits,
Qu'on vit ſoutenir dans Paris
Les Pradons & les Scudéris (7)
Contre les immortels écrits
Des Corneilles & des Racines.

K 3

(*h*) On repouſſait auſſi rudement ces ennemis obſcurs de tout mérite éclatant, ces inſectes de la ſociété, qui ne ſont aperçus que parce qu'ils piquent. Ils auraient envié également Rocroy au grand *Condé*, Denain à *Villars*, & Polyeucte à *Corneille*. Ils auraient exterminé *le Brun*, pour avoir fait le tableau de la famille de *Darius*. Ils ont forcé le célèbre *le Moine* à ſe tuer, pour avoir fait l'admirable ſallon d'*Hercule*. Ils ont toujours dans les mains la ciguë que leurs pareils firent boire à *Socrate*.

L'Orgueil les engendra dans les flancs de l'Envie.
L'Intérêt, le Soupçon, l'infame Calomnie,
Et ſouvent les dévots, monſtres plus odieux,
Entr'ouvrent en ſecret, d'un air myſtérieux,
Les portes des palais à leur cabale impie.
C'eſt là que d'un Midas ils faſcinent les yeux.
Un fat leur applaudit, un méchant les appuie.
Le mérite indigné, qui ſe tait devant eux,
Verſe en ſecret des pleurs que le temps ſeul eſſuie.(*i*)

Ces lâches perſécuteurs s'enfuirent en voyant paraître mes deux guides. Leur fuite précipitée fit place à un ſpectacle plus plaiſant; c'était une foule d'écrivains de tout rang, de tout état, & de tout âge, qui grattaient à la porte, & qui priaient la Critique de les laiſſer entrer. L'un apportait un roman mathématique, l'autre une harangue à l'académie; celui-ci venait de compoſer une comédie métaphyſique; celui-là tenait un petit recueil de ſes poëſies, imprimé depuis long-temps *incognito*, avec une longue approbation, (8) & un privilége; cet autre venait préſenter

un mandement en ftyle précieux , & était tout furpris qu'on fe mît à rire au lieu de lui demander fa béné-diction. ,, Je fuis le révérend père *Albertus Garaffus*,
,, difait un moine noir ; je prêche mieux que
,, *Bourdaloue;* car jamais *Bourdaloue* ne fit brûler de
,, livres ; & moi, j'ai déclamé avec tant d'éloquence
,, contre *Pierre Bayle*, dans une petite province toute
,, pleine d'efprit , j'ai touché tellement les auditeurs ,
,, qu'il y en eut fix qui brûlèrent chacun leur Bayle.
,, Jamais l'éloquence n'obtint un fi beau triom-
,, phe. — Allez, frère *Garaffus*, lui dit la Critique ,
,, allez, barbare; fortez du Temple du Goût, fortez
,, de ma préfence, vifigoth moderne, qui avez infulté
,, celui que j'ai infpiré. — J'apporte ici *Marie à la*
,, *Coque*, difait un homme fort grave. — Allez fouper
,, avec elle, répondit la déeffe. ,,

Un raifonneur avec un fauffet aigre
Criait : Meffieurs, je fuis ce juge intègre ,
Qui toujours parle, argue & contredit ;
Je viens fiffler tout ce qu'on applaudit.
Lors la Critique apparut & lui dit:
Ami Bardou , vous êtes un grand maître ,
Mais n'entrerez en cet aimable lieu ;
Vous y venez pour fronder notre Dieu ;
Contentez-vous de ne le pas connaître.

M. *Bardou* fe mit alors à crier : Tout le monde eft trompé & le fera. Il n'y a point de Dieu du Goût, & voici comme je le prouve. Alors il propofa, il divifa, il fubdivifa, il diftingua, il réfuma; perfonne ne l'écouta, & on s'empreſſait à la porte plus que jamais.

Parmi les flots de la foule inſenſée,
De ce parvis obſtinément chaſſée,
Tout doucement venait la Motte Houdard,
Lequel diſait d'un ton de papelard:
Ouvrez, Meſſieurs, c'eſt mon Oedipe en proſe; (9)
Mes vers ſont durs , d'accord , mais forts de choſe:
De grace ouvrez; je veux à Deſpréaux ,
Contre les vers , dire avec goût deux mots.

La critique le reconnut à la douceur de ſon maintien & à la dureté de ſes derniers vers , & elle le laiſſa quelque temps entre *Perrault* & *Chapelain*, qui aſſiégeaient la porte depuis cinquante ans, en criant contre *Virgile.*

Dans le moment arriva un autre verſificateur, (k) ſoutenu par deux petits ſatyres, & couvert de lauriers & de chardons.

Je viens, dit-il, (10) pour rire & pour m'ébattre,
Me rigolant, menant joyeux déduit,
Et juſqu'au jour feſant le diable à quatre.

Qu'eſt-ce que j'entends-là ? dit la Critique. C'eſt moi, reprit le rimeur. J'arrive d'Allemagne pour vous voir , & j'ai pris la ſaiſon du printemps:

Car les jeunes zéphyrs de leurs chaudes haleines
Ont fondu l'écorce des eaux. (11)

Plus il parlait ce langage, moins la porte s'ouvrait. Quoi! l'on me prend donc, dit-il,

> Pour (1 2) une grenouille aquatique,
> Qui du fond d'un petit thorax
> Va chantant, pour toute musique,
> Brekeke, kake, koax, koax, koax!

(*l*) Ah! bon Dieu, s'écria la Critique, quel horrible jargon! Elle ne put d'abord reconnaître celui qui s'exprimait ainsi. On lui dit que c'était *Rousseau*, dont les muses avaient changé la voix en punition de ses méchancetés : elle ne pouvait le croire , & refusait d'ouvrir.

Elle ouvrit pourtant en faveur de ses premiers vers; mais elle s'écria :

> O vous, messieurs les beaux esprits,
> Si vous voulez être chéris
> Du Dieu de la double montagne,
> Et que toujours dans vos écrits
> Le Dieu du Goût vous accompagne,
> Faites tous vos vers à Paris,
> Et n'allez point en Allemagne.

Puis me fesant approcher, elle me dit tout bas: Tu le connais; il fut ton ennemi, & tu lui rends justice.

> Tu vis sa muse indifférente,
> Entre l'autel & le fagot,
> Manier d'une main savante
> De David la harpe imposante
> Et le flageolet de Marot.

Mais n'imite pas la faibleffe
Qu'il eut de rimer trop long-temps.
Les fruits des rives du Permeffe
Ne croiffent que dans le printemps;
Et la froide & trifte vieilleffe
N'eft faite que pour le bon fens.

Après m'avoir donné cet avis, la Critique décida
que *Rouffeau* pafferait devant *la Motte* en qualité de
verfificateur, mais que *la Motte* aurait le pas toutes
les fois qu'il s'agirait d'efprit & de raifon.

Ces deux hommes fi différens n'avaient pas fait
quatre pas, que l'un pâlit de colère & l'autre tref-
faillit de joie à l'afpect d'un homme qui était depuis
long-temps dans ce Temple, tantôt à une place,
tantôt à une autre.

C'était le difcret (*m*) Fontenelle,
Qui par les beaux arts entouré
Répandait fur eux à fon gré
Une clarté douce & nouvelle.
D'une planète, à tire d'aile,
En ce moment il revenait
Dans ces lieux où le Goût tenait
Le fiége heureux de fon empire.
Avec Quinault il badinait;
Avec Mairan il raifonnait;
D'une main légère il prenait
Le compas, la plume & la lyre.

Hé quoi! cria *Rouffeau*, je verrai ici cet homme
contre qui j'ai fait tant d'épigrammes? Quoi! le bon

Goût fouffrira dans fon Temple l'auteur des *Lettres du Ch. d'Her...*, d'une *Paſſion d'automne*, d'un *Clair de lune*, d'un *Ruiſſeau amant de la prairie*, de la *Tragédie d'Aſpar*, d'*Endymion?* &c. Hé non, dit la Critique; ce n'eſt pas l'auteur de tout cela que tu vois, c'eſt celui des *Mondes*, livre qui aurait dû t'inſtruire; de *Thétis* & de *Pélée*, opéra qui excite inutilement ton envie; de l'*Hiſtoire de l'académie des ſciences*, que tu n'es pas à portée d'entendre.

Rouſſeau alla faire une épigramme; & *Fontenelle* le regarda avec cette compaſſion philoſophique qu'un eſprit éclairé & étendu ne peut s'empêcher d'avoir pour un homme qui ne fait que rimer, & il alla prendre tranquillement ſa place entre *Lucrèce* & *Leibnitz*. (13) Je demandai pourquoi *Leibnitz* était là : on me répondit que c'était pour avoir fait d'aſſez bons vers latins, quoiqu'il fût métaphyſicien & géomètre; & que la Critique le ſouffrait en cette place pour tâcher d'adoucir, par cet exemple, l'eſprit dur de la plupart de ſes confrères.

Cependant la Critique, ſe tournant vers l'auteur des *Mondes*, lui dit : Je ne vous reprocherai pas certains ouvrages de votre jeuneſſe, comme font ces cyniques jaloux; mais je ſuis la Critique, vous êtes chez le Dieu du Goût; & voici ce que je vous dis de la part de ce Dieu, du public, & de la mienne; car nous ſommes, à la longue, toujours tous trois d'accord :

> Votre muſe ſage & riante
> Devrait aimer un peu moins l'art :
> Ne la gâtez point par le fard,
> Sa couleur eſt aſſez brillante.

(*n*) A l'égard de *Lucrèce*, il rougit d'abord en voyant le cardinal fon ennemi; mais à peine l'eût-il entendu parler qu'il l'aima. Il courut à lui, & lui dit en très-beaux vers latins ce que je traduis ici en affez mauvais vers français :

Aveugle que j'étais, je crus voir la nature.
Je marchai dans la nuit, conduit par Epicure ;
J'adorai comme un Dieu ce mortel orgueilleux
Qui fit la guerre au Ciel & détrôna les dieux.
L'ame ne me parut qu'une faible étincelle ,
Que l'inftant du trépas diffipe dans les airs.
Tu m'as vaincu, je cède ; & l'ame eft immortelle,
Auffi-bien que ton nom , mes écrits & tes vers.

Le cardinal répondit à ce compliment très-flatteur dans la langue de *Lucrèce*. Tous les poëtes latins qui étaient là, le prirent pour un ancien romain, à à fon air & à fon ftyle ; mais les poëtes français font fort fâchés qu'on faffe des vers dans une langue qu'on ne parle plus, & difent que, puifque *Lucrèce*, né à Rome, embelliffait *Epicure* en latin, fon adverfaire, né à Paris, devait le combattre en français. Enfin, après beaucoup de ces retardemens agréables, nous arrivâmes jufqu'à l'autel & jufqu'au trône du Dieu du Goût.

Je vis ce Dieu qu'en vain j'implore,
Ce Dieu charmant que l'on ignore,
Quand on cherche à le définir ;
Ce Dieu qu'on ne fait point fervir,
Quand avec fcrupule on l'adore ;
Que la Fontaine fait fentir ,
Et que Vadius cherche encore.

Il fe plaifait à confulter
Ces graces fimples & naïves,
Dont la France doit fe vanter;
Ces graces piquantes & vives
Que les nations attentives
Voulurent fouvent imiter;
Qui de l'art ne font point captives;
Qui régnaient jadis à la cour,
Et que la nature & l'amour
Avaient fait naître fur nos rives.
Il eft toujours environné
De leur troupe tendre & légère;
C'eft par leurs mains qu'il eft orné,
C'eft par leurs charmes qu'il fait plaire;
Elles-mêmes l'ont couronné
D'un diadême qu'au Parnaffe
Compofa jadis Apollon,
Du laurier du divin Maron,
Du lierre & du myrte d'Horace,
Et des rofes d'Anacréon.

   Sur fon front règne la fageffe; (*o*)
Le fentiment & la fineffe
Brillent tendrement dans fes yeux;
Son air eft vif, ingénieux:
Il vous reffemble enfin, Sylvie,
A vous que je ne nomme pas,
De peur des cris & des éclats
De cent beautés que vos appas
Font deffécher de jaloufie.

   Non loin de lui Rollin dictait (14)
Quelques leçons à la jeuneffe,
Et quoiqu'en robe, on l'écoutait; (*p*)
Chofe affez rare à fon efpèce.

Près de là, dans un cabinet
Que (15) Girardon & le Puget
Embelliffaient de leur fculpture,
Le Pouffin fagement peignait; (16)
Le Brun fièrement deffinait; (17)
Le Sueur entre eux fe plaçait;(18)
On l'y regardait fans murmure ;
Et le Dieu, qui de l'œil fuivait
Les traits de leur main libre & sûre,
En les admirant, fe plaignait
De voir qu'à leur docte peinture,
Malgré leurs efforts, il manquait
Le coloris de la nature.
Sous fes yeux, des amours badins
Ranimaient ces touches favantes,
Avec un pinceau que leurs mains
Trempaient dans les couleurs brillantes
De la palette de (19) Rubens. (q)

Je fus fort étonné de ne pas trouver dans le fanctuaire bien des gens qui paffaient, il y a foixante ou
quatre-vingts ans, pour être les plus chers favoris
du Dieu du Goût. Les *Pavillon*, les *Benferade*, les
Péliffon , les *Segrais* , (20) les *Saint-Evremond*, les
Balzac , les *Voiture* , ne me parurent pas occuper
les premiers rangs. Ils les avaient autrefois, me dit
un de mes guides; ils brillaient avant que les beaux
jours des belles-lettres fuffent arrivés; mais peu-à-
peu ils ont cédé aux véritablement grands-hommes.
Ils ne font plus ici qu'une affez médiocre figure.
En effet, la plupart n'avaient guère que l'efprit de
leur temps , & non cet efprit qui paffe à la dernière
poftérité.

Déjà de leurs faibles écrits
Beaucoup de graces font ternies :
Ils font comptés encore au rang des beaux efprits,
Mais exclus du rang des génies.

Segrais voulut un jour entrer dans le fanctuaire,
en récitant ce vers de *Defpréaux :*

Que Segrais dans l'églogue en charme les forêts.

Mais la Critique ayant lu, par malheur pour lui,
quelques pages de fon Enéide en vers français, le
renvoya affez durement, & laiffa venir à fa place
Mme de *la Fayette*, (21) qui avait mis fous le nom
de *Segrais* le roman aimable de Zaïde, & celui de la
Princeffe de Clèves.

On ne pardonne pas à *Péliffon* d'avoir dit gravement tant de puérilités dans fon hiftoire de l'académie
françaife, & d'avoir rapporté, comme des bons mots,
des chofes affez groffières. (22) Le doux, mais faible
Pavillon fait fa cour humblement à Mme *Deshoulières*,
qui eft placée fort au - deffus de lui. L'inégal (23)
Saint-Evremond n'ofe parler de vers à perfonne. *Balzac*
affomme de longues phrafes hyperboliques (24)
Voiture & *Benferade*, qui lui répondent par des pointes
& des jeux de mots dont ils rougiffent eux-mêmes le
moment d'après. Je cherchais le fameux comte de
Buffi. Mme de *Sévigné*, qui eft aimée de tous ceux
qui habitent le Temple, me dit que fon cher coufin,
homme de beaucoup d'efprit, un peu trop vain,
n'avait jamais pu réuffir à donner au Dieu du Goût
cet excès de bonne opinion que le comte de *Buffi*
avait de meffire *Roger de Rabutin.*

Buffi, qui s'eftime & qui s'aime,
Jufqu'au point d'en être ennuyeux,
Eft cenfuré dans ces beaux lieux,
Pour avoir d'un ton glorieux
Parlé trop fouvent de lui-même. (25)
Mais fon fils, fon aimable fils,
Dans le temple eft toujours admis;
Lui qui, fans flatter, fans médire,
Toujours d'un aimable entretien,
Sans le croire, parle auffi-bien
Que fon père croyait écrire.
Je vis arriver en ce lieu
Le brillant abbé de Chaulieu,
Qui chantait en fortant de table.
Il ofait careffer le Dieu
D'un air familier, mais aimable.
Sa vive imagination
Prodiguait dans fa douce ivreffe
Des beautés fans correction, (26)
Qui choquaient un peu la jufteffe,
Mais refpiraient la paffion.

(27) La Fare, avec plus de molleffe,
En baiffant fa lyre d'un ton,
Chantait auprès de fa maîtreffe
Quelques vers fans précifion,
Que le plaifir & la pareffe
Dictaient fans l'aide d'Apollon.
Auprès d'eux le vif Hamilton, (28)
Toujours armé d'un trait qui bleffe,
Médifait de l'humaine efpèce,
Et même d'un peu mieux, dit-on.

L'aifé,

L'aifé, le tendre Saint-Aulaire, (29)
Plus vieux encor qu'Anacréon,
Avait une voix plus légère :
On voyait les fleurs de Cythère
Et celles du facré vallon
Orner fa tête octogénaire.

Le Dieu aimait fort tous ces meffieurs, & furtout
ceux qui ne fe piquaient de rien : il avertiffait *Chaulieu*
de ne fe croire que le premier des poëtes négligés,
& non pas le premier des bons poëtes.

Ils fefaient converfation avec quelques-uns des
plus aimables hommes de leur temps. Ces entretiens
n'ont ni l'affectation de l'hôtel de Rambouillet, (30)
ni le tumulte qui règne parmi nos jeunes étourdis.

On y fait fuir également
Le précieux, le pédantifme,
L'air empefé du fyllogifme,
Et l'air fou de l'emportement.
C'eft là qu'avec grace on allie
Le vrai favoir à l'enjoûment,
Et la jufteffe à la faillie.
L'efprit en cent façons fe plie ;
On fait lancer, rendre, effuyer
Des traits d'aimable raillerie ;
Le bon fens, de peur d'ennuyer,
Se déguife en plaifanterie. (r)

Là fe trouvait *Chapelle*, ce génie plus débauché
encore que délicat, plus naturel que poli, facile dans
fes vers, incorrect dans fon ftyle, libre dans fes idées,

Il parlait toujours au Dieu du Goût fur les mêmes
rimes. On dit que ce Dieu lui répondit un jour :

> Réglez mieux votre paffion
> Pour ces fyllabes enfilées,
> Qui chez Richelet étalées,
> Quelquefois fans invention
> Difent avec profufion
> Des riens en rimes redoublées.

Ce fut parmi ces hommes aimables que je ren-
contrai le préfident de *Maifons*, homme très-éloigné
de dire des riens, homme aimable & folide, qui avait
aimé tous les arts.

> O tranfports ! ô plaifirs ! ô momens pleins de charmes !
> Cher Maifons, m'écriai-je en l'arrofant de larmes,
> C'eft toi que j'ai perdu, c'eft toi que le trépas,
> A la fleur de tes ans, vint frapper dans mes bras.
> La mort, l'affreufe mort fut fourde à ma prière.
> Ah ! puifque le deftin nous voulait féparer,
> C'était à toi de vivre, à moi feul d'expirer.
> Hélas ! depuis le jour où j'ouvris la paupière,
> Le Ciel pour mon partage a choifi les douleurs ;
> Il sème de chagrins ma pénible carrière ;
> La tienne était brillante & couverte de fleurs.
> Dans le fein des plaifirs des arts & des honneurs,
> Tu cultivais en paix les fruits de ta fageffe ;
> Ta vertu n'était point l'effet de ta faibleffe :
> Je ne te vis jamais offufquer ta raifon
> Du bandeau de l'exemple & de l'opinion.
> L'homme eft né pour l'erreur ; on voit la molle argile,
> Sous la main du potier, moins fouple & moins docile

Que l'ame n'est flexible aux préjugés divers,
Précepteurs ignorans de ce faible univers.
Tu bravas leur empire, & tu ne fus te rendre
Qu'aux paisibles douceurs de la pure amitié ;
Et dans toi la nature avait associé
A l'esprit le plus ferme un cœur facile & tendre.

Parmi ces gens d'esprit nous trouvâmes quelques
jésuites. Un janséniste dira que les jésuites se fourrent
par-tout ; mais le Dieu du Goût reçoit aussi leurs
ennemis, & il est assez plaisant de voir dans ce
temple *Bourdaloue* qui s'entretient avec *Pascal* sur le
grand art de joindre l'éloquence au raisonnement.
Le père *Bouhours* est derrière eux, marquant sur des
tablettes toutes les fautes de langage & toutes les
négligences qui leur échappent.

Le cardinal ne put s'empêcher de dire au père
Bouhours :

Quittez d'un censeur pointilleux
La pédantesque diligence ;
Aimons jusqu'aux défauts heureux
De leur mâle & libre éloquence.
J'aime mieux errer avec eux
Que d'aller, censeur scrupuleux,
Peser des mots dans ma balance.

Cela fut dit avec beaucoup plus de politesse que
je ne le rapporte ; mais nous autres poëtes, nous
sommes souvent très-impolis pour la commodité de
la rime. (s)

(t) Je ne m'arrêtai pas dans ce Temple à voir
les seuls beaux esprits.

Vers enchanteurs, exacte profe,
Je ne me borne point à vous.
N'avoir qu'un goût eft peu de chofe :
Beaux arts, je vous invoque tous!
Mufique, danfe, architecture,
Que vous m'infpirez de défirs !
Art de graver, docte peinture,
Beaux arts, vous êtes des plaifirs ;
Il n'en eft point qu'on doive exclure.

Je vis les mufes préfenter tour à tour fur l'autel du Dieu des livres, des deffins & des plans de toute efpèce. On voit fur cet autel le plan de cette belle façade du Louvre, dont on n'eft point redevable au cavalier *Bernini* qu'on fit venir inutilement en France avec tant de frais, & qui fut conftruite par *Perrault* & par *Louis le Vau*, grands artiftes trop peu connus. Là eft le deffin de la porte Saint-Denis, dont la plupart des Parifiens ne connaiffent pas plus la beauté que le nom de *François Blondel* qui acheva ce monument : cette admirable fontaine, (31) qu'on regarde fi peu, & qui eft ornée des précieufes fculptures de *Jean Goujon*, mais qui le cède en tout à l'admirable fontaine de *Bouchardon*, & qui femble accufer la groffière rufticité de toutes les autres : le portail de Saint-Gervais, chef-d'œuvre d'architecture, auquel il manque une églife, une place & des admirateurs, & qui devrait immortalifer le nom de *Desbroffes*, encore plus que le palais du Luxembourg qu'il a auffi bâti. Tous ces monumens, négligés par un vulgaire toujours barbare & par les gens du monde toujours légers, attirent fouvent les regards du Dieu.

On nous fit voir enfuite la bibliothèque de ce palais enchanté ; elle n'était pas ample. On croira bien que nous n'y trouvâmes pas

> L'amas curieux & bizarre
> De vieux manufcrits vermoulus,
> Et la fuite inutile & rare
> D'écrivains qu'on n'a jamais lus.
> Le Dieu daigna de fa main même
> En leur rang placer ces auteurs
> Qu'on, lit qu'on eftime & qu'on aime,
> Et dont la fageffe fuprême
> N'a ni trop ni trop peu de fleurs.

Prefque tous les livres y font corrigés & retranchés de la main des mufes. On y voit entre autres l'ouvrage de *Rabelais*, réduit tout au plus à un demiquart.

Marot qui n'a qu'un ftyle, & qui chante du même ton les pfaumes de *David* & les merveilles d'*Alix*, n'a plus que huit ou dix feuillets. *Voiture* & *Sarrazin* n'ont pas à eux deux plus de foixante pages.

Tout l'efprit de *Bayle* fe trouve dans un feul tome, de fon propre aveu ; car ce judicieux philofophe, ce juge éclairé de tant d'auteurs & de tant de fectes, difait fouvent qu'il n'aurait pas compofé plus d'un *in-folio* s'il n'avait écrit que pour lui & non pour les libraires. (32)

Enfin, on nous fit paffer dans l'intérieur du fanctuaire. Là les myftères du Dieu furent dévoilés; là je vis ce qui doit fervir d'exemple à la poftérité: un petit nombre de véritablement grands-hommes s'occupaient à corriger ces fautes de leurs écrits excellens, qui feraient des beautés dans les écrits médiocres.

L'aimable auteur du *Télémaque* retranchait des répétitions & des détails inutiles dans son roman moral, & rayait le titre de poëme épique que quelques zélés indiscrets lui donnent; car il avoue sincèrement qu'il n'y a point de poëme en prose.

L'éloquent *Bossuet* voulait bien rayer quelques familiarités échappées à son génie vaste, impétueux & facile, lesquelles déparent un peu la sublimité de ses oraisons funèbres; & il est à remarquer qu'il ne garantit point tout ce qu'il a dit de la prétendue sagesse des anciens Egyptiens.

> Ce grand , ce sublime Corneille,
> Qui plut bien moins à notre oreille
> Qu'à notre esprit qu'il étonna ;
> Ce Corneille qui crayonna (33)
> L'ame d'Auguste, de Cinna ,
> De Pompée & de Cornélie,
> Jetait au feu sa Pulchérie,
> Agésilas & Suréna ,
> Et sacrifiait sans faiblesse
> Tous ces enfans infortunés ,
> Fruits languissans de sa vieillesse,
> Trop indignes de leurs aînés.
>
> Plus pur, plus élégant , plus tendre,
> Et parlant au cœur de plus près ,
> Nous attachant sans nous surprendre,
> Et ne se démentant jamais ,
> Racine observe les portraits
> De Bajazet, de Xipharés,

De Britannicus, d'Hippolyte.
A peine il diftingue leurs traits;
Ils ont tous le même mérite:
Tendres, galans, doux & difcrets ;
Et l'amour, qui marche à leur fuite,
Les croit des courtifans français.
 Toi favori de la nature,
Toi la Fontaine, auteur charmant,
Qui bravant & rime & mefure,
Si négligé dans ta parure,
N'en avais que plus d'agrément.
Sur tes écrits inimitables
Dis-nous quel eft ton fentiment ;
Eclaire notre jugement
Sur tes contes & fur tes fables.

La Fontaine qui avait confervé la naïveté de fon caractère, & qui dans le Temple du Goût joignait un fentiment éclairé à cet heureux & fingulier inftinct qui l'infpirait pendant fa vie, retranchait quelques-unes de fes fables. Il accourciffait prefque tous fes contes, & déchirait les trois quarts d'un gros recueil d'œuvres pofthumes, imprimées par ces éditeurs qui vivent des fottifes des morts.

Là régnait Defpréaux, leur maître en l'art d'écrire,
Lui qu'arma la raifon des traits de la fatire,
Qui donnant le précepte & l'exemple à la fois,
Etablit d'Apollon les rigoureufes lois.
Il revoit fes enfans avec un œil févère ;
De la trifte *Equivoque* il rougit d'être père,

L 4

Et rit des traits manqués du pinceau faible & dur
Dont il défigura le vainqueur de Namur;
Lui-même il les efface, & femble encor nous dire:
Ou fachez vous connaître, ou gardez-vous d'écrire.

Despréaux, par un ordre exprès du Dieu du Goût,
fe réconciliait avec *Quinault*, qui eft le poëte des
graces comme *Despréaux* eft le poëte de la raifon.

> Mais le févère fatirique
> Embraffait encore en grondant
> Cet aimable & tendre lyrique,
> Qui lui pardonnait en riant.

Je ne me réconcilie point avec vous, difait
Despréaux, que vous ne conveniez qu'il y a bien des
des fadeurs dans ces opéra fi agréables. Cela peut
bien être, dit *Quinault;* mais avouez auffi que vous
n'euffiez jamais fait Atys ni Armide.

> Dans vos fcrupuleufes beautés,
> Soyez vrai, précis, raifonnable :
> Que vos écrits foient refpectés;
> Mais permettez-moi d'être aimable.

Après avoir falué *Despréaux* & embraffé tendrement *Quinault*, je vis l'inimitable *Molière*, & j'ofai
lui dire :

> Le fage, le difcret Térence
> Eft le premier des traducteurs :
> Jamais dans fa froide élégance
> Des Romains il n'a peint les mœurs;
> Tu fus le peintre de la France.

> Nos bourgeois à fots préjugés,
> Nos petits marquis rengorgés,
> Nos robins toujours arrangés,
> Chez toi venaient fe reconnaître;
> Et tu les aurais corrigés,
> Si l'efprit humain pouvait l'être.

Ah! difait-il, pourquoi ai-je été forcé d'écrire quelquefois pour le peuple? Que n'ai-je toujours été le maître de mon temps! j'aurais trouvé des dénoue-mens plus heureux: j'aurais moins fait defcendre mon génie au bas comique.

C'eft ainfi que tous ces maîtres de l'art montraient leur fupériorité, en avouant ces erreurs auxquelles l'humanité eft foumife & dont nul grand-homme n'eft exempt.

Je connus alors que le Dieu du Goût eft très-difficile à fatisfaire, mais qu'il n'aime point à demi. Je vis que les ouvrages qu'il critique le plus en détail, font ceux qui en tout lui plaifent davantage.

> Nul auteur avec lui n'a tort
> Quand il a trouvé l'art de plaire:
> Il le critique fans colère,
> Il l'applaudit avec tranfport.
> Melpomène étalant fes charmes
> Vient lui préfenter fes héros;
> Et c'eft en répandant des larmes
> Que ce Dieu connaît leurs défauts.
> Malheur à qui toujours raifonne,
> Et qui ne s'attendrit jamais!
> Dieu du Goût, ton divin palais
> Eft un féjour qu'il abandonne.

Quand mes conducteurs s'en retournèrent, le Dieu leur parla à peu près dans ce fens : car il ne m'eft pas donné de dire fes propres mots.

Adieu, mes plus chers favoris,
Comblés des faveurs du Parnaffe :
Ne fouffrez pas que dans Paris
Mon rival ufurpe ma place.

    Je fais qu'à vos yeux éclairés
Le faux goût tremble de paraître ;
Si jamais vous le rencontrez,
Il eft aifé de le connaître.

    Toujours accablé d'ornemens,
Compofant fa voix, fon vifage,
Affecté dans fes agrémens,
Et précieux dans fon langage.

    Il prend mon nom, mon étendard;
Mais on voit affez l'impofture,
Car il n'eft que le fils de l'art;
Moi je le fuis de la nature.

F I N.

N O T E S.

(1) CET ouvrage fut compofé en 1731. Il en a été fait plufieurs éditions : celle-ci eft incomparablement la meilleure, la plus ample & la plus correcte.

(2) L'anti-Lucrèce n'avait point encore été imprimé ; mais on en connaiffait quelques morceaux, & cet ouvrage avait une très-grande réputation.

(3) L'abbé de *Rothelin*, de l'académie françaife.

(4) *Dacier* avait une littérature fort grande ; il connaiffait tout des anciens, hors la grace & la fineffe. Ses commentaires ont par-tout de l'érudition & jamais de goût : il traduit groffièrement les delicateffes d'*Horace*.

Si *Horace* dit à fa maîtreffe : *Miferi, quibus intentata nites :* Dacier dit : *Malheureux ceux qui fe laiffent attirer par cette bonace fans vous connaitre.* Il traduit : *Nunc eft bibendum, nunc pede libero pulfanda tellus : C'eft à préfent qu'il faut boire, & que fans rien craindre il faut danfer de toute fa force. Mox juniores quærit adulteros : Elles ne font pas plutôt mariées qu'elles cherchent de nouveaux galans.* Mais quoiqu'il défigure *Horace* & que fes notes foient d'un favant peu fpirituel, fon livre eft plein de recherches utiles ; & on loue fon travail en voyant fon peu de génie.

(5) *Saumaife* eft un auteur favant qu'on ne lit plus guère. Il commence ainfi fa défenfe du roi d'Angleterre *Charles I :* » Anglais, qui vous ren-
» voyez les têtes des rois comme des balles de paume, qui jouez à la boule
» avec des couronnes, & qui vous fervez de fceptres comme de marottes. »

(6) *Vateau* eft un peintre flamand qui a travaillé à Paris, où il eft mort il y a quelques années. Il a réuffi dans les petites figures qu'il a deffinées & qu'il a très-bien grouppées ; mais il n'a jamais rien fait de grand, il en était incapable.

(7) *Scudéri* était comme de raifon ennemi déclaré de *Corneille*. Il avait une cabale qui le mettait fort au deffus de ce père du théâtre. Il y a encore un mauvais ouvrage de *Sarrazin*, fait pour prouver que je ne fais quelle pièce de *Scudéri*, nommé *l'Amour tyrannique*, était le chef-d'œuvre de la fcène françaife. Ce *Scudéri* fe vantait qu'il y avait eu quatre portiers tués à une de fes pièces, & il difait qu'il ne cèderait à *Corneille* qu'en cas qu'on eût tué cinq portiers au Cid & aux Horaces.

A l'égard de *Pradon*, on fait que fa Phèdre fut d'abord beaucoup mieux reçue que celle de *Racine*, & qu'il fallut du temps pour faire céder la cabale au mérite.

(8) Beaucoup de mauvais livres font imprimés avec des approbations pleines d'éloges.

(9) *Houdard de la Motte* fit en 1728 un Oedipe en profe & un Oedipe en vers. A l'égard de fon Oedipe en profe, perfonne que je fache n'a pû le lire. Son Oedipe en vers fut joué trois fois. Il eft imprimé avec fes autres œuvres dramatiques, & l'auteur a eu foin de mettre dans un avertiffement que cette pièce a été interrompue au milieu du plus grand fuccès. Cet auteur a fait d'autres ouvrages eftimés, quelques odes très-belles, de jolis opéra & des differtations très-bien écrites.

(10) Vers de *Roufeau*.

(11) Vers du même.

(12) Vers du même.

(13) *Leibnitz*, né à Leipfick le 23 juin 1664, mort à Hanovre le 14 novembre 1716. Nul homme de lettres n'a fait tant d'honneur à l'Allemagne. Il était plus univerfel que *Newton*, quoiqu'il n'ait peut-être pas été fi grand mathématicien. Il joignait à une profonde étude de toutes les parties de la phyfique un grand goût pour les belles-lettres : il fefait même des vers français. Il a paru s'égarer en métaphyfique ; mais il a cela de commun avec tous ceux qui ont voulu faire des fyftêmes. Au refte il dut fa fortune à fa réputation. Il jouiffait de groffes penfions de l'empereur d'Allemagne, de celui de Mofcovie, du roi d'Angleterre & de plufieurs autres fouverains.

(14) *Charles Rollin*, ancien recteur de l'univerfité & profeffeur royal, eft le premier homme de l'univerfité qui ait écrit purement en français pour l'inftruction de la jeuneffe, & qui ait recommandé l'étude de notre langue, fi néceffaire & cependant fi négligée dans les écoles. Son livre du *Traité des Etudes* refpire le bon goût & la faine littérature prefque par-tout. On lui reproche feulement de defcendre dans des minuties. Il ne s'eft guère éloigné du bon goût que quand il a voulu plaifanter. Tome III, page 305, en parlant de *Cyrus : Auffitôt*, dit-il, *on équipe le petit Cyrus en échanfon; il s'avance gravement la ferviette fur l'épaule, & tenant la coupe délicatement entre trois doigts : J'ai appréhendé, dit le petit Cyrus, que cette liqueur ne fût du poifon. Comment cela ? Oui, mon papa. Et en un autre endroit, en* parlant des jeux qu'on peut permettre aux enfans : *Une balle , un ballon , un sabot , font fort de leur goût. Depuis le toît jusqu'à la cave , tout parlait latin chez Robert Etienne.* Il ferait à fouhaiter qu'on corrigeât ces mauvaifes plaifanteries dans la première édition qu'on fera de ce livre fi eftimable d'ailleurs.

(15) *Girardon* mettait dans fes ftatues plus de grace , & *le Puget* plus d'expreffion. Les bains d'*Apollon* font de *Girardon* , ainfi que le maufolée du cardinal de *Richelieu* en Sorbonne , l'un des chefs-d'œuvres de la fculpture moderne. Le Milon & l'Andromède font du *Puget*.

(16) *Le Pouffin* , né aux Andelis en 1595 , n'eut de maître que fon génie & quelques eftampes de *Raphaël* qui lui tombèrent entre les mains. Le défir de confulter la belle nature dans les antiques le fit aller à Rome , malgré les obftacles qu'une extrême pauvreté mettait à ce voyage. Il y fit beaucoup de chefs-d'œuvres qu'il ne vendait que fept écus pièce. Appelé en France par le fecrétaire d'Etat *Defnoyers* , il y établit le bon goût de la peinture : mais perfécuté par fes envieux , il s'en retourna à Rome où il mourut avec une grande réputation & fans fortune. Il a facrifié le coloris à toutes les autres parties de la peinture. Ses facremens font trop gris ; cependant il y a dans le cabinet de M. le duc d'*Orléans* un raviffement de *St Paul* , du *Pouffin* , qui fait pendant avec la vifion d'*Ezéchiel* , de *Raphaël* , & qui eft d'un coloris affez fort. Ce tableau n'eft point déparé du tout par celui de *Raphaël ;* & on les voit tous deux avec un égal plaifir.

(17) *Le Brun* , difciple de *Vouet* , n'a péché que dans le coloris. Son tableau de la famille de *Darius* eft beaucoup mieux coloré que fes batailles. Ce peintre n'a pas un fi grand goût de l'antique que *le Pouffin* & *Raphaël ;* mais il a autant d'invention que *Raphaël* , & plus de vivacité que le *Pouffin*. Les eftampes des batailles d'*Alexandre* font plus recherchées que celles des batailles de *Conftantin* par *Raphaël* & par *Jules Romain*.

(18) *Euftache le Sueur* était un excellent peintre , quoiqu'il n'eût point été en Italie. Tout ce qu'il a fait était dans le grand goût ; mais il manquait encore de beau coloris.

Ces trois peintres font à la tête de l'école françaife.

(19) *Rubens* égale *le Titien* pour le coloris ; mais il eft fort au deffous de nos peintres français pour la correction du deffin.

(20) *Segrais* eft un poëte très-faible : on ne lit point fes églogues, quoique *Boileau* les ait vantées. Son Enéide eft du ftyle de *Chapelain.* Il y a un opéra de lui : c'eft *Roland* & *Angélique* , fous le titre de l'*Amour guéri par le temps*. On voit ces vers dans le prologue.

> Pour couronner leur tête
> En cette fête ,
> Allons dans nos jardins
> Avec les lys de Charlemagne
> Affembler les jafmins
> Qui parfument l'Efpagne.

La *Zaïde* eft un roman purement écrit & entre les mains de tout le monde ; mais il n'eft pas de lui.

(21) Voici ce que M. *Huet* évêque d'Avranches rapporte , page 204 de fes Commentaires, édition d'Amfterdam : ,, Madame de *la Fayette* ,, négligea fi fort la gloire qu'elle méritait, qu'elle laiffa fa Zaïde paraître ,, fous le nom de *Segrais* ; & lorfque j'eus rapporté cette anecdote, quelques ,, amis de *Segrais* qui ne favaient pas la vérité , fe plaignirent de ce trait ,, comme d'un outrage fait à fa mémoire. Mais c'était un fait dont j'avais ,, long-temps été témoin oculaire : & c'eft ce que je fuis en état de prouver ,, par plufieurs lettres de madame de *la Fayette* , & par l'original du manuf- ,, crit de la Zaïde , dont elle m'envoyait les feuilles à mefure qu'elle les ,, compofait. ,,

(22) Voici ce que *Peliffon* rapporte comme de bons mots. Sur ce qu'on parlait de marier *Voiture* , fils d'un marchand de vin , à la fille d'un pour-voyeur de chez le roi :

> O que ce beau couple d'amans
> Va goûter de contentemens !
> Que leurs délices feront grandes !
> Ils feront toujours en feftin ;
> Car fi la *Prou* fournit les viandes ,
> *Voiture* fournira le vin.

Il ajoute que madame *Defloges* , jouant au jeu des proverbes , dit à *Voiture* ; ,, Celui-ci ne vaut rien , percez-nous-en d'un autre. ,, Son hiftoire de l'aca-démie eft remplie de pareilles minuties , écrites languiffamment : & ceux qui lifent ce livre fans prévention font bien étonnés de la réputation qu'il a eue. Mais il y avait alors quarante perfonnes intéreffées à le louer.

(23) On fait à quel point *Saint-Evremond* était mauvais poëte. Ses comé-dies font encore plus mauvaifes. Cependant il avait tant de réputation qu'on lui offrit cinq cents louis pour imprimer fa comédie de Sir Politick.

(24) *Voiture* eft celui de tous ces illuftres du temps paffé , qui eut le plus de gloire , & celui dont les ouvrages le méritent le moins , fi vous en exceptez quatre ou cinq petites pièces de vers, & peut-être autant de lettres. Il paffait pour écrire des lettres mieux que *Pline* , & fes lettres ne valent guère mieux que celles de *le Pays* & de *Bourfault*. Voici quelques-uns de fes traits : » Lorfque vous me déchirez le cœur & que vous le mettez en mille pièces, » il n'y en a pas une qui ne foit à vous , & un de vos fouris confit mes » plus amères douleurs. Le regret de ne vous plus voir me coûte fans » mentir plus de cent mille larmes. Sans mentir je vous confeille de vous » faire roi de Madère: imaginez-vous le plaifir d'avoir un royaume tout de » fucre ; à dire le vrai, nous y vivrions avec beaucoup de douceur. »

Il écrit à *Chapelain : »* Et notez quand il me vient en la penfée que » c'eft au plus judicieux homme de notre fiècle, au père de la *Lionne* & de » la *Pucelle* que j'écris, les cheveux me dreffent fi fort à la tête qu'il femble » d'un hériffon. »

Souvent rien n'eft fi plat que fa poëfie.

> Nous trouvâmes près Sercotte ,
> Cas étrange & vrai pourtant ,
> Des bœufs qu'on voyait broutant
> Deffus le haut d'une motte ,
> Et plus bas quelques cochons ,
> Et bon nombre de moutons.

Cependant *Voiture* a été admiré , parce qu'il eft venu dans un temps où l'on commençait à fortir de la barbarie , & où l'on courait après l'efprit fans le connaître. Il eft vrai que *Defpréaux* l'a comparé à *Horace :* mais *Defpréaux* était jeune alors. Il payait volontiers ce tribut à la reputation de *Voiture* pour attaquer celle de *Chapelain* qui paffait alors pour le plus grand génie de l'Europe ; & *Defpréaux* a rétracté depuis ces éloges.

(25) Il écrivit au roi : » Sire , un homme comme moi , qui a de la » naiffance de l'efprit & du courage. . . . J'ai de la naiffance , & l'on » dit que j'ai de l'efprit pour faire eftimer ce que je dis. »

(26) L'abbé de *Chaulieu* , dans une épitre au marquis de *la Fare* , connue dans le public fous le titre du *Déifte* , dit :

> J'ai vu de près le Styx , j'ai vu les Euménides :
> Déjà venaient frapper mes oreilles timides
> Les affreux cris du chien de l'empire des morts.

Le moment d'après il fait le portrait d'un confeffeur , & parle d'un Dieu d'Ifraël.

Lorfqu'au bord de mon lit une voix menaçante
Des volontés du Ciel interprète laffante.

Voilà bien le confeffeur. Dans une autre pièce fur la Divinité , il dit:

D'un Dieu moteur de tout j'adore l'exiftence :
Ainfi l'on doit paffer avec tranquillité
Les ans que nous départ l'*aveugle deftinée.*

Ces remarques font exactes , & M. de *Saint-Marc* s'eft trompé en difant dans fon édition de *Chaulieu* qu'elles ne l'étaient pas. On trouve dans fes poëfies beaucoup de contradictions pareilles. Il n'y a pas trois pièces écrites avec une correction continue ; mais les beautés de fentiment & d'imagination qui y font répandues en rachètent les défauts.

L'abbé de *Chaulieu* mourut en 1720 , âgé de près de quatre-vingts ans, avec beaucoup de courage d'efprit.

(27) Le marquis de *la Fare*, auteur des mémoires qui portent fon nom , & de quelques pièces de poëfie qui refpirent la douceur de fes mœurs , était plus aimable homme qu'aimable poëte. Il eft mort en 1718. Ses poëfies font imprimées à la fuite des œuvres de l'abbé de *Chaulieu* fon intime ami , avec une préface très-partiale & pleine de défauts.

(28) Le comte *Antoine Hamilton* , né à Caen en Normandie , a fait des vers pleins de feu & de légèreté. Il était fort fatirique.

(29) M. de *Saint-Aulaire* , à l'âge de plus de quatre-vingts-dix ans fefait encore des chanfons aimables.

(38) *Defpréaux* alla réciter fes ouvrage à l'hôtel de Rambouillet. Il y trouva *Chapelain* , *Cotin* , & quelques gens de pareil goût , qui le reçurent fort mal.

(31) La fontaine Saint-Innocent ; l'architecture eft de *Lefcot* , abbé de Claigni , & les fculptures de *Jean Gougeon.*

(32) C'eft ce que *Bayle* lui-même écrivit au fieur *des Maizeaux.*

(33) Terme dont *Corneille* fe fert dans une de fes épîtres.

VARIANTES

VARIANTES

DU TEMPLE DU GOUT.

(*a*) Premieres éditions :

> Le cardinal, oracle de la France,
> Non ce *Mentor* qui gouverne aujourd'hui,
> Juste à la cour, humble dans sa puissance,
> Maître de tout, & plus maître de lui ;
> *Mais ce Nestor*, &c.

(*b*) Premières éditions :

Il est bon que vous observiez de près un Dieu que vous voulez servir.

> Vous l'avez pris pour votre maître,
> Il l'est, ou du moins le doit être ;
> Mais vous l'encensez de trop loin,
> Et nous allons prendre le soin
> De vous le faire mieux connaître.

Je remerciai son éminence de sa bonté, & je lui dis : Monseigneur, je suis extrêmement indiscret ; si vous me menez avec vous, je m'en vanterai à tout le monde.

> Et si, dans son malin vouloir,
> Quelque critique veut savoir
> En quels lieux, en quel coin du monde
> Est bâti ce divin manoir,
> Que faudra-*t*-il que je réponde ?

Le cardinal me répliqua que le Temple était dans le pays des beaux-arts, qu'il voulait absolument que je l'y suivisse, & que je fisse ma relation avec sincérité ; que, s'il arrivait qu'on se moquât un peu de moi, il n'y aurait pas grand mal à cela, & que je le rendrais bien, si je voulais. J'obéis, & nous partîmes.

Poëmes.   M

(c) Edition de 1733 :

> Et cependant un fripon de libraire,
> Des beaux efprits écumeur mercenaire,
> Vendeur adroit de fottife & de vent,
> En fouriant d'une mine matoife,
> Lui mefurait des livres à la toife ;
> Car monfeigneur eft fur-tout fort favant.

(d) C'était un concert que l'on donnait dans une maifon de campagne bizarrement fituée & bâtie de même. Le maître de la maifon voyant de loin le carroffe du cardinal, & fachant que fon éminence venait d'Italie, vint le prier du concert. Il lui dit en peu de mots beaucoup de mal de *Lulli*, de *Deftouches* & de *Campra*, & l'affura qu'à fon concert il n'y aurait point de mufique françaife. Le cardinal lui remontra en vain que la mufique italienne, la françaife & la latine, étaient fort bonnes, chacune dans leur genre ; qu'il n'y a rien de fi ridicule que de l'italien chanté à la françaife, fi ce n'eft peut-être le français chanté à l'italienne ; car, lui dit-il, avec ce ton de voix aimable, fait pour orner la raifon :

> *La nature féconde, ingénieufe & fage, &c.*

(e) C'eft cela même, dit le cardinal ; mais puifqu'il eft queftion de goût, défiez-vous un peu des rimes redoublées : elles ont l'air de la facilité, elles foutiennent l'harmonie, elles charment l'oreille ; mais il faut qu'elles difent quelque chofe à l'efprit, fans quoi ce n'eft plus qu'un abus de la rime ; c'eft un arbre couvert de feuilles qui n'aurait point de fruits. L'aimable *Chapelle* eft tombé lui-même quelquefois dans ce défaut ; & plufieurs de fes petites pièces n'ont d'autre mérite que celui de beaucoup de familiarité, & du retour des mêmes fons

> Qui chez Richelet étalées,
> Et des efprits fages fifflées,
> Bien fouvent fans invention, &c.

(*f*) Il eſt plus aiſé de dire ce que ce Temple n'eſt pas que de faire connaître ce qu'il eſt. Je n'oſe en faire une longue deſcription, & épuiſer les termes d'architeĉture; car c'eſt ſur-tout en parlant du Temple du Goût qu'il ne faut pas ennuyer :

> Dieu nous garde du verbiage
> De monſieur de Félibien;
> Qui noie éloquemment un rien
> Dans un fatras de beau langage.

Il vaut mieux éviter le détail qui ſerait ici très-hors d'œuvre. Je me bornerai donc à dire :

> *Simple en était la noble architeĉture*, &c.

(*g*) Là ne ſont point reçus les petits maîtres, qui aſſiſtent à un ſpeĉtacle ſans l'entendre, ou qui n'écoutent les meilleures choſes que pour en faire de froides railleries. Bien des gens qui ont brillé dans de petites ſociétés, qui ont régné chez certaines femmes, & qui ſe ſont fait appeler grands hommes, ſont tout ſurpris d'être refuſés : ils reſtent à la porte, & adreſſent en vain leurs plaintes à quelques ſeigneurs, ou ſoi-diſant tels, ennemis jurés du vrai mérite qui les néglige, & proteĉteurs ardens des eſprits médiocres dont ils ſont encenſés. On repouſſe auſſi très-rudement tous ces petits ſatiriques obſcurs qui, dans la démangeaiſon de ſe faire connaître, inſultent les auteurs connus ; qui ſont ſecrètement une mauvaiſe critique d'un bon ouvrage; petits inſeĉtes dont on ne ſoupçonne l'exiſtence que par les efforts qu'ils ſont pour piquer. Heureux encore les véritables gens de lettres, s'ils n'avaient pour ennemis que cette engeance ! mais à la honte de la littérature & de l'humanité, il y a des gens qui s'animent d'une vraie fureur contre tout mérite qui réuſſit ; qui s'acharnent à le décrier & à le perdre; qui vont dans les lieux publics, dans les maiſons des particuliers, dans les palais des princes, ſemer les rumeurs les plus fauſſes avec l'air de vérité; calomniateurs de profeſſion, monſtres

ennemis des arts & de la fociété. Ces lâches perfécuteurs
s'enfuirent en voyant paraître le cardinal de *Polignac* &
l'abbé de *Rothelin :* ils n'ont jamais pu avoir accès auprès
de ces deux hommes ; ils ont pour eux cette haine timide
que les cœurs corrompus ont pour les cœurs droits & pour
les efprits juftes.

(*h*) Premières éditions :

On repouffait plus fièrement ces hommes injuftes &
dangereux, ces ennemis de tout mérite, qui haïffent fincè-
rement ce qui réuffit, de quelque nature qu'il puiffe être.
Leurs bouches diftillent la médifance & la calomnie. (*)
Ils difent que Télémaque eft un libelle contre *Louis XIV,*
& Efther une fatire contre le miniftère : ils donnent de
nouvelles clefs de la Bruyère ; ils infectent tout ce qu'ils
touchent.

(*i*)   Un fat leur applaudit , un méchant les appuie ;

> Et le mérite en pleurs , perfécuté par eux,
> Renonce en foupirant aux beaux-arts qu'on décrie.

Ces lâches perfécuteurs s'enfuirent en voyant paraître le
cardinal de *Polignac* & l'abbé de *Rothelin :* ils n'ont jamais
pu avoir accès auprès de ces deux hommes ; ils ont pour
eux cette haine timide que les cœurs corrompus ont pour
les cœurs droits & pour les efprits juftes. Leur fuite précipitée , &c.

(*k*) Edition de 1733.

Rouffeau parut en revenant d'Allemagne ; il avait été
autrefois dans le Temple : mais quand il y voulut rentrer,

> Il eut beau triftement redire
> Ses vers durement façonnés,
> Hériffés de traits de fatire,
> On lui ferma la porte au nez.

(*) On a fait réellement ces reproches à *Fénélon* & à *Racine* , dans de
miférables libelles que perfonne ne lit plus aujourd'hui , & auxquels la
malignité donna de la vogue dans leur temps.

Rouffeau fe fâcha d'autant plus que la déeffe avait raifon; elle lui difait des vérités; il répondit par des injures, & lui cria:

> Ah! je connais votre cœur équivoque;
> Refpeɔt le cabre, amour ne l'adoucit,
> Et reffemblez à l'œuf cuit dans fa coque;
> Plus on l'échauffe & plus il fe durcit.

Il vomit plufieurs de fes nouvelles épigrammes qui font toutes dans ce goût. *La Motte* les entendit, il en rit; mais point trop fort & avec difcrétion. *Rouffeau* furieux lui reprocha à fon tour tous les mauvais vers que cet académicien avait faits en fa vie; & cette difpute aurait duré long-temps entre eux fi la Critique ne leur avait impofé filence, & ne leur avait dit: Ecoutez, vous *la Motte*, brûlez votre Iliade, vos tragédies & toutes vos dernières odes, les trois quarts de vos fables & de vos opéra; prenez à la main vos premières odes, quelques morceaux de profe dans lefquels vous avez prefque toujours raifon, hors quand vous parlez de vous & de vos vers. Je vous demande fur-tout une demi-douzaine de vos fables, l'Europe galante; avec cela entrez hardiment.

Vous, *Rouffeau*, brûlez vos opéra, vos comédies, vos dernières allégories, odes, épigrammes germaniques, ballades, fonnets; jurez de ne plus écrire, & venez vous mettre au deffus de *la Motte* en qualité de verfificateur; mais toutes les fois qu'il s'agira d'efprit & de raifonnement, vous vous placerez fort au-deffous de lui. *La Motte* fit la révérence, *Rouffeau* tourna la bouche, & tous deux entrèrent à ces conditions.

Dans une autre édition, après ce vers:

> *En lui fermant la porte au nez.*

on lifait:

Il fut fort étonné de ce procédé, & jura de s'en venger

par quelque nouvelle allégorie contre le genre humain qu'il hait par repréfailles. Il s'écriait en rougiffant :

Adouciffez cette rigueur extrême,
Je viens chercher Marot mon compagnon :
J'eus comme lui quelque peu de guignon.
Le Dieu qui rime eft le feul Dieu qui m'aime :
Connaiffez-moi , je fuis toujours le même.
Voici des vers contre l'abbé Bignon ; (*)
J'ai tout frondé , Vienne , Paris , Verfailles ;
J'ai rétracté l'éloge de Noailles. (**)
Du dieu Pluton lifez le jugement , (***)

(*) Il faut apprendre au lecteur qu'il y a dans les œuvres de *Rouffeau* une mauvaife épigramme contre M. l'abbé *Bignon*, qui eft regardé dans l'Europe , depuis quarante ans , comme le protecteur le plus zélé des lettres. *Rouffeau* a tâché , dans cette épigramme , de tourner en ridicule une vertu fi refpectable ; & voici comme il définit ce fage prélat bibliothé-caire du roi :

C'eft lui qui fous Apollon
Prend foin des haras du Parnaffe ,
Et qui fait provigner la race
Des bidets du facré vallon.

(**) Il avait autrefois fait des vers pour M. le duc de *Noailles* , où il avait dit :

Oh , qu'il chanfonne bien !
Serait-ce point Apollon Delphien ?
Venez , voyez : tant a beau le corfage , &c.

Mais dans le même temps , ayant écrit une lettre contre M. le duc de *Noailles* qui fongeait à lui faire avoir un emploi , ce feigneur lui retira fa protection. *Rouffeau* étant banni de France , fit depuis une pièce qu'il intitula : *la Palinodie* , ouvrage généralement méprifé.

(***) *Le jugement de Pluton* , allégorie de *Rouffeau* , dans laquelle il fe répand en invectives contre le parlement , qui ne l'avait pourtant condamné qu'au banniffement. Cette pièce eft d'un ftyle dur & rebutant Il y a encore je ne fais quelle épigramme de lui fur cet augufte corps.

Si de Noé l'un des enfans maudit
De fon feigneur perdit la fauve-garde ,
Ce ne fut point pour avoir , comme on dit ,
Surpris fon père en pofture gaillarde :
Mais c'eft qu'ayant fait cacher fa guimbarde
Au fond de l'arche , en guife de relais ,
Il en tira cette efpèce bâtarde ,
Qu'on nomme gens de robe & de palais.

Où j'ai *fanglé* meffieurs du parlement.
O vous, Critique, ô vous, Déeffe utile,
C'était par vous que j'étais infpiré:
En tout pays, en tout temps abhorré,
Je n'ai que vous déformais pour afile.

La Critique entendit ces paroles, r'ouvrit la porte, &
parla ainfi:

Rouffeau, connais mieux la Critique:
Je fuis jufte, & ne fus jamais
Semblable à ce monftre cauftique
Qui t'arma de fes lâches traits,
Trempés au poïfon fatirique
Dont tu t'enivres à longs traits.
Autrefois de ta félonie
Thémis te donna le guerdon:
Par arrêt ta mufe eft bannie
Pour certains couplets de chanfon,
Et pour un fort mauvais factum
Que te dicta la calomnie.
Mais par l'équitable Apollon
Ta rage fut bien mieux punie;
Il t'ôta le peu de génie
Dont tu dis qu'il t'avait fait don,
Il te priva de l'harmonie,
Et tu n'as plus rien aujourd'hui
Que la fureur & la manie
De rimer encor malgré lui
Des vers tudefques qu'il renie.
O vous, Meffieurs les beaux efprits,
Si vous voulez être chéris
Du Dieu de la double montagne,
Et que dans vos galans écrits
Le Dieu du Goût vous accompagne,
Faites tous vos vers à Paris,
Et n'allez point en Allemagne.

(*l*) Premières éditions:
Ah, bon DIEU! s'écria la Critique, quel horrible jargon!
Elle fit ouvrir la porte pour voir l'animal qui avait un

cri fi fingulier. Quel fut fon étonnement quand tout le
monde lui dit que c'était *Rouffeau!* elle lui ferma la porte
au plus vîte. Le rimeur défefpéré lui criait dans fon ftyle
marotique :

> Eh ! montrez-vous un peu moins difficile :
> J'ai près de vous mérité d'être admis :
> Reconnaiffez mon humeur & mon ftyle ;
> Voici des vers contre tous mes amis.
> O vous, Critique ! ô vous, Déeffe utile !
> C'était par vous que j'étais infpiré ;
> En tout pays, en tout temps abhorré,
> Je n'ai que vous déformais pour afile.

A ces paroles la Critique fit ouvrir le Temple, parut
d'un air de juge, & parla ainfi au cynique :

> Rouffeau, tu m'as trop méconnue ;
> Jamais ma candeur ingénue
> A tes écrits n'a préfidé.
> Ne prétends pas qu'un Dieu t'infpire,
> Quand ton efprit n'eft poffédé
> Que du démon de la fatire.

Ah, bon Dieu ! s'écria la Critique, quel horrible jargon !
on lui dit que c'était *Rouffeau*, dont les Dieux avaient
changé la voix en cri ridicule, pour punition de fes
méchancetés. Elle lui ferma la porte au nez au plus vîte.
Il fut fort étonné de ce procédé, & jura de s'en venger par
quelque nouvelle allégorie contre le genre humain, qu'il
hait par repréfaille ; il s'écriait en rougiffant :

> Adouciffez cette rigueur extrême,
> Je viens chercher Marot mon compagnon :
> J'eus comme lui quelque peu de guignon ;
> Le Dieu qui rime eft le feul Dieu qui m'aime.
> Connaiffez-moi, je fuis toujours le même ;
> Voici des vers contre l'abbé Bignon. (*)

(*) Confeiller d'Etat, homme d'un mérite reconnu dans l'Europe,
& protecteur des fciences. *Rouffeau* avait fait contre lui quelques mauvais
vers.

O vous, Critique! ô vous, Déeſſe utile!
C'était par vous que j'étais inſpiré ;
En tout pays, en tout temps abhorré,
Je n'ai que vous déſormais pour aſile.

La Critique entendit ſes paroles, r'ouvrit la porte, &
parla ainſi :

Rouſſeau, connais mieux la Critique ;
Je ſuis juſte, & ne fus jamais
Semblable à ce monſtre cauſtique
Qui t'arma de ſes lâches traits,
Trempés au poiſon ſatirique
Dont tu t'enivres à longs traits.
Autrefois de ta félonie
Thémis te donna le guerdon ;
Par arrêt ta muſe eſt bannie (*)
Pour certains couplets de chanſon,
Et pour un fort mauvais faĉum
Que te diĉa la calomnie.
Mais par l'équitable Apollon
Ta rage fut bientôt punie ;
Il t'ôta le peu de génie
Dont tu dis qu'il t'avait fait don.
Il te priva de l'harmonie,
Et tu n'as plus rien aujourd'hui
Que la faibleſſe & la manie
De rimer encor malgré lui
Des vers tudeſques qu'il renie.

(m) Dans les premières éditions, il y avait:

C'était le ſage Fontenelle.

(*) *Rouſſeau* fut condamné à l'amende honorable, & au banniſſe-
ment perpétuel, pour des couplets infames faits contre ſes amis, & dont
il accuſa M. *Saurin* de l'académie des ſciences d'être l'auteur. Le faĉum
de *Rouſſeau* paſſe pour être extrêmement mal écrit ; celui de M. *Saurin*
eſt un chef-d'œuvre d'eſprit & d'éloquence. *Rouſſeau* banni de France
s'eſt brouillé avec tous ſes proteĉeurs, & a continué de déclamer inutilement contre ceux qui feſaient honneur à la France par leurs ouvrages,
comme M^{rs} de *Fontenelle*, *Crébillon*, *Deſtouches*, *Dubos*, &c. &c.

(*n*) Edition de 1733.

A l'égard de *Lucrèce*, il fut embarrassé en voyant son ennemi ; il le regarda d'un œil un peu fâché, sur-tout quand il vit combien il est aimable, & comme il paraît fait pour avoir raison.

> Son rival charmant lui parla
> Avec sa grace naturelle,
> Et cependant il y mêla
> Un peu de catholique zèle.
> Ça, dit-il, puisque vous voilà,
> L'ame a bien l'air d'être immortelle :
> Que répondez-vous à cela ?
> Ah ! laissons ces disputes-là,
> Dit le vieux chantre d'Epicure,
> J'ai fort mal connu la nature :
> Mais ne me poussez point à bout ;
> Que votre muse me pardonne ;
> Vous êtes chez le Dieu du Goût,
> Non sur les bancs de la Sorbonne.

Ces messieurs n'argumentèrent donc point, & épargnèrent une dispute aux gens de goût, qui n'aiment pas volontiers l'argument.

Lucrèce récita seulement quelques-uns de ses beaux vers qui ne prouvent rien : le cardinal dit aussi des siens ; ce qui lui arrive trop rarement à Paris : on leur applaudit également à tous deux. De rapporter ce qui fut dit à cette occasion par les grecs & les latins qui étaient là, & qui les entendaient, cela ferait beaucoup trop long : il n'est ici question que des Français.

La Critique m'aperçut : Ah ! ah ! me dit-elle, vous êtes bien hardi d'entrer. Je lui répondis humblement : dangereuse Déesse, je ne suis ici que parce que ces messieurs l'ont voulu : je n'aurais jamais osé y venir seul. Je veux bien, dit-elle, vous y fouffrir à leur confidération ; mais tâchez de profiter de tout ce qui fe fait ici.

> Sur-tout gardez-vous bien de rire
> Des auteurs que vous avez vus ;
> Cent petits rivaux inconnus
> Criraient bientôt à la fatire.
> Corrigez-vous fans les inftruire ;
> Donnez plus d'intrigue à Brutus,
> Plus de vraifemblance à Zaïre ;
> Et croyez-moi, n'oubliez plus
> Que vous avez fait Artémire. (*)

Je vis bien qu'elle en allait dire davantage ; elle me parlait déjà d'un certain *Philoctète* : je m'efquivai, &c.

Après, *il n'eft ici queftion que des Français*, on lifait dans une autre édition :

Cependant le cardinal & l'abbé étaient arrivés à l'autel du Dieu, & je m'y gliffai fous leur protection.

> Je vis ce Dieu tout à mon aife ;
> Je vis fes naïves beautés.
> Ses élégantes propretés,
> Ses atours n'ont rien qui ne plaife ;
> Mais s'il eft mis à la françaife,
> Si par nos mains il eft orné,
> Ce Dieu toujours eft couronné
> D'un diadême qu'au Parnaffe, &c.

(*o*) Premières éditions :

> Sur fon front règne la fageffe,
> Son air eft tendre, ingénieux ;
> Les amours ont mis dans fes yeux
> Le fentiment & la fineffe.
> Le More à fes autels chantait,
> Péliffier près d'elle exprimait

(*) Tragédie repréfentée huit fois, en 1720. On en trouve des fragmens à la fuite de Mariamne dans les œuvres dramatiques.

De Lulli toute la tendreffe ;
Légère & forte en fa foupleffe,
La vive Camargo (*) fautait
A fes fons brillans d'alégreffe
Et de Rebel & de Mouret.
Le Couvreur (**) plus loin récitait,
Avec cette grace divine
Dont autrefois elle ajoutait
De nouveaux charmes à Racine.

Colbert, l'amateur & le protecteur de tous les arts, raffemblait autour de lui les connaiffeurs. Tous félicitaient le cardinal de *Polignac* (***) fur ce fallon de *Marius*, qu'il a déterré dans Rome, & dont il vient d'orner la France.

Colbert attachait fouvent fa vue fur cette belle façade du louvre, dont *Perrault* & *le Vau* fe difputent encore l'invention. Il foupirait de ce qu'un fi beau monument périffait fans être achevé. Ah ! difait-il, pourquoi a-t-on forcé la nature pour faire du château de Verfailles un favori fans mérite, tandis qu'on pourrait, en achevant le louvre, égaler en bon goût Rome ancienne & moderne ?

On voyait fur un autel le plan du Luxembourg ; de ce portail fi noble, auquel il manque une place, une églife & des admirateurs ; de cette fontaine qui fut un chef-d'œuvre du goût dans un temps d'ignorance ; de cet arc de triomphe

(*) Mlle *Camargo*, la première qui ait danfé comme un homme.

(**) *Adrienne le Couvreur*, la meilleure actrice qu'ait jamais eue, avant elle, la comédie françaife, pour le tragique ; & la première qui ait introduit au théâtre la déclamation naturelle.

(***) M. de *Polignac* ayant conjecturé qu'un certain terrain de Rome avait été autrefois la maifon de *Marius*, fit fouiller dans cet endroit. L'on trouva, à plufieurs pieds fous terre, un fallon entier, avec plufieurs ftatues très-bien confervées. Parmi ces ftatues, il y en a dix qui font une fuite complète, & qui repréfentent *Achille* déguifé en fille à la cour de *Lycomède*, & reconnu par l'artifice d'*Ulyffe*. Cette collection eft unique dans l'Europe par la rareté & la beauté. A la mort du cardinal de *Polignac*, le roi de Pruffe en fit l'acquifition.

qu'on admirerait dans Rome, & auquel le nom vulgaire de *la porte Saint-Denis* ôte tout fon mérite auprès de la plupart des Parifiens. Cependant le Dieu s'amufait à faire conftruire le modèle d'un palais parfait. Il joignait l'archi-tecture du palais de Maifons au dedans de l'hôtel de Laffay dont il a confeillé lui-même la fituation, les proportions & les embelliffemens au maître aimable de cet édifice, & auquel il ajoutait quelques commodités.

Je demandais tout bas pourquoi il y a eu, à proportion, moins de bons architectes en France que de bons fculp-teurs : les peintres ont toute liberté de leur génie, au lieu que les architectes font fouvent gênés par le terrain, & encore plus par le caprice du maître. En fecond lieu, les fculpteurs & les peintres, fefant beaucoup plus d'ou-vrages, ont bien plus d'occafions de fe corriger. Cent particuliers étaient en état d'employer le pinceau du *Pouffin*, de *Jouvenet*, de *Santerre*, de *Boulogne*, de *Vateau*; & même aujourd'hui nos peintres modernes travaillent prefque tous pour de fimples citoyens; mais il faut être roi ou furintendant pour exercer le génie d'un *Manfard* ou d'un *Desbroffes:* enfin, le fuccès du peintre eft dans le deffin de fon tableau ; celui du fculpteur eft dans fon mo-dèle en terre: le modèle de l'architecte, au contraire, eft trompeur ; parce que le bâtiment, regardé enfuite à une plus grande diftance, fait un effet tout différent, & que la perfpective aërienne en change les proportions; en un mot, il en eft fouvent du plan en relief d'un édifice comme de la plupart des machines qui ne réuffiffent qu'en petit.

(*p*) Edition de 1733.

> Mais malgré l'auftère fageffe
> De la morale qu'il prêchait,
> Péliffier en ces lieux chantait;
> Et cependant, avec molleffe,
> Sallé le temple parcourait
> D'un pas guidé par la jufteffe.

(q) Edition de 1773 :

> C'eſt ce Dieu qu'implore & révère
> Toute la troupe des acteurs
> Qui repréſentent ſur la terre,
> Et ceux qui viennent dans la chaire
> Endormir leurs chers auditeurs,
> Et ceux qui livrent les auteurs
> Aux ſifflets bruyans du parterre.

> C'eſt là que je vous vis, aimable le Couvreur,
> Vous, fille de l'Amour, fille de Melpomène,
> Vous dont le ſouvenir règne encor ſur la ſcène,
> Et dans tous les eſprits, & ſur-tout dans mon cœur.
> Ah! qu'en vous revoyant une volupté pure,
> Un bonheur ſans mélange enivra tous mes ſens!
> Qu'à vos pieds, en ces lieux, je fis fumer d'encens!
> Car il faut le redire à la race future,
> Si les ſaintes fureurs d'un préjugé cruel
> Vous ont pu dans Paris priver de ſépulture,
> Dans le Temple du Goût vous avez un autel.

Mes deux guides diſaient qu'ils ne pouvaient en conſcience donner à une actrice le même encens que moi;
mais ils avaient trop de juſtice pour me déſapprouver.

(r) On y examine ſi les arts ſe plaiſent mieux dans
une monarchie que dans une république ; ſi l'on peut ſe
paſſer aujourd'hui du ſecours des anciens; ſi les livres
ne ſont point trop multipliés ; ſi la comédie & la tragédie
ne ſont point épuiſées. On examine quelle eſt la vraie
différence entre l'homme de talent & l'homme d'eſprit,
entre le critique & le ſatirique, entre l'imitateur & le
plagiaire.

Quelquefois même on laiſſe parler long-temps la même
perſonne ; mais ce cas arrive très-rarement; heureuſement
pour moi, on ſe raſſemblait en ce moment autour de la
fameuſe *Ninon Lenclos.*

Ninon, cet objet fi vanté,
Qui fi long-temps fut faire ufage
De fon efprit, de fa beauté,
Et du talent d'être volage,
Fefait alors, avec gaîté,
A ce charmant aréopage,
Un difcours fur la volupté.
Dans cet art elle était maîtreffe ;
L'auditoire était enchanté,
Et tout refpirait la tendreffe.
Mes deux guides, en vérité,
Auraient volontiers écouté ;
Mais, hélas ! ils font d'une efpèce
Qui leur ôte la liberté,
Et les condamne à la fageffe.

Ils me laifsèrent entendre le fermon de *Ninon*. Je courus
enfuite vers la *le Couvreur*, & mes conducteurs s'amu-
sèrent à parler de littérature avec quelques jéfuites qu'ils
rencontrèrent. Un janfénifte dira que les jéfuites fe fourrent
par-tout ; mais la vérité eft que de tous les religieux les
jéfuites font ceux qui entendent le mieux les belles-lettres,
& qu'ils ont toujours réuffi dans l'éloquence & dans la
poëfie. Le Dieu voit de très-bon œil beaucoup de ces
pères, mais à condition qu'ils ne diront plus tant de mal
de *Defpréaux*, & qu'ils avoueront que les Lettres Provin-
ciales font la plus ingénieufe, auffi-bien que la plus
cruelle, &, en quelques endroits, la plus injufte fatire
qu'on ait jamais faite.

On fe doute affez que les bienfaiteurs du Temple y ont
une place honorable ; mais croirait-on que *Colbert* y eft
mieux traité que le cardinal de *Richelieu?* C'eft que *Colbert*
protégea tous les beaux arts fans être jaloux des artiftes,
& qu'il ne favorifa que de grands hommes : car il fe
dégoûta bien vîte de *Chapelain*, & encouragea *Defpréaux*.
Le cardinal de *Richelieu*, au contraire, fut jaloux du grand
Corneille; & au lieu de s'en tenir, comme il le devait, à
protéger les beaux vers, il s'amufa à en faire de mauvais

avec *Chapelain* , *Defmarets* & *Colletet*. (*) Je m'aperçus même que ce grand miniſtre était moins gracieuſement accueilli par le Dieu du Goût qu'un certain duc, ſon neveu, qui vient très-ſouvent dans le Temple. Les connaiſ-ſeurs en belles-lettres diſent pour raiſon:

> Que dans ce charmant fanctuaire ,
> L'honneur de protéger les beaux-arts qu'on chérit ,
> Mais auxquels on ne s'entend guère ,
> L'autorité du miniſtère ,
> L'éclat, l'intrigue & le crédit
> Ne ſauraient égaler les charmes de l'eſprit ,
> Et le don fortuné de plaire.

Les connaiſſeurs en galanterie ajoutent que ſon émi-nence (**) fit jadis l'amour en vrai pédant, & que ſon neveu s'y prend d'une manière aſſurément toute oppoſée.

(*) Non-ſeulement le cardinal de *Richelieu* fit quelquefois travailler *Chapelain* à des ouvrages de théâtre , mais il s'appropria un mauvais prologue de ce *Chapelain ;* c'était le prologue d'un très-ridicule poëme dramatique , intitulé *les Tuileries.* Ce cardinal fit bâtir la ſalle du palais royal pour repréſenter la tragédie de Mirame , dont il avait donné le ſujet , & dans laquelle il avait fait plus de cinq cents vers. Il ſe ſervait de *Defmarets* , de *Colletet* , de *Faret* , pour compoſer des tragédies , dont il leur donnait le plan. Il admit quelque temps le grand *Corneille* dans cette troupe; mais le mérite de *Corneille* ſe trouva incompatible avec ces poëtes, & il fut auſſitôt exclus. Ce cardinal avait ſi peu de goût qu'il récompenſa ces vers impertinens de *Colletet :*

> La canne s'humecter de la bourbe de l'eau,
> D'une voix enrouée & d'un battement d'aile
> Animer le canard qui languit auprès d'elle.

Il voulait ſeulement , pour rendre ces vers parfaits, qu'on mît *barboter* au lieu d'*humecter.*

(**) Le cardinal de *Richelieu* fit ſoutenir des thèſes ſur l'*amour* chez ſa nièce la ducheſſe d'*Aiguillon :* il y avait un préſident , un répondant & des argumentans. Il y a à Paris une copie de ces thèſes chez un curieux: elles ſont diviſées en pluſieurs propoſitions , comme les thèſes de collége ; la première propoſition eſt qu'*il ne faut point parler d'un véritable amour après ſa fin, parce qu'un véritable amour eſt ſans fin.*

Il

Il y a dans cette demeure bien des habitans qui, comme lui, n'ont fait aucun ouvrage :

> Qui, fagement livrés aux douceurs du loifir,
> Ont paffé de leurs jours les momens délectables
> A recevoir. à donner du plaifir.
> De chanter & d'écrire ils ont été capables ;
> Mais pour être en ce Temple, & pour y réuffir,
> Qu'ont-ils fait ? ils étaient aimables.

C'eft entre ces voluptueux & les artiftes qu'on trouve le facile, le fage, l'agréable *la Faye*: heureux qui pourrait, comme lui, paffer les dernières années de fa vie, tantôt compofant des vers aifés & pleins de grâces, tantôt écoutant ceux des autres fans envie & fans mépris ; ouvrant fon cabinet à tous les arts, & fa maifon aux feuls hommes de bonne compagnie ! Combien de particuliers dans Paris pourraient lui reffembler dans l'ufage de leur fortune ! mais le goût leur manque, ils jouiffent infipidement, ils ne favent qu'être riches.

Devant le Dieu eft un grand autel, où les *Mufes* viennent préfenter tour à tour des livres, des deffeins, & des ornemens de toute efpèce : on y voyait tous les opéra de *Lulli*, & plufieurs opéra de *Deftouches* & de *Campra*. Le Dieu eût défiré quelquefois, dans *Deftouches*, une mufique plus forte ; fouvent, dans *Campra*, un réci-tatif mieux déclamé ; & de temps en temps, dans *Lulli*, quelques airs moins froids. Tantôt les Mufes, tantôt les *Péliffier* & les *le More* chantent ces opéra charmans. Le Temple réfonne de leurs voix touchantes : tout ce qui eft dans ces beaux lieux applaudit par un léger murmure, plus flatteur que ne le feraient les acclamations emportées du peuple. Les mauvais auteurs & leurs amis prêtent l'oreille autour du Temple, entendent à peine quelques fons, & fifflent pour fe venger.

Le deffein de Verfailles fe trouve, à la vérité, fur l'autel : mais il eft accompagné d'un arrêt du Dieu, qui ordonne

Poëmes.   N

qu'on abatte au moins tout le côté de la cour, afin qu'on n'ait point à la fois, en France, un chef-d'œuvre de mauvais goût & de magnificence. Par le même arrêt, le Dieu ordonne que les grands morceaux d'architecture très-déplacés & très-cachés dans les bosquets de Versailles soient transportés à Paris, pour orner des édifices publics.

Une des choses que le Dieu aime davantage, c'est un recueil d'estampes d'après les plus grands maîtres; entreprise utile au genre humain, qui multiplie à peu de frais le mérite des meilleurs peintres, qui fait revivre à jamais dans tous les cabinets de l'Europe des beautés qui périraient sans le secours de la gravure, & qui peut faire connaître toutes les écoles à un homme qui n'aura jamais vu de tableaux.

> Crozat préside à ce dessein :
> Il conduit le docte burin
> De la gravure scrupuleuse,
> Qui, d'une main laborieuse,
> Immortalise sur l'airain,
> Du Carache la touche heureuse,
> Et la belle ame du Poussin.

Dans le temps que nous arrivâmes, le Dieu s'amusait à faire élever en relief le modèle d'un palais parfait; il joignait l'architecture extérieure du château de Maisons avec les dedans de l'hôtel de Laffay, lequel par sa situation, ses proportions & ses embellissemens, est digne du maître aimable qui l'occupe, & qui lui-même a conduit l'ouvrage.

(s) Permettez que je continue mes petites observations, répondit le père *Bouhours*. Ce sont les grands hommes qu'il faut critiquer, de peur que les fautes qu'ils font contre les règles ne servent de règles aux petits écrivains. Ce sont les défauts du *Poussin* & de *le Sueur*, qu'il faut relever, & non ceux de *Rouet* & de *Vignon;* & dès que votre Anti-Lucrèce fera imprimée, foyez fûr de ma critique.

Hé bien, examinez, vétillez, tant qu'il vous plaira, dit en paffant un jeune duc qui revenait du fermon de *Ninon*, & qui en paraiffait tout pénétré : pour moi, je n'ai pas la force de rien cenfurer d'aujourd'hui.

Cet homme que *Ninon* avait rendu fi indulgent,

 C'eft lui qui, d'un efprit vif, aimable & facile,
 D'un vol toujours brillant fut paffer tour à tour
 Du Temple des Beaux Arts au Temple de l'Amour ;
 Mais qui fut plus content de ce dernier afile.
  Des mains des Grâces préfenté,
  En Allemagne, en Italie,
  Il charma l'Europe adoucie,
  Dont fon oncle fut redouté.

Il eft même encore mieux reçu dans le Temple du Goût que cet oncle fi vanté, qui rétablit les beaux arts en France de la même main dont il abaiffa ou perdit tous fes ennemis. Ce terrible miniftre craint, haï, envié, admiré à l'excès de toutes les cours & de la fienne, eft redouté jufque dans le Temple du Goût, dont il eft reftaurateur. On craint à tout moment qu'il ne lui prenne fantaifie d'y faire entrer *Chapelain*, *Colletet*, *Faret* & *Defmarets*, avec lefquels il fefait autrefois de méchans vers.

Quand je vis que le cardinal de *Richelieu* n'avait pas toutes les préférences, je m'écriai : c'eft donc ici comme ailleurs, & l'inclination l'emporte par-tout fur les bienfaits ! alors j'entendis quelqu'un qui me dit :

 Etablir, conferver, mouvoir, arrêter tout,
 Donner la paix au monde, ou fixer la victoire,
 C'eft ce qui m'a conduit au Temple de la Gloire,
  Bien plutôt qu'au Temple du Goût.

(t) Edition de 1733.

Ce qui me charmait davantage dans cette demeure délicieuse, c'était de voir avec quelle heureuse agilité l'esprit se promène sur différens plaisirs, en parcourant de suite les arts, & caressant tant de beautés diverses.

> On y passe facilement
> De la musique à la peinture,
> De la physique au sentiment,
> Du tragique au simple agrément,
> De la danse à l'architecture.
> Tel Homère peignait ses dieux,
> Planant sur la terre & sur l'onde ;
> Et cent fois plus prompt que nos yeux,
> S'élançant du centre des cieux
> Jusqu'au bout de l'axe du monde.

Aussi ferais-je trop long, si je disais tout ce que je vis dans ce Temple. Grâce au siècle de *Louis XIV*, une foule de grands hommes en tout genre, qui avaient honoré ce beau siècle, s'étaient rangés avec mes deux guides autour du grand *Colbert*. Je n'ai exécuté, disait ce ministre, que la moindre partie de ce que je méditais ; j'aurais voulu que *Louis XIV* eût employé aux embellissemens nécessaires de sa capitale les trésors ensevelis dans Versailles, & prodigués pour forcer la nature : si j'avais vécu plus long-temps, Paris aurait pu surpasser Rome en magnificence & en bon goût, comme il le surpasse en grandeur : ceux qui viendront après moi feront ce que j'ai seulement imaginé ; alors le royaume sera rempli des monumens de tous les beaux arts : déjà les grands chemins qui conduisent à la capitale font des promenades délicieuses, ombragées de grands arbres, l'espace de plusieurs milles, & ornées même de (*)

___

(*) Sur le chemin de Juvisi on a élevé deux fontaines dont l'eau retombe dans de grands bassins ; des deux côtés du chemin sont deux morceaux de sculpture ; l'un est de *Coustou*, & est fort estimé : il est triste que son ouvrage ne soit pas de marbre, mais seulement de pierre,

fontaines & de ſtatues. Un jour vous n'aurez plus de temples gothiques; les ſalles (*) de vos ſpectacles ſeront dignes des ouvrages immortels qu'on y repréſente ; de nouvelles places & des marchés publics, conſtruits ſous des colonnades, décoreront Paris comme l'ancienne Rome ; les eaux ſeront diſtribuées dans toutes les maiſons, comme à Londres; les inſcriptions de *Santeuil* ne ſeront plus la ſeule choſe que l'on admirera dans vos fontaines ; la ſculpture étalera par-tout ſes beautés (**) durables, & annoncera aux étrangers la gloire de la nation, le bonheur du peuple, la ſageſſe & le goût de ſes conducteurs : ainſi parlait ce grand miniſtre.

Qui n'aurait applaudi? quel cœur français n'eût été ému à de tels diſcours? On finit par donner de juſtes éloges, & par ſouhaiter un ſuccès heureux aux grands deſſeins que le magiſtrat (***) de la ville de Paris a formés pour la décoration de cette capitale.

(*) Les ſalles de tous les ſpectacles de Paris ſont ſans magnificence, ſans goût, ſans commodités, ingrates pour la voix, incommodes pour les acteurs & pour les ſpectateurs : ce n'eſt qu'en France qu'on à l'impertinente coutume de faire tenir debout la plus grande partie de l'auditoire.

(**) C'était en effet le deſſein de ce grand homme. Un de ſes projets était de faire une grande place de l'hôtel de Soiſſons ; on aurait creuſé au milieu de la place un vaſte baſſin qu'on aurait rempli des eaux qu'il devait faire venir par de nouveaux aqueducs. Du milieu de ce baſſin, entouré d'une baluſtrade de marbre, devait s'élever un rocher ſur lequel quatre fleuves de marbre auraient répandu l'eau qui eût retombé en nappe dans le baſſin, & qui de là ſe ferait diſtribuée dans les maiſons des citoyens. Le marbre deſtiné à cet incomparable monument était acheté ; mais ce deſſein fut oublié avec M. *Colbert*, qui mourut trop tôt pour la France.

(***) M. *Turgot*, préſident au parlement, prévôt des marchands, qui a déjà embelli cette capitale, a fait marché avec des entrepreneurs pour agrandir le quai derrière le Palais, le continuer juſqu'au pont de l'île, & joindre l'île au reſte de la ville par un beau pont de pierre : il n'y a point de citoyen dans Paris qui ne doive s'empreſſer à contribuer de tout ſon pouvoir à l'exécution de pareils deſſeins, qui ſervent à notre commodité, à nos plaiſirs & à notre gloire.

.Enfin, après une converfation utile, dans laquelle on louait avec juftice ce que nous avons, & dans laquelle on regrettait, avec non moins de juftice, ce que nous n'avons pas, il fallut fe féparer. J'entendis le Dieu qui difait à fes deux amis, en les embraffant :

> Adieu, mes plus chers favoris,
> Par qui ma gloire eft établie.
> Tant que vous ferez dans Paris,
> Je n'ai pas peur que l'on m'oublie ;
> Mais prêchez, je vous en fupplie,
> Certains prétendus beaux efprits,
> Qui, du faux goût toujours épris,
> Et toujours me fefant infulte,
> Ont tout l'air d'avoir entrepris
> De traiter mes loix & mon culte
> Comme l'on traite leurs écrits.

Il les pria de faire fes complimens à un jeune prince qu'il aime tendrement ; & s'échauffant à fon nom avec un peu d'enthoufiafme que ce Dieu ne dédaigne pas quelquefois, mais qu'il fait toujours modérer, il prononça ces vers avec vivacité :

> Que toujours Clermont (*) s'illumine
> Des vives clartés de ma loi ;
> Lui, fa fœur, les Amours & moi
> Nous fommes de même origine.
> Conti, fachez à votre tour
> Que vous êtes né pour me plaire,
> Auffi-bien qu'au dieu de l'amour.
> J'aimai jadis votre grand père,
> Il fut le charme de ma cour :
> De ce héros fuivez l'exemple,
> Que vos beaux jours me foient foumis ;
> Croyez-moi, venez dans ce temple
> Où peu de princes font admis.

(*) M. le comte de *Clermont*, prince du fang, a fondé, à l'âge de vingt ans, une académie des arts, compofée de cent perfonnes qui s'affemblent chez lui, & il donne une protection marquée aux gens de lettres. On ne faurait trop propofer un tel exemple aux jeunes princes.

Vous , noble jeuneſſe de France ,
Secondez les chants des beaux arts,
Tandis que les foudres de Mars
Se repoſent dans le ſilence :
Que dans ces fortunés loiſirs,
L'eſprit & la délicateſſe,
Nouveaux guides de la jeuneſſe ,
Soient l'ame de tous vos plaiſirs.
Je vois Thalie & Melpomène (*)
Vous ſuivre en ſecret quelquefois,
Et quitter Gauſſin & Dufreſne
Pour venir entendre vos voix,
Et vous applaudir ſur la ſcène.
Que des muſes à vos genoux
Les lauriers à jamais fleuriſſent ;
Que ces arbres s'enorgueilliſſent
De ſe voir cultivés par vous.
Tranſportez le Pinde à Cythère :
Braſſac, (**) chantez ; gravez, Cailus ; (***)

(*) Il y a plus de vingt maiſons dans Paris dans leſquelles on repréſente des tragédies & des comédies ; on a fait même beaucoup de pièces nouvelles pour ces ſociétés particulières. On ne ſaurait croire combien eſt utile cet amuſement qui demande beaucoup de ſoin & d'attention ; il forme le goût de la jeuneſſe , il donne de la grâce au corps & à l'eſprit, il contribue au talent de la parole , il retire les jeunes gens de la débauche, en les accoutumant aux plaiſirs purs de l'eſprit.

(**) M. le chevalier de *Braſſac* non-ſeulement a le talent très-rare de faire la muſique d'un opéra, mais il a le courage de le faire jouer, & de donner cet exemple à la jeune nobleſſe françaiſe. Il y a déjà long-temps que les Italiens , qui ont été nos maîtres en tout , ne rougiſſent pas de donner leurs ouvrages au public. Le marquis *Maffei* , vient de rétablir la gloire du théâtre italien : le baron d'*Aſtorga* , & le prélat qui eſt aujourd'hui archevêque de Piſe, ont fait pluſieurs opéra fort eſtimés.

(***) M. le comte de *Cailus* eſt célèbre par ſon goût pour les arts , & par la faveur qu'il donne à tous les bons artiſtes ; il grave lui-même , & met une expreſſion ſingulière dans ſes deſſeins. Les cabinets des curieux ſont pleins de ſes eſtampes. M. de *Saint-Maurice* , officier des gardes, grave auſſi , & ſe ſert avec avantage du burin : il a fait une eſtampe d'après *le Nain* , qui eſt un chef-d'œuvre.

N 4

Ne craignez point, jeune Surgère, (*)
D'employer des foins affidus
Aux beaux vers que vous favez faire ;
Et que tous les fots confondus,
A la cour & fur la frontière,
Déformais ne prétendent plus
Qu'on déroge & qu'on dégénère
En fuivant Minerve & Phébus.

Dans les premières éditions, mais poftérieures à 1733, on lifait :

Et vous applaudir fur la fcène.
Braffac , fois toujours mon foutien ;
Sous tes doigts j'accordai ta lire :
De l'amour tu chantes l'empire ,
Et tu compofes dans le mien.
Caïlus, tous les arts te chériffent ;
Je conduis tes brillans deffeins,
Et les Raphaëls s'applaudiffent
De fe voir gravés par tes mains.
Ne craignez point, jeune Surgère, &c.

(*) M. de *la Rochefoucault* , marquis de Surgère , a fait une comédie intitulée l'*Ecole du monde*. Cette pièce eft fans contredit bien écrite , & pleine de traits que le célèbre duc de *la Rochefoucauld* , auteur des *Maximes* , aurait approuvés.

LE TEMPLE

DE

L'AMITIÉ.

LE TEMPLE

DE

L'AMITIÉ.

Au fond d'un bois à la paix confacré,
Séjour heureux, de la cour ignoré,
S'élève un temple, où l'art & fes preftiges
N'étalent point l'orgueil de leurs prodiges;
Où rien ne trompe & n'éblouit les yeux,
Où tout eft vrai, fimple & fait pour les Dieux.

De bons gaulois de leurs mains le fondèrent;
A l'Amitié leurs cœurs le dédièrent.
Las! ils penfaient, dans leur crédulité,
Que par leur race il ferait fréquenté.
En vieux langage on voit fur la façade
Les noms facrés d'Orefte & de Pilade,
Le médaillon du bon Pyrithoüs,
Du fage Achate, & du tendre Nifus,
Tous grands héros, tous amis véritables.
Ces noms font beaux; mais ils font dans les fables.
Les doctes Sœurs ne chantent qu'en ces lieux,
Car on les fiffle au fuperbe empyrée.
On n'y voit point Mars & fa Cythérée;
Car la Difcorde eft toujours avec eux;
L'Amitié vit avec très-peu de Dieux. (a)

A fes côtés fa fidelle interprète,
La Vérité, charitable & difcrète,

Toujours utile à qui veut l'écouter,
Attend en vain qu'on l'ose consulter :
Nul ne l'approche, & chacun la regrette.
Par contenance un livre est dans ses mains,
Où sont écrits les bienfaits des humains ;
Doux monumens d'estime & de tendresse,
Donnés sans faste, acceptés sans bassesse,
Du protecteur noblement oubliés,
Du protégé sans regret publiés.
C'est des vertus l'histoire la plus pure :
L'histoire est courte, & le livre est réduit
A deux feuillets de gothique écriture,
Qu'on n'entend plus, & que le temps détruit.

Or des humains quelle est donc la manie ?
Toute amitié de leur cœur est bannie ;
Et cependant on les entend toujours
De ce beau nom décorer leurs discours.
Ses ennemis ne jurent que par elle :
En la fuyant chacun s'y dit fidèle ;
Ainsi qu'on voit devers l'Etat romain
Des indévots chapelet à la main. (b)

De leur propos la Déesse en colère
Voulut enfin que ses mignons chéris,
Si contens d'elle, & si sûrs de lui plaire,
Vinssent la voir en son sacré pourpris :
Fixa le jour, & promit un beau prix
Pour chaque couple, au cœur noble, sincère,
Tendre comme elle, & digne d'être admis,
S'il se pouvait, au rang des vrais amis.

Au jour nommé viennent, d'un vol rapide,
Tous nos Français que la nouveauté guide :
Un peuple immenſe inonde le parvis.
Le Temple s'ouyre : on vit d'abord paraître
Deux courtiſans par l'intérêt unis ;
Par l'Amitié tous deux ils croyaient l'être.
Vint un courrier, qui dit qu'auprès du maître
Vaquait alors un beau poſte d'honneur,
Un noble emploi de valet grand-feigneur.
Nos deux amis poliment ſe quittèrent,
Déeſſe, & prix, & temple abandonnèrent,
Chacun des deux en ſon ame jurant
D'anéantir ſon très-cher concurrent.

Quatre dévots, à la mine diſcrète,
Dos en arcade, & miſſel à la main,
Unis en DIEU de charité parfaite,
Et tout brûlans de l'amour du prochain,
Pſalmodiaient & bâillaient en chemin.
L'un, riche abbé, prélat à l'œil lubrique,
Au menton triple, au col apopleĉtique,
Porc engraiſſé des dixmes de Sion,
Oppreſſé fut d'une indigeſtion ; (c)
On confeſſa mon vieux ladre au plus vîte ;
D'huile il fut oint, aſpergé d'eau bénite,
Dûment leſté par le curé du lieu,
Pour ſon voyage au pays du BON DIEU.
Ses trois amis gaîment lui marmotèrent
Un *Oremus;* en leur cœur convoitèrent
Son bénéfice, & vers la cour trottèrent.
Puis chacun d'eux, dévotement rival,
En ſe jurant fraternité ſincère,

Les yeux baiffés, va chez le cardinal (*)
De janfénifme accufer fon confrère.

Gais & brillans, après un long repas,
Deux jeunes gens fe tenant fous les bras,
Lifant tout haut des lettres de leurs belles,
D'un air galant leur figure étalaient,
Et détonnant quelques chanfons nouvelles,
Ainfi qu'au bal, à l'autel ils allaient.
Nos étourdis pour rien s'y querellèrent,
De l'Amitié l'autel enfanglantèrent :
Et le moins fou laiffa, tout éperdu,
Son tendre ami fur la place étendu.

Plus loin venaient, d'un air de complaifance,
Life & Chloé, qui dès leur tendre enfance
Se confiaient leurs plaifirs, leurs humeurs,
Et tous ces riens qui rempliffent leurs cœurs,
Se careffant, fe parlant fans rien dire,
Et fans fujet toujours prêtes à rire.
Mais toutes deux avaient le même amant :
A fon nom feul, ô merveille foudaine !
Life & Chloé prirent tout doucement
Le grand chemin du Temple de la Haine. (d)

Enfin Zaïre y parut à fon tour,
Avec fes yeux où languit la molleffe,
Où le plaifir brille avec la tendreffe.
Ah ! que d'ennui, dit-elle, en ce féjour !
Que fait ici cette trifte Déeffe ?
Tout y languit : je n'y vois point l'Amour.

(*) Le cardinal de *Fleuri*.

Elle fortit, vingt rivaux la fuivirent;
Sur le chemin vingt beautés en gémirent.
DIEU fait alors où ma Zaïre alla. (e)

De l'Amitié le prix fut laiffé là ;
Et la Déeffe, en tous lieux célébrée ,
Jamais connue & toujours défirée ,
Gela de froid fur fes facrés autels.
J'en fuis fâché pour les pauvres mortels.

E N V O I.

MON cœur , ami charmant & fage ,
Au vôtre n'était point lié ,
Lorfque j'ai dit qu'à l'Amitié
Nul mortel ne rendait hommage.
Elle a maintenant à fa cour
Deux cœurs dignes du premier âge.
Hélas ! le véritable Amour
En a-t-il beaucoup davantage ?

VARIANTES

(a) *CES noms font beaux, mais ils font dans les fables.*
La Déïté de ce petit féjour,
Reine fans fafte, & femme fans intrigue,
Divinité fans prêtres & fans brigue,
Eft peu fêtée au milieu de fa cour.
A fes côtés, &c.

(b) *En la fuyant, chacun s'y dit fidèle.*
Froid par dégoût, amant par vanité,
Chacun prétend en être bien traité.
De leurs propos, &c.

(c) *Au menton triple, au col apopleÉtique,*
Sur le chemin de Conflans à Gaillon, (*)
Fut pris en bref d'une indigeftion.

(d) *Et fans fujet toujours prêtes à rire.*
Elles s'aimaient, hélas! fi tendrement.
Nos deux beautés en public s'embrafsèrent:
Un jeune amant paffa dans le moment,
Life & Chloé pour lui fe décoiffèrent.

Une autre édition porte:
Mais Richelieu paffa dans le moment,
Life & Chloé, &c.

(e) Enfin Thémire à fon tour y parut,
Avec ces yeux où languit la molleffe,
Où le plaifir brille avec la tendreffe;
Mais l'Amitié foudain la reconnut.
Allez, allez, vous vous trompez, dit-elle,
Ce n'eft pas moi qu'il vous faut aujourd'hui;
C'était l'Amour que vous cherchiez, ma belle;
Gardéz-vous bien de me prendre pour lui.
L'autre deux fois ne fe le fit redire;
Le dieu d'amour eft celui de Thémire:
Elle partit, aucun ne demeura.
De l'Amitié le prix fut laiffé là, &c.

(*) Maifons de campagne des archevêques de Paris & de Rouen. Ces deux prélats étaient alors des gourmands célèbres.

SUR

S U R

LES EVENEMENS

DE L'ANNÉE 1744.

SUR LES EVENEMENS

DE L'ANNÉE 1744.

Quoi! verrai-je toujours des fottifes en France?
Difait, l'hiver dernier, d'un ton plein d'importance,
Timon, qui du paffé profond admirateur,
Du préfent qu'il ignore eft l'éternel frondeur.
Pourquoi, s'écriait-il, le roi va-t-il en Flandre?
Quelle étrange vertu qui s'obftine à défendre
Les débris dangereux du trône des céfars,
Contre l'or des Anglais & le fer des houffards!
Dans le jeune Conti quel excès de folie,
D'efcalader les monts qui gardent l'Italie,
Et d'attaquer vers Nice un roi victorieux,
Sur ces fommets glacés dont le front touche aux cieux!
Pour franchir ces amas de neiges éternelles,
Dédale à cet Icare a-t-il prêté fes aîles?
A-t-il reçu du moins dans fon deffein fatal,
Pour brifer les rochers, le fecret d'Annibal?

Il parle, & Conti vole. Une ardente jeuneffe,
Voyant peu les dangers que voit trop la vieilleffe,
Se précipite en foule autour de fon héros:
Du Var qui s'épouvante on traverfe les flots:
De torrens en rochers, de montagne en abyme,
Des Alpes en courroux on affiége la cime:
On y brave la foudre. On voit de tous côtés,
Et la nature & l'art & l'ennemi domptés.
Conti qu'on cenfurait & que l'univers loue,
Eft un autre Annibal qui n'a point de Capoue.
Critiques orgueilleux, frondeurs, en eft-ce affez?
Avec Nice & Demont vous voilà terraffés.

Mais tandis que fous lui les Alpes s'applaniffent,
Que fur les flots voifins les Anglais en frémiffent,
Vers les bords de l'Efcaut L O U I S fait tout trembler :
Le Batave s'arrête, & craint de le troubler.
Miniftres, généraux, fuivent d'un même zèle,
Du confeil aux dangers, leur prince & leur modèle.
L'ombre du grand Condé, l'ombre du grand L O U I S,
Dans les champs de la Flandre ont reconnu leurs fils ;
L'envie àlors fe tait, la médifance admire :
Zoïle un jour du moins rénonce à la fatire :
Et le vieux nouvellifte, une canne à la main,
Trace au Palais-royal Ypres , Furne & Menin.

Ainfi, lorfqu'à Paris la tendre Melpomène
De quelque ouvrage heureux vient embellir la fcène,
En dépit des fifflets de cent auteurs malins
Le fpectateur fenfible applaudit des deux mains :
Ainfi, malgré Buffi, fes chanfons & fa haine,
Nos aïeux admiraient Luxembourg & Turenne.
Le Français quelquefois eft légér & moqueur ;
Mais toujours le mérite eut des droits fur fon cœur : (a)
Son œil perçant & jufte eft prompt à le connaître ;
Il l'aime en fon égal, il l'adore en fon maître.
La vertu fur le trône eft dans fon plus beau jour,
Et l'exemple du monde en eft auffi l'amour.

Nous l'avons bien prouvé quand la fièvre fatale,
A l'œil creux, au teint fombre, à la marche inégale,
De fes tremblantes mains, miniftres du trépas,
Vint attaquer L O U I S au fortir des combats :
Jadis Germanicus fit verfer moins de larmes.
L'univers éploré reffentit moins d'alarmes,

Et goûta moins l'excès de fa félicité,
Lorfqu'Antonin mourant reparut en fanté.
Dans nos emportemens de douleur & de joie,
Le cœur feul a parlé, l'amour feul fe déploie.
Paris n'a jamais vu de tranfports fi divers, (*b*)
Tant de feux d'artifice, & tant de mauvais vers.

Autrefois, ô grand Roi, les filles de mémoire
Chantant au pied du trône en égalaient la gloire.
Que nous dégénérons de ce temps fi chéri !
L'éclat du trône augmente, & le nôtre eft flétri.
O ma profe & mes vers, gardez-vous de paraître;
Il eft dur d'ennuyer fon héros & fon maître.
Cependant nous avons la noble vanité
De mener les héros à l'immortalité,
Nous nous trompons beaucoup; un roi jufte & qu'on aime
Va fans nous à la gloire, & doit tout à lui-même.
Chaque âge le bénit: le vieillard expirant
De ce prince à fon fils fait l'éloge en pleurant;
Le fils, éternifant des images fi chères,
Raconte à fes neveux le bonheur de leurs pères;
Et ce nom, dont la terre aime à s'entretenir,
Eft porté par l'amour aux fiècles à venir.

Si pourtant, ô grand Roi, quelqu'efprit moins vulgaire,
Des vœux de tout un peuple interprète fincère,
S'élevant jufqu'à vous par le grand art des vers,
Ofait, fans vous flatter, vous peindre à l'univers,
Peut-être on vous verrait, féduit par l'harmonie,
Pardonner à l'éloge en faveur du génie:
Peut-être d'un regard le Parnaffe excité,
De fon luftre terni reprendrait la beauté. (*e*)

O 3

L'œil du maître peut tout ; c'eft lui qui rend la vie
Au mérite expirant fous la dent de l'envie ;
C'eft lui dont les rayons ont cent fois éclairé
Le modefte talent dans la foule ignoré.
Un roi qui fait régner nous fait ce que nous fommes :
Les regards d'un héros produifent les grands-hommes.

VARIANTES.

(a) IL l'encourage, il l'aime, il en eft idolâtre ;
Et le premier acteur de ce vafte théâtre,
Le roi le plus augufte & le plus vertueux
Eft de tous les humains le plus cher à nos yeux.
Nous l'avons bien prouvé, &c.

(b) Avec fi peu d'efprit & tant de méchans vers.
Vos fujets, ô grand Roi, font de mauvais poëtes ;
Et quand pour vous louer embouchant nos trompettes,
Nous allons affourdir notre facré vallon
Par ce fatras de vers *approuvés* CREBILLON ;
Quand fur votre fanté nous nous tuons d'écrire,
Que vous êtes heureux de ne nous jamais lire !
Cependant nous avons la noble vanité, &c.

(c) Ses lauriers renaîtraient dans fes vallons ftériles.
Louis fit des Boileaux, Augufte des Virgiles :
Grand Roi, d'un tel honneur daignez être jaloux,
Et formez des efprits qui foient dignes de vous.

POEME

DE

FONTENOI.

A U R O I

L O U I S X V.

Difce puer virtutem ex me. Æneid. lib. XII.

S I R E ,

JE n'avais ofé dédier à Votre Majefté les premiers
effais de cet ouvrage ; je craignais fur-tout de déplaire
au plus modefte des vainqueurs. Mais, Sire, ce n'eft
point ici un panégyrique, c'eft une peinture fidèle
d'une partie de la journée la plus glorieufe depuis la
bataille de Bovines ; ce font les fentimens de la France,
quoiqu'à peine exprimés ; c'eft un poëme fans exagé-
ration, & de grandes vérités fans mélange de fiction
ni de flatterie. Le nom de Votre Majefté fera paffer
cette faible efquiffe à la poftérité, comme un monument authentique de tant de belles actions, faites en
votre préfence à l'exemple des vôtres.

Daignez, Sire, ajouter à la bonté que Votre Majefté
a eue de permettre cet hommage, celle d'agréer les
profonds refpects d'un de vos moindres fujets & du
plus zélé de vos admirateurs. *V.*

DISCOURS

PRELIMINAIRE.

LE public fait que cet ouvrage, compofé d'abord avec la rapidité que le zèle infpire, reçut des acroiffemens à chaque édition qu'on en fefait. Toutes les circonftances de la victoire de Fontenoi, qu'on apprenait à Paris de jour en jour, méritaient d'être célébrées ; & ce qui n'était d'abord qu'une pièce de cent vers eft devenu un poëme qui en contient plus de trois cents cinquante. Mais on y a gardé toujours le même ordre, qui confifte dans la préparation, dans l'action & dans ce qui la termine ; on n'a fait même que mettre cet ordre dans un plus grand jour, en traçant dans cette édition le portrait des nations dont était compofée l'armée ennemie, & en fpécifiant leurs trois attaques.

On a peint avec des traits vrais, mais non injurieux, les nations dont *Louis XV* a triomphé : par exemple, quand on dit des Hollandais qu'ils avaient autrefois brifé *le joug de l'Autriche cruelle*, il eft clair que c'eft de l'Autriche alors cruelle envers eux que l'on parle ; car affurément elle ne l'eft pas aujourd'hui pour les Etats généraux. Et d'ailleurs la reine de Hongrie qui ajoute tant à la gloire de la maifon d'Autriche, fait combien les Français refpectent fa perfonne & fes vertus, en étant forcés de la combattre.

Quand on a dit des Anglais, *& la férocité le cède à la vertu*, on a eu foin d'avertir en notes, dans toutes les éditions, que le reproche de férocité ne tombait que fur le foldat.

En effet, il eſt très-véritable que lorſque la colonne anglaiſe déborda Fontenoi, pluſieurs foldats de cette nation crièrent *no quarter*, point de quartier: on ſait encore que quand M. de *Sechelles* feconda les intentions du roi avec une prévoyance ſi fingulière, & qu'il fit préparer autant de fecours pour les priſonniers ennemis bleſſés que pour nos troupes, quelques fantaſſins anglais s'acharnèrent encore contre nos foldats, dans les chariots même où l'on tranſportait les vainqueurs & les vaincus bleſſés. Les officiers qui ont par-tout à peu près la même éducation dans toute l'Europe, ont auſſi la même générofité; mais il y a des pays où le peuple abandonné à lui-même eſt plus farouche qu'ailleurs. On n'en a pas moins loué la valeur & la conduite de cette nation, & fur-tout on n'a cité le nom de M. le duc de *Cumberland* qu'avec l'éloge que ſa magnanimité doit attendre de tout le monde.

Quelques étrangers ont voulu perfuader au public que l'illuſtre *Addiſſon*, dans fon poëme de la campagne de Hochſtet, avait parlé plus honorablement de la maiſon du roi que l'auteur même du poëme de Fontenoi : ce reproche a été cauſe qu'on a cherché l'ouvrage de M. *Addiſſon* à la bibliothèque de ſa majeſté, & on a été bien ſurpris d'y trouver beaucoup plus d'injures que de louanges ; c'eſt vers le trois centième vers. On ne les répétera point, & il eſt bien inutile d'y répondre ; la maiſon du roi leur a répondu par des victoires. On eſt très-éloigné de refuſer à un grand poëte & à un grand philofophe très-éclairé, tel que

M. *Addiſſon*, les éloges qu'il mérite; mais il en mériterait davantage, & il aurait plus honoré la philoſophie & la poëſie, s'il avait plus ménagé dans ſon poëme des têtes couronnées qu'un ennemi même doit toujours reſpecter, & s'il avait ſongé que les louanges données aux vaincus ſont un laurier de plus pour les vainqueurs. Il eſt à croire que quand M. *Addiſſon* fut ſecrétaire d'Etat, le miniſtre ſe repentit de ces indécences échappées à l'auteur.

Si l'ouvrage anglais eſt trop rempli de fiel, celui-ci reſpire l'humanité; on a ſongé, en célébrant une bataille, à inſpirer des ſentimens de bienfeſance : malheur à celui qui ne pourrait ſe plaire qu'aux peintures de la deſtruction, & aux images des malheurs des hommes!

Les peuples de l'Europe ont des principes d'humanité qui ne ſe trouvent point dans les autres parties du monde; ils ſont plus liés entre eux, ils ont des lois qui leur ſont communes; toutes les maiſons des ſouverains ſont alliées; leurs ſujets voyagent continuellement & entretiennent une liaiſon réciproque. Les Européans chrétiens ſont ce qu'étaient les Grecs : ils ſe font la guerre entre eux; mais ils conſervent dans ces diffentions tant de bienſéance, & d'ordinaire de politeſſe, que ſouvent un français, un anglais, un allemand qui ſe rencontrent paraiſſent être nés dans la même ville. Il eſt vrai que les Lacédémoniens & les Thébains étaient moins polis que le peuple d'Athènes; mais enfin toutes les nations de la Grèce ſe regardaient comme des alliés qui ne ſe feſaient la guerre que dans l'eſpérance certaine d'avoir la paix : ils inſultaient rarement à des ennemis qui dans peu d'années devaient être leurs amis. C'est sur ce principe qu'on a tâché que cet ouvrage fût un monument de la gloire du roi, & non de la honte des nations dont il a triomphé : on ferait fâché d'avoir écrit contre elles avec autant d'aigreur que quelques français en ont mis dans leurs satires contre cet ouvrage d'un de leurs compatriotes ; mais la jalousie d'auteur à auteur est beaucoup plus grande que celle de nation à nation.

On a dit des Suisses qu'ils sont *nos antiques amis & nos concitoyens*, parce qu'ils le sont depuis deux cents cinquante ans. On a dit que les étrangers qui servent dans nos armées ont suivi l'exemple de la maison du roi & de nos autres troupes, parce qu'en effet c'est toujours à la nation qui combat pour son prince à donner cet exemple, & que jamais cet exemple n'a été mieux donné.

On n'ôtera jamais à la nation française la gloire de la valeur & de la politesse. On a osé imprimer que ce vers,

Je vois cet étranger qu'on croit né parmi nous,

était un compliment à un général né en Saxe d'avoir l'air français. Il est bien question ici d'air & de bonne grace ! quel est l'homme qui ne voit évidemment que ce vers signifie que le général étranger est aussi attaché au roi que s'il était né son sujet ?

Cette critique est aussi judicieuse que celle de quelques personnes qui prétendirent qu'il n'était pas honnête de dire que le général était dangereusement malade, lorsqu'en effet son courage lui fit oublier l'état douloureux où il était réduit, & le fit triompher de la faibleffe de fon corps ainfi que des ennemis du roi.

Voilà tout ce que la bienféance en général permet qu'on réponde à ceux qui en ont manqué.

L'auteur n'a eu d'autre vue que de rendre fidèlement ce qui était venu à fa connaiffance; & fon feul regret eft de n'avoir pu, dans un fi court efpace de temps & dans une joie de fi peu d'étendue, célébrer toutes les belles actions dont il a depuis entendu parler. Il ne pouvait dire tout ; mais du moins ce qu'il a dit eft vrai : la moindre flatterie eût déshonoré un ouvrage fondé fur la gloire du roi & fur celle de la nation. Le plaifir de dire la vérité l'occupait fi entièrement que ce ne fut qu'après fix éditions qu'il envoya fon ouvrage à la plupart de ceux qui y font célébrés.

Tous ceux qui font nommés n'ont pas eu les occafions de fe fignaler également : celui qui à la tête de fon régiment attendait l'ordre de marcher, n'a pu rendre le même fervice qu'un lieutenant-général qui était à portée de confeiller de fondre fur la colonne anglaife, & qui partit pour la charger avec la maifon du roi. Mais fi la grande action de l'un mérite d'être rapportée, le courage impatient de l'autre ne doit pas être oublié. Tel eft loué en général fur fa valeur, tel autre fur un fervice rendu : on a parlé des bleffures des uns, on a déploré la mort des autres.

Ce fut une juftice que rendit le célèbre M. *Defpréaux* à ceux qui avaient été de l'expédition du paffage du Rhin : il cite près de vingt noms. Il y en a ici plus

de foixante ; & on en trouverait quatre fois davantage
fi la nature de l'ouvrage le comportait.

Il ferait bien étrange qu'il eût été permis à *Homère*,
à *Virgile*, au *Taffe*, de décrire les bleffures de mille
guerriers imaginaires, & qu'il ne le fût pas de parler
des héros véritables qui viennent de prodiguer leur
fang, & parmi lefquels il y en a plufieurs avec qui
l'auteur avait eu l'honneur de vivre, & qui lui ont
laiffé de fincères regrets.

L'attention fcrupuleufe qu'on a apportée dans cette
édition doit fervir de garant de tous les faits qui font
énoncés dans le poëme : il n'en eft aucun qui ne
doive être cher à la nation & à toutes les familles
qu'ils regardent. En effet, qui n'eft touché fenfiblement
en lifant le nom de fon fils, de fon frère, d'un parent
cher, d'un ami tué ou bleffé, ou expofé dans cette
bataille qui fera célèbre à jamais ; en lifant, dis-je, ce
nom dans un ouvrage qui, tout faible qu'il eft, a été
honoré plus d'une fois des regards du monarque, &
que fa majefté n'a permis qu'il lui fût dédié que
parce qu'elle a oublié fon éloge en faveur de celui des
officiers qui ont combattu & vaincu fous fes ordres ?

C'eft donc moins en poëte qu'en bon citoyen qu'on
a travaillé : on n'a point cru devoir orner ce poëme
de longues fictions, furtout dans la première chaleur
du public, & dans un temps où l'Europe n'était
occupée que des détails intéreffans de cette victoire
importante, achetée par tant de fang.

La fiction peut orner un fujet, ou moins grand, ou
moins intéreffant, ou qui placé plus loin de nous
laiffe l'efprit plus tranquille : ainfi lorfque *Defpréaux*

s'égaya dans fa defcription du paffage du Rhin, c'était trois mois après l'action ; & cette action, toute brillante qu'elle fut, n'eft à comparer ni pour l'importance ni pour le danger à une bataille rangée, gagnée fur un ennemi habile, intrépide, & fupérieur en nombre, par un roi expofé ainfi que fon fils pendant quatre heures au feu de l'artillerie.

Ce n'eft qu'après s'être laiffé emporter aux premiers mouvemens de zèle, après s'être attaché uniquement à louer ceux qui ont fi bien fervi la patrie dans ce grand jour, qu'on s'eft permis d'inférer dans le poëme un peu de ces fictions qui affaibliraient un tel fujet fi on voulait les prodiguer ; & on ne dit ici en profe que ce que M. *Addiffon* lui-même a dit en vers dans fon fameux poëme de la campagne de Hochftet.

On peut, deux mille ans après la guerre de Troye, faire apporter par *Vénus* à *Enée* des armes que *Vulcain* a forgées, & qui rendent ce héros invulnérable ; on peut lui faire rendre fon épée par une divinité pour la plonger dans le fein de fon ennemi : tout le confeil des dieux peut s'affembler, tout l'enfer peut fe déchaî-ner : *Alecton* peut enivrer tous les efprits des venins de fa rage. Mais ni notre fiècle ni un événement fi récent ni un ouvrage fi court ne permettent guère ces peintures, devenues les lieux communs de la poëfie. Il faut pardonner à un citoyen pénétré, de faire parler fon cœur plus que fon imagination ; & l'auteur avoue qu'il s'eft plus attendri en difant,

Tu meurs, jeune Craon : que le Ciel moins féyère
Veille fur les deftins de ton généreux frère !

que s'il avait évoqué les Euménides , pour faire ôter
la vie à un jeune guerrier aimable.

Il faut des divinités dans un poëme épique, &
furtout quand il s'agit de héros fabuleux; mais ici
le vrai *Jupiter* , le vrai *Mars* , c'est un roi tranquille
dans le plus grand danger, & qui hafarde fa vie pour
un peuple dont il est le père : c'est lui, c'est son fils,
ce font ceux qui ont vaincu fous lui, & non *Junon*
& *Juturne*, qu'on a voulu & qu'on a dû peindre.
D'ailleurs le petit nombre de ceux qui connaissent
notre poëfie favent qu'il est bien plus aifé d'intéresser
le ciel, les enfers & la terre à une bataille, que de faire
reconnaître & de diftinguer par des images propres
& fenfibles des carabiniers qui ont de gros fufils
rayés , des grenadiers , des dragons qui combattent
à pied & à cheval , de parler de retranchemens faits à la
hâte, d'ennemis qui s'avancent en colonne, d'exprimer
enfin ce qu'on n'a guère dit encore en vers.

C'était ce que fentait M. *Addisson* , bon poëte &
critique judicieux. Il employa dans fon poëme, qui a
immortalifé la campagne de Hochftet , beaucoup
moins de fictions qu'on ne s'en est permis dans le
poëme de Fontenoi. Il favait que le duc de *Marlborough*
& le prince *Eugène* fe feraient très-peu fouciés de voir
des dieux où il était queftion des grandes actions des
hommes ; il favait qu'on relève par l'invention les
exploits de l'antiquité , & qu'on court rifque d'affaiblir
ceux des modernes par de froides allégories : il a fait
mieux, il a intéressé l'Europe entière à fon action. Il
en est à peu près de ces petits poëmes de trois cents
ou de quatre cents vers fur les affaires préfentes ,

comme

comme d'une tragédie; le fond doit être intéreffant par lui-même, & les ornemens étrangers font prefque toujours fuperflus.

On a dû fpécifier les différens corps qui ont combattu, leurs armes, leur pofition, l'endroit où ils ont attaqué; dire que la colonne anglaife a pénétré; exprimer comment elle a été enfoncée par la maifon du roi, les carabiniers, la gendarmerie, le régiment de Normandie, les Irlandais, &c. Si on n'était pas entré dans ces détails, dont le fond eft fi héroïque, & qui font cependant fi difficiles à rendre, rien ne diftin-guerait la bataille de Fontenoi d'avec celle de Tolbiac. *Defpréaux*, dans le paffage du Rhin, a dit:

> Revel les fuit de près; fous ce chef redouté
> Marche des cuiraffiers l'efcadron indompté.

On a peint ici les carabiniers, au lieu de les appeler par leur nom, qui convient encore moins aux vers que celui de cuiraffiers. On a même mieux aimé, dans cette dernière édition, caractérifer la fonction de l'état-major que de mettre en vers les noms des officiers de ce corps qui ont été bleffés.

Cependant on a ofé appeler la maifon du roi par fon nom, fans fe fervir d'aucune autre image. Ce nom de *maifon du roi* qui contient tant de corps invincibles, imprime une affez grande idée, fans qu'il foit befoin d'autre figure; M. *Addiffon* même ne l'appelle pas autrement. Mais il y a encore une autre raifon de l'avoir nommée, c'eft la rapidité de l'action.

> Vous, peuple de héros dont la foule s'avance,
> Louis, fon fils, l'Etat, l'Europe eft en vos mains:
> Maifon du roi, marchez, &c.

Poëmes.   P

Si on avait dit *la maison du roi marche*, cette expression eût été prosaïque & languissante.

On n'a pas voulu s'écarter un moment dans cet ouvrage de la gravité du sujet. *Despréaux*, il est vrai, en traitant le passage du Rhin dans le goût de quelques-unes de ses épîtres, a joint le plaisant à l'héroïque; car après avoir dit:

Un bruit s'épand qu'Enguin & Condé sont passés :
Condé, dont le seul nom fait tomber les murailles,
Force les escadrons, & gagne les batailles ;
Enguien, de son hymen le seul & digne fruit, &c.

Il s'exprime ensuite ainsi:

Bientôt...mais Vurts s'oppose à l'ardeur qui m'anime.
Finissons, il est temps; aussi-bien si la rime
Allait mal à propos m'engager dans Arnheim,
Je n'en fais, pour sortir, de porte qu'Hildesheim.

Les personnes qui ont paru souhaiter qu'on employât dans le récit de la victoire de Fontenoi quelques traits de ce style familier de *Boileau*, n'ont pas, ce me semble, assez distingué les lieux & les temps, & n'ont pas fait la différence qu'il faut faire entre une épître & un ouvrage d'un ton plus sérieux & plus sévère: ce qui a de la grace dans le genre épistolaire n'en aurait point dans le genre héroïque.

On n'en dira pas davantage sur ce qui regarde l'art & le goût, à la tête d'un ouvrage où il s'agit des plus grands intérêts, & qui ne doit remplir l'esprit que de la gloire du roi & du bonheur de la patrie.

POEME

DE FONTENOI.

Quoi ! du siècle passé le fameux satirique
Aura fait retentir la trompette héroïque,
Aura chanté du Rhin les bords ensanglantés,
Ses défenseurs mourans, ses flots épouvantés,
Son Dieu même en fureur effrayé du passage,
Cédant à nos aïeux son onde & son rivage ;
Et vous, quand votre roi dans des plaines de sang
Voit la mort devant lui voler de rang en rang ;
Tandis que de Tournai foudroyant les murailles,
Il suspend les assauts pour courir aux batailles ;
Quand des bras de l'hymen s'élançant au trépas,
Son fils, son digne fils, suit de si près ses pas ;
Vous, heureux par ses lois, & grands par sa vaillance,
Français, vous garderiez un indigne silence ?

Venez le contempler aux champs de Fontenoi,
O vous, Gloire, Vertu, Déesses de mon roi,
Redoutable Bellone & Minerve chérie,
Passion des grands cœurs, amour de la patrie,
Pour couronner LOUIS prêtez-moi vos lauriers ;
Enflammez mon esprit du feu de nos guerriers ;
Peignez de leurs exploits une éternelle image.

Vous m'avez transporté sur ce sanglant rivage ;
J'y vois ces combattans que vous conduisez tous.
C'est-là ce fier saxon, (a) qu'on croit né parmi nous,

Maurice, qui touchant à l'infernale rive,
Rappelle pour fon roi fon ame fugitive,
Et qui demande à Mars, dont il a la valeur,
De vivre encore un jour, & de mourir vainqueur
Confervez, juftes cieux, fes hautes deftinées ;
Pour LOUIS & pour nous prolongez fes années.

Déjà de la tranchée (b) Harcourt eft accouru :
Tout pofte eft affigné, tout danger eft prévu.
Noailles, (c) pour fon roi plein d'un amour fidèle,
Voit la France en fon maître, & ne regarde qu'elle.
Ce fang de tant de rois, ce fang du grand Condé,
D'Eu, (d) par qui des Français le tonnerre eft guidé, (1)
Penthièvre, (e) dont le zèle avait dévancé l'âge,
Qui déjà vers le Mein fignala fon courage,
Bavière avec de Pons, Boufflers & Luxembourg,
Vont, chacun dans leur place, attendre ce grand jour :
Chacun porte l'efpoir aux guerriers qu'il commande :
Le fortuné Danoi, (f) Chabanes, Galerande ;
Le vaillant Bérenger, ce défenfeur du Rhin,
Colbert & du Chaila, tous nos héros enfin, (g)
Dans l'horreur de la nuit, dans celle du filence,
Demandent feulement que le péril commence.

Le jour frappe déjà de fes rayons naiffans
De vingt peuples unis les drapeaux menaçans,
Le Belge qui jadis fortuné fous nos princes,
Vit l'abondance alors enrichir nos provinces ;
Le Batave prudent, dans l'Inde refpecté,
Puiffant par fon travail & par fa liberté,
Qui, long-temps opprimé par l'Autriche cruelle,
Ayant brifé fon joug, s'arme aujourd'hui pour elle ;

L'Hanovrien conftant, qui formé pour fervir,
Sait fouffrir & combattre, & furtout obéir;
L'Autrichien rempli de fa gloire paffée,
De fes derniers céfars occupant fa penfée;
Surtout ce peuple altier qui voit fur tant de mers
Son commerce & fa gloire embraffer l'univers;
Mais qui, jaloux en vain des grandeurs de la France,
Croit porter dans fes mains la foudre & la balance.
Tous marchent contre nous; la valeur les conduit,
La haine les anime, & l'efpoir les féduit.

De l'empire français l'indomptable génie
Brave, auprès de fon roi, leur foule réunie.
Des montagnes, des bois, des fleuves d'alentour,
Tous les dieux alarmés fortent de leur féjour;
Incertains pour quel maître, en ces plaines fécondes,
Vont croître leurs moiffons, & vont couler leurs ondes.
La fortune auprès d'eux, d'un vol prompt & léger,
Les lauriers dans les mains, fend les plaines de l'air;
Elle obferve LOUIS, & voit avec colère
Que fans elle aujourd'hui la valeur va tout faire.

Le brave Cumberland, fier d'attaquer LOUIS,
A déjà difpofé fes bataillons hardis:
Tels ne parurent point aux rives du Scamandre,
Sous ces murs fi vantés que Pyrrhus mit en cendre,
Ces antiques héros qui, montés fur un char,
Combattaient en défordre, & marchaient au hafard:
Mais tel fut Scipion fous les murs de Carthage;
Tels fon rival & lui, prudens avec courage,
Déployant de leur art les terribles fecrets,
L'un vers l'autre avancés s'admiraient de plus près.

P 3

L'Efcaut, les ennemis, les remparts de la ville,
Tout préfente la mort, & L O U I S eft tranquille.
Cent tonnerres de bronze ont donné le fignal.
D'un pas ferme & preffé, d'un front toujours égal,
S'avance vers nos rangs la profonde colonne,
Que la terreur dévance, & la flamme environne;
Comme un nuage épais qui fur l'aîle des vents
Porte l'éclair, la foudre, & la mort dans fes flancs.
Les voilà ces rivaux du grand nom de mon maître,
Plus farouches que nous, auffi vaillans peut-être,
Encor tout orgueilleux de leurs premiers exploits.
Bourbons! voici le temps de venger les Valois.

Dans un ordre effrayant, trois attaques formées,
Sur trois terrains divers engagent les armées;
Le Français, dont Maurice a gouverné l'ardeur,
A fon pofte attaché, joint l'art à la valeur.
La mort fur les deux camps étend fa main cruelle;
Tous fes traits font lancés, le fang coule autour d'elle,
Chefs, officiers, foldats, l'un fur l'autre entaffés,
Sous le fer expirans, par le plomb renverfés,
Pouffent les derniers cris en demandant vengeance.

Grammont, que fignalait fa noble impatience,
Grammont dans l'Elyfée emporte la douleur
D'ignorer en mourant fi fon maître eft vainqueur.
De quoi lui ferviront ces grands titres de (h) gloire,
Ce fceptre des guerriers, honneur de fa mémoire;
Ce rang, ces dignités, vanités des héros,
Que la mort avec eux précipite aux tombeaux?
Tu meurs, jeune (i) Craon! Que le Ciel moins févère
Veille fur les deftins de ton généreux frère!

Hélas! cher Longaunai, (*k*) quelle main, quel fecours
Peut arrêter ton fang, & ranimer tes jours!
Ces miniftres de Mars, (*l*) qui d'un vol fi rapide
S'élançaient à la voix de leur chef intrépide,
Sont du plomb qui les fuit dans leur courfe arrêtés,
Tels que des champs de l'air tombent précipités
Des oifeaux tout fanglans, palpitans fur la terre.
Le fer atteint (*m*) d'Havré. Le jeune d'Aubeterre (2)
Voit de fa légion tous les chefs indomptés,
Sous le glaive & le feu mourans à fes côtés.
Guerriers que Chabrillant avec Brancas rallie,
Que d'Anglais immolés vont payer votre vie!
Je te rends graee, ô Mars! Dieu de fang, Dieu cruel,
La race de Colbert, (*n*) ce miniftre immortel,
Echappe en ce carnage à ta main fanguinaire.
(3) Guerchi (*o*) n'eft point frappé, la vertu peut te plaire:
Mais vous, brave (*p*) d'Aché, quel fera votre fort?
Le Ciel fauve à fon gré, donne & fufpend la mort.

Infortuné Lutteaux tout chargé de bleffures,
L'art qui veille à ta vie ajoute à tes tortures;
Tu meurs dans les tourmens; nos cris mal entendus
Te demandent au Ciel, & déjà tu n'es plus.

O combien de vertus que la tombe dévore!
Combien de jours brillans éclipfés à l'aurore!
Que nos lauriers fanglans doivent coûter de pleurs!
Ils tombent ces héros, ils tombent ces vengeurs;
Ils meurent, & nos jours font heureux & tranquilles;
La molle volupté, le luxe de nos villes,
Filent ces jours fereins, ces jours que nous devons
Au fang de nos guerriers, aux périls des Bourbons.

Couvrons du moins de fleurs ces tombes glorieufes;
Arrachons à l'oubli ces ombres vertueufes ;
Vous (*q*) qui lanciez la foudre , & qu'ont frappé fes coups,
Revivez dans nos chants, quand vous mourez pour nous.

Hé quel ferait, grand D I E U ! le citoyen barbare,
Prodigue de cenfure , & de louange avare,
Qui peu touché des morts, & jaloux des vivans,
Leur pourrait envier mes pleurs & mon encens ?
Ah ! s'il eft parmi nous des cœurs dont l'indolence,
Infenfible aux grandeurs, aux pertes de la France,
Dédaigne de m'entendre & de m'encourager,
Réveillez-vous, ingrats, L O U I S eft en danger.

Le feu qui fe déploie , & qui dans fon paffage,
S'anime en dévorant l'aliment de fa rage,
Les torrens débordés dans l'horreur des hivers,
Le flux impétueux des menaçantes mers,
Ont un cours moins rapide , ont moins de violence,
Que l'épais bataillon qui contre nous s'avance;
Qui triomphe en marchant ; qui, le fer à la main,
A travers les mourans s'ouvre un large chemin.
Rien n'a pu l'arrêter ; Mars pour lui fe déclare.
Le roi voit le malheur, le brave & le répare.
Son fils, fon feul efpoir.... Ah ! cher prince, arrêtez;
Où portez-vous ainfi vos pas précipités ?
Confervez cette vie au monde néceffaire.
L O U I S craint pour fon fils, (*r*) le fils craint pour fon père;
Nos guerriers tout fanglans frémiffent pour tous deux,
Seul mouvement d'effroi dans ces cœurs généreux.
Vous (*s*) qui gardez mon roi, vous qui vengez la France,
Vous , peuple de héros, dont la foule s'avance,

Accourez, c'eſt à vous de fixer les deſtins ;
Louis, ſon fils, l'Etat, l'Europe eſt en vos mains.

Maiſon du roi, marchez, aſſurez la victoire ;
Soubiſe & Pecquini (*t*) vous mènent à la gloire. (4)
Paraiſſez, vieux ſoldats, (*u*) dont les bras éprouvés
Lancent de loin la mort que de près vous bravez.
Venez vaillante élite, honneur de nos armées ;
Partez, flèches de feu, grenades (*x*) enflammées ;
Phalanges de Louis, écraſez ſous vos coups
Ces combattans ſi fiers & ſi dignes de vous.
Richelieu, qu'en tout lieu emporte ſon courage,
Ardent, mais éclairé, vif à la fois & ſage,
Favori de l'Amour, de Minerve & de Mars,
Richelieu (*y*) vous appelle, il n'eſt plus de haſards :
Il vous appelle ; il voit d'un œil prudent & ferme
Des ſuccès ennemis & la cauſe & le terme ;
Il vole, & ſa vertu fecondant vos grands cœurs,
Il vous marque la place où vous ferez vainqueurs.

D'un rempart de gazon, faible & prompte barrière,
Que l'art oppoſe à peine à la fureur guerrière,
La Marck, (*z*) la Vauguion, (*aa*) Choiſeul d'un même effort
Arrêtent une armée, & repouſſent la mort.
D'Argenſon qu'enflammaient les regards de ſon père,
La gloire de l'Etat à tous les ſiens ſi chère,
Le danger de ſon roi, le ſang de ſes aïeux,
Aſſaillit par trois fois ce corps audacieux,
Cette maſſe de feu qui ſemble impénétrable :
On l'arrête ; il revient, ardent, infatigable ;
Ainſi qu'aux premiers temps, par leurs coups redoublés
Les béliers enfonçaient les remparts ébranlés.

Ce brillant efcadron, (*bb*) fameux par cent batailles,
Lui, par qui Catinat fut vainqueur à Marfailles,
Arrive, voit, combat, & foutient fon grand nom.
Tu fuis du Chaftelet, jeune Caftelmoron, (*cc*)
Toi qui touches encore à l'âge de l'enfance,
Toi qui d'un faible bras, qu'affermit ta vaillance,
Reprends ces étendards déchirés & fanglans,
Que l'orgueilleux Anglais emportait dans fes rangs.
C'eft dans ces rangs affreux que Chevrier expire.
Monaco perd fon fang, & l'Amour en foupire.
Anglais, fur du Guefclin deux fois tombent vos coups;
Frémiffez à ce nom fi funefte pour vous.

Mais quel brillant héros, au milieu du carnage,
Renverfé, relevé, s'eft ouvert un paffage?
Biron, (*dd*) tels on voyait dans les plaines d'Yvri,
Tes immortels aïeux fuivre le grand Henri.
Tel était ce Crillon, (5) chargé d'honneurs fuprêmes,
Nommé brave autrefois par les braves eux-mêmes.
Tels étaient ces d'Aumonts, ces grands Monmorencis,
Ces Créquis fi vantés, renaiffans dans leurs fils; (*ee*)
Tel fe forma Turenne au grand art de la guerre,
Près d'un autre (*ff*) faxon la terreur de la terre,
Quand la juftice & Mars, fous un autre LOUIS,
Frappaient l'aigle d'Autriche, & relevaient les lis.

Comment ces courtifans, doux, enjoués, aimables,
Sont-ils dans les combats des lions indomptables?
Quel affemblage heureux de graces, de valeur!
Boufflers, Meuze, d'Ayen, Duras, bouillans d'ardeur,
A la voix de LOUIS, courez, troupe intrépide.
Que les Français font grands quand leur maître les guide!

Ils l'aiment, ils vaincront, leur père eft avec eux.
Son courage n'eft point cet inftinct furieux,
Ce courroux emporté, cette valeur commune ;
Maître de fon efprit, il l'eft de la fortune ;
Rien ne trouble fes fens, rien n'éblouit fes yeux :
Il marche, il eft femblable à ce maître des Dieux,
Qui frappant les Titans, & tonnant fur leurs têtes,
D'un front majeftueux dirigeait les tempêtes ;
Il marche, & fous fes coups la terre au loin mugît,
L'Efcaut fuit, la mer gronde, & le ciel s'obfcurcit.

Sur un nuage épais que des antres de l'Ourfe
Les vents affreux du Nord apportent dans leur courfe,
Les vainqueurs des Valois defcendent en courroux :
Cumberland, difent-ils, nous n'efpérons qu'en vous ;
Courage, raffemblez vos légions altières ;
Bataves, revenez, défendez vos barrières ;
Anglais, vous que la paix femblait feule alarmer,
Vengez-vous d'un héros qui daigne encor l'aimer ;
Ainfi que fes bienfaits craindrez-vous fa vaillance ?
Mais ils parlent en vain ; lorfque L O U I S s'avance,
Leur génie eft dompté, l'Anglais eft abattu,
Et la férocité (gg) le cède à la vertu.

Clare avec l'Irlandais, qu'animent nos exemples,
Venge fes rois trahis, fa patrie & fes temples.
Peuple fage & fidèle, heureux Helvétiens, (hh)
Nos antiques amis, & nos concitoyens,
Votre marche affurée, égale, inébranlable,
Des ardens Neuftriens (ii) fuit la fougue indomptable.
Ce Danois, (kk) ce héros qui des frimats du Nord,
Par le dieu du combat fut conduit fur ce bord,

Admire les Français qu'il eſt venu défendre.
Mille cris redoublés près de lui font entendre :
Rendez-vous ou mourez ; tombez ſous nos efforts :
C'en eſt fait, & l'Anglais craint L O U I S & la mort.

Allez, brave d'Eſtrée, (*ll*) achevez cet ouvrage,
Enchaînez ces vaincus échappés au carnage :
Que du roi qu'ils bravaient ils implorent l'appui ;
Ils feront fiers encore, ils n'ont cédé (*mm*) qu'à lui.

Bientôt vole après eux ce corps fier & rapide, (*nn*)
Qui ſemblable au dragon qu'il eut jadis pour guide,
Toujours prêt, toujours prompt, de pied ferme, en courant,
Donne de deux combats le ſpectacle effrayant.
C'eſt ainſi que l'on voit, dans les champs des Numides,
Différemment armés des chaſſeurs intrépides :
Les courſiers écumans franchiſſent les guérets ;
On gravit ſur les monts, on borde les forêts ;
Les piéges font dreſſés ; on attend, on s'élance ;
Le javelot fend l'air, & le plomb le dévance.
Les léopards ſanglans, percés de coups divers,
D'affreux rugiſſemens font retentir les airs ;
Dans le fond des forêts ils vont cacher leur rage.

Ah ! c'eſt aſſez de ſang, de meurtre, de ravage,
Sur des morts entaſſés c'eſt marcher trop long-temps.
Noailles, (*oo*) ramenez vos ſoldats triomphans.
Mars voit avec plaiſir leurs mains victorieuſes
Traîner dans notre camp ces machines affreuſes,
Ces foudres ennemis, contre nous dirigés.
Venez lancer ces traits que leurs mains ont forgés ;
Qu'ils renverſent par vous les murs de cette ville,
Du Batave indécis la barrière & l'aſile,

Ces premiers (*pp*) fondemens de l'empire des lis.
Puiffent-ils par vos mains être enfin raffermis!
Déjà Tournai fe rend, déjà Gand s'épouvante :
Charles-Quint s'en émeut, fon ombre gémiffante
Pouffe un cri dans les airs, & fuit de ce féjour
Où pour vaincre autrefois le Ciel le mit au jour.
Il fuit : mais quel objet pour cette ombre alarmée !
Il voit ces vaftes champs couverts de notre armée ;
L'Anglais, deux fois vaincu, cédant de toutes parts,
Dans les mains de L O U I S laiffant fes étendards ;
Le Belge en vain caché dans fes villes tremblantes ;
Les murs de Gand tombés fous fes mains foudroyantes,
Et fon char de victoire, en ces vaftes remparts, (*qq*)
(*) Ecrafant le berceau du plus grand des céfars. (*rr*)

Français! heureux guerriers, vainqueurs doux & terribles,
Revenez, fufpendez dans nos temples paifibles
Ces armes, ces drapeaux, ces étendards fanglans.
Que vos chants de victoire animent tous nos chants.
Les palmes dans les mains, nos peuples vous attendent ;
Nos cœurs volent vers vous, nos regards vous demandent.
Vos mères, vos enfans, près de vous empreffés,
Encor tout éperdus de vos périls paffés,
Vont baigner, dans l'excès d'une ardente alégreffe,
Vos fronts victorieux de larmes de tendreffe.
Accourez, recevez à votre heureux retour
Le prix de la vertu par les mains de l'amour.

(*) Voyez la variante ci-après.

F I N.

VARIANTE.

Après ce vers,

Ecrafant le berceau du plus grand des céfars,

il y avait :

Français, heureux Français, peuple doux & terrible,
C'eft peu qu'en vous guidant LOUIS foit invincible;
C'eft peu que le front calme & la mort dans les mains,
Il ait lancé la foudre avec des yeux fereins;
C'eft peu d'être vainqueur, il eft modefte & tendre,
Il honore de pleurs le fang qu'il vit répandre :
Entouré des héros qui fuivirent fes pas,
Il prodigue l'éloge & ne le reçoit pas;
Il veille fur des jours hafardés pour lui plaire.
Le monarque eft un homme, & le vainqueur un père.
Ces captifs tout fanglans, portés par nos foldats,
Par leur main triomphante arrachés au trépas,
Après ces jours de fang, d'horreur & de furie,
Ainfi qu'en leurs foyers, au fein de leur patrie,
Des plus tendres bienfaits éprouvent les douceurs,
Confolés, fecourus, fervis par leurs vainqueurs.
O grandeur véritable ! ô victoire nouvelle !
Eh ! quel cœur ulcéré d'une haine cruelle,
Quel farouche ennemi peut n'aimer pas mon roi,
Et ne pas fouhaiter d'être né fous fa loi ?
Il étendra fon bras, & calmera l'Empire.
Déjà Vienne fe tait, déjà Londres l'admire.
La Bavière, confufe au bruit de fes exploits,
Gémit d'avoir quitté le protecteur des rois.
Naple eft en fureté : la Sardaigne en alarmes;
Tous les rois de fon fang triomphent par fes armes;
Et de l'Ebre à la Seine, en tous lieux on entend :
Le plus aimé des rois eft auffi le plus grand.
Ah ! qu'on ajoute encore à ce titre fuprême,
Ce nom fi cher au monde & fi cher à lui-même,
Ce prix de fes vertus qui manque à fa valeur,
Ce titre augufte & faint de pacificateur :
Que de fes jours fi beaux, de qui nos jours dépendent,
La courfe foit tranquille & les bornes s'étendent !
    Ramenez ce héros, ô vous qui l'imitez,
Guerriers qu'il vit combattre & vaincre à fes côtés.
Les palmes dans les mains, &c.

N. B. On n'a confervé qu'une feule des variantes du poëme de Fontenoi. L'ouvrage fut fait très-rapidement, & corrigé à chacune des éditions qui fe fuccédaient, d'après des relations plus exactes de la bataille.

Il y a peu de notes ajoutées à celles de l'auteur; les détails de la bataille, les actions d'éclat des officiers qui font nommés dans le poëme, fe trouvent dans le *Précis du Siècle de Louis XV.*

NOTES

(a) Le comte maréchal de *Saxe* , dangereufement malade , était porté dans une gondole d'ofier quand fes douleurs & fa faibleffe l'empêchaient de fe tenir à cheval. Il dit au roi, qui l'embraffa après le gain de la bataille , les mêmes chofes qu'on lui fait penfer ici.

(b) M. le duc d'*Harcourt* avait invefti Tournai.

(c) Maréchal de France.

(d) Grand-maître d'artillerie.

(e) Il s'était fignalé à la bataille de Detteingen.

(f) M. de *Danoi* fut retiré par fa nourrice d'une foule de morts & de mourans fur le champ de Malplaquet, deux jours après la bataille. C'eft un fait certain : cette femme vint avec un paffe-port, accompagnée d'un feigneur du régiment du roi, dans lequel était alors cet officier.

(g) Les lieutenans généraux chacun à leur divifion.

(h) Il allait être maréchal de France.

(i) Dix-neuf officiers du régiment du Hainaut ont été tués ou bleffés. Son frère , le prince de *Beauvau* , fervait en Italie.

(k) M. de *Longaunai* , colonel des nouveaux grenadiers , mort depuis de fes bleffures.

(l) Officiers de l'état-major, meffieurs de *Puyfégur* , de *Mezière* , de *Saint-Sauveur* , de *Saint-George*.

(m) Le duc d'*Havré* , colonel du régiment de la couronne.

(n) M. de *Croiffi* avec fes deux enfans, & fon neveu M. *Dupleffis-Châtillon* bleffé légèrement.

(o) Tous les officiers de fon régiment royal des vaiffeaux hors de combat, lui feul ne fut point bleffé.

(*p*)M. d'*Aché*, (on l'écrit *Dapcher*) lieutenant général .M. de *Lutteaux*, lieutenant général , mort dans les opérations du traitement de ses blessures.

(*q*) M. du *Brocard* , maréchal de camp , commandant l'artillerie.

(*r*) Un boulet de canon couvrit de terre un homme entre le roi & monseigneur le dauphin ; & un domestique de M. le comte d'*Argenson* fut atteint d'une balle de fusil derrière eux.

(*s*) Les gardes , les gendarmes , les chevaux-légers , les mousquetaires sous M. de *Montesson* , lieutenant général. Deux bataillons des gardes françaises & suisses , &c.

(*t*) M. le prince de *Soubise* prit sur lui de seconder M. le comte de *la Marck* , dans la défense obstinée du poste d'Antoin ; il alla ensuite se mettre à la tête des gendarmes , comme M. de *Pecquigni* à la tête des chevaux-légers : ce qui contribua beaucoup au gain de la bataille.

(*u*) Carabiniers , corps institué par *Louis XIV*. Ils tirent avec des carabines rayées. On sait avec quel éloge le roi les a nommés dans sa lettre.

(*x*) Grenadiers à cheval commandés par M. le chevalier de *Grille*; ils marchent à la tête de la maison du roi.

(*y*) Le marquis d'*Argenson* , qui n'a point quitté le roi pendant la bataille, a écrit à M. de *Voltaire* ces propres mots : *C'est M. de Richelieu qui a donné ce conseil & qui l'a exécuté.*

(*z*) M. le comte de *la Marck* , au poste d'Antoin.

(*aa*) MM. de *la Vauguion* , *Choiseul - Meuse* , &c. aux retranchemens faits à la hâte dans le village de Fontenoi. M. de *Créqui* n'était point à ce poste , comme on l'avait dit d'abord , mais à la tête des carabiniers.

(*bb*) Quatre escadrons de la gendarmerie arrivèrent après sept heures de marche , & attaquèrent.

(*cc*) Un cheval fougueux avait emporté le porte-étendard dans la colonne anglaise. M. de *Castelmoron* , âgé de 15 ans , lui cinquième , alla le reprendre au milieu du camp des ennemis. M. de *Bellet* commandait ces escadrons de la gendarmerie ; il y eut un cheval tué sous lui, aussi-bien que M. de *Chimènes* , en reformant une brigade.

(*dd*) M. le duc de *Biron* eut le commandement de l'infanterie , quand M. de *Lutteaux* fut hors de combat ; il chargea successivement à la tête de presque toutes les brigades.

(*ee*) M. de *Luxembourg* , M. de *Loigni* & M. de *Tingri*.

(*ff*) Le duc de *Saxe-Weimar*, fous qui le vicomte de *Turenne* fit fes premières campagnes. M. de *Turenne* eft arrière-neveu de ce grand homme.

(*gg*) Ce reproche de férocité ne tombe que fur le foldat, & non fur les officiers, qui font auffi généreux que les nôtres. On m'a écrit que, lorfque la colonne anglaife déborda Fontenoi, plufieurs foldats de ce corps criaient *no quarter*, *no quarter*, point de quartier.

(*hh*) Les régimens de Diesbach, de Betens & de Courten, &c. avec des bataillons des gardes fuiffes.

(*ii*) Le régiment de Normandie qui revenait à la charge fur la colonne anglaife, tandis que la maifon du roi, la gendarmerie, les carabiniers, &c. fondaient fur elle.

(*kk*) M. de *Lowendahl.*

(*ll*) M. le comte d'*Eftrées* à la tête de fa divifion, & M. de *Brionne* à la tête de fon régiment avaient enfoncé les grenadiers anglais, le fabre à la main.

(*mm*) Depuis *Saint Louis*, aucun roi de France n'avait battu les Anglais en perfonne, en bataille rangée.

(*nn*) On envoya quelques dragons à la pourfuite : ce corps était commandé par M. le duc de *Chevreufe*, qui s'était diftingué au combat de Sahy, où il avait reçu trois bleffures. L'opinion la plus vraifemblable fur l'origine du mot *dragon*, eft qu'ils portèrent un dragon dans leurs étendards, fous le maréchal de *Briffac*, qui inftitua ce corps dans les guerres du Piémont.

(*oo*) Le comte de *Noailles* attaqua de fon côté la colonne d'infanterie anglaife avec une brigade de cavalerie, qui prit enfuite des canons.

(*pp*) Tournai, principale ville des Français fous la première race, dans laquelle on a trouvé le tombeau de *Childéric.*

(*qq*) La ville de Gand, foumife à fa majefté, le 11 juillet, après la défaite d'un corps d'anglais, par M. *Duchaila*, à la tête des brigades de *Crillon* & de Normandie, le régiment de *Graffin*, &c.

(*rr*) Des céfars modernes.

(1) Il était gouverneur de Languedoc. Le roi l'ayant envoyé tenir les états de la province, lui annonça qu'il ferait payé de fes dépenfes fur fes mémoires ; M. le comte d'*Eu* ne voulut point y confentir. *Sire*, dit-il au roi, *ce que je tiens de l'Etat fuffit pour les dépenfes extraordinaires que fon fervice peut exiger de moi.*

Poëmes.   Q

(2) M. le marquis d'*Aubeterre*, depuis ambaffadeur à Rome. Il y fut chargé des négociations relatives à l'abolition de l'ordre des jéfuites, & eut l'honneur de contribuer à un événement fi utile à la raifon & à l'humanité. Depuis il a été nommé commandant de Bretagne. La bonté de fes principes d'adminiftration, fon intégrité, fon amour du bien, la douceur & la franchife de fon caractère lui ont mérité l'eftime publique.

(3) *Régnier de Guerchi*, d'une ancienne famille de Bourgogne, & dont un des ancêtres avait été tué à la Saint-Barthelemi, (voyez la Henriade, chant fecond) fut fait colonel du régiment du roi après la bataille. Il le commanda pendant la guerre dernière, & fe fignala furtout à la retraite de Crevelt où il fauva l'hôpital des bleffés, & à celle de Minden. Sa valeur, une humanité dans la guerre, rare dans ce fiècle, fon amour de l'ordre & de la difcipline, une probité également incorruptible dans les armées, à la cour & dans les affaires, le foin qu'il prenait de former dans fon régiment des fujets utiles à la patrie, foit dans la carrière politique, foit dans l'état militaire, enfin la réunion de toutes les qualités d'un brave officier, d'un honnête homme & d'un bon citoyen, ont vérifié ce jugement de M. de *Voltaire*, qui ne pouvait être alors qu'une efpèce de prophétie. Il fut nommé ambaffadeur en Angleterre après la dernière paix.

Nous nous fommes fait un devoir de rendre ici juftice à la mémoire de M. le comte de *Guerchi*, parce qu'il a été calomnié à la fin de fa vie, & depuis fa mort, par un de ces êtres vils qui, à force d'impudence & de méchanceté, parviennent quelquefois à fe donner une exiftence, & acquièrent par leurs excès mêmes une forte de célébrité, honteufe, il eft vrai, mais qui peut en impofer à la multitude.

(4) Depuis duc de *Chaulnes*. Il fut honoraire de l'académie des fciences. On a de lui un ouvrage intitulé : *Art de divifer les inftrumens de mathématiques*, dans lequel il propofe des moyens ingénieux pour rendre ces divifions plus fures & plus exactes. Il avait un véritable talent pour cette partie de la mécanique qui s'occupe de la perfection & de l'exactitude des inftrumens délicats. Son fils en a montré de plus grands pour la phyfique, pour la chimie & les arts qui en dépendent.

(5) *Crillon*. Le duc de *Crillon*. Il vient de prendre Mahon, & le roi d'Efpagne l'a récompenfé de cette conquête importante, en lui donnant la grandeffe, le titre de capitaine général, & furtout en le chargeant du fiége de Gibraltar.

VOYAGE

A BERLIN.

VOYAGE
A BERLIN.

A MADAME DENIS.

A Clèves, juillet 1750.

C'EST à vous s'il, vous plaît, ma nièce,
Vous, femme d'efprit fans travers,
Philofophe de mon efpèce,
Vous qui, comme moi, du Permeffe
Connaiffez les fentiers divers;
C'eft à vous qu'en courant j'adreffe
Ce fatras de profe & de vers,
Ce récit de mon long voyage;
Non tel que j'en fis autrefois,
Quand, dans la fleur de mon bel âge,
D'Apollon je fuivais les lois;
Quand j'ofai, trop hardi peut-être,
Aller confulter à Paris,
En dépit de nos beaux efprits,
Le Dieu du Goût mon premier maître.

Ce voyage-ci n'eft que trop vrai, & ne m'éloigne que trop de vous. N'allez pas vous imaginer que je veuille égaler *Chapelle* qui s'eft fait, je ne fais comment, tant de réputation, pour avoir été de Paris à Montpellier & en terre papale, & en avoir rendu compte à un gourmand.

Q 3

Ce n'était pas peut-être un emploi difficile
     De railler Monfieur d'Affouci.
Il faut une autre plume, il faut un autre ftyle,
Pour peindre ce Platon, ce Solon, cet Achille
     Qui fait des vers à Sans-Souci.
Je pourrais vous parler de ce charmant afile,
Vous peindre ce héros philofophe & guerrier,
Si terrible à l'Autriche, & pour moi fi facile;
     Mais je pourrais vous ennuyer.

D'ailleurs je ne fuis pas encore à fa cour, & il ne faut rien anticiper : je veux de l'ordre jufque dans mes lettres. Sachez donc que je partis de Compiégne, le 25 de juillet, prenant ma route par la Flandre, & qu'en bon hiftoriographe & en bon citoyen, j'allai voir en paffant les champs de Fonte-noi, de Raucoux & de Laufelt. Il n'y paraiffait pas : tout cela était couvert des plus beaux blés du monde. Les Flamands & les Flamandes danfaient, comme fi de rien n'eût été.

Durez, jeux innocens de ces peuples groffiers,
Régnez, belle Cérès, où triompha Bellone.
Campagnes qu'engraiffa le fang de nos guerriers,
J'aime mieux vos moiffons que celles des lauriers:
La vanité les cueille & le hafard les donne.
O que de grands projets par le fort démentis!
O victoires fans fruit! ô meurtres inutiles!
Français, Anglais, Germains, aujourd'hui fi tranquilles,
Fallait-il s'égorger pour être bons amis!

J'ai été à Clèves, comptant y trouver des relais que tous les bailliages fourniffent, moyennant un

ordre du roi de Pruffe, à ceux qui vont philofopher
à Sans-Souci auprès du Salomon du Nord, & à qui
le roi accorde la faveur de voyager à fes dépens :
mais l'ordre du roi de Pruffe était refté à Véfel
entre les mains d'un homme qui l'a reçu comme les
Efpagnols reçoivent les bulles des papes, avec le
plus profond refpeſt & fans en faire aucun ufage.
Je me fuis donc arrêté quelques jours dans le
château de cette princeffe que madame de *la Fayette*
a rendu fi fameufe.

Mais de cette héroïne, & du duc de Nemours
On ignore en ces lieux la galante aventure :
    Ce n'eft pas ici , je vous jure,
Le pays des romans, ni celui des amours.

   C'eft dommage, car le pays femble fait pour des
princeffes de *Cléves :* c'eft le plus beau lieu de la
nature; & l'art a encore ajouté à fa fituation. C'eft
une vue fupérieure à celle de Meudon; c'eft un
terrain planté comme les champs Elyfées & le bois
de Boulogne ; c'eft une colline couverte d'allées
d'arbres en pente douce : un grand baffin reçoit les
eaux de cette colline ; au milieu du baffin s'élève
une ftatue de *Minerve.* L'eau de ce premier baffin eft
reçue dans un fecond, qui la renvoie à un troifième ;
& le bas de la colline eft terminé par une cafcade
ménagée dans une vafte grotte en demi-cercle. La
cafcade laiffe tomber les eaux dans un canal qui va
arrofer une vafte prairie & fe joindre à un bras du
Rhin. Mademoifelle de *Scudéri* & la *Calprenède* auraient

rempli de cette description un tome de leurs romans:
mais moi, hiftoriographe, je vous dirai feulement
qu'un certain prince *Maurice de Naffau*, gouverneur,
de fon vivant, de cette belle folitude, y fit prefque
toutes ces merveilles. Il s'eft fait enterrer au milieu
des bois, dans un grand diable de tombeau de fer,
environné de tous les plus vilains bas-reliefs du
temps de la décadence de l'empire romain, & de
quelques monumens gothiques plus groffiers encore.
Mais le tout ferait quelque chofe de fort refpectable
pour ces efprits profonds qui tombent en extafe à
la vue d'une pierre mal-taillée, pour peu qu'elle ait
deux mille ans d'antiquité.

Un autre monument antique, c'eft le refte d'un
grand chemin pavé, conftruit par les Romains, qui
allait à Francfort, à Vienne & à Conftantinople. Le
faint Empire dévolu à l'Allemagne eft un peu déchu
de fa magnificence. On s'embourbe aujourd'hui en
été, dans l'augufte Germanie. De toutes les nations
modernes, la France & le petit pays des Belges font
les feules qui aient des chemins dignes de l'antiquité.
Nous pouvons furtout nous vanter de paffer les
anciens Romains en cabarets; & il y a encore certains
points dans lefquels nous les valons bien: mais
enfin pour les monumens durables, utiles, magnifiques, quel peuple approche d'eux? quel monarque
fait dans fon royaume ce qu'un proconful fefait dans
Nîmes & dans Arles?

Parfaits dans le petit, fublimes en bijoux,
Grands inventeurs de riens, nous fefons des jaloux.

Elevons nos esprits à la hauteur suprême
    Des fiers enfans de Romulus :
Ils fefaient plus cent fois pour des peuples vaincus
    Que nous ne fefons pour nous-mêmes.

Enfin malgré la beauté de la fituation de Clèves,
malgré le chemin des Romains, en dépit d'une
tour qu'on prétend bâtie par *Jules-Céfar*, ou au
moins par *Germanicus;* en dépit des infcriptions d'une
vingt-fixième légion qui était ici en quartier d'hiver ;
en dépit des belles allées plantées par le prince
Maurice, & de fon grand tombeau de fer ; en dépit
enfin des eaux minérales découvertes ici depuis peu,
il n'y a guère d'affluence à Clèves. Les eaux y font
cependant auffi bonnes que celles de Spa & de Forges ;
& on ne peut avaler de petits atomes de fer dans
un plus beau lieu. Mais il ne fuffit pas, comme
vous favez, d'avoir du mérite pour avoir la vogue :
l'utile & l'agréable font ici ; mais ce féjour délicieux
n'eft fréquenté que par quelques hollandais que le
voifinage & le bas prix des vivres & des maifons y
attirent, & qui viennent admirer & boire.

J'y ai retrouvé, avec une très-grande fatifaction,
un célèbre poëte hollandais, qui nous à fait l'honneur de traduire élégamment en batave, & même
vers pour vers, nos tragédies bonnes ou mauvaifes.
Peut-être un jour viendra que nous ferons réduits
à traduire les tragédies d'Amfterdam : chaque peuple
a fon tour.

Les dames romaines, qui allaient lorgner leurs
amans au théâtre de *Pompée*, ne fe doutaient pas

qu'un jour au milieu des Gaules, dans un petit bourg nommé *Lutèce*, on ferait de meilleurs pièces de théâtre qu'à Rome.

L'ordre du roi pour les relais vient enfin de me parvenir ; voilà mon enchantement chez la princeſſe de *Clèves* fini , & je pars pour Berlin.

A Poſdam.

J'ai d'abord paſſé par Véſel, qui n'eſt plus ce qu'elle était quand *Louis XIV* la prit en deux jours, en 1672, ſur les Hollandais. Elle appartient aujourd'hui au roi de Pruſſe, & c'eſt une des plus fortes places de l'Europe. C'eſt là qu'on commence à voir de ces belles troupes que *Fréderic II* forma ſans vouloir s'en ſervir, & que *Fréderic le grand* a rendues ſi utiles à ſes intérêts & à ſa gloire. Le premier coup d'œil ſurprend toujours.

D'un regard étonné j'ai vu ſur ces remparts
Ces géans court-vêtus, automates de Mars,
Ces mouvemens ſi prompts, ces démarches ſi fières,
    Ces mouſtaches, ces grands bonnets,
Ces habits retrouſſés, montrant de gros derrières
    Que l'ennemi ne vit jamais.

Bientôt après j'ai traverſé les vaſtes & triſtes & ſtériles & déteſtables campagnes de la Veſtphalie.

    De l'âge d'or jadis vanté
    C'eſt la plus fidelle peinture ;
    Mais toujours la ſimplicité
    Ne fait pas la belle nature.

Dans de grandes huttes qu'on appelle maifons, on voit des animaux qu'on appelle hommes, qui vivent le plus cordialement du monde pêle-mêle avec d'autres animaux domeftiques. Une certaine pierre dure, noire & gluante, compofée à ce qu'on dit d'une efpèce de feigle, eft la nourriture des maîtres de la maifon. Qu'on plaigne après cela nos payfans, ou plutôt qu'on ne plaigne perfonne; car fous ces cabanes enfumées, & avec cette nourriture déteftable, ces hommes des premiers temps font fains, vigou-reux & gais. Ils ont tout jufte la mefure d'idées que comporte leur état.

Ce n'eft pas que je les envie;
J'aime fort nos lambris dorés:
Je bénis l'heureufe induftrie
Par qui nous furent préparés
Cent plaifirs par moi célébrés,
Frondés par la cagoterie,
Et par elle encor favourés.
Mais fur les huttes des fauvages
La nature épand fes bienfaits;
On voit l'empreinte de fes traits
Dans les moindres de fes ouvrages.
L'oifeau fuperbe de Junon,
L'animal chez les juifs immonde,
Ont du plaifir à leur façon;
Et tout eft égal en ce monde.

Si j'étais un vrai voyageur, je vous parlerais du Véfer & de l'Elbe, & des campagnes fertiles de Magdebourg, qui étaient autrefois le domaine de plufieurs faints archevêques, & qui fe couvrent aujourd'hui des plus belles moiſſons (à regret ſans doute) pour un prince hérétique ; je vous dirais que Magdebourg eſt preſque imprenable ; je vous parlerais de ſes belles fortifications , & de ſa citadelle conſtruite dans une île entre deux bras de l'Elbe, chacun plus large que la Seine ne l'eſt vers le pont-royal. Mais comme ni vous ni moi n'aſſiégerons jamais cette ville, je vous jure que je ne vous en parlerai jamais.

Me voici enfin dans Poſtdam. C'était ſous le feu roi la demeure de *Pharaſmane ;* une place d'armes, & point de jardin ; la marche du régiment des gardes pour toute muſique ; des revues pour tout ſpeĉtacle ; la liſte des ſoldats pour bibliothèque. Aujourd'hui c'eſt le palais d'*Auguſte*, des légions & des beaux eſprits , du plaiſir & de la gloire, de la magnificence & du goût, &c. &c.

PRECIS

DE L'ECCLESIASTE

ET

DU CANTIQUE DES CANTIQUES.

EPITRE DEDICATOIRE

A U

R O I D E P R U S S E.

SIRE,

ON impute au troifième roi de la Judée le petit livre de l'Eccléfiafte. Je dédie le précis de cet ouvrage au troifième roi de la Pruffe, qui penfe comme *Salomon* paraît penfer, & qui a fouvent exprimé les mêmes fentimens avec plus de méthode & plus d'énergie.

Quel que foit l'auteur de l'Eccléfiafte, il eft certain qu'il était philofophe; & il n'eft pas fi certain qu'il fût roi. Vous êtes l'un & l'autre; ainfi vous réuniffez tout ce qu'il y a, dit-on, de mieux fur la terre.

Des cuiftres ignorans, qui déteftaient les philo-fophes & qui n'aimaient pas les rois, ont condam-né ce petit précis de l'Eccléfiafte, apparem-ment parce qu'il eft en vers; car ces meffieurs ne font pas plus touchés de la poëfie que de la philofophie. C'eft une nouvelle raifon pour dédier cet ouvrage à Votre Majefté. Elle a fur *Salomon* l'avantage de faire des vers, & de n'être

point tiraillée par fept cents époufes dites légitimes, & par trois cents drôleffes dites concubines
ou femmes du fecond rang, ce qui ne convient
pas trop à un fage.

L'Eccléfiafte a été infpiré par le S^T ESPRIT;
la traduction libre que je mets à vos pieds n'a
été infpirée que par la raifon; ainfi le traducteur peut être tombé dans des erreurs groffières.
Il a pu, fans le favoir, hafarder des paroles
mal-fonnantes & fentant l'héréfie : mais comme
Votre Majefté eft hérétique, elle ne s'en offenfera
pas. Elle continuera à me donner fa protection
contre les fots dont elle eft accoutumée à triompher comme de fes ennemis.

AVERTISSEMENT.

AVERTISSEMENT.

Soit que l'Eccléfiafte ait été effectivement compofé par *Salomon*, foit qu'un autre auteur infpiré ait fait parler ce fage, ce livre a toujours été regardé comme un monument précieux, & l'eft d'autant plus qu'on y trouve plus de philofophie. Il montre le néant des chofes humaines; il confeille en même temps l'ufage raifonnable des biens que DIEU a donnés aux hommes. Il ne fait pas de la fageffe un tableau hideux & révoltant; c'eft un cours de morale fait pour les gens du monde. C'eft pourquoi on a cru ce livre de l'Ecriture préférable à tout autre, pour en donner un précis en vers, & pour le préfenter à la perfonne refpectable à qui on a eu l'honneur de l'adreffer.

Il n'aurait pas été poffible de le traduire d'un bout à l'autre avec fuccès; le ftyle oriental eft trop différent du nôtre. L'efprit divin qui s'élève au-deffus de nos idées néglige la méthode; il ne fait point difficulté de répéter fouvent les mêmes penfées & les mêmes expreffions. Il paffe rapidement d'un objet à un autre; il revient fur fes pas; il ne craint ni les contradictions apparentes que notre efprit borné eft obligé de concilier, ni les grandes hardieffes que notre faibleffe eft dans la néceffité d'adoucir.

Poëmes.   R

Le fentiment de fa propre infuffifance a forcé le traducteur à raffembler en un corps les idées qui font répandues dans ce livre avec une fublime profufion ; à y mettre une liaifon néceffaire pour nous, & un ordre qui était inutile à l'efprit faint ; & enfin, à prendre un vol moins hardi, convenable à un laïque qui donne l'abrégé d'un livre divin.

PRECIS

DE L'ECCLESIASTE.

DANS ma bouillante jeuneffe
J'ai cherché la volupté ;
J'ai favouré fon ivreffe :
De mon bonheur dégoûté,
Dans fa coupe enchantereffe
J'ai trouvé la vanité.

La grandeur & la richeffe
Dans l'âge mûr m'ont flatté :
Les embarras, la trifteffe,
L'ennui, la fatiété ,
Ont averti ma vieilleffe
Que tout était vanité.

J'ai voulu de la fcience
Pénétrer l'obfcurité.
O nature, abyme immenfe !
Tu me laiffes fans clarté ;
J'ai recours à l'ignorance :
Le favoir eft vanité.

TEXTE.

Vanité des vanités, & tout eft vanité. J'ai dit dans mon cœur :
je vais me plonger dans des délices, & j'ai trouvé encore que cela
eft vanité. Je me fuis propofé d'examiner tout ce qui eft fous le
foleil, & c'eft une très-mauvaife occupation. . . . J'ai voulu connaître
la doctrine & les erreurs . . . . . & c'eft une affliction d'efprit. J'ai
entrepris de grandes chofes, j'ai bâti des palais, &c. . . . . j'ai eu
des efclaves, j'ai fait de grands amas d'or. . . . . & j'ai vu en tout
cela vanité & affliction d'efprit.

R 2

De quoi m'aura fervi ma fuprême puiffance,
Qui ne dit rien aux fens, qui ne dit rien au cœur?
Brillante opinion, fantôme de bonheur,
Dont jamais en effet on n'a la jouiffance.

J'ai cherché ce bonheur, qui fuyait de mes bras,
Dans mes palais de cèdre, aux bords de cent fontaines,
Je le redemandais aux voix de mes fyrènes:
Il n'était point dans moi; je ne le trouvais pas.

J'accablai mon efprit de trop de nourriture;
A prévenir mon goût j'épuifai tous mes foins;
Mais mon goût s'émouffait en fuyant la nature.
Il n'eft de vrais plaifirs qu'avec de vrais befoins.

Je me fuis fait une étude
De connaître les mortels;
J'ai vu leurs chagrins cruels,
Et leur vague inquiétude,
Et la fecrète habitude
De leurs penchans criminels.

L'artifte le plus habile
Fut le moins récompenfé;

T E X T E.

J'ai fait de grands amas d'or; j'ai accumulé les fubftances des
provinces: j'ai eu des muficiens & des muficiennes.....j'ai
conftruit des palais, & j'ai planté des jardins.....je ne me fuis
refufé à aucun défir.....j'ai reconnu qu'il n'y avait que vanité
& affliction d'efprit.....La vie m'eft devenue infupportable....
j'ai regardé enfuite avec déteftation mes applications.....après
avoir cherché en vain la doctrine & la fageffe.

Le ferviteur inutile
Etait le plus carreffé ;
Le jufte fut traverfé ;
Le méchant parut tranquille.

Tu viens de trahir l'amour ;
Et tu ris, beauté volage ;
Un nouvel amant t'engage,
T'aime & te quitte en un jour ;
Et dans l'inftant qu'il t'outrage,
On le trahit à fon tour.

J'entends fiffler par-tout les ferpens de l'envie :
Je vois par fes complots le mérite immolé.
L'innocent confondu traîne une affreufe vie ;
Il s'écrie en mourant, nul ne m'a confolé.

Le travail, la vertu pleurent fans récompenfe ;
La calomnie infulte à leurs cris douloureux ;
Et du riche amolli la ftupide infolence
Ne fait pas feulement s'il eft des malheureux.

T E X T E.

J'ai tourné mes penfées ailleurs ; j'ai vu que fous le foleil le
prix n'était point pour celui qui avait le mieux couru, ni le
triomphe pour le plus courageux, ni la faveur pour l'artifte le
plus habile, &c. . . .

J'ai porté mon efprit ailleurs ; j'ai vu les calomnies, l'innocent en larmes, fans fecours & fans confolateur. . . . . Un étranger
dévorera toutes vos richeffes après vous, & c'eft-là encore une
très-grande mifère. . . . .

R 3

Il l'eſt pourtant lui-même ; un éternel orage
Promène de ſon cœur les déſirs inquiets ;
Il hait ſon héritier, qui le hait davantage ;
Il vit dans la contrainte, & meurt dans les regrets.

Dans leur courſe vagabonde
Les mortels ſont entrainés ;
Frêles vaiſſeaux que ſur l'onde
Battent les vents mutinés,
Et dans l'océan du monde
Au naufrage deſtinés.

D'eſpérances menſongères
Nous vivons préoccupés :
Tous les malheurs de nos pères
Ne nous ont point, détrompés ;
Nous éprouvons les miſères
Dont nos fils ſeront frappés.

Rien de nouveau ſur la terre ;
On verra ce qu'on a vu,
Le droit affreux de la guerre,
Par qui tout eſt confondu ;
Et le vice & la vertu
En butte aux coups du tonnerre.

T E X T E.

Qu'eſt-ce qui a été ? ce qui fera. Qu'eſt-ce qui s'eſt fait ? ce qui ſe fera encore : rien de nouveau ſous le ſoleil. Ne dites point que les premiers temps ont été meilleurs que ceux d'aujourd'hui ; c'eſt le diſcours d'un fou.

Le fage & l'imprudent, & le faible & le fort,
Tous font précipités dans les mêmes abymes ;
Le cœur jufte & fans fiel, le cœur pétri de crimes,
Tous font également les vains jouets du fort.

Le même champ nourrit la brebis innocente,
Et le tigre odieux qui déchire fon flanc :
Le tombeau réunit la race bienfefante,
Et les brigands cruels, enivrés de fon fang.

En vain par vos travaux vous courez à la gloire ;
Vous mourez : c'en eft fait, tout fentiment s'éteint ;
Vous n'êtes ni chéri, ni refpecté, ni plaint ;
La mort enfevelit jufqu'à votre mémoire.

Que la vie a peu d'appas !
Cependant on la défire.

T E X T E.

Le jufte périt dans fa juftice, & le méchant vit long-temps
dans fa malice..... Tout arrive également au jufte & à l'injufte,
au pur & à l'impur, à celui qui offre des facrifices, & à celui
qui n'en offre pas. Le parjure eft traité comme l'homme ami de la
vérité..... Les vivans favent qu'ils doivent mourir ; mais les
morts ne connaiffent plus rien, il ne leur refte plus de récompenfe.
L'amour, la haine, l'envie périffent avec eux.....

Qu'un homme ait eu cent enfans, qu'il ait vécu long-temps,
& qu'il n'ait pas joui de fes richeffes, je prononce qu'un avorton
vaut mieux que lui : c'eft en vain qu'il eft né ; il va dans les
ténèbres, & fon nom dans l'oubli..... Et j'ai préféré l'état des
morts à celui des vivans ; & j'ai eftimé plus heureux celui qui
n'eft pas né encore, & qui n'a point vu les maux qui font fous
le foleil..... Un chien vivant vaut mieux qu'un lion mort.

R 4

Plus de plaifirs, plus d'empire
Dans les horreurs du trépas.
Un lion mort ne vaut pas
Un moucheron qui refpire.

O mortel infortuné !
Soit que ton ame jouiffe
Du moment qui t'eft donné,
Soit que la mort le finiffe,
L'un & l'autre eft un fupplice;
Il vaut mieux n'être point né.

Le néant eft préférable
A nos funeftes travaux,
Au mélange lamentable
Des faux biens & des vrais maux,
A notre efpoir périffable
Qu'engloutiffent les tombeaux.

Quel homme a jamais fu par propre lumière
Si, lorfque nous tombons dans l'éternelle nuit,
Notre ame avec nos fens fe diffout toute entière,
Si nous vivons encore, ou fi tout eft détruit?

TEXTE.

J'ai dit en mon cœur : DIEU met en probation les enfans des hommes; il montre qu'ils font femblables aux bêtes. Les hommes meurent comme les bêtes, leur fort eft égal, ils refpirent de même; l'homme n'a rien de plus que la bête. Tout eft vanité;

N. B. L'*Eccléfiafte* femble s'exprimer ici avec une dureté qui convenait fans doute à fon temps, & qui doit être adoucie dans le nôtre. Ainfi l'auteur du *Précis* ne dit point, *l'homme n'a rien de plus que la bête;* mais

Des plus vils animaux DIEU foutient l'exiftence;
Ils font ainfi que nous les objets de fes foins;
Il borna leur inftinĉt & notre intelligence;
Ils ont les mêmes fens & les mêmes befoins.

Ils naiffent comme nous, ils expirent de même ;
Que deviendra leur ame au jour de leur trépas ?
Que deviendra la nôtre à ce moment fuprême ?
Humains, faibles humains, vous ne le favez pas.

Cependant l'homme s'égare
Dans fes travaux infenfés.
Les biens dont l'Inde fe pare,
Avec fureur amaffés,
Sont vainement entaffés
Dans les tréfors de l'avare.

Ce monarque ambitieux
Menaçait la terre entière:
Il tombe dans fa carrière;
Et ce géant fourcilleux,
Ce front qui touchait aux cieux
Eft caché dans la pouffière.

TEXTE.

tout tend au même lieu : ils ont tous été tirés de la terre , ils iront
tous en terre. Qui connaît fi l'ame des hommes monte en haut ,
& fi l'ame des bêtes defcend en bas ?

qui fait par fa propre lumière fi l'homme n'a rien de plus que la bête?
c'eft le fens de l'*Eccléfiafte.* L'homme ne fait rien par lui-même , il a befoin
de la foi.

La beauté dans fon printemps
Brille pompeufe & chérie,
Semblable à la fleur des champs,
Le matin épanouie,
Le foir livide & flétrie,
En horreur à fes amans.

Ainfi tout fe corrompt, tout fe détruit, tout paffe.
Mon oreille bientôt fera fourde aux concerts:
La chaleur de mon fang va fe tourner en glace:
D'un nuage épaiffi mes yeux feront couverts.

Des vins du mont Liban la sève nourriffante
Ne pourra plus flatter mes languiffans dégoûts;
Courbé, traînant à peine une marche pefante,
J'approcherai du terme où nous arrivons tous.

Je ne vous verrai plus, beautés dont la tendreffe
Confola mes chagrins, enchanta mes beaux jours.
O charme de la vie! ô précieufe ivreffe!
Vous fuyez loin de moi, vous fuyez pour toujours.

T E X T E.

Un homme quelquefois domine pour fon propre malheur. Un homme eft feul fans enfans ni frères, cependant il travaille fans ceffe. Il eft infatiable de richeffes; il ne lui vient point dans l'efprit de fe dire, pour qui eft-ce que je travaille?... La femme eft plus amère que la mort.

Lorfque les gardes de la maifon (c'eft-à-dire les jambes) commenceront à trembler; quand celles qui doivent moudre (c'eft-à-dire les dents) feront en petit nombre & oifives; quand l'amandier fleurira, (c'eft-à-dire, quand la tête fera chauve;) que les capres fe diffiperont, (c'eft-à-dire, que les cheveux feront tombés;) quand la chaîne d'argent fera rompue, que le ruban d'or fe retirera, que la cruche fe caffera fur la fontaine; (c'eft-à-dire, quand on ne fera plus propre aux plaifirs.) &c.

Du temps qui périt fans cesse
Saisissons donc les momens :
Possédons avec sagesse,
Goûtons fans emportemens
Les biens qu'à notre jeunesse
Donnent les Cieux indulgens,

Que les plaisirs de la table,
Les entretiens amusans,
Prolongent pour nous le temps ;
Et qu'une compagne aimable
M'infpire un amour durable,
Sans trop régner fur mes fens.

Mortel, voilà ton partage
Par les destins accordé ;

TEXTE.

Et j'ai reconnu qu'il n'y a rien de meilleur à l'homme que de
fe réjouir dans fes œuvres, & que c'est là fon partage ; car qui
le ramènera de la mort pour connaître l'avenir ?.... Ne vaut-il
pas mieux manger, & boire, & faire plaisir à fon cœur avec le
fruit de fes travaux ? cela même eft de DIEU. J'ai donc cru qu'il
eft bon que l'homme mange & boive, & qu'il jouisse gaiement du
fruit de fon travail pendant fa vie ; car c'est-là fa portion. Et
quand DIEU lui a donné biens & richesses, & pouvoir d'en jouir,
c'est un don de DIEU..... Et j'ai reconnu qu'il n'y a rien de
meilleur que de fe réjouir & de bien faire.

J'ai réputé le rire une erreur, & j'ai dit à la joie : Pourquoi
t'es-tu trompée ? Marchez felon les voies de votre cœur & de vos
yeux, mais fongez que DIEU vous demandera compte. Eloignez
le mal de vous..... Mangez votre pain, buvez votre vin avec
joie ; jouissez de la vie avec la femme que vous aimez..... car
c'est-là votre portion dans la vie, & dans le travail qui vous
exerce fous le foleil.

Sur ces biens, fur leur ufage
Ton vrai bonheur eft fondé :
Qu'ils foient poffédés du fage,
Sans qu'il en foit poffédé.

Ufez, n'abufez point, ne foyez point en proie
Aux défirs effrénés, au tumulte, à l'erreur.
Vous m'avez affligé, vains éclats de la joie ;
Votre bruit m'importune, & le rire eft trompeur.

DIEU nous donna des biens, il veut qu'on en jouiffe ;
Mais n'oubliez jamais leur caufe & leur auteur ;
Et lorfque vous goûtez fa divine faveur,
O mortels, gardez-vous d'oublier fa juftice.

Aimez ces biens pour lui, ne l'aimez point pour eux ;
Ne penfez qu'à fes lois, car c'eft-là tout votre être.
Grand, petit, riche, pauvre, heureux ou malheureux,
Etranger fur la terre, adorez votre maître.

N'affectez point les éclats
D'une vertu trop auftère ;
La fageffe atrabilaire
Nous irrite & n'inftruit pas.
C'eft à la vertu de plaire :
Le vice a bien moins d'appas.

T E X T E.

Réjouiffez-vous donc, jeune homme, dans votre jeuneffe ;
que votre cœur foit dans l'alégreffe, &c..... Craignez DIEU,
obfervez fes lois, car c'eft-là le tout de l'homme.

Ne foyez pas plus jufte & plus fage qu'il ne faut, de peur
d'être ftupide. Il eft bon de foutenir le jufte, mais ne retirez pas
votre main de celui qui ne l'eft pas. Il n'y a point de jufte fur
la terre qui ne pèche, &c.....

    Indulgent pour la faibleſſe
Que vous voyez en autrui,
Qu'il trouve en vous un appui,
Que ſon ſort vous intéreſſe.
Hélas ! malgré la ſageſſe,
Vous tomberez comme lui.

    Favori de la nature,
Le climat le plus vanté,
Par les vents, par la froidure,
Voit ſon eſpoir avorté ;
Et la vertu la plus pure
A ſes temps d'iniquité.

Répandez vos bienfaits avec magnificence,
Même aux moins vertueux ne les refuſez pas ;
Ne vous informez point de leur reconnaiſſance :
Il eſt grand, il eſt beau de faire des ingrats.

    Laiſſez parler les cours, & crier le vulgaire :
Leur langue eſt indiſcrète & leurs yeux ſont jaloux.
De leurs ſuffrages faux dédaignez le ſalaire.
DIEU vous voit, il ſuffit; qu'il règne ſeul ſur vous.

    L'homme eſt un vil atôme, un point dans l'étendue :
Cependant du plus haut des palais éternels,
DIEU ſur notre néant daigne abaiſſer ſa vue :
C'eſt lui ſeul qu'il faut craindre, & non pas les mortels.

TEXTE.

Répandez votre pain ſur les eaux qui paſſent, c'eſt-à-dire,
faites également du bien à tout le monde, &c. . . . Ne faites point
attention aux chóſes qui ſe diſent de vous. DIEU vous fera
rendre compte en ſa juſtice de ce que vous avez fait en bien ou en
mal.

AVERTISSEMENT.

Après avoir donné le précis de l'Ecclésiaste, qui est l'ouvrage le plus philosophique de l'ancienne Asie, voici le précis du Cantique des Cantiques ; c'est le poëme le plus tendre, & même le seul de ce genre qui nous soit resté de ces temps reculés. Tout y respire une simplicité de mœurs, qui seule rendrait ce petit poëme précieux. On y voit même une esquisse de la poësie dramatique des Grecs. Il y a des chœurs de jeunes filles & de jeunes hommes qui se mêlent quelquefois au dialogue des deux personnages. Les deux interlocuteurs sont le *Chaton* & la *Sulamite. Chaton* est le mot hébreu, qui signifie l'amant ou le fiancé ; la *Sulamite* est le nom propre de la fiancée. Plusieurs savans hommes ont attribué cet ouvrage à *Salomon* ; mais on y voit plusieurs versets qui ont fait douter qu'il en puisse être l'auteur.

On a rassemblé les principaux traits de ce poëme pour en faire un petit ouvrage régulier, qui en conservât tout l'esprit. Les répétitions & le désordre, qui étaient peut-être un mérite dans le style oriental, n'en font point un dans le nôtre. On s'est abstenu surtout scrupuleusement de toucher aux sublimes & respectables allégories, que les plus graves docteurs ont tirées de cet ancien poëme ; & on s'en eft tenu à la fimplicité non moins refpectable du texte. Nous autres éditeurs nous ne pouvons donner une idée plus claire de ces chofes qu'en imprimant la lettre de M. *Eratou* (*) à M. *Clocpitre*, aumônier de S. A. S. M. le Landgrave.

(*) Anagramme d'*Arouet*.

LETTRE

DU TRADUCTEUR DU CANTIQUE.

J'APPRENDS avec mépris que le *Précis du Cantique des Cantiques* a encouru la cenfure de quelques ignorans qui font les entendus. Ces pauvres gens ont jugé un ouvrage hébreu, qui a environ trois mille ans d'antiquité, comme ils jugeraient un bouquet à *Iris*, ou une jouiffance de l'abbé *Tétu*, ou une chanfon de l'abbé de *l'Attaignant*, imprimée dans le *Mercure galant*. Ils ne connaiffent que nos petits amours de ruelle, ce qu'on appelle des *conquêtes;* ils ne peuvent fe faire une idée des temps héroïques ou patriarchaux; ils s'imaginent que la nature a été au fond de l'Afie ce qu'elle eft dans la paroiffe de Saint-André des arts ou des arcs & dans la cour du palais.

Il faut apprendre à ces pédans petits-maîtres qu'il y a toujours eu une grande différence entre les mœurs des Afiatiques qui n'ont jamais changé, & celles des badauts de Paris qui changent tous les jours. Ils doivent fe mettre dans la tête que la princeffe *Nauficaa*, fille du roi *Alcinoüs*, & l'époufe du *Cantique des Cantiques*, & la naïve parente de *Booz*, & *Lia* & *Rachel* n'ont rien de commun avec la femme ou la fille d'un marguillier.

Les chaftes amours, la propagation de l'efpèce humaine ne fefaient point rougir; on ne célébrait point l'adultère en chanfons; on ne mettait point fur un théâtre d'opéra les amours les plus lafcifs, avec l'approbation d'un cenfeur & la permiffion du lieutenant de police de Jérufalem.

Si

Si les amours refpectables de l'époux & de l'époufe commencent par ces mots : *Ifaguni minfichot piho Kyto-bem dodeka me yayin*: *Qu'il me baife d'un baifer de fa bouche, car fa gorge eft meilleure que du vin*, c'eft que l'auteur de ce cantique n'était pas né à Paris ; c'eft que ni notre galanterie, ni notre petit efprit critique, ni notre infolence pédantefque n'étaient pas connus à Hershalaïm, vulgairement nommée Jérufalem.

Vous qui infultez à l'antiquité fans la connaître, vous qui n'êtes favans que dans la langue de l'opéra de Paris, du barreau de Paris, & des brochures de Paris ; vous qui voulez que l'efprit divin emprunte votre ftyle, ofez lire le livre d'*Ezéchiel;* vous ferez fcandalifés que DIEU ordonne au prophète de manger fon pain couvert d'excrémens humains, & qu'en-fuite il change cet ordre en celui de manger fon pain avec de la fiente de vache. Mais fachez que dans toute l'Arabie déferte on mange quelquefois de la bouze de vache ; furtout que les plus vils excrémens & le bourgeois le plus fier qui achète un office font abfolument égaux aux yeux du créateur, & même aux yeux du fage ; que rien n'eft ni dégoûtant, ni vil , ni odieux devant la fageffe, finon l'efprit d'igno-rance & d'orgueil, qui juge de tout fuivant fes petits ufages & fes petites idées.

Ceux qui ont ofé regarder les expreffions naturelles d'un amour légitime comme des expreffions profanes feraient bien étonnés, s'ils lifaient le feizième & le vingt-troifième chapitre d'*Ezéchiel*, qu'ils n'ont jamais lus ; ils verront dans le feizième que DIEU même compare Jérufalem à une jeune fille, pauvre, mal-propre, dégoûtante. *J'ai eu pitié de vous* , dit-il, *je*

Poëmes.　　　　　　　　　　　　　S

*vous ai fait croître comme l'herbe des champs. Et ubera
tua intumuerunt, & pilus tuus germinavit, & eras nuda,
& transivi per te, & vidi te, & ecce tempus amantium,
& extendi amictum meum super te, & facta es mihi, & te
lavavi aquâ, & vestivi te discoloribus — & ornavi te orna-
mentis, & dedi armillas & torquem ...... sed habens
fiduciam in pulchritudine tuâ — fornicata es cum omni
transeunti — & fecisti tibi simulacra masculina, & fornicata
es cum eis — & fecisti tibi lupanar, & fornicata es cum
vicinis magnarum carnium — & dona donabas eis ut intra-
rent ad te undique ad fornicandum.*

Le vingt-troisième chapitre eſt encore beaucoup
plus fort. Ce ſont les deux ſœurs *Oolla* & *Oliba* qui
ſe ſont abandonnées aux plus infames proſtitutions;
Oolla a aimé avec fureur de jeunes officiers & de jeunes
magiſtrats : *Oliba insanivit amore super concubitum eorum
qui habent membra asinorum, & sicut fluxus equorum fluxus
eorum.*

Vous voyez évidemment que dans ces temps-là on
ne feſait point ſcrupule de découvrir ce que nous voi-
lons, de nommer ce que nous n'oſons dire, & d'exprimer les turpitudes par les noms des turpitudes.

D'où vient notre délicateſſe ? c'eſt que plus les
mœurs ſont dépravées, plus les expreſſions deviennent
meſurées. On croit regagner en paroles ce qu'on a
perdu en vertu. La pudeur s'eſt enfuie des cœurs, &
s'eſt réfugiée ſur les lèvres. Les hommes ſont enfin
parvenus à vivre enſemble, ſans ſe dire jamais un
ſeul mot de ce qu'ils ſentent, & de ce qu'ils penſent;
la nature eſt par-tout déguiſée, tout eſt un commerce
de tromperie.

Rien de plus naturel, de plus ingénu, de plus

fimple, de plus vrai que le *Cantique des Cantiques;*
donc il n'eft pas fait pour notre langue, difent ces
hypocrites qui lifent l'*Aloïfia*, & qui prennent des airs
graves en fortant des lieux que fréquentait *Oliba.*

La traduction que j'ai faite de cette ancienne
églogue hébraïque n'eft point indécente ; elle eft
tendre , elle eft noble, elle n'eft point recherchée
comme celle de *Théodore de Béze :*

> *Ecce tu belliffima ,*
> *His columbis prædita*
> *Pætulis ocellulis,*
> *Hinc & indè pendulis*
> *Crifpulis cincinnulis.*

J'ai eu furtout l'attention de ne point traduire les
endroits dont l'efprit licencieux de quelques jeunes
gens abufe quelquefois. Plufieurs interprètes n'ont
fait aucune difficulté de traduire littéralement ce
paffage, *Mifit manum ad foramen , & intremuit venter
meus :* & cet autre; *abfque eo quod intrinfecùs latet.*

Calmet même, en adoptant le fens dans lequel
St *Jérôme* entend ces paroles, ne craint point de les
expliquer par ce demi-vers d'*Ovide :*

> . . . . . *Si qua latent meliora putat.*

Calmet était comptable aux favans des diverfes
traductions de fes paffages. Il devait rappeler les
ufages anciens de l'Orient. Il n'écrivait ni pour les
mauvais plaifans, ni pour les infolens pédans de nos
jours; mais le devoir d'un commentateur & celui d'un
poëte ne font pas les mêmes. J'imite, je rédige & je
ne commente pas. J'ai dû retrancher ces images qui

autrefois n'étaient que naïves, & peuvent aujourd'hui paraître trop hardies.

Je n'ai donc rendu que les idées tendres; j'ai fupprimé celles qui vont plus loin que la tendreffe, & qui peuvent paraître trop phyfiques; de même que j'ai adouci dans l'*Ecclésiaste* ce qui pouvait paraître d'une métaphyfique trop dure. Ceux qui me reprochent d'avoir fupprimé les chofes hardies n'ont pas fait affez d'attention au temps préfent ; & ceux qui me reprochent d'avoir fidèlement exprimé les autres, n'ont aucune connaiffance des temps paffés.

En un mot, l'efprit du texte eft entièrement confervé dans mon ouvrage. C'eft ainfi que les princes de l'Eglife de Rome en ont jugé, & leur approbation a un peu plus de poids que les cenfures de quelques laïques qui n'entendent ni l'hébreu ni le grec, qui favent très-peu de latin, parlent très-mal français, & fe mêlent toujours de dire leur avis fur ce qui ne les regarde point.

PRECIS

DU

CANTIQUE DES CANTIQUES.

INTERLOCUTEURS.

LE CHATON, LA SULAMITE.

Les compagnes, les amis du Chaton ne parlent pas.

LE CHATON.

Que les baifers raviffans
De ta bouche demi-clofe
Ont enivré tous mes fens !
Les lys , les boutons de rofe.

TEXTE.

Qu'il me baife, ou qu'elle me baife des baifers de fa bouche ;
car vos mamelles font meilleures que le vin ; elles ont l'odeur
du meilleur baume, & votre nom eft une huile répandue.

REMARQUE.

Quoique plufieurs grands perfonnages aient cru que c'était la
Sulamite qui parlait dans ces deux premiers verfets ; cependant , comme
il s'agit de mamelles , il a paru plus convenable de mettre ces paroles
dans la bouche de *Chaton*. De plus la comparaifon des mamelles avec
les grappes de raifin & avec du vin fe trouve plufieurs fois dans le
cantique , & c'eft toujours le *Chaton* qui parle. Les hébraïfans difent que
le terme qui répond à mamelle eft d'une beauté énergique en hébreu.
Ce mot n'a pas en français la même grace: *tetons* eft trop peu grave ; *fein*
eft trop vague. Les favans croient qu'il eft difficile d'atteindre à la beauté
de la langue hébraïque.

S 3

De tes deux globes naiſſans
Sont à mon ame enflammée
Comme les vins bienfeſans
De la fertile Idumée,
Et comme le pur encens
Dont Tadmor eſt parfumée:
Sous les murs des Pharaons,
A travers les beaux vallons,
Les cavales bondiſſantes
Ont moins de légèreté;
Les colombes careſſantes,
Dans leurs ardeurs innocentes,
Ont moins de fidélité.

LA SULAMITE.

J'ai peu d'éclat, peu de beauté, mais j'aime;
Mais je ſuis belle aux yeux de mon amant:
Lui ſeul il fait ma joie & mon tourment.
Mon tendre cœur n'aime en lui que lui-même.

TEXTE.

Mon amie, je te compare aux chevaux attelés au char de *Pharaon*. Ah que vous êtes belle! vos yeux ſont comme des yeux de colombe.

Je ſuis noire, mais je ſuis belle comme les tabernacles de *Cédar*, & comme les peliſſes de *Salomon*. ... Ne conſidérez pas que je ſuis trop brune, car c'eſt le ſoleil qui m'a hâlée. Mes parens m'ont fait garder les vignes; hélas! je n'ai pu garder ma propre vigne.

REMARQUE.

Ces paroles ſemblent prouver que la *Sulamite* eſt une bergère, une villageoiſe, qui dit naïvement qu'elle ſe croit belle comme les tapiſſeries du roi, & que par conſéquent ce cantique n'eſt pas l'épithalame de *Salomon* & d'une fille du roi d'Egypte, comme d'illuſtres commentateurs l'ont dit. Les princeſſes égyptiennes n'étaient pas noires, & ne gardaient pas les vignes.

De mes parens la févère rigueur
Me commanda de bien garder ma vigne;
Je l'ai livrée au maître de mon cœur:
Le vendangeur en était affez digne.

LE CHATON.

Non, tu ne te connais pas,
O ma chère Sulamite!
Rends juftice à tes appas,
N'ignore plus ton mérite.
Salomon dans fon palais
A cent femmes, cent maîtreffes,
Seul objet de leurs tendreffes,
Et feul but de tous leurs traits.
Mille autres font renfermées
Dans ce palais des plaifirs,
Et briguent par leurs foupirs
L'heureux moment d'être aimées.
Je ne poffède que toi:
Mais ce férail d'un grand roi,
Ces compagnes de fa couche,

TEXTE.

Si tu ne te connais pas la plus belle des femmes, va paître tes moutons & tes chevreaux. . . . . Il y a foixante reines, quatre-vingts concubines & de jeunes filles fans nombre. Tu es feule

REMARQUE.

Ces foixante reines & ces quatre-vingts concubines ont fait penfer à plufieurs commentateurs que ce n'eft pas *Salomon* qui compofa ce cantique, puifque *Salomon* avait fept cents femmes & trois cents concubines, felon le texte facré. Peut-être n'avait-il alors que foixante femmes. Il fe peut auffi que l'auteur parle ici d'un autre roi que *Salomon*. Les commentateurs, qui ne croient pas que le *Cantique des Cantiques* foit de ce roi

S 4

Ces objets fi glorieux,
N'ont point d'attrait qui me touche.
Rien n'approche fous les cieux
D'un fourire de ta bouche,
D'un regard de tes beaux yeux.
Sais-tu que ces grandes reines,
Dans leurs pompes fi hautaines,
A ton afpect ont pâli?
Leur éclat s'en eft terni.
Défaites, humiliées,
Malgré leur orgueil jaloux,
Toutes fe font écriées,
Elle eft plus belle que nous!

LA SULAMITE.

Le maître heureux de mes fens, de mon ame,
De tous mes vœux, de tous mes fentimens,
Me fait goûter de fortunés momens.
Soutenez-moi; je languis, je me pâme;
Je meurs d'amour, verfez fur moi des fleurs,
Inondez-moi des plus douces odeurs.
Que fur mon fein mon tendre amant repofe;
Qu'en s'endormant de moi-même il difpofe;

TEXTE.

ma colombe, ma parfaite. Les reines & les concubines t'ont admirée.

REMARQUE.

juif, prétendent qu'il n'eft guère vraifemblable que *Salomon* dife à fa bien-aimée: Tu es plus belle que toutes les maîtreffes du roi. C'eft une expreffion qui femble convenir aux hommes d'un ordre inférieur, comme il eft d'ufage parmi nous d'appeler une femme *ma reine*. Cependant il eft tout auffi naturel que *Salomon* dife à fa nouvelle femme: Tu es plus belle que toutes mes femmes & mes maîtreffes.

Qu'il foit à moi dans les bras du fommeil;
Que de fes mains il me tienne embraffée;
Que fon image occupe ma penfée,
Et qu'il m'embraffe encore à fon réveil.

 Chère idole que j'adore,
 Mon cœur a veillé toujours;
 Je me lève avant l'aurore,
 Je me demande mes amours.
 Lit facré, dépofitaire
 Des mouvemens de mon cœur,
 Des amours doux fanctuaire,
 Qu'as-tu fait de mon bonheur?
 Eveillez-vous mes compagnes,
 Venez plaindre mon tourment;
 Prés, ruiffeaux, forêts, montagnes,
 Rendez-moi mon cher amant.

Je l'ai perdu, le feul bien qui m'enchante.
Ah! je l'entends, j'entends fa voix touchante;
Il vient, il ouvre, il entre. Ah je te voi!
Mon cœur s'échappe & s'envole après toi.

T E X T E.

Mon bien-aimé eft comme un bouquet de myrte, il demeu-
rera entre mes mamelles...... Soutenez-moi avec des fleurs,
fortifiez-moi avec des fruits, car je languis d'amour. Qu'il mette
fa main gauche fur ma tête, & que fa main droite m'embraffe.

Je dors, mais mon cœur veille.

R E M A R Q U E.

Il eft difficile d'expliquer comment à la fois on dort & on veille.
C'eft une figure afiatique qui exprime un fonge.

Hélas ! une fauſſe image
Trompe mes yeux égarés ;
Je ne vois plus qu'un nuage ;
Des regrets font le partage
De mes ſens déſeſpérés.
O mes compagnes fidelles,
Voyez mes craintes cruelles,
Adouciſſez ma douleur ;
Dites-moi quelle contrée,
Quelle terre eſt honorée
De l'objet de mon ardeur,
Quel Dieu m'en a ſéparée ?

LES COMPAGNES DE LA SULAMITE.

Apprenez-nous quel eſt l'amant heureux,
Qui vous retient dans de ſi douces chaînes.
Nous partageons votre joie & vos peines ;
Nous chercherons cet objet de vos vœux.

TEXTE.

J'ai cherché durant la nuit celui qu'aime mon ame ; je l'ai cherché, & je ne l'ai point trouvé. Mon bien-aimé a paſſé ſa main par le trou, & mon ventre treſſaillit à ce taĉt. J'ai ouvert la porte à mon bien-aimé, mais il n'y était plus ; mon ame s'eſt liquéfiée. Je l'ai cherché, & je ne l'ai point trouvé, &c.

Je vous conjure, filles de Jéruſalem, ſi vous trouvez mon bien-aimé, de lui dire que je languis d'amour. . . . .

REMARQUE.

La *Sulamite* dit enſuite qu'elle a cherché ſon *Chaton* aux portes de la ville, & que les gardes l'ont battue ; ce qui ne conviendrait guère à une épouſe de *Salomon.*

Le vainqueur que j'idolâtre
Eſt le plus beau des humains :
L'amour forma de ſes mains
Son ſein plus blanc que l'albâtre ;
L'ébène de ſes cheveux
Ombrage ſon front d'ivoire,
Ce front noble & gracieux,
Ce front couronné de gloire ;
Un feu pur eſt dans ſes yeux.
Sous une telle figure
Deſcendent du haut des cieux
Les maîtres de la nature,
Miniſtres du Dieu des Dieux.
Mais de ſon cœur vertueux
Si je feſais la peinture,
Vous le connaîtriez mieux.

TEXTE.

LES FILLES.

Quel eſt le bien-aimé que vous aimez d'amour, ô la plus belle des femmes ? &c.

LA SULAMITE.

Mon bien-aimé eſt blanc & rouge, choiſi entre mille ; ſes cheveux ſont comme des feuilles de palmier, noirs comme un corbeau. Ses yeux ſont comme des pigeons ſur le bord des eaux, lavés dans du lait. Ses joues ſont comme des parterres d'aromates, ſa poitrine eſt comme un ivoire marqueté de ſaphirs, &c.

LES FILLES.

Où eſt allé votre bien-aimé ? nous l'irons chercher avec vous.

LE CHATON.

Je vous retrouve, ô maîtreſſe chérie;
Je vous revois, je vous tiens dans mes bras.
Dans mes jardins j'avais porté mes pas;
Mais près de vous toute fleur eſt flétrie.
Charmant palmier, tige aimable & fleurie,
Je viens cueillir vos fruits délicieux.
Ciel, que le temps eſt un bien précieux!
Tout le conſume, & l'amour feul l'emploie.
Mes chers amis, qui partagez ma joie,
Buvez, chantez, célébrez fes attraits;
Dans les bons vins que votre ame fe noie;
Je vais goûter des plaiſirs plus parfaits.

LA SULAMITE.

Paix du cœur, volupté pure,
Doux & tendre emportement,
Vous guériſſez ma bleſſure.

TEXTE.

LE CHATON.

Je ſuis deſcendu dans le jardin des noyers, pour voir les fruits
des vallées. . . . . Votre nez eſt comme la tour du mont Liban qui
regarde vers Damas. . . . . votre taille eſt ſemblable à un palmier.
J'ai dit : Je monterai fur le palmier, & j'en prendrai les fruits;
car vos mamelles font comme des grappes de raiſin, &c.

J'ai bu mon vin avec mon lait. Mangez, mes amis; buvez,
enivrez-vous, mes très-chers amis.

REMARQUE.

C'était un uſage commun dans les pays chauds de ne point boire
fon vin pur ; on le mêlait fouvent avec du lait. Dans l'Odyſſée on y
infuſe des raclures de fromage. Les anciens diffèrent de nous en tout.

Ne fouffrez pas que j'endure
Un nouvel éloignement.
L'abfence d'un feul moment
Eft un moment de parjure.
Allons voir, allons tous deux
Voir nos myrtes amoureux ;
Prenons foin de leur culture ;
Redoublons nos tendres nœuds
Sur nos tapis de verdure ;
Fuyons le bruyant féjour
De cette fuperbe ville.
Le village eft plus tranquille ;
Et la nature & l'amour
L'ont choifi pour leur afile.

T E X T E.

L A   S U L A M I T E.

Je fuis à mon bien-aimé , & fon cœur fe retourne vers moi.
Venez , fortons dans les champs, demeurons au village ; levons-
nous matin pour aller aux vignes : c'eft là que je vous donnerai
mes mamelles.

F I N.

L A

GUERRE CIVILE

DE GENEVE,

O U

LES AMOURS

DE ROBERT COVELLE.

POEME HEROIQUE

avec des Notes inſtruĉtives.

Publié en 1768.

AVERTISSEMENT

AVERTISSEMENT

DES EDITEURS.

ON a fait un crime à M. de *Voltaire* d'avoir publié ce poëme. Nous ne doutons point que les chantres de la Sainte-Chapelle n'aient auffi trouvé *Boileau* un homme bien abominable.

M. de *Voltaire* avait acheté fort cher une petite maifon auprès de Genève, & il avait été forcé de la vendre à perte. Malgré la défenfe d'appeler fon frère *raca*, quelques *vénérables maîtres* lui avaient dit de groffes injures. Cependant le produit de fes ouvrages, dont il ne tirait rien pour lui-même, avait enrichi une des familles patriciennes de la république. Son féjour avait rendu à la ville de Genève en Europe, la célébrité que deux fiècles auparavant le picard *Jéhan Chauvin* lui avait donnée, & qu'elle avait perdue, depuis que la théologie avait paffé de mode. Il avait donné de plus la comédie gratis aux dames genevoifes, & avait formé plufieurs citoyens dans l'art de la déclamation. Les exécutions de *Servet*, d'*Antoine* & *Michel Chaudron* avaient été jufqu'alors les feuls fpectacles permis par le confiftoire : l'ingratitude ne pouvait donc être de fon côté.

Poëmes.   T

D'ailleurs, ce poëme n'a d'autre objet que de prêcher la concorde aux deux partis; & ce qui prouve que M. de *Voltaire* avait raison, c'est que bientôt après, la lassitude des troubles amena une espèce de paix.

L'histoire de *Robert Covelle* est très-vraie. Les prêtres genevois avaient l'insolence d'appeler à leur tribunal les citoyens & citoyennes accusés du crime de fornication, & les obligeaient de recevoir leur sentence à genoux : c'était rendre un service important à la république que de tourner cette extravagance en ridicule. M. *Rousseau* est traité dans ce poëme avec trop de dureté, sans doute; mais M. *Rousseau* accusait publiquement M. de *Voltaire* d'être un athée, le dénonçait comme l'auteur d'ouvrages irréligieux auxquels M. de *Voltaire* n'avait pas mis son nom, cherchait à attirer la persécution sur lui, & mettait en même temps à la tête de ses persécuteurs ce vieillard dont la vie avait été une guerre continuelle contre les fauteurs de la persécution, & qui, dans ce temps-là même, prenait contre les prêtres le parti de J. J.

M. de *Voltaire* vivait dans un pays où des lois barbares, établies contre la liberté de penser dans les siècles d'ignorance, n'étaient pas encore abolies. De telles accusations étaient donc un véritable crime, & elles doivent paraître plus

odieufes encore, lorfque l'on fonge que l'accu-
fateur lui-même avait imprimé des chofes plus
hardies que celles qu'il reprochait à fon ennemi;
qu'il donnait pour un modèle de vertu un prêtre
qui difait la meffe pour de l'argent, fans y
croire; & qu'il avait la fureur de prétendre être
un bon chrétien, parce qu'il avait développé
en profe férieufe cette épigramme de *Jean-
Baptifte Rouffeau.*

. . . . . Oui, je voudrais connaître,
Toucher au doigt, fentir la vérité.
Hé bien, courage, allons, reprit le prêtre :
Offrez à D I E U votre incrédulité.

L'humeur qui a pu égarer M. de *Voltaire*
n'eft-elle pas excufable? Il eût dû plaindre
M. *Rouffeau* : mais un homme qui dans fon malheur calomniait, outrageait, dénonçait tous
ceux qui fefaient une caufe commune avec lui,
pouvait auffi exciter l'indignation.

Excepté ces traits contre M. *Rouffeau*, on ne
trouve ici que des plaifanteries. La manière
dont milord *Abington* reffufcite *Catherine* eft une
forte de reproche aux genevois d'aimer trop
l'argent ; mais ce reproche, qu'on peut faire aux
habitans de toutes les villes purement commer-
çantes, n'eft-il pas fondé ? Tout homme qui,

ayant le néceffaire, & un patrimoine fuffifant à laiffer à fes enfans, fe dévoue à un métier lucratif, peut-il ne pas aimer l'argent? s'occupe-t-on toute fa vie fans néceffité d'une chofe qu'on n'aime point? le défintéreffement qu'affecte un homme qui s'eft livré long-temps au foin de s'enrichir ne peut être que de l'hypocrifie.

PROLOGUE.

ON a fi mal imprimé quelques chants de ce poëme ;
nous en avons vu des morceaux fi défigurés dans
différens journaux ; on eſt fi empreſſé de publier
toutes les nouveautés dans l'heureuſe paix dont nous
jouiſſons, que nous avons interrompu notre édition
de l'hiſtoire des anciens Babyloniens & des Gomérites,
pour donner l'hiſtoire véritable des diſſentions pré-
ſentes de Genève, miſe en vers par un jeune franc-
comtois, qui paraît promettre beaucoup. Ses talens
ſeront encouragés ſans doute par tous les gens de
lettres, qui ne ſont jamais jaloux les uns des autres,
qui courent tous avec candeur au devant du mérite
naiſſant, qui n'ont jamais fait la moindre cabale
pour faire tomber les pièces nouvelles, jamais écrit
la moindre impoſture, jamais accuſé perſonne de
ſentimens erronés ſur la grace prévenante, jamais
attribué à d'autres leurs obſcurs écrits, & jamais
emprunté de l'argent du jeune auteur en queſtion,
pour faire imprimer contre lui de petits avertiſſe-
mens ſcandaleux.

Nous recommandons ce poëme à la protection
des eſprits fins & éclairés, qui abondent dans notre
province. Nous ne nous flattons pas que le ſieur
d'*Hémeri* (*) & le nommé *Bruyſet Ponthus*, marchand
libraire à Lyon, le laiſſent arriver juſqu'à Paris.
On imprime aujourd'hui dans les provinces uniquement pour les provinces : Paris eſt une ville trop
occupée d'objets ſérieux, pour être ſeulement informée
de la guerre de Genève. L'opéra comique, le ſinge
de *Nicolet*, les romans nouveaux, les actions des

(*) Inſpecteur de police & de la librairie de Paris.

fermes & les actrices de l'opéra fixent l'attention de
Paris avec tant d'empire, que perfonne n'y fait, ni
fe foucie de favoir ce qui fe paffe au grand Caire,
à Conftantinople, à Mofcou & à Genève. Mais
nous efpérons d'être lus des beaux efprits du pays
de Gex, des Savoyards, des petits cantons fuiffes,
de M. l'abbé de *St Gall*, de M. l'évêque d'Annecy &
de fon chapitre, des révérends pères carmes de
Fribourg, &c. &c. &c. *Contenti paucis lectoribus.*

Nous avons fuivi la nouvelle orthographe mitigée
qui retranche les lettres inutiles, en confervant celles
qui marquent l'étymologie des mots. Il nous a paru
prodigieufement ridicule d'écrire *françois*, de ne pas
diftinguer les *Français* de *St François d'Affife* : de ne
pas écrire anglais & écoffais par un *a*, comme on
orthographie *portugais*. Il nous femble palpable que,
quand on prononce *j'aimais*, *je fefais*, *je plaifais* avec
un *a*, comme on prononce *je hais*, *je fais*, *je plais*, il eft
tout à fait impertinent de ne pas mettre un *a* à tous
ces mots & de ne pas orthographier de même ce
qu'on prononce abfolument de même.

S'il y a des imprimeurs qui fuivent encore l'ancienne routine, c'eft qu'ils compofent avec la main
plus qu'avec la tête. Pour moi, quand je vois un
livre où le mot *Français* eft imprimé avec un *o*,
j'avertis l'auteur que je jette là le livre, & que je ne
le lis point.

J'en dis autant à *le Breton*, imprimeur de l'almanach
royal : je ne lui payerai point l'almanach qu'il m'a
vendu cette année. Il a eu la groffièreté de dire que
M. le préfident. . . M. le confeiller. . . demeure dans

le *cul de fac* de Menard, dans le *cul de fac* des blancs Manteaux, dans le *cul de fac* de l'Orangerie. Jufqu'à quand les Velches croupiront-ils dans leur ancienne barbarie !

Hodieque manent veftigia ruris.

Comment peut-on dire qu'un grave préfident demeure dans un cul ? paffe encore pour *Fréron* : on peut habiter dans le lieu de fa naiffance ; (*) mais un préfident, un confeiller ! fi ! M. *le Breton;* corrigez-vous, fervez-vous du mot *impaffe* qui eft le mot propre ; l'expreffion ancienne eft *impaffe*. Feu mon coufin *Guillaume Vadé*, de l'académie de Befançon, vous en avait averti. Vous ne vous êtes pas plus corrigé que nos plats auteurs à qui l'on montre en vain leurs fottifes ; ils les laiffent fubfifter, parce qu'ils ne peuvent mieux faire. Mais vous, M. *le Breton*, qui avez du génie, comment, dans le feul ouvrage où un illuftre académicien dit que la vérité fe trouve, pouvez-vous gliffer une infamie qui fait rougir les dames à qui nous devons tous un fi profond refpeçt ? Par Notre-Dame, M. *le Breton*, je vous attends à l'année 1769 !

(*) Voyez *Le pauvre diable*, ouvrage en vers aifés, de feu mon coufin *Vadé :*

Je m'accoftai d'un homme à lourde mine, &c.

PREMIER POST-SCRIPT,

A André Prault , Libraire , quai des Augustins.

Monsieur *André Prault*, vous avertissez le public, dans l'Avant-coureur, N° 9, du lundi, 29 février 1768, que M. *le Franc de Pompignan* ayant magnifiquement & superbement fait imprimer ses cantiques sacrés à ses dépens, vous les avez offerts d'abord pour dix-huit livres, ensuite pour seize ; puis vous les avez mis à douze, puis à dix ; enfin vous les cédez pour huit francs , & vous avez dit dans votre boutique :

Sacrés ils sont, car personne n'y touche.

Je vous donnerai six francs d'un exemplaire bien relié, pourvu que vous n'appeliez jamais *cul de lampe* les ornemens , les vignettes , les cartouches , les fleurons. Vous êtes parfaitement instruit qu'il n'y a nul rapport d'un fleuron à un cul, ni d'un cul à une lampe. Si quelque critique demande pourquoi je répète ces leçons utiles, je réponds que je répéterai jusqu'à ce qu'on se soit rangé à son devoir.

SECOND POST-SCRIPT,

A M. Panckouke.

Et vous, M. *Panckouke* , qui avez offert par sou-scription le recueil de l'Année littéraire de maître *Aliboron* dit *Fréron*, à dix sous le volume relié, sachez que cela est trop cher : deux sous & demi, s'il vous plaît, M. *Panckouke*, & je placerai dans ma chaumière cet ouvrage entre *Cicéron* & *Quintilien*. Je me forme une affez belle bibliothèque dont je parlerai inceffamment au roi ; mais je ne veux pas me ruiner.

TROISIEME POST-SCRIPT,

Au même.

JE ne veux pas vous ruiner non plus. J'apprends que vous imprimez mes fadaifes in-4° comme un ouvrage de bénédictin, avec eftampes, fleurons & point de culs de lampe. De quoi vous avifez-vous ? On aime affez les eftampes dans ce fiècle ; mais pour les gros recueils, perfonne ne les lit. Ne faites-vous pas quelquefois réflexion à la multitude innombrable de livres qu'on imprime tous les jours en Europe ? Les plaines de Beauce ne pourraient pas les contenir : & n'était le grand ufage qu'on en fait dans votre ville au haut des maifons, il y aurait mille fois plus de livres que de gens qui ne favent pas lire. La rage de mettre du noir fur du blanc, comme dit *Sady*, le *Scribendi cacoethes*, comme dit *Horace*, eft une maladie dont j'ai été attaqué & dont je veux abfolument me guérir ; tâchez de vous défaire de celle d'imprimer. Tenez-vous-en au moins, en fait de belles lettres, au fiècle de *Louis XIV*.

M. d'*Aquin*, que j'aime & que j'eftime, a célébré, à mon exemple, le fiècle préfent, comme j'ai broché le paffé : il a fait un relevé des grands hommes d'aujourd'hui. On y trouve dix-huit maîtres d'orgues &

quinze joueurs de violon, Mlle *Petit-pas*, Mlle *Péliſſier*, Mlle *Chevalier*, M. *Cahuſac*, pluſieurs baſſes-tailles, quelques hautes-contre, neuf danſeurs, autant de danſeuſes. Tous ces talens ſont fort agréables, & les jeunes gens comme moi en ſont fort épris. Mais peut-être le ſiècle des *Condé*, des *Turenne*, des *Luxembourg*, des *Colbert*, des *Fénélon*, des *Boſſuet*, des *Corneille*, des *Racine*, des *Boileau*, des *Molière*, des *la Fontaine* avait-il quelque choſe de plus impoſant. Je puis me tromper; je me défie toujours de mon opinion, & je m'en rapporte à M. *d'Aquin*.

LA

GUERRE CIVILE

DE GENEVE.

CHANT PREMIER.

Auteur fublime, inégal & bavard, (*a*)
Toi qui chantas le rat & la grenouille,
Daigneras-tu m'inftruire dans ton art?
Poliras-tu les vers que je barbouille?
O Taffoni! (*b*) plus long dans tes difcours,
De vers prodigue & d'efprit fort avare,
Me faudra-t-il, dans mon deffein bizarre,
De tes langueurs implorer le fecours?
Grand Nicolas, (*c*) de Juvénal émule,
Peintre des mœurs, furtout du ridicule,
Ton ftyle pur aurait pu me tenter;
Il eft trop beau, je ne puis l'imiter.
A fon génie il faut qu'on s'abandonne.
Suivons le nôtre, & n'invoquons perfonne.
    Au pied d'un mont (*d*) que les temps ont pelé,
Sur le rivage où, roulant fa belle onde,
Le Rhône échappe à fa prifon profonde,
Et court au loin par la Saône appelé,
On voit briller la cité genevoife,
Noble cité, riche, (*e*) fière & fournoife.
On y calcule & jamais on n'y rit.
L'art de Barême eft le feul qui fleurit: (*f*)

On hait le bal, on hait la comédie.
Du grand Rameau l'on ignore les airs :
Pour tout plaisir Genève psalmodie
Du bon David les antiques concerts,
Croyant que D i e u se plaît aux mauvais vers : (g)
Des prédicans la morne & dure espèce
Sur tous les fronts à gravé la tristesse.

   C'est en ces lieux que maître Jean Calvin
Savant picard, opiniâtre & vain,
De Paul apôtre impudent interprète,
Disait aux gens que la vertu parfaite
Est inutile au salut du chrétien,
Que D i e u fait tout, & l'honnête homme rien.
Ses successeurs en foule s'attachèrent
A ce grand dogme & très-mal le prêchèrent.
Robert Covelle était d'un autre avis ;
Il prétendait que D i e u nous laisse faire,
Qu'il va donnant châtiment ou salaire
Aux actions, sans gêner les esprits.
Ses sentimens étaient assez suivis
Par la jeunesse aux nouveautés encline.
Robert Covelle, au sortir d'un sermon
Qu'avait prêché l'insipide Brognon, (h)
Grand défenseur de la vieille doctrine,
Dans un réduit rencontra Catherine
Aux grands yeux noirs, à la fringante mine,
Qui laissait voir un grand tiers de teton
Rebondissant sous sa mince étamine.
Chers habitans de ce petit canton,
Vous connaissez le beau Robert Covelle,
Son large nez, son ardente prunelle,

Son front altier, ſes jarrets bien diſpos,
Et tout l'eſprit qui brille en ſes propos.
Jamais Robert ne trouva de cruelle.
Voici les mots qu'il dit à ſa pucelle :
Mort de Calvin ! quel ennuyeux prêcheur
Vient d'annoncer à ſon ſot auditoire
Que l'homme eſt faible, & qu'un pauvre pécheur
Ne fit jamais une œuvre méritoire ?
J'en veux faire une; il dit, & dans l'inſtant,
O Catherine ! il vous fait un enfant.
Ainſi Neptune, en rencontrant Phillire,
Ou Jupiter, voyant au fond des bois
La jeune Io pour la première fois,
Ont abrégé le temps de leur martyre;
Ainſi David, vainqueur du Philiſtin,
Vit Betzabée, & lui planta ſoudain,
Sans ſoupirer, dans ſon pudique ſein
Un Salomon & toute ſon engeance;
Ainſi Covelle en ſes amours commence;
Ainſi les rois, les héros & les Dieux
En ont agi ; le temps eſt précieux.

   Bientôt Catin, dans ſa taille arrondie,
Manifeſta les œuvres de Robert.
Les gens malins ont l'œil toujours ouvert;
Et le ſcandale a la marche étourdie.
Tout fut ému dans les murs genevois
Du vieux picard ; (i) on conſulta les lois,
On convoqua le ſacré conſiſtoire.
Trente pedans en robe courte & noire
Dans leur taudis vont ſiéger après boire ;
Prêts à dicter leur arrêt ſolennel.
Ce n'était pas le ſénat immortel

Qui s'affemblait fur la voûte éthérée,
Pour juger Mars avec fa Cythérée, (*k*)
Surpris tous deux l'un fur l'autre étendus,
Tout palpitans , & s'embraffant tous nus.
La Catherine avait caché fes charmes ;
Covelle auffi , de peur d'humilier
Le Sanhédrin trop prompt à l'envier ,
Cache avec foin fes redoutables armes.

Du noir fénat le grave directeur
Eft Jean Vernet, (*l*) de maint volume auteur ;
Le vieux Vernet , ignoré du lecteur ,
Mais trop connu des malheureux libraires.
Dans fa jeuneffe il a lu les faints pères ,
Se croit favant, affecte un air dévot.
Broun eft moins fat , & Néedham eft moins fot. (*m*)
Les deux amans devant lui comparaiffent.
A ces objets , à ces péchés charmans ,
Dans fa vieille ame en tumulte renaiffent
Les fouvenirs des tendres paffe-temps
Qu'avec Javotte il eut dans fon printemps.
Il interroge ; & fa rare prudence
Pèfe à loifir fur chaque circonftance ,
Le lieu , le temps , le nombre , la façon.
L'amour , dit-il , eft l'œuvre du démon.
Gardez-vous bien de la perfévérance ,
Et dites-moi fi les tendres défirs
Ont fubfifté par delà les plaifirs.

Catin fubit fon interrogatoire ,
Modeftement jaloufe de fa gloire ,
Non fans rougir ; car l'aimable pudeur
Eft fur fon front comme elle eft dans fon cœur.

Elle dit tout, rend tout clair & palpable,
Et fait ferment que fon amant aimable
Eft toujours gai, devant, durant, après.
Vernet, content de ces aveux difcrets,
Va prononcer la divine fentence.
Robert Covelle, écoutez à genoux ....
A genoux moi!... *vous-même....* Qui? moi!... *vous.*
A vos vertus joignez l'obéiffance.

   Covelle alors, à fa mâle éloquence
Donnant l'effor & ranimant fon feu,
Dit: "Je fléchis les genoux devant D I E U,
 " Non devant l'homme, & jamais ma patrie
 " A mon grand nom ne pourra reprocher
 " Tant de baffeffe & tant d'idolâtrie.
 " J'aimerais mieux périr fur le bûcher
 " Qui de Servet à confumé la vie;
 " J'aimerais mieux mourir avec Jean Hus,
 " Avec Chauffon (*n*) & tant d'autres élus,
 " Que m'avilir à rendre à mes femblables
 " Un culte infame & des honneurs coupables.
 " J'ignore encor tout ce que votre efprit
 " Peut en fecret penfer de JESUS-CHRIST; (*o*)
 " Mais il fut jufte & ne fut point févère.
 " J E S U S fit grace à la femme adultère;
 " Il dédaigna de tenir à fes pieds
 " Ses doux appas de honte humiliés.
 " Et vous, pédans, cuiftres de l'évangile,
 " Qui prétendez remplacer en fierté
 " Ce qui chez vous manque en autorité,
 " Nouveaux venus, troupe vaine & futile,
 " Vous oferiez exiger un honneur
 " Que refufa J E S U S-C H R I S T mon Sauveur!

,, Tremblez, ceffez d'infulter votre maître....

,, Tu veux parler, tais-toi, Vernet.... Peut-être

,, Me diras-tu qu'aux murs de Saint-Médard,

,, Trente prélats, tous dignes de la hart,

,, Pour exalter leur facré caractère,

,, Firent feffer Louis le débonnaire, (*p*)

,, Sur un cilice étendu devant eux.

,, Louis était plus bête que pieux.

,, La difcipline en ces jours odieux

,, Etait d'ufage, & nous venait du Tibre.

,, C'était un temps de fottife & d'erreur.

,, Ce temps n'eft plus; & fi ce deshonneur

,, A commencé par un vil empereur,

,, Il finira par un citoyen libre. ,, (1)

A ce difcours, tous les bons citadins,

Preffés en foule à la porte applaudirent,

Comme autrefois les chevaliers romains

Battaient des pieds & claquaient des deux mains

Dans le forum, alors qu'ils entendirent

De Cicéron les beaux difcours diffus

Contre Verrès, Antoine & Cétégus, (*q*)

Ses tours nombreux, fon éloquente emphafe;

Et les grands mots qui terminaient fa phrafe,

Tel de plaifir le parterre enivré

Fit retentir les clameurs de la joie,

Quand l'*Ecoffaife* abandonnait en proie,

Aux ris moqueurs du public éclairé

Ce lourd Fréron, (*r*) diffamé par la ville,

Comme un bâtard du bâtard de Zoïle.

Six cents bourgeois proclamèrent foudain

Robert Covelle heureux vainqueur des prêtres,

Et défenfeur des droits du genre humain.

Chacun

Chacun embraffe & Robert & Catin ;
Et dans leur zèle ils tiennent pour des traîtres
Les prédicans qui, de leurs droits jaloux,
Dans la cité voudraient faire les maîtres,
Juger l'amour , & parler de genoux.
    Ami lecteur, il eſt dans cette ville
De magiſtrats un fénat peu commun,
Et peu connu. Deux fois douze, plus un,
Font le complet de cette troupe habile.
Ces fénateurs, de leur place ennuyés,
Vivent d'honneur, & font fort mal payés.
On ne voit point une pompe orgueilleuſe
Environner leur marche faſtueuſe ;
Ils vont à pied comme les Manlius,
Les Curius & les Cincinnatus.
Pour tout éclat une énorme perruque
D'un long boudin cache leur vieille nuque,
Couvre l'épaule & retombe en anneaux ;
Cette crinière a deux pendans égaux,
De la juſtice emblême refpectable.
Leur col eſt roide ; & leur front vénérable
N'a jamais fu pencher d'aucun côté,
Signe d'efprit, & preuve d'équité.
Les deux partis devant eux fe préfentent,
Plaident leur caufe, infiſtent, argumentent :
De leurs clameurs le tribunal mugit ;
Et plus on parle, & moins on s'éclaircit.
L'un fe prévaut de la fainte écriture ;
L'autre en appelle aux lois de la nature ;
Et tous les deux décochent quelque injure,
Pour appuyer le droit & la raifon.
    Dans le fénat il était un Caton ,

Poëmes.   V

Paul Galatin, fyndic de cette année,
Qui crut l'affaire en ces mots terminée.
   ,, Vos différens pourraient s'accommoder.
,, Vous avez tous l'art de perfuader.
,, Les citoyens & l'éloquent Covelle
,, Ont leurs raifons... les vôtres ont du poids...
,, C'eft ce qui fait... l'objet de la querelle...
,, Nous en pourrons parler une autre fois...
,, Car... en effet... il eft bon qu'on s'entende....
,, Il faut favoir ce que chacun demande....
,, De tout état l'Eglife eft le foutien...
,, On doit furtout penfer au... citoyen....
,, Les blés font chers & la difette eft grande.
,, Allons dîner... les genoux n'y font rien.,,(s)
   A ce difcours, à cet arrêt fuprême,
Digne en tout fens de Thémis elle-même,
Les deux partis également flattés,
Egalement l'un & l'autre irrités,
Sont réfolus de commencer la guerre.
O guerre horrible! ô fléau de la terre!
Que deviendront Covelle & fes amours?
Des bons bourgeois le bras les favorife;
Mais les bourgeois font un faible fecours
Quand il s'agit de combattre l'Eglife.
Leur premier feu bientôt fe ralentit,
Et pour l'éteindre un dimanche fuffit.
Au cabaret on eft fier, intrépide;
Mais au fermon qu'on eft fot & timide!
Qui parle feul a raifon trop fouvent.
Sans rien rifquer fa voix peut nous confondre.
Un temps viendra qu'on pourra lui répondre;
Ce temps eft proche, & fera fort plaifant.

NOTES DU PREMIER CHANT.

(*a*) Homere, qui a fait le combat des grenouilles & des rats.

(*b*) L'auteur de la Secchia rapita , ou de la terrible guerre entre Bologne & Modène , pour un feau d'eau.

(*c*) *Nicolas Boileau.*

(*d*) La montagne de Salève , partie des Alpes.

(*e*) Les feuls citoyens de Genève ont quatre millions cinq cents mille livres de rentes fur la France, en divers effets. Il n'y a point de ville en Europe qui dans fon territoire ait autant de jolies maifons de campagne , proportion gardée. Il y a cinq cents fourneaux dans Genève , où l'on fond l'or & l'argent : on y pouffait autrefois des argumens théologiques.

(*f*) Auteur des comptes-faits.

(*g*) Ces vers font dignes de la mufique ; on y chante les commandemens de Dieu fur l'air : *Réveillez-vous , belle endormie.*

(*h*) Prédicant génevois.

(*i*) *Calvin* , chanoine de Noyon.

(*k*) Le foleil , comme on fait, découvrit *Vénus* couchée avec *Mars* , & *Vulcain* porta fa plainte au confiftoire de là-haut.

(*l*) *Vernet* , profeffeur en théologie , très-plat écrivain, fils d'un réfugié. Nous avons fes lettres originales , par lefquelles il pria l'auteur de l'*Effai fur les mœurs* de le gratifier de l'édition , & de l'accepter pour correcteur d'imprimerie. Il fut refufé & fe jeta dans la politique.

(m) *Broun* , prédicant écoffais , qui a écrit des fottifes & des injures, de compagnie avec *Vernet.* Ce prédicant écoffais venait fouvent manger chez l'auteur, fans être prié ; & c'eft ainfi qu'il témoigna fa reconnaiffance. *Néedham* eft un jéfuite irlandais , imbécille , qui a cru faire des anguilles avec de la farine. On a donné quelque temps dans la chimère , & quelques philofophes même ont bâti ce fyftème fur cette prétendue expérience auffi fauffe que ridicule.

Voyez une note des éditeurs fur Néedham , volume de *Phyfique.*

V 2

(*n*) *Chauſſon* , fameux partiſan d'*Alcibiade* , d'*Alexandre* , de *Jules-Céſar* , de *Giton* , de *Desfontaines* , de *l'âne littéraire* , brûlé chez les Velches , au dix-ſeptième ſiècle.

(*o*) Voyez l'article *Genève* , dans l'Encyclopédie. Jamais *Vernet* n'a ſigné que J E S U S eſt D I E U conſubſtantiel à D I E U le père. A l'égard de l'Eſprit , il n'en parle pas.

(*p*) Voyez l'hiſtoire de l'Empire & de France.

(*q*) *Cetegus* , complice de *Catilina*.

(*r*) Maître *Aliboron* , dit *Fréron* , était à la première repréſentation de l'Ecoſſaiſe. Il fut hué pendant toute la pièce , & reconduit chez lui par le public avec des huées.

(*s*) C'eſt le refrain d'une chanſon grivoiſe , *& lon , lan , la , les genoux n'y font rien.*

(*t*) Il eſt très - vrai que les miniſtres citèrent à *Covelle* l'exemple de *Louis le débonnaire* ou *le faible* , & qu'il leur fit cette réponſe.

CHANT SECOND.

QUAND deux partis divifent un empire,
Plus de plaifirs, plus de tranquillité,
Plus de tendreffe & plus d'honnêteté ;
Chaque cerveau, dans fa moëlle infecté,
Prend pour raifon les vapeurs du délire ;
Tous les efprits, l'un par l'autre agité,
Vont redoublant le feu qui les infpire :
Ainfi qu'à table un cercle de buveurs,
Fefant au vin fuccéder les liqueurs,
Tout en buvant demande encore à boire,
Verfe à la ronde, & fe fait une gloire
En s'enivrant d'enivrer fon voifin.

Des prédicans le bataillon divin,
Ivre d'orgueil & du pouvoir fuprême,
Avait déjà prononcé l'anathême ;
Car l'hérétique excommunie auffi.
Ce facré foudre eft lancé fans merci
Au nom de DIEU. Genève imite Rome,
Comme le finge eft copifte de l'homme.
Robert Covelle & fes braves bourgeois
Font peu de cas des foudres de l'Eglife :
On en fait trop ; on lit l'Efprit des lois.
A fon pafteur l'ouaille eft peu foumife.
Le fier Rodon, l'intrépide Flournois,
Pallard le riche, & le difcret Clavière
Vont envoyer, d'une commune voix,
Les prédicans prêcher dans la rivière.

V 3

On s'y difpofe, & le vaillant Rodon
Saifit déjà le fot prêtre Brognon
A la braguette, au collet, au chignon;
Il le foulève, ainfi qu'on vit Hercule,
En déchirant la robe qui le brûle,
Lancer d'un jet le malheureux Licas.

Mais, ô prodige! & qu'on ne croira pas,
Tel eft l'ennui dont la fage nature
Dota Brognon, que fa feule figure,
Peut affoupir, & même fans prêcher,
Tout citoyen qui l'oferait toucher.
Maître Brognon reffemble à la torpille;
Elle engourdit les mains des matelots
Qui de trop près la fuivent fur les flots.
Rodon s'endort, & Pallard le fecoue;
Brognon gémit étendu dans la boue.

Tous les pafteurs étaient faifis d'effroi.
Ils criaient tous au fecours, à la loi!
A moi, chrétiens, femmes, filles, à moi!
A leurs clameurs une troupe dévote,
Se rajuftant, defcend de fon grenier,
Et crie, & pleure, & fe retrouffe, & trotte,
Et porte en main Saurin (a) & le pfautier:
Et les enfans vont pleurant après elles;
Et les amans, donnant le bras aux belles,
Diacre, maçon, corroyeur, pâtiffier,
D'un flot fubit inondent le quartier.
La preffe augmente, on court, on prend les armes;
Qui n'a rien vu donne le plus d'alarmes.
Chacun penfe être à ce jour fi fatal
Où l'ennemi, qui s'y prit affez mal,

Aux pieds des murs vint planter ſes échelles, (b)
Pour tuer tout excepté les pucelles.
Dans ce fracas le ſage & doux Dolot
Fait un grand ſigne & d'abord ne dit mot.
Il eſt aimé des grands & du vulgaire;
Il eſt poëte, il eſt apothicaire,
Grand philoſophe, & croit en DIEU pourtant;
Simple en ſes mœurs, il eſt toujours content,
Pourvu qu'il rime & pourvu qu'il rempliſſe
De ſes beaux vers le Mercure de Suiſſe.
Dolot s'avance; & dès qu'on s'aperçut
Qu'il prétendait parler à des viſages,
On l'entoura, le déſordre ſe tut.
,, Meſſieurs, dit-il, vous êtes nés tous ſages;
Ces mouvemens ſont des convulſions;
C'eſt dans le foie, & ſurtout dans la rate
Que Gallien, Nicomaque, Hippocrate,
Tous gens ſavans, placent les paſſions.
L'ame eſt du corps la très-humble ſervante;
Vous le ſavez, les eſprits animaux
Sont fort légers, & s'en vont aux cerveaux
Porter le trouble avec l'humeur peccante:
Conſultons tous le célébre Tronchin;
Il connaît l'ame, il eſt grand médecin;
Il peut beaucoup dans cette épidémie. ,,
Tronchin ſortait de ſon académie,
Lorſque Dolot diſait ces derniers mots.
Sur ſon beau front ſiége le doux repos;
Son nez romain dès l'abord en impoſe;
Ses yeux ſont noirs, ſes lèvres ſont de roſe;
Il parle peu, mais avec dignité.
Son air de maître eſt plein d'une bonté

V 4

Qui tempérait la fplendeur de fa gloire.
Il va tâtant le pouls du confiftoire
Et du confeil, & des plus gros bourgeois.

Sur eux à peine il a placé fes doigts,
O de fon art merveilleufe puiffance !
O vanités ! ô fatale fcience !
La fiévre augmente ; un délire nouveau
Avec fureur attaque tout cerveau. (c)
J'ai vu fouvent près des rives du Rhône
Un ferviteur de Flore & de Pomone,
Par une digue arrêtant de fes mains
Le flot bruyant qui fond fur fes jardins :
L'onde s'irrite, & brifant fa barrière,
Va ravager les œillets, les jafmins
Et des melons la couche printanière.
Telle eft Genève ; elle ne peut fouffrir
Qu'un médecin prétende la guérir ;
Chacun s'émeut, & tous donnent au diable
Le grand Tronchin avec fa mine affable :
Du genre humain voilà le fort fatal.
Nous buvons tous dans une coupe amère
Le jus du fruit que mangea notre mère ;
Et du bien même il naît encore du mal.
Lui, d'un pas grave, & d'une marche lente,
Laiffe gronder la troupe turbulente,
Monte en carroffe, & s'en va dans Paris
Prendre fon rang parmi les beaux efprits.

Genève alors eft en proie au tumulte,
A la menace, à la crainte, à l'infulte.
Tous contre tous, Bitet contre Bitet ;
Chacun écrit, chacun fait un projet ;

On repréfente & puis on repréfente ;
A penfer creux tout bourgeois fe tourmente ;
Un prédicant donne à l'autre un foufflet ;
Comme la horde à Moïfe attachée
Vit autrefois, à fon très-grand regret,
Sédékia, prophète peu difcret,
Qui fouffletait le prophète Michée. (d)

Quand le foleil, fur la fin d'un beau jour,
De fes rayons dore encor nos rivages,
Que Philomèle enchante nos bocages,
Que tout refpire & la paix & l'amour,
Nul ne prévoit qu'il viendra des orages.
D'où partent-ils ? dans quels antres profonds
Etaient cachés les fougueux aquilons ?
Où dormaient-ils ? quelle main fur nos têtes
Dans le repos retenait les tempêtes ?
Quel noir démon foudain trouble les airs ?
Quel bras terrible a foulevé les mers ?
On n'en fait rien. Les favans ont beau dire
Et beau rêver ; leurs fyflêmes font rire :
Ainfi Genève, en ces jours pleins d'effroi,
Etait en guerre, & fans favoir pourquoi.

Près d'une églife à Pierre confacrée,
Très-fale églife, & de Pierre abhorrée ;
Sur un vieux mur eft un vieux monument,
Refte maudit d'une Déeffe antique,
Du paganifme ouvrage fantaftique,
Dont les enfers animaient les accens,
Lorfque la terre était fans prédicans.
DIEU quelquefois permet qu'à cette idole
L'efprit malin prête encor fa parole.

Les Génevois confultent ce démon,
Quand par malheur ils n'ont point de fermon.
Ce diable antique eft nommé l'Inconftance:
Elle a toujours confondu la prudence.
Une girouette, expofée à tout vent,
Eft à la fois fon trône & fon emblême;
Cent papillons forment fon diadême.
Par fon pouvoir magique & décevant
Elle envoya Charles-Quint au couvent,
Jules fecond aux travaux de la guerre;
Fit Amédée & moine, & pape, & rien; (e)
Bonneval turc, (f) & Makarti chrétien. (g)
Elle eft fêtée en France, en Angleterre.
Contre l'ennui fon charme eft un fecours.
Elle a, dit-on, gouverné les amours:
S'il eft ainfi, c'eft gouverner la terre.
Monfieur Rillet, (h) dont l'efprit eft vanté;
Eft fort dévot à cette Déité;
Il eft profond dans l'art de l'ergotifme;
En quatre parts il vous coupe un fophifme;
Prouve & refute, & rit d'un ris malin
De faint Thomas, de Paul & de Calvin.
Il ne fait pas grand ufage des filles,
Mais il les aime. Il trouve toujours bon
Que du plaifir on leur donne leçon,
Quand elles font honnêtes & gentilles;
Permet qu'on change & de fille & d'amant,
De vins, de mode & de gouvernement.

» Amis, dit-il, alors que nos penfées
Sont au droit fens tout-à-fait oppofées,
Il eft certain, par le raifonnement,
Que le contraire eft un bon jugement;

Et qui s'obſtine à ſuivre ſes viſées
Toujours du but s'écarte ouvertement.
Pour être ſage il faut être inconſtant.
Qui toujours change, une fois au moins trouve
Ce qu'il cherchait ; & la raiſon l'approuve.
A ma Déeſſe allez offrir vos vœux ;
Changez toujours, & vous ferez heureux. »

    Ce beau diſcours plut fort à la commune.
Si les Romains adoraient la Fortune,
Diſait Rillet, on peut avec honneur
Prier auſſi l'Inconſtance ſa ſœur.
Un peuple entier ſuit avec alégreſſe
Rillet qui vole aux pieds de la Déeſſe.
On s'agenouille, on tourne à ſon autel.
La Déité, tournant comme eux ſans ceſſe,
Dicte en ces mots ſon arrêt ſolennel :

    » Robert Covelle, allez trouver Jean-Jacques,
» Mon favori, qui devers Neuchatel,
» Par paſſe-temps, fait aujourd'hui ſes pâques. (i)
» C'eſt le ſoutien de mon culte éternel.
» Toujours il tourne, & jamais ne rencontre;
» Il vous ſoutient & le pour & le contre
» Avec un front de pudeur dépouillé.
» Cet étourdi ſouvent a barbouillé
» De plats romans, de fades comédies,
» Des opéra, de minces mélodies :
» Puis il condamne en ſtyle entortillé
» Les opéra, les romans, les ſpectacles.
» Il vous dira qu'il n'eſt point de miracles;
» Mais qu'à Veniſe il en a fait jadis.
» Il ſe connaît finement en amis ;

,, Il les embraffe & pour jamais les quitte.

,, L'ingratitude eft fon premier mérite.

,, Par grandeur d'ame il hait fes bienfaiteurs :

,, Verfez fur lui les plus nobles faveurs,

,, Il frémira qu'un homme ait la puiffance,

,, La volonté , la coupable impudence

,, De l'avilir en lui fefant du bien.

,, Il tient beaucoup du naturel d'un chien :

,, Il jappe & fuit , & mord qui le careffe.

,, Ce qui furtout me plaît & m'intéreffe,

,, C'eft que de feéte il a changé trois fois

,, En peu de temps , pour faire un meilleur choix.

,, Allez , volez, Catherine, Covelle,

,, Dans votre guerre engagez mon héros ;

,, Le Dieu du lac vous attend fur fes flots.

,, En vain mon fort eft d'aimer les tempêtes :

,, Puiffe Borée, enchaîné fur vos têtes,

,, Abandonner au fouffle des Zéphyrs

,, Et votre barque & vos charmans plaifirs !

,, Soyez toujours amoureux & fidèles,

,, Et jouiffans. C'eft fans doute un fouhait

,, Que jufqu'ici je n'avais jamais fait ;

,, Je ne voulais que des amours nouvelles ;

,, Mais ma nature étant le changement,

,, Pour votre bien je change en ce moment.

,, Je veux enfin qu'il foit dans mon empire

,, Un couple heureux fans infidélité,

,, Qui toujours aime & qui toujours défire.

,, On l'ira voir un jour par rareté.

,, Je veux donner , moi , qui fuis l'Inconftance,

,, Ce rare exemple ; il eft fans conféquence ;

,, J'empêcherai qu'il ne foit imité.

,, Je fuis vrai pape, & je donne difpenfe,
,, Sans déroger à ma légèreté.
,, Ne doutez point de ma divinité.
,, Mon vatican, mon églife eft en France. ,,
Difant ces mots la Déeffe bénit
Les deux amans, & le peuple applaudit.

A cet oracle, à cette voix divine,
Le beau Robert, la belle Catherine
Vers la girouette avancèrent tous deux,
En fe donnant des baifers amoureux.
Leur tendre flamme en était augmentée;
Et la girouette un moment arrêtée
Ne tourna point, & fe fixa pour eux.

Les deux amans font prêts pour le voyage.
Un peuple entier les conduit au rivage ;
Le vaiffeau part. Zéphyre & les Amours
Sont à la poupe & dirigent fon cours,
Enflent la voile, & d'un battement d'aile
Vont careffant Catherine & Covelle.
Tels, en allant fe coucher à Paphos,
Mars & Vénus ont vogué fur les flots ;
Tels Amphitrite & le puiffant Nérée
Ont fait l'amour fur la mer azurée.

Les bons bourgeois au rivage affemblés
Suivaient de l'œil ce couple fi fidèle :
On n'entendait que les cris redoublés
De liberté, de Catin, de Covelle.

Parmi la foule il était un favant
Qui fur ce cas rêvait profondément,
Et qui tirait un fort mauvais préfage
De ce tumulte & de ce beau voyage.

Meffieurs, dit-il, je fuis vieux, & j'ai vu
Dans ce pays bon nombre de fottifes :
Je fus foldat, prédicant & cocu ;
Je fus témoin des plus terribles crifes :
Mon bifaïeul a vû mourir Calvin ;
J'aime Covelle, & furtout fa Catin ;
Elle eft charmante, & je fais qu'elle brille
Par fon efprit comme par fes attraits :
Mais, croyez-moi, fi vous aimez la paix,
Allez fouper avec madame Oudrille.

Notre favant, ayant ainfi parlé,
Fut du public impudemment fifflé.
Il n'en tint compte. Il répétait fans ceffe
Madame Oudrille... on l'entoure, on le preffe :
Chacun riait des difcours du barbon ;
Et cependant lui feul avait raifon.

NOTES ET VARIANTE

DU SECOND CHANT.

(*a*) Les fermons de *Saurin*, prédicant à la Haie, connu pour une petite efpiéglerie qu'il fit à milord *Portland*, en faveur d'une fille ; ce qui déplut fort au *Portland*, lequel ne paffait cependant pas pour aimer les filles.

(*b*) L'efcalade de Genève, le 12 décembre 1602.

(*c*) Les Génevois tombent en frénéfie,
Dans le Sénat & dans la bourgeoifie ;
Bientôt le mal devient contagieux :
L'un tord le bras, l'autre roule les yeux ;
Un autre écume, & tous donnent au diable
Le grand Tronchin avec fa mine affable.
Jamais fon art ne parut plus fatal :
Qui veut guérir fait fouvent bien du mal.
Lui, d'un pas grave, &c.

(*d*) Voyez les Paralipomènes, chap. 18, verf. 23. Or *Sédékia*, fils de *Kanaa*, s'approcha de *Michée*, lui donna un foufflet, & lui dit: Par où l'efprit du Seigneur a-t-il paffé pour aller de ma main à ta joue? (& felon la Vulgate, de toi à moi.)

(*e*) *Amédée*, duc de favoie, retiré à Ripaille, devenu anti-pape.

(*f*) Le comte de *Bonneval*, général en Allemagne, & bacha en tur-quie, fous le nom d'*Ofman*.

(*g*) L'Abbé *Makarti*, irlandais, prieur en Bretagne, fodomifte, fimo-niaque, puis turc. Il emprunta, comme on fait, à l'auteur de ce grave poëme, 2000 livres, avec lefquelles il s'alla faire circoncire. Il a rechriftianifé depuis, & eft mort à Lisbonne.

(*h*) Celui que l'auteur défigne par le nom de *Rillet*, eft en effet un homme d'efprit, qui joint à une dialectique profonde beaucoup d'imagination.

(*i*) *Jean-Jacques Rouffeau* communiait en effet alors dans le village de Moutiers-Travers, diocèfe de Neuchatel. Il imprima une lettre dans laquelle il dit *qu'il pleurait de joie à cette fainte cérémonie*. Le lendemain il écrivit une lettre fanglante contre le prédicant qui l'avait, dit-il, très-mal com-munié; le furlendemain il fut lapidé par les petits garçons, & ne communia plus. Il avait commencé par fe faire papifte à Turin, puis il fe refit calvinifte à Genève; puis il alla à Paris faire des comédies; puis il écrivit à l'auteur qu'il le ferait pourfuivre au confiftoire de Genève, pour avoir fait jouer la comédie fur terre de France, dans fon château, à deux lieues de Genève; puis il écrivit contre M. d'*Alembert*, en faveur des prédicans de Genève; puis il écrivit contre les prédicans de Genève, & imprima qu'ils étaient tous des fripons, auffi-bien que ceux qui avaient travaillé au dictionnaire de l'Encyclopédie, auxquels il avait de très-grandes obliga-tions. Comme il en avait davantage à M. *Hume*, fon protecteur, qui le mena en Angleterre, & qui épuifa fon crédit pour lui faire obtenir cent guinées d'aumône du roi, il écrivit bien plus violemment contre lui ; *premier foufflet*, dit-il, *fur la joue de mon protecteur, fecond foufflet, troifième foufflet :* apparemment, a-t-on dit, que le quatrième était pour le roi.

CHANT TROISIEME.

Quand fur le dos de ce lac argenté,
Le beau Robert & fa tendre maîtreffe
Voguaient en paix , & favouraient l'ivreffe
Des doux défirs & de la volupté ,
Quand le Sylvain, la Driade attentive
D'un pas léger accouraient fur la rive,
Lorfque Protée & les Nymphes de l'eau
Nageaient en foule autour de leur bateau,
Lorfque Triton careffait la Naïade ,
Que devenait ce Jean-Jacques Rouffeau
Chez qui Robert allait en ambaffade ?

Dans un vallon fort bien nommé *Travers*
S'élève un mont, vrai féjour des hivers :
Son front altier fe perd dans les nuages ;
Ses fondemens font aux creux des enfers.
Au pied du mont font des antres fauvages
Du Dieu du jour ignorés à jamais ;
C'eft de Rouffeau le digne & noir palais.
Là fe tapit ce fombre énergumène ,
Cet ennemi de la nature humaine ,
Pétri d'orgueil & dévoré de fiel ;
Il fuit le monde , & craint de voir le ciel.
Et cependant fa trifte & vilaine ame
Du Dieu d'amour a reffenti la flamme.
Il a trouvé pour charmer fon ennui
Une beauté digne en effet de lui.
L'infame vieille avait pour nom Vachine ;
C'eft fa Circé, fa Didon, fon Alcine.

L'averfion

L'averfion pour la terre & les cieux
Tient lieu d'amour à ce couple odieux.

Notre euménide avait alors en tête
De diriger la foudre & la tempête
Devers Genève. Ainfi l'on vit Junon,
Du haut des airs, terrible & forcenée,
Perfécuter les reftes d'Ilion,
Et foudroyer les compagnons d'Enée.
Le roux Rouffeau renverfé fur le fein,
Le fein pendant de l'infernale amie,
L'encourageait dans le noble deffein
De fubmerger fa petite patrie.
Il déteftait fa ville de Calvin,
Hélas ! pourquoi ? c'eft qu'il l'avait chérie.

Aux cris aigus de l'horrible harpie,
Déjà Borée entouré de glaçons
Eft accouru du pays des Lapons.
Les Aquilons arrivent de Scythie ;
Les gnomes noirs dans la terre enfermés,
Où fe pétrit le bitume & le foufre,
Font exhaler du profond de leur goufre
Des feux nouveaux, dans l'enfer allumés.
L'air s'en émeut, les Alpes en mugiffent,
Les vents, la grêle & la foudre s'uniffent :
Le jour s'enfuit ; le Rhône épouvanté,
Vers Saint-Maurice (1) eft déjà remonté.
Des flots d'écume élancés dans les airs,
De cent débris fes deux bords font couverts.
Des vieux fapins les ondoyantes cimes
Dans leurs rameaux engoufrent tous les vents,
Et de leur chute écrafent les paffans :

Poëmes. X

Un foudre tombe, un autre fe rallume :
Du feu du ciel on connaît la coutume ;
Il va frapper des arides rochers,
Ou le métal branlant dans les clochers.
Car c'eft toujours fur les murs de l'Eglife
Qu'il eft tombé ; tant DIEU la favorife,
Tant il prend foin d'éprouver fes élus.

Les deux amans, au gré des flots émus,
Sont tranfportés au féjour du tonnerre,
Au fond du lac, aux rochers, à la terre.
De tous côtés entourés de la mort ;
Aucun des deux ne penfait à fon fort.
Covelle craint, mais c'était pour fa belle ;
Catin s'oublie, & tremble pour Covelle.
Robert difait aux Zéphyrs, aux Amours,
Qui conduifaient la barque tournoyante :
Dieux des amans, fecourez mon amante ;
Aidez Robert à fauver fes beaux jours ;
Pompez cette eau ; bouchez-moi cette fente.
A l'aide ! à l'aide ! & la troupe charmante
Le fecondait de fes doigts enfantins,
Par des efforts douloureux & trop vains.

L'affreux Borée a chaffé le Zéphyre,
Un Aquilon prend en flanc le navire,
Brife la voile & caffe les deux mats ;
Le timon cède & s'envole en éclats ;
La quille faute, & la barque s'entr'ouvre ;
L'onde écumante en un moment la couvre.

La tendre amante étendant fes beaux bras,
Et s'élançant vers fon héros fidèle,
Difait, cher Co.... l'onde ne permit pas
Qu'elle achevât le beau nom de Covelle.

Le flot l'emporte, & l'horreur de la nuit
Dérobe aux yeux Catherine expirante.
Mais la clarté terrible & renaiffante
De cent éclairs, dont le feu paffe & fuit,
Montre bientôt Catherine flottante,
Jouet des vents, des flots & du trépas.
Robert voyait ces malheureux appas,
Ces yeux éteints, ces bras, ces cuiffes rondes,
Ce fein d'albâtre, à la merci des ondes :
Il la faifit ; & d'un bras vigoureux,
D'un fort jarret, d'une large poitrine,
Brave les vents, fend les flots écumeux,
Tire après lui la tendre Catherine ;
Pouffe, s'avance, & cent fois repouffé,
Plongé dans l'onde, & jamais renverfé,
Perdant fa force, animant fon courage,
Vainqueur des flots, il aborde au rivage.
   Alors il tombe épuifé de l'effort.
Les habitans de ce malheureux bord
Sont fort humains, quoique peu fociables ;
Aiment l'argent autant qu'aucun chrétien,
En gagnent peu, mais font fort charitables
Aux étrangers, quand il n'en coûte rien.
Aux deux amans une troupe s'avance.
Bonnet (2) accourt, Bonnet le médecin,
De qui Laufanne admire la fcience ;
De fon grand art il connaît tout le fin.
Aux impotans il prefcrit l'exercice ;
D'après Haller il décide qu'en Suiffe,
Qui but trop d'eau doit guérir par le vin.
A ce feul mot, Covelle fe réveille ;
Avec Bonnet il vide une bouteille,

X 2

Et puis une autre ; il reprend fon teint frais ,
Il eft plus lefte & plus beau que jamais.
Mais Catherine , hélas ! ne pouvait boire.
De fon amant les foins font fuperflus ;
Bonnet prétend qu'elle a bu l'onde noire ;
Robert difait , qui ne boit point n'eft plus.
Lors il fe pâme , il revient , il s'écrie,
Fait retentir les airs de fes clameurs ,
Se pâme encor fur la nymphe chérie ,
S'étend fur elle , & , la baignant de pleurs ,
Par cent baifers croit la rendre à la vie.
Il penfe même en cet objet charmant
Sentir encore un peu de mouvement.
A cet efpoir en vain il s'abandonne :
Rien ne répond à fes brûlans efforts.
Ah ! dit Bonnet , je crois , Dieu me pardonne !
Si les baifers n'animent point les morts ,
Qu'on n'a jamais reffufcité perfonne.
Covelle dit , hélas ! s'il eft ainfi,
C'eft eft donc fait , je vais mourir auffi.
Puis il retombe ; & la nuit éternelle
Semblait couvrir le beau front de Covelle.

Dans ce moment , du fond des antres creux,
Venait Rouffeau fuivi de fon Armide,
Pour contempler le ravage homicide
Qu'ils excitaient fur ces bords malheureux.
Il voit Robert qui , penché fur l'arène ,
Baifait encor les genoux de fa reine ,
Roulait les yeux & lui ferrait la main.
Que fais-tu là ? lui cria-t-il foudain.
Ce que je fais ? mon ami , je fuis ivre
De défefpoir & de très-mauvais vin.

Catin n'eſt plus : j'ai le malheur de vivre ;
J'en ſuis honteux ; adieu, je vais la ſuivre.
  Rouſſeau replique, as-tu perdu l'eſprit ?
As-tu le cœur ſi lâche & ſi petit ?
Aurais-tu bien cette faibleſſe infame
De t'abaiſſer à pleurer une femme ?
Sois ſage enfin : le ſage eſt ſans pitié ;
Il n'eſt jamais ſéduit par l'amitié :
Tranquille & dur en ſon orgueil ſuprême,
Vivant pour ſoi, ſans beſoin, ſans déſir,
Semblable à DIEU, concentré dans lui-même,
Dans ſon mérite il met tout ſon plaiſir.
D'un vrai Rouſſeau tel eſt le caractère ;
Il n'eſt ami, parent, époux, ni père,
Il eſt de roche : & quiconque, en un mot,
Naquit ſenſible, eſt fait pour être un ſot.
Ah ! dit Robert, cette grande doctrine
A bien du bon, mais elle eſt trop divine :
Je ne ſuis qu'homme, & j'oſe déclarer
Que j'aime fort toute humaine faibleſſe :
Pardonnez-moi la pitié, la tendreſſe,
Et laiſſez-moi la douceur de pleurer.
Comme il parlait, paſſa ſur cette terre,
En berlingot, certain pair d'Angleterre,
Qui voyageait tout excédé d'ennui,
Uniquement pour ſortir de chez lui ;
Lequel avait, pour charmer ſa triſteſſe,
Trois chiens courans, du punch & ſa maîtreſſe.
Dans le pays on connaiſſait ſon nom
Et tous ſes chiens ; c'eſt milord Abington. (3)
  Il aperçoit une foule éperdue,
Une beauté ſur le ſable étendue,

Covelle en pleurs, & des verres caffés.
Que fait-on là? dit-il à la cohue.
On meurt, Milord; & les gens empreffés
Portaient déjà les quatre ais d'une bière,
Et deux manans fouillaient le cimetière.
Bonnet difait, notre art n'eft que trop vain,
On a tenté des baifers & du vin;
Rien n'a paffé. Cette pauvre bourgeoife
A fait fon temps; qu'on l'enterre, & buvons.
Milord reprit, eft-elle génevoife?
Oui, dit Covelle: hé bien, nous le verrons.
Il faute en bas, il écarte la troupe
Qui fait un cercle en lui preffant la croupe,
Marche à la belle, & lui met dans la main
Un gros bourfon de cent livres fterlin.
La belle ferre, & foudain reffufcite.
On bat des mains; Bonnet n'a jamais fu
Ce beau fecret. La gaupe décrépite
Dit qu'en enfer il était inconnu.
Rouffeau convient que, malgré fes preftiges,
Il n'a jamais fait de pareils prodiges.
  Milord fourit: Covelle tranfporté
Croit que c'eft lui qu'on a reffufcité.
Puis, en danfant, ils s'en vont à la ville,
Pour s'amufer de la guerre civile.

NOTES DU TROISIEME CHANT.

(1) SAINT-MAURICE dans le Valais, à quelques milles de la fource du Rhône. C'eft en cet endroit que la légende a prétendu que *Dioclétien*, en 287, avait fait martyrifer une légion compofée de fix mille chrétiens à pied, & de fept cents chrétiens à cheval, qui arrivaient d'Egypte par les Alpes. Le lecteur remarquera que Saint-Maurice eft une vallée étroite entre deux montagnes efcarpées, & qu'on ne peut pas y ranger trois cents hommes en bataille. Il remarquera encore qu'en 287, il n'y avait aucune perfécution, que *Dioclétien* alors comblait tous les chrétiens de faveurs, que les premiers officiers de fon palais, *Gorgonios* & *Dorotheos*, étaient chrétiens, & que fa femme *Prifca* était chretienne, &c. Le lecteur obfervera furtout que la fable du martyre de cette légion fut écrite par *Grégoire* de Tours qui ne paffe pas pour un *Tacite*, d'après un mauvais roman attribué à l'abbé *Eucher*, évêque de Lyon, mort en 454: & dans ce roman il eft fait mention de *Sigifmond*, roi de Bourgogne, mort en 523.

Je veux & je dois apprendre au public qu'un nommé *Nonotte*, ci-devant jéfuite, fils d'un brave crocheteur de notre ville, a depuis peu, dans le ftyle de fon père, foutenu l'authenticité de cette ridicule fable avec la même impudence qu'il a prétendu que les rois de France de la première race n'ont jamais eu plufieurs femmes, que *Dioclétien* avait toujours été perfécuteur, & que *Conftantin* était, comme *Moïfe*, le plus doux de tous les hommes. Cela fe trouve dans un libelle de cet ex-jéfuite, intitulé *les Erreurs de Voltaire:* libelle auffi rempli d'erreurs que de mauvais raifonnemens. Cette note eft un peu étrangère au texte, mais c'eft le droit des commentateurs. *Cette note eft de M. C***, avocat, à Befançon.*

(2) Il eft mort depuis peu. Il faut avouer qu'il aimait fort à boire; mais il n'en avait pas moins de pratiques. Il difait plus de bons mots qu'il ne guériffait de malades. Les médecins ont joué un grand rôle dans toute cette guerre de Genève. M. *Jorri*, mon médecin ordinaire, a contribué beaucoup à la pacification; il faut efpérer que l'auteur en parlera dans fa première édition de cet important ouvrage. A l'égard des chirurgiens, ils s'en font peu mêlé, attendu qu'il n'y a pas eu une égratignure, excepté le foufflet donné par un prédicant dans l'affemblée qu'on nomme la vénérable compagnie. Les chirurgiens avaient cependant préparé de la charpie, & plufieurs citoyens avaient fait leur teftament. Il faut que l'auteur ait ignoré ces particularités.

X 4

(3) Milord *Abington* s'eſt diſtingué depuis dans le ſénat britannique par ſon patriotiſme , & une haine conſtante pour la corruption , la tyrannie & les reſtes de ſuperſtition que l'Angleterre conſerve encore. Il a fait un diſcours très - raiſonnable & très - plaiſant contre des lois ridicules ſur l'obſervation du dimanche , imitées des lois juives ſur le ſabbat , qui s'obſervent à Londres avec rigueur , & pour leſquelles le conſeil de la cité & même les chambres du parlement font ſemblant d'avoir beaucoup de zèle , afin de faire leur cour à la populace qui , en Angleterre comme ailleurs , s'amuſe beaucoup des perſécutions exer- cées au nom de DIEU. Milord *Abington* conſultait un jour , pour un mal d'yeux , *Tronchin* , qui lui recommanda de ne pas trop lire. — Je ne lis jamais , dit Milord : il y a quelques années que j'eſſayai de parcourir un livre qui s'appelait , je crois , la Genèſe ; mais , après en avoir lu quelques pages , je le laiſſai là. Il paraiſſait à Genève tel qu'on le peint ici. *Note des éditeurs.*

CHANT QUATRIEME.

Nos voyageurs devifaient en chemin;
Ils fe flattaient d'obtenir du deftin
Ce que leur cœur aveuglément défire,
Bonnet de boire, & Jean-Jacques d'écrire;
Catin d'aimer; la vieille de médire;
Robert de vaincre, & d'aller à grands pas
Du lit à table & de table aux combats.
Tout caractère en caufant fe déploie.
Milord difait: Dans ces remparts facrés
Avant-hier les Français font entrés:
Nous nous battrons, c'eft-là toute ma joie;
Mes chiens & moi nous fuivrons cette proie.
J'aurai contre eux mes fufils à deux coups:
Pour un anglais c'eft un plaifir bien doux.
Des Génevois je conduirai l'armée.

Comme il parlait, paffa la Renommée:
Elle portait trois cornets à bouquin; (1)
L'un pour le faux, l'autre pour l'incertain,
Et le dernier, que l'on entend à peine,
Eft pour le vrai, que la nature humaine
Chercha toujours & ne connut jamais.
La belle auffi fe fervait de fifflets.
Son écuyer, l'aftrologue de Liége,
De fon chapitre obtint le privilége
D'accompagner l'errante Déité;
Et le Menfonge était à fon côté.

Entre eux marchait le Vieux à tête chauve,
Avec fon fable, & fa fatale faulx.
Auprès de lui la Vérité fe fauve.
L'âge & la peine avaient courbé fon dos;
Il étendait fes deux pefantes aîles;
La Vérité qu'on néglige ou qu'on fuit,
Qu'on aime en vain, qu'on mafque ou qu'on pourfuit,
En gémiffant, fe blotiffait fous elles.
La Renommée à peine la voyait,
Et, tout courant, devant elle avançait.

    Hé bien, Madame, avez-vous des nouvelles?
Dit Abington: ,, J'en ai beaucoup, Milord;
,, Déjà Genève eft le champ de la mort.
,, J'ai vu de Luc, (2) plein d'efprit & d'audace,
,, Dans le combat animer les bourgeois.
,, J'ai vu tomber au feul fon de fa voix
,, (3) Quatre fyndics étendus fur la place.
,, Verne eft en cafque, & Vernet en cuiraffe;
,, L'encre & le fang dégouttent de leurs doigts.
,, Ils ont prêché la difcorde cruelle,
,, Différemment, mais avec même zèle.
,, Tels, autrefois, dans les murs de Paris,
,, Des moines blancs, noirs, minimes & gris,
,, Portant moufquet, carabine, rondelle,
,, Encourageaient tout un peuple fidelle
,, A débufquer le plus grand des Henris,
,, Aimé de Mars, aimé de Gabrielle,
,, Héros charmant, plus héros que Covelle.
,, Bèze & Calvin fortent de leurs tombeaux:
,, Leur voix terrible épouvante les fots;
,, Ils ont crié d'une voix de tonnerre,
,, *Perfécutez*; c'eft-là leur cri de guerre.

» Satan, Megère, Aftaroth, Alecton,
» Sur les remparts ont pointé le canon :
» Il va tirer ; je crois déjà l'entendre :
» L'églife tombe, & Genève eft en cendre. »

Bon ! dit la vieille, allons, doublons le pas.
Exaucez-nous, puiffant Dieu des combats !
Dieu Sabaoth, de Jacob & de Bèze ;
Tout va périr ; je ne me fens pas d'aife.

Enfin la troupe eft aux remparts facrés,
Remparts chétifs & très-mal réparés.
Elle entre, obferve, avance, fait fa ronde.

Tout refpirait la paix la plus profonde.
Au lieu du bruit des foudroyans canons,
On entendait celui des violons ;
Chacun danfait. On voit, pour tout carnage,
Pigeons, poulets, dindons & grianaux,
Trois cents perdrix, à pieds de cardinaux,
Chez les traiteurs étalant leur plumage.

Milord s'étonne ; il court au cabaret :
A peine il entre, une actrice jolie
Vient l'aborder d'un air tendre & difcret,
Et l'inviter à voir la comédie.
O jufte ciel ! qu'eft-ce donc qui s'eft fait ?
Quel changement ! alors notre Zaïre
Au doux parler, au gracieux fourire,
Lorgna Milord, & dit ces propres mots : (a)
» Ignorez-vous que tout eft en repos,
Ignorez-vous qu'un Mécène de France,
Miniftre heureux & de guerre & de paix,
Jufqu'en ces lieux a verfé fes bienfaits ?
S'il faut qu'on prêche, il faut auffi qu'on danfe.

Il nous envoie un brave chevalier, (4)
Ange de paix, comme vaillant guerrier ;
Qu'il foit béni. Grace à fon caducée,
Par les plaifirs la difcorde eft chaffée.
Le vieux Vernet fous fon vieux manteau noir
Cache en tremblant fa mine embarraffée :
Et nous donnons le Tartuffe ce foir. ,,

    Tartuffe ! allons, je vole à cette pièce,
Lui dit Milord : j'ai haï de tout temps
De ces croquans la déteftable efpèce ;
Egayons-nous ce foir à leurs dépens.
Allons, Bonnet, Covelle & Catherine.
Et vous auffi, vous Jean-Jacque & Vachine,
Buvons dix coups, mangeons vîte & courons
Rire à Molière, & fiffler les fripons.

    A ce difcours, enfant de l'alégreffe,
Rouffeau reftait morne, pâle & penfif ;
Son vilain front fut voilé de trifteffe.
D'un vieux caiffier l'héritier préfomptif
N'eft pas plus fot alors qu'on lui vient dire
Que le bon homme en réchappe & refpire.
Rouffeau, pouffé par fon maudit démon,
S'en va trouver le prédicant Brognon.
Dans un réduit à l'écart il le tire,
Grince les dents, fe recueille & foupire.
Puis il lui dit : ,, Vous êtes un fripon ;
Je fens pour vous une haine implacable ;
Vous m'abhorrez ; vous me donnez au diable ;
Mais nos dangers doivent nous réunir :
Tout eft perdu ; Genève a du plaifir.
C'eft pour nous deux le coup le plus terrible !
Vernet furtout y fera bien fenfible.

Les charlatans font donc bernés tout net !
Ce foir Tartuffe, & demain Mahomet !
Après demain l'on nous jouera de même.
Des Génevois on adoucit les mœurs,
On les polit, ils deviendront meilleurs.
On s'aimera. Souffrirons-nous qu'on s'aime ?
Allons brûler le théâtre à l'inftant.
Un chevalier, ambaffadeur de France,
Vient d'ériger cet affreux monument,
Séjour de paix, de joie & d'innocence :
Qu'il foit détruit jufqu'en fon fondement.
Ayons tous deux la vertu d'Eroftrate ; (5)
Ainfi que lui méritons un grand nom.
Vous connaiffez la noble ambition :
Le grand vous plaît, & la gloire vous flatte.
Prenons ce foir en fecret un brandon.
En vain les fots diront que c'eft un crime :
Dans ce bas monde il n'eft ni bien ni mal :
Aux vrais favans tout doit fembler égal.
Bâtir eft beau ; mais détruire eft fublime.
Brûlons théâtre, actrice, acteur, fouffleur,
Et fpectateur, & notre ambaffadeur. »

    Le lourd Brognon crut entendre un prophète,
Crut contempler l'ange exterminateur,
Qui fait fonner fa fatale trompette
Au dernier jour, au grand jour du Seigneur.

    Pour accomplir ce projet de détruire,
Pour réuffir, Vachine doit s'armer ;
Sans toi, Bacchus, peut-on chanter & rire ?
Sans toi, Vénus, peut-on favoir aimer ?
Sans toi, Vachine, on n'eft pas sûr de nuire.

Vachine prend (je ne puis décemment
Dire en quel lieu, mais le lecteur m'entend,)
Un tas pourri de brochures nouvelles,
Vers de le Brun, morts auffitôt que nés, (6)
Longs mandemens dans le *Puy* confinés, (7)
Tacite orné, par le fieur la Bléterie,
D'un ftyle neuf & d'un mélange heureux
De pédantifme & de galanterie;
Journal chrétien, madrigaux amoureux;
De Chiniac les écrits plagiaires; (8)
Du droit canon quarante commentaires.
Tout ce fatras fut du chanvre en fon temps;
Linge il devint par l'art des tifferands;
Puis en lambeaux des pilons le prefsèrent;
Il fut papier. Cent cerveaux à l'envers
De vifions à l'envi le chargèrent;
Puis on le brûle : il vole dans les airs,
Il eft fumée auffi-bien que la gloire.
De nos travaux voilà quelle eft l'hiftoire :
Tout eft fumée, & tout nous fait fentir
Ce grand néant qui doit nous engloutir.

    Les trois méchans ont pofé cette étoupe
Sous le foyer où s'affemble la troupe;
La mèche prend. Ils regardent de loin,
L'heureux effet qui fuit leur noble foin, (9)
Clignant les yeux, & tremblant qu'on ne voie
Leurs fronts pliffés fe dérider de joie.
Déjà la flamme a furmonté les toits,
Les toits pourris, féjour de tant de rois;
Le feu s'étend, le vent le favorife.
Le fpectateur que la flamme pourfuit,
Crie au fecours, fe précipite & fuit,

Jean-Jacques rit ; Brognon les exorcife.
Ainfi Chalcas & le traître Sinon
S'applaudiffaient lorfqu'ils mirent en cendre
Les murs facrés du fuperbe Ilion
Que le dieu Mars, Aphrodife, (10) Apollon,
Virent brûler & ne purent défendre.
Las ! que devient le pauvre entrepreneur,
Ce Rofimond plus généreux qu'habile ? (11)
A fes dépens il a, pour fon malheur,
Fait à grands frais meubler le noble afile
Des doux plaifirs peu faits pour cette ville.
Un feul moment confume l'attirail
Du grand Céfar, d'Augufte, d'Orofmane,
Et la toilette où fe coïffa Roxane,
Et l'ornement de Rome & du férail.
O Rofimond ! que devient votre bail ?
De tous vos foins quel funefte falaire !
Eft-ce à Calvin que vous aurez recours ?
Eft-ce à l'évêque appelé titulaire ?
Hélas ! lui-même a befoin de fecours.
Ah malheureux ! à qui vouliez-vous plaire ?
Vous êtes plaint ; mais fort abandonné :
Après vingt ans vous voilà ruiné.
De vos pareils c'eft le fort ordinaire.
Qui du public s'eft fait le ferviteur
Peut fe vanter d'avoir un méchant maître.
Soldat, auteur, commentateur, acteur
Egalement fe repentent peut-être.
Loin du public, heureux, dans fa maifon,
Qui boit en paix, & dort avec Sufon ! (12)

NOTES DU QUATRIEME CHANT.

(1) Observez , cher lecteur , combien le siècle se perfectionne. On n'avait donné qu'une trompette à la Renommée dans la Henriade , on lui en a donné deux dans la divine Pucelle , & aujourd'hui on lui en donne trois dans le poëme moral de la guerre génevoise. Pour moi j'ai envie d'en prendre une quatrième pour célébrer l'auteur , qui est sans doute un jeune homme qu'il faut bien encourager.

(2) De *Luc* , d'une des plus anciennes familles de la ville: c'était le *Paoli* de Genève : il est d'ailleurs physicien & naturaliste. Son père entend merveilleusement *St Paul* , sans savoir le grec & le latin : on dit qu'il ressemble aux apôtres , tels qu'ils étaient avant la descente du Saint-Esprit.

(3) Les bourgeois voulaient avoir le droit de destituer quatre syndics.

(4) Le chevalier *de Beauteville* , ambassadeur en Suisse , lieutenant-général des armées. Il contribua , plus que personne , à la prise de Berg-op-zoom.

(5) *Erostrate* brûla , dit-on , le temple d'Ephèse pour se faire de la réputation.

(6) Nous ne savons pas qui est ce *le Brun*. Il y a tant de plats poëtes connus deux jours à Paris , & ignorés ensuite pour jamais !

(7) C'est apparemment un mandement de l'évêque du Puy en Velay , qui , adressant la parole aux chaudronniers de son diocèse , leur parla de *la Motte* & de *Fontenelle*.

(8) Le *Chiniac* nous est aussi inconnu que *le Brun*. Nous apprenons dans le moment que c'est un commentateur des discours de *Fleury* , qui a été assez indigent pour voler tout ce qui se trouve sur ce sujet dans un livre très-connu , & assez impudent pour insulter ceux qu'il a volés :

> De telles gens il est assez,
> Priez D I E U pour les trépassés.

(9) Ce fut le 5 février 1768 qu'on mit le feu à la salle des spectacles.

(10) *Vénus*

(10) *Vénus* eft nommée en grec *Aphrodite.* Notre auteur l'appelle *Aphrodife :* c'eft apparemment par euphonie, comme difent les doctes.

(11) M. *Rofimond*, entrepreneur des fpectacles à Genève. Il a perdu plus de quarante mille francs à cet incendie.

(12) On accufa de cet incendie le fanatifme religieux ou patriotique des bons Génevois qui croyaient que, fi la comédie s'établiffait à Genève, ils feraient ruinés dans ce monde, & damnés dans l'autre. C'eft par une fiction poëtique qu'on l'attribue ici à ceux qui avaient mis cette idée dans la tête de ces pauvres gens.

VARIANTES.

(a) Le roi de France à Genève affligée
Par fes bontés rend enfin le repos ;
Las de la voir par le chagrin rongée,
Il a voulu que tout foit dans la joie :
Pour cet effet ce bon roi nous envoie
Un doux miniftre, un brave chevalier, &c.

Poëmes. Y

CHANT CINQUIEME.

Des prédicans les ames réjouies
Rendaient à DIEU des grâces infinies, (1)
Sincèrement du mal qu'on avait fait.
Le cœur d'un prêtre est toujours satisfait,
Si les plaisirs que son rabat condamne
Sont enlevés au féculier profane.
Qu'arriva-t-il? le désordre s'accrut
Quand de ces lieux le plaisir disparut.
Mieux qu'un sermon l'aimable comédie
Instruit les gens, les rapproche, les lie:
Voilà pourquoi la Discorde, en tout temps,
Pour son féjour a choisi les couvens.
Les deux partis, plus fous qu'à l'ordinaire,
S'allaient gourmer, n'ayant plus rien à faire.
Et tous les foins du ministre de paix,
Dans la cité font perdus déformais.
Mille horlogers (2) de qui les mains habiles
Savaient guider leurs aiguilles dociles,
D'un acier fin régler les mouvemens,
Marquer l'espace & diviser le temps,
Renonçaient tous à leurs travaux utiles.
Le trouble augmente: on ne fait plus enfin
Quelle heure il est dans les murs de Calvin.
On voit leurs mains tristement occupées
A ranimer fur un grès plat & rond
Le fer rouillé de leurs vieilles épées.
Ils vont chargeant de salpêtre & de plomb

De lourds moufquets dégarnis de platine.
Le fer pointu qui tourne à la cuifine,
Et fait tourner les poulets déplumés,
Bientôt fe change aux regards alarmés
En longue pique, inftrument de carnage :
Et l'ouvrier, contemplant fon ouvrage,
Tremble lui-même & recule de peur.

　　O jours ! ô temps de difette & d'horreur !
Les artifans, dépourvus de falaire,
Nourris de vent, défiant les hafards,
Meurent de faim, en attendant que Mars
Les extermine à coups de cimeterre.

　　Avant ce temps, l'induftrie & la paix
Entretenaient une honnête opulence ;
Et le travail, père de l'abondance,
Sur la cité répandait fes bienfaits.
La Pauvreté, sèche, pâle, au teint blême,
Aux longues dents, aux jambes de fufeaux,
Au corps flétri, mal couvert de lambeaux,
Fille du Styx, pire que la mort même,
De porte en porte allait traînant fes pas.
Monfieur Labat la guette, & n'ouvre pas. (3)
Et cependant Jean-Jacque & fa forcière,
Le beau Covelle & fa reine d'amour,
Avec Bonnet buvaient le long du jour,
Pour foulager la publique misère.
Au cabaret le bon milord parait :
Des indigens la foule s'y rendait.
Pour s'en défaire, Abington leur jetait
De temps en temps de l'or par les fenêtres ;
Nouveau fecret très-peu connu des prêtres.

L'or s'épuisa : le secours dura peu :
Deux fois par jour il faut qu'un mortel mange.
Sous les drapeaux il est beau qu'il se range ;
Mais il faudrait qu'il eût un pot au feu.

C'en était fait : *les seigneurs magnifiques* (4)
Allaient subir le sort des républiques ;
Sort malheureux qui mit Athène aux fers,
Abyma Tyr & les murs de Carthage,
Changea la Grèce en d'horribles déserts
Des fils de Mars énerva le courage,
Dans des filets (5) prit l'empire romain,
Et quelque temps menaça Saint-Marin. (6)
Hélas ! un jour il faut que tout périsse.
Dieu paternel, sauvez du précipice
Ce pauvre peuple, & reculez sa fin.

Dans le conseil le doux Paul Galatin
Cède à l'orage, & navré de tristesse,
Quitte un timon qui branlait dans sa main.

Nécessité fait bien plus que sagesse.
Cramer un jour, ce Cramer dont la presse
A tant gémi sous ma prose & mes vers
Au magasin déjà rongés des vers ;
Le beau Cramer, qui jamais ne s'empresse
Que de chercher la joie & les festins ;
Dont le front chauve est encor cher aux belles ;
Acteur brillant dans nos pièces nouvelles ;
Cramer, vous dis-je, aimé des citadins,
Se promenait dans la ville affligée,
Vide d'argent & d'ennuis surchargée,
Dans sa cervelle il cherchait un moyen
De la sauver, & n'imaginait rien.

A la fenêtre il voit madame Oudrille,
Et fon époux, & fon frère, & fa fille,
Qui chantaient tous des chanfons en refrein,
Près d'un buffet garni de Chambertin.
Mon cher Cramer eft homme qui fe pique
De fe connaître en vin plus qu'en mufique.
Il entre, il boit, il demeure furpris,
Tout en buvant, de voir de beaux lambris,
Des meubles frais, tout l'air de la richeffe.
Je crois, dit-il, non fans quelque alégreffe,
Que la fortune, enfin, vous a compris
Au numéro de fes chers favoris.

L'an dix-fept cent deux fix, ou je me trompe,
Vous étiez loin d'étaler cette pompe;
Vous demeuriez dans le fond d'un taudis;
Votre gofier, raclé par la piquette,
Pouffait des fons d'une voix bien moins nette.
Pour Dieu montrez à mes fens ébaudis
Par quel moyen votre fortune eft faite.

Madame Oudrille en ces mots répliqua :
„La pauvreté long-temps nous fuffoqua,
Quand la difcorde était dans la famille.
J'étais brouillée avec monfieur Oudrille,
Monfieur Oudrille avec tous fes parens,
Ma belle-fœur l'était avec ma fille ;
Nous plaidions tous, nous mangions du pain bis.
Notre intérêt nous a tous réunis.
Pour être en paix, dans fon lit comme à table,
Le premier point eft d'être raifonnable.
Chacun cédant un peu de fon côté,
Dans la maifon met la profpérité. „

Y 3

Cramer aimait cette faine doctrine.
D'un trait de feu fon efprit s'illumine ;
Il fe recueille , il fait fon pronoftic ;
Boit, prend congé , puis avife un fyndic
Qui difputait, dans la place voifine,
Avec de Luc , & Clavière & Flournois.
Trois confeillers & quatre bons bourgeois
Auprès de là criaient à pleine tête ,
Et fe morguaient d'un air très-malhonnête.
Cramer leur dit : madame Oudrille eft prête
A vous donner du meilleur Chambertin :
Montez là-haut ; c'eft l'arrêt du deftin.
Ce jour pour vous doit être un jour de fête ,
Chacun y court , citadin , confeiller :
Le beau Covelle y monte le premier.
En jupon blanc fa belle requinquée
L'accompagnait & ferrait fon blondin ,
Qui fur le cou lui paffait une main.
A leur devant madame Oudrille arrive ;
Sa face eft ronde & fa mine eft naïve ,
En la voyant le cœur fe réjouit.
Elle conta comment elle s'y prit
Pour radouber fa barque délabrée.
Tout le confeil entendit la leçon.
Le peuple même écouta la raifon.
Les jours fereins de Saturne & de Rhée,
Les temps heureux du beau règne d'Aftrée
Dès ce moment renaquirent pour eux.
On rappela les danfes & les jeux,
Qu'avait bannis Calvin l'impitoyable ;
Jeux protégés par un miniftre aimable,
Jeux déteftés de Vernet l'ennuyeux.

Celle qu'on dit de Jupiter la fille,
Mère d'amour & des plaifirs de paix,
Revint placer fon lit à Plainpalais. (7)
Genève fut une grande famille :
Et l'on jura que, fi quelque brouillon
Mettait jamais le trouble à la maifon,
On l'enverrait devers madame Oudrille.

   Le roux Rouffeau de fureur hébété,
Avec fa gaupe errant à l'aventure,
S'enfuit de rage, & fit vîte un traité
Contre la paix qu'on venait de conclure.

NOTES DU CINQUIEME CHANT.

(1) Expression fi familière à l'un d'entre eux, que, l'ayant répétée vingt fois dans un fermon, un de fes parens lui dit : *Je te rends des grâces infinies d'avoir fini.*

(2) Genève fait un commerce de montres qui va par année à plus d'un million. Les horlogers ne font pas des artifans ordinaires ; ce font, comme l'a dit l'auteur du fiècle de *Louis XIV*, des phyficiens de pratique. Les *Graham* & les *le Roi* ont joui d'une grande confidération ; & M. *le Roi* d'aujourd'hui eft un des plus habiles mécaniciens de l'Europe. Les grands mécaniciens font aux fimples géomètres ce qu'un grand poëte eft à un grammairien.

(3) C'eft un français réfugié qui, par une honnête induftrie & par un travail eftimable, s'eft procuré une fortune de plus de deux millions. Prefque toutes les familles opulentes de Genève font dans le même cas. Les enfans de M. *Hervart*, contrôleur-général des finances fous le cardinal *Mazarin*, fe retirèrent dans la Suiffe & en Allemagne, avec plus de fix millions, à la révocation de l'édit de Nantes. La Hollande & l'Angleterre font remplies de familles réfugiées qui, ayant tranfporté les manufactures, ont fait des fortunes très-confidérables dont la France a été privée. La plupart de ces familles reviendraient avec plaifir dans leur patrie, & y rapporteraient plus de cent millions, fi l'on établiffait en France la liberté de confcience, comme elle l'eft dans l'Allemagne, en Angleterre, en Hollande, dans le vafte empire de la Ruffie & dans la Pologne.

Cette note nous a été fournie par un defcendant de M. *Hervart.*

(4) Quand les citoyens font convoqués, le premier fyndic les appelle *fouverains & magnifiques feigneurs.*

(5) Les filets de *Saint Pierre.* Les curieux ne ceffent d'admirer que des cordeliers & des dominicains aient régné fur les defcendans des *Scipions.*

(6) Le cardinal *Albéroni*, n'ayant pu bouleverfer l'Europe, voulut détruire la république de Saint-Marin, en 1739. C'eft une petite ville perchée fur une montagne de l'Apennin, entre Urbin & Rimini. Elle

conquit autrefois un moulin ; mais craignant le fort de la république romaine , elle rendit le moulin , & demeura tranquille & heureufe. Elle a mérité de garder fa liberté. C'eft une grande leçon qu'elle a donnée à tous les Etats.

(7) Plainpalais , promenade entre le Rhône & l'Arve aux portes de la ville, couverte de maifons de plaifance , de jardins & d'excellens potagers d'un très-grand rapport. C'était autrefois un marais infeét , *plana palus* , du temps qu'il n'était queftion dans Genève que de la grâce prévenante accordée à *Jacob* , & refufée à fon frère, le *pate pelu;* qu'on ne parlait que des fupralapfaires , des infralapfaires , des univerfaliftes , de la perception de D I E U différente de fa vifion , de plufieurs autres vifions ; de la manducation fupérieure , de l'inutilité des bonnes œuvres , des querelles de *Vigilantius* & de *Jérôme* , & autres controverfes fublimes extrêmement néceffaires à la fanté , & par le moyen defquelles on vit fort à l'aife , & on marie avantageufement fes filles.

N. B. On a fouvent donné à Plainpalais de très-agréables rendez-vous avec toute la difcrétion requife.

EPILOGUE.

JE donnerai le fixième chant dès que l'auteur voudra bien m'en gratifier; car il gratifie & ne vend pas, quoi qu'en dife l'ex-jéfuite *Patouillet*, dans un de fes mandemens contre tous les parlemens du royaume, fous le nom d'un archevêque. (1) J'efpère qu'alors ma fortune fera faite, comme celle de l'homme aux quarante écus.

Si quelqu'un fe formalife de ces plaifanteries très-légères fur un fujet qui en méritait de plus fortes; fi quelqu'un eft affez fot pour fe fâcher, l'auteur, qui eft par fois goguenard, m'a promis de le fâcher un peu davantage dans le nouveau chant que nous efpérons publier.

(1) J. F. de *Montillet*, archevêque d'Auch, figna dans fon palais archiépifcopal, le 23 janvier 1764, un libelle diffamatoire compofé par *Patouillet* & conforts. Ce libelle fut condamné à être brûlé par le bourreau, & l'archevêque à dix mille écus d'amende. Il eft dit dans ce libelle (*page* 35) ,, vos pères vous avaient appris à refpecter les jéfuites; ,, cette vénérable compagnie vous avait pris dans fon fein dès votre ,, enfance, pour former vos cœurs & vos efprits par le lait de fes inf-,, tructions. Elle ceffe d'être : on leur ôte, en les rendant au fiècle, le ,, patrimoine qu'ils y avaient laiffé, &c. ,,

C'eft-à-dire que *Patouillet* voulait bouleverfer la famille des *Patouillets*, en demandant à partager, & en ne fe contentant pas de fa penfion.

Patouillet pourfuit humblement dans fon palais archiépifcopal : (pag. 47) ,, Quelle eft la puiffance qui a frappé ces coups inouis ? ,, C'eft une puiffance étrangère . . . . . qui eft allée bien au-delà des ,, limites de fa compétence. ,,

Ainfi, felon l'archevêque d'Auch, il faut excommunier tous les parlemens du royaume, les rois de France, d'Efpagne, de Naples, de Portugal, le duc de Parme, &c. &c. &c. ,, Ces parlemens, ajoute-t-il, ,, (pag. 48) font les vrais ennemis des deux puiffances, qui, mille ,, fois abattus par leur concert, toujours animés de la rage la plus noire, ,, toujours attentifs à nous nuire, nous ont porté enfin le plus perçant ,, de tous les coups. ,,

A l'égard de *Jean - Jacques*, puisqu'il n'a joué dans tout ce tracas que le rôle d'une cervelle fort mal timbrée, puisqu'il s'est fait chasser par-tout où il a paru, puisque c'est un absurde raisonneur qui, ayant imprimé sous son nom quelques petites sottises contre JESUS-CHRIST, a imprimé aussi dans le même libelle que JESUS-CHRIST *est mort comme un Dieu :* puisqu'il est quelquefois calomniateur, déclaré tel, & affiché tel, par une déclaration publique des plénipotentiaires de France, de Zurich & de Berne, le 25 juillet 1766, nous pensons qu'il a fallu lui donner le fouet beaucoup plus fort qu'aux autres, & que l'auteur a très-bien fait de montrer le vice & la folie dans toute leur turpitude. Nous l'exhortons

---

Ainsi *Patouillet* fait dire à *Montillet* que les parlemens sont des séditieux qui ont nui à tous les évêques, en les défesant des jésuites.

> Notre imbécille *Montillet*
> Devint ainsi le perroquet
> De notre savant *Patouillet ;*
> Mais on rabattit son caquet.

Patouillet s'avise de parler de poësie dans son mandement. Il traite (pag. 13) de vagabond un officier du roi qui n'était pas sorti de ses terres depuis quinze ans. Il est assez bien instruit pour appeler mercenaire un homme qui, dans ce temps-là même, avait prêté généreusement au neveu de *J. F. Montillet* une somme considérable, en bon voisin : & le *J. F. Montillet* d'Auch est assez mal avisé pour signer cette impertinence. J'étais auprès de cet officier du roi, quand, au bout de trois ans, la nièce de l'archevêque *J. F. Montillet* envoya son argent avec les intérêts au créancier qui les jeta au nez du porteur.

Si j'avais été à la place de l'archevêque *J. F. Montillet*, j'aurais écrit au bienfaiteur de mon neveu : Monsieur, je vous demande très-humblement pardon d'avoir signé le libelle de *Patouillet*, &c. ou bien : Monsieur, je suis un imbécille qui ne sais pas ce que c'est qu'un mandement, & qui m'en suis rapporté à ce misérable *Patouillet*, &c. ou bien : Monsieur, pardonnez à ma bêtise, si, ne sachant ni lire ni écrire, j'ai prêté mon nom à ce polisson de *Patouillet ;* ou enfin quelque chose dans ce goût d'honnêteté & de décence. Mais en voilà assez sur *Montillet* & *Patouillet*.

à traiter ainfi les brouillons & les ingrats, & à écrafer
les ferpens de la littérature, de la même main dont
il a élevé des trophées à *Henri IV*, à *Louis XIV* & à
la vérité, dans tous fes ouvrages. Nous avons befoin
d'un vengeur: il eft jufte que celui qui a vécu avec
la petite-fille de *Corneille* extermine les defcendans
des *Claveret*, des *Scudéri* & des d'*Aubignac*.

Les lois ne peuvent pas punir un calomniateur
littéraire, encore moins un charlatan déclamateur
qui fe contredit à chaque page; un romancier qui
croit éclipfer Télémaque, en élevant un jeune feigneur
pour en faire un menuifier; & qui croit furpaffer
madame de *la Fayette*, en fefant donner des *baifers
âcres* par une fuiffeffe à un précepteur fuiffe.

Il n'y a pas moyen de condamner à l'amende-
honorable ceux qui, ayant devant les yeux les grands
modèles du fiècle de *Louis XIV*, défigurent la langue
françaife par un ftyle barbare ou ampoulé, ou entortillé; ceux qui parlent poëtiquement de phyfique;
ceux qui dans les chofes les plus communes prodi-
guent les expreffions les plus violentes; ceux qui,
ayant fait ronfler au théâtre des vers qu'on ne peut
lire, ne manquent pas de faire dire dans les journaux
qu'ils font fupérieurs à l'inimitable *Racine;* ceux qui
fe croient des *Tite-Live*, pour avoir copié des dates;
ceux qui écrivent l'hiftoire avec le ftyle familier de la
converfation, ou qui font des phrafes, au lieu de nous
apprendre des faits; ceux qui, inconnus au barreau,
publient des recueils de leurs plaidoyers inconnus au
public; ceux qui foutiennent une caufe refpectable
par d'abfurdes argumens, & qui ont la bêtife de
rapporter les objections les plus accablantes pour y

faire les réponses les plus frivoles & les plus sottes ;
ceux qui trafiquent de la louange & de la satire ,
comme on vend des merceries dans une boutique, &
qui jugent insolemment de tout ce qui est approuvé ,
sans avoir jamais pu rien produire de supportable ;
ceux qui......, On aurait plus tôt compté les dettes
de l'Angleterre que le nombre de ces excrémens du
Parnasse.

Nous avons donc besoin qu'il s'élève enfin parmi
nous un homme qui sache détruire cette vermine ,
qui encourage le bon goût & qui proscrive le mauvais,
qui puisse donner le précepte & l'exemple. Mais où
le trouver ? qui sera assez éclairé & courageux ?...
Ah! si M. l'abbé d'*Olivet*, notre cher compatriote,
pouvait prendre cette peine ! mais il est trop vieux,
& l'ex-jésuite *Nonotte* (2) infecte impunément notre
Franche-Comté.

Fait à Besançon , le 25 mars 1768.

(2) Nous commençons pourtant à espérer que *Nonotte* se décraffera.
Un magistrat de notre ville le trouva ces jours passés dansant en veste & en
culotte déchirée avec deux filles de quinze ans. Le voilà dans le bon chemin.
On a réprimandé les deux filles ; elles ont répondu qu'elles l'avaient pris
pour un singe. A l'égard de *Patouillet* , il n'y a rien à espérer de lui ; le
maraut a pris son pli. En qualité de Franc-Comtois, je ne cherche pas
les expressions délicates quand j'ai trouvé les vraies. Le mot propre est
quelquefois nécessaire, quoique la métaphore ait ses agrémens.

On m'a parlé d'un ex-jésuite , nommé *Proft* , impliqué dans la sainte
banqueroute de frère *la Valette* (*) , lequel *Proft* est retiré à Dole, sous le

(*) On ne sait pas de quelle banqueroute parle ici M. *C* . . avocat de
Besançon auteur de cet épilogue , car le révérend père *la Valette* , ou
frère *la Valette* (comme on voudra) a fait deux banqueroutes *ad majorem*
Dei gloriam , l'une à la Guadeloupe ou Guadaloupe , l'autre à Londres.

nom de *Rotalier* ; il a déjà fait fon marché avec tous les épiciers de la province, pour leur vendre fes remarques fur le pontificat de *Grégoire VII*,
de *Jean XII*, d'*Alexandre VI*; fur l'ulcère malin dont *Léon X* fut attaqué
dans le périnée, fur la liberté d'indifférence, l'optimifme, Zaïre,
Tancrède, Nanine, Mérope, le fiècle de *Louis XIV* & la princeffe de
Babylone. Nous pourrons joindre ici frère *Proft*, dit *Rotalier*, à frère
Nonotte & à frère *Patouillet*, quand nous ferons de loifir, & que nous
aurons envie de rire. Ce n'eft pas que nous négligions *Cogé*, & *Larcher*
& *Guyon*, les grands hommes attachés à la fecte des convulfionnaires,
de qui les écrits donnent des convulfions. Nous fommes juftes, nous
n'avons acception de perfonne.

Bos, afinufve fuat, nullo difcrimine habemus.

F I N.

LA FETE

DE BELLEBAT.

AVERTISSEMENT

DES EDITEURS.

CETTE lettre contient la description d'une fête donnée à Bellebat, chez M. le marquis de *Livri*, en 1724.

Le curé de Courdimanche, dans la paroisse de qui le château de Bellebat est situé, était un fort bon homme, à demi-fou, qui se piquait de faire des vers & de bien boire, & se prêtait de bonne grace aux plaisanteries dont on le rendait l'objet.

Le ton qui règne dans cette fête, où se trouvaient un grand nombre de jeunes femmes, & dans la description adressée à une princesse jeune & qui n'était point mariée, est un reste de la liberté des mœurs de la régence.

Tous les vers, à beaucoup près, ne sont pas de M. de *Voltaire*, & ceux qui lui appartiennent sont faciles à distinguer.

Le divertissement intitulé *l'Hôte & l'Hôtesse*, a été composé pour une fête que MONSIEUR devait donner à la Reine, à Brunoi, en 1776.

LA

LA FETE

DE BELLEBAT.

A SON ALTESSE SÉRÉNISSIME,

MADEMOISELLE DE CLERMONT,

1724.

LES citoyens de Bellébat ne peuvent vous rendre
compte que de leurs divertiſſemens & de leurs fêtes;
ils n'ont ici d'affaires que celles de leurs plaiſirs.
Bien différens en cela de M. votre frère aîné (1),
qui ne travaille tous les jours que pour le bonheur
des autres. Nous ſommes tous devenus ici poëtes
& muſiciens, ſans pourtant être devenus bizarres.
Nous avons de fondation un grand homme qui
excelle en ces deux genres; c'eſt le curé de Courdimanche: ce bon homme a la tête tournée de vers
& de muſique; & on le prendrait volontiers pour
l'aumônier du cocher de M. de *Vertamont* (2). Nous
le couronnâmes poëte hier en cérémonie dans le
château de Bellébat; & nous nous flattons que le

_____

(1) M. le Duc , premier miniſtre.

(2) C'était un chanſonnier du pont-neuf , très-célébre alors , comme le
Savoyard , dont parle *Boileau* , l'avait été de ſon temps. Depuis les chan-
ſonniers ont quitté le pont-neuf pour le théâtre de l'opéra-comique.

Poëmes.   Z

bruit de cette fête magnifique excitera par-tout l'émulation, & ranimera les beaux arts en France.

On avait illuminé la grand'falle de Bellébat, au bout de laquelle on avait dreffé un trône fur une table de lanfquenet; au-deffus du trône pendait à une ficelle imperceptible une grande couronne de laurier, où était renfermée une petite lanterne allumée, qui donnait à la couronne un éclat fingulier. Monfeigneur le comte de *Clermont*, & tous les citoyens de Bellébat étaient rangés fur des tabourets; ils avaient tous des branches de laurier à la main, de belles mouftaches faites avec du charbon, un bonnet de papier fur la tête, fait en forme de pain de fucre; & fur chaque bonnet, on lifait en groffes lettres le nom des plus grands poëtes de l'antiquité. Ceux qui fefaient les fonctions de grands-maîtres des cérémonies avaient une couronne de laurier fur la tête, un bâton à la main, & étaient décorés d'un tapis vert, qui leur fervait de mante.

Tout était difpofé, & le curé étant arrivé dans une calèche à fix chevaux, qu'on avait envoyée au-devant de lui, il fut conduit à fon trône. Dès qu'il fut affis, l'orateur lui prononça, à genoux, une harangue dans le ftyle de l'académie, pleine de louanges, d'antithèfes & de mots nouveaux. Le curé reçut tous ces éloges avec l'air d'un homme qui fait bien qu'il en mérite encore davantage : car tout le monde n'eft pas de l'humeur de notre reine (3), qui hait les louanges autant qu'elle les mérite. Après la harangue, on exécuta le concert dont on vous envoie

_____

(3) *Marie Leczinski*, qui venait d'époufer *Louis XV*. Mademoifelle de *Clermont*, était furintendante de fa maifon.

les paroles; les chœurs allèrent à merveille, & la cérémonie finit par une grande pièce de vers pompeux, à laquelle ni les affiftans, ni le curé, ni l'auteur n'entendirent rien. Il faudrait avoir été témoin de cette fête, pour en bien fentir l'agrément : les projets & les préparatifs de ces divertiffemens font toujours agréables, l'exécution rarement bonne, & le récit fouvent ennuyeux.

Ainfi, dans les plaifirs d'une vie innocente,
Nous attendons tous l'heureux jour
Où nous reverrons le féjour
De cette reine aimable & bienfefante,
L'objet de nos refpeéts, l'objet de notre amour :
Le plaifir de vivre à fa cour
Vaut la fête la plus brillante.

Le curé de Courdimanche s'étant placé fur le trône qui lui était deftiné, tous les habitans de Courdimanche, vinrent en cérémonie le haranguer. *Voltaire* porta la parole. La harangue finie, la cérémonie commença.

UN HABITANT *de Courdimanche chante.*

Peuples fortunés de Courdimanche,
Devant le curé que tout s'épanche ;
A le couronner qu'on fe prépare,
De pampre en attendant la tiare.
(*on met une couronne fur la tête du curé.*)

LE CHOEUR *chante.* (4)

Que l'on doit être
Content d'avoir un prêtre,

(4) Sur un air de l'opéra de *Théfée.*

Z 2

Qui fait de fi beaux vers !
Qu'on applaudiffe
Sans ceffe à fes nouveaux airs,
A fes concerts !
Qu'à l'églife il nous béniffe;
Qu'à table il nous réjouiffe;
Que d'un triomphe fi doux
Tous les curés foient jaloux.

Mène-t-on dans le monde une vie (5)
Qui foit plus jolie
Qu'à Bellébat?
Ce curé nous enchante :
Lorfqu'à table il chante
On croirait être au fabbat.
Le démon poëtique
Qui rend pâle, étique,
Voltaire le rimeur,
Rend la face
Bien graffe
A ce pafteur.

A ce joyeux curé Bellébat doit fa gloire, (6)
Tous les buveurs on lui voit terraffer;
Mais il ne veut, pour prix de fa victoire,
Que le bon vin que Livry (7) fait verfer.
On vient pour l'admirer des quatre coins du monde;
On quitte une brillante cour;
Par-tout à fa fanté chacun boit à la ronde;

(5) Sur l'air des *vieillards de Théfée.*

(6) Sur l'air : *Au généreux Roland, &c.*

(7) Le marquis de *Livry*, premier maître d'hôtel du roi, qui était de la fête.

Mais qui peut voir fa face rubiconde,
Voit fans étonnement l'excès de notre amour.

Triomphez, grand Courdimanche,
Triomphez des plus grands cœurs;
Ce n'eft qu'aux plus fameux buveurs
Qu'il eft permis de manger votre éclanche. (8)

(*une nymphe lui préfente un verre de vin.*)

UN HABITANT *chante*.

Verfez-lui de ce vin vieux,
Silvie,
Verfez-lui de ce vin vieux;
Encore un coup, je vous prie,
L'amour vous en rendra deux.
Vénus permet qu'en ces beaux lieux
Bacchus préfide;
Le curé de ce lieu joyeux
Eft le druïde;
Honneur, cent fois honneur
A ce divin pafteur;
Le plaifir eft fon guide;
Que les curés d'alentour
Viennent lui faire la cour.

(9) Où trouver la grace du comique,
Un ftyle noble & plaifant,
Et du grand & fublime tragique
Le récit tendre & touchant?
Voltaire a-t-il tout cela dans fa manche?

---

(8) Mets que le curé vantait beaucoup.
(9) Sur l'air: *Le pays de Cocagne*, d'une comédie de *la Grand·*

Et lon lan la
Ce n'eſt pas là
Qu'on trouve cela,
C'eſt chez le grand Courdimanche.

En fait de cette douce harmonie
    Qui charme & ſéduit les cœurs,
Des maîtres de France ou d'Italie,
    Qui doit paſſer pour vainqueurs?
Entre Miguel & Lulli le choix penche;
    Et lon lan la
    Ce n'eſt pas là
    Qu'on trouve cela,
C'eſt chez le grand Courdimanche.

Salut au curé de Courdimanche,
    O que c'eſt un homme divin!

Sa ménagère eſt fraîche & blanche;
Salut au curé de Courdimanche;
    Sûr d'une ſoif que rien n'étanche,
    Il viderait cent brocs de vin;
Salut au curé de Courdimanche;
    O que c'eſt un homme divin!

Du pain bis, une ſimple éclanche;
Salut au curé de Courdimanche;
    Maigre ou gras, bécaſſine ou tanche,
    Tout eſt bon dès qu'il a du vin.
Salut au curé de Courdimanche;
    O que c'eſt un homme divin!

Des vers il en a dans ſa manche;
Salut au curé de Courdimanche;

Aucun repas ne fe retranche ;
En s'éveillant il court au vin ;
Salut au curé de Courdimanche ;
O que c'eſt un homme divin !

*(la ſcène change & repréſente l'agonie du curé de Courndimanche :
il paraît étendu ſur un lit.)*

CHOEUR.

Ah ! notre curé
S'eſt bien échaudé,
Fefant fa leſſive. (10)

Ah ! notre curé
Eſt prefque enterré,
Pour s'être échaudé.

UN HABITANT.

Et du même chaudron (*bis.*)
La pauvre Bacarie
A brûlé fon...

LE CHOEUR *l'interrompant.*

Ah ! notre curé, &c.

UN HABITANT.

Quelques gens nous ont dit
Que le curé lui-même
Avait brûlé fon...

LE CHOEUR *l'interrompant.*

Ah ! notre curé, &c.

(10) Il lui était tombé fur les jambes une chaudière d'eau bouillante.
On le ſuppoſe ſi incommodé qu'il eſt à l'extrémité.

Exhortation faite au curé de Courdimanche en fon agonie.

Curé de Courdimanche, & prêtre d'Apollon,
Que je vois fur ce lit étendu tout du long,
Après avoir vingt ans, dans une paix profonde,
Enterré, confeffé, baptifé votre monde;
Après tant d'*oremus*, chantés fi plaifamment,
Après cent *requiem*, entonnés fi gaîment,
Pour nous, je l'avoûrai, c'eft une peine extrême,
Qu'il nous faille aujourd'hui prier Dieu pour vous même.
Mais tout paffe & tout meurt; tel eft l'arrêt du fort:
L'inftant où nous naiffons eft un pas vers la mort. (11)
Le petit-père André n'eft plus qu'un peu de cendre;
Frère Fredon n'eft plus; Diogène, Alexandre,
Céfar, le poëte Roi, la Fillon, Conftantin,
Abraham, Brioché, tous ont même deftin.
Ce cocher, fi fameux à la cour, à la ville,
Amour des beaux efprits, père du vaudeville,
Dont vous auriez été le très-digne aumônier,
Près Saint-Euftache encore eft pleuré du quartier.
Vous les fuivrez bientôt: c'eft donc ici, mon frère,
Qu'il faut que vous fongiez à votre grande affaire.
Si vous aviez été toujours homme de bien,
Un bon prêtre, un nigaud, je ne vous dirais rien.
Mais qui peut, entre nous, garder fon innocence?
Quel curé n'a befoin d'un peu de pénitence?
Combien en a-t-on vu, jufqu'aux pieds des autels
Porter un cœur pétri de penchans criminels;
Dans ce tribunal même où, par dès lois févères,
Des fautes des mortels ils font dépofitaires,

(11) *Chaque inftant de la vie eft un pas vers la mort.* Vers de *Corneille* dans Bérènice.

Convoiter les beautés qui vers eux s'accufaient,
Et commettre la chofe, alors qu'ils l'écoutaient !
Combien n'en vit-on pas, dans une facriftie,
Conduire une dévote avec hypocrifie,
Et, fur un banc trop dur, travailler en ce lieu,
A faire à fon prochain des ferviteurs de DIEU !
Je veux que de la chair le démon redoutable
N'ait pu vous enchanter par fon pouvoir aimable ;
Que, digne imitateur des faints du premier temps,
Vous ayez pu dompter la révolte des fens :
Vous viviez en châtré ; c'eft un bonheur extrême :
Mais ce n'eft pas affez, curé, DIEU veut qu'on l'aime.
Avez-vous bien connu cette ardente ferveur,
Ce goût, ce fentiment, cette ivreffe du cœur,
La charité, mon fils ! le chrétien vit par elle :
Qui ne fait point aimer n'a qu'un cœur infidelle,
La charité fait tout ; vous poffédez en vain
Les mœurs de nos prélats, l'efprit d'un capucin ;
D'un cordelier nerveux la timide innocence ;
La fcience d'un carme avec fa continence ;
Des fils de Loyola toute l'humilité,
Vous ne ferez chrétien que par la charité.
Commencez donc, curé, par un effort fuprême ;
Pour mieux favoir aimer, haïffez-vous vous-même.
Faites-nous humblement un expofé fuccint
De cent petits péchés dont vous fûtes atteint ;
Vos jeux, vos paffe-temps, vos plaifirs & vos peines,
Olivette, Amauri, (12) vos amours & vos haines ;
Combien de muids de vin vous vidiez dans un an ;
Si Brunelle avec vous a dormi bien fouvent.

_____

(12) Allufions à des anecdotes particulières de la vie du curé.

Après que vous aurez aux yeux de l'assemblée
Etalé les péchés dont votre ame est troublée;
Avant que de partir, il faudra prudemment
Dicter vos volontés & faire un testament.
Bellébat perd en vous ses plaisirs & sa gloire:
Il lui faut un poëte, & des chansons à boire;
Il ne peut s'en passer; vous devez parmi nous
Choisir un confesseur qui soit digne de vous.
Il sera votre ouvrage, & vous pourrez le faire
De votre esprit charmant unique légataire.
Tel Elie autrefois, loin des profanes yeux
Dans un char de lumière emporté dans les cieux,
Avant que de partir pour ce rare voyage,
Consolait Elisée qui lui servait de page;
Et dans un testament qu'on n'a point par écrit,
Avec un vieux pourpoint lui laissa son esprit.

Afin de soulager votre mémoire usée,
Nous ferons en chansons une peinture aisée
De cent petits péchés que peut faire un pasteur,
Et que vous n'auriez pu nous réciter par cœur.

LES HABITANS *de Bellébat chantent.*

Air du *Confiteor.*

VOUS prenez donc congé de nous;
En vérité c'est grand dommage;
Mon cher curé, disposez-vous
A franchir gaîment ce passage.
Hé quoi vous résistez encor!
Dites votre *Confiteor.*

Lorfque vous aimâtes Margot,
Vous n'étiez pas encor fous-diacre.
Un beau jour de Quafimodo,
Avec elle montant en fiacre...
Vous en fouviendrait-il encor?
    Dites votre *confiteor.*

Nous vous avons vu pour Catin
Abandonner fouvent l'office;
Vous n'êtes pas, pour le certain,
Chu dans le fond du précipice;
Mais parbleu vous étiez au bord:
    Dites votre *confiteor.*

Vos fens de Brunelle enchantés
La fêtaient mieux que le dimanche.
Sous le linge elle a des beautés,
Quoiqu'elle ne foit pas trop blanche,
Et qu'elle ait quelque taie encor:
    Dites votre *confiteor.*

Vous avez renverfé fur cu
Plus de vingt tonneaux par année,
Tout Courdimanche eft convaincu
Que Toinon fut plus renverfée.
Pour les muids de vin, paffe encor:
    Dites votre *confiteor.*

N'êtes-vous pas demeuré court
Dans vos rendez-vous, comme en chaire?
Vous avez tout l'air d'un Saucourt,
De grands traits à la cordelière;
Mais tout ce qui luit n'eft pas or:
    Dites votre *confiteor.*

Elève & quelquefois rival
De l'abbé de Pure & d'Horace,
Du fond du confeffionnal,
Quand vous grimpez fur le Parnaffe,
Vous vous croyez fur le Thabor :
Dites votre *confiteor*.

Si les Amauris ont voulu
Troubler votre innocente flamme,
Et s'ils vous ont un peu battu,
C'eft pour le falut de votre ame :
C'eft pour vous de grace un tréfor :
Dites votre *confiteor*.

Après la confeffion LE BEDEAU *chante.*

Gardez tous un filence extrême,
Le curé fe difpofe à vous parler lui-même ;
Pour donner plus d'éclat à fes ordres derniers,
Il a fait affembler ici les marguilliers.
Ecoutez comme on carillonne ;
Du bruit des cloches Bellébat réfonne ;
Il touffe, il crache, écoutez bien ;
De ce qu'il dit ne perdez jamais rien.

LE CURÉ *chante d'un ton entre-coupé.*

A Courdimanche, avec honneur,
J'ai fait mon devoir de pafteur ;
J'ai fu boire, chanter & plaire,
Toutes mes brebis contenter ;
Mon fucceffeur fera Voltaire,
Pour mieux me faire regretter.

LE BEDEAU *chante.*

Que tous côtés on entende
Le beau nom de Voltaire, & qu'il foit célébré.
Eft-il pour nous une gloire plus grande?
L'auteur d'Oedipe eft devenu curé.

LE CHOEUR.

Que de tous côtés on entende, &c.

LE BEDEAU.

Qu'avec plaifir Béllébat reconnaiffe
De ce curé le digne fucceffeur;
Il faut toujours dans la paroiffe
Un grand poëte avec un grand buveur,
(*à Voltaire.*)
Que l'on béniffe
Le choix propice,
Qui du pafteur
Vous fait coadjuteur.

LE CHOEUR.

Que de tous côtés on entende
Le beau nom de Voltaire & qu'il foit célébré, &c.
(*Madame la marquife de Prie préfente à Voltaire une
couronne de laurier & l'inftalle en chantant.*)

Pour prix du bonheur extrême
Que nous goûtons dans ces lieux,
Et qu'on ne doit qu'à toi-même,
Reçois ce don précieux;
Je te le donne,
En attendant encor mieux
Qu'une couronne.

LES HABITANS *de Bellébat chantent.*

Dans cet augufte jour,
Reçois cette couronne
Par les mains de l'amour;
Notre cœur te la donne,
Et zon. zon, zon, &c.

Tu connais le devoir
Où cet honneur t'engage;
Par un double pouvoir
Mérite notre hommage,
Et zon, zon, zon, &c.

(*on annonce au coadjuteur fes devoirs.*)

Du pofte où l'on t'introduit:
Connais bien toutes les charges;
Il faut des épaules larges,
Grand'foif & bon appétit.

(*l'on répète.*)

Du pofte, &c.

(*on fait le panégyrique du curé comme s'il était mort..*)

UN CHORYPHÉE *chante.*

Hélas! notre pauvre faint,
Que DIEU veuille avoir fon ame;
Pain, vin, jambon, fille ou femme,
Tout lui paffait par la main.

LE CHOEUR.

Hélas! &c.

LE CHORYPHÉE.

Il eut cru taxer les Dieux
D'une puiffance bornée,
Si jamais pour l'autre année
Il eût gardé de vin vieux.

LE CHOEUR *répète.*

Il eût cru, &c.

LE CHORYPHÉE.

Tout Courdimanche en difcord.
Menaçait d'un grand tapage :
Il enivra le village,
A l'inftant tout fut d'accord.

LE CHOEUR.

Tout Courdimanche, &c.

LE CHORYPHÉE.

Quand l'orage était bien fort,
Pour détourner le tonnerre,
Un autre eût dit fon bréviaire ;
Lui courait au vin d'abord.

LE CHOEUR.

Quand l'orage, &c.

LE CHORYPHÉE.

Bon homme, ami du prochain,
Ennemi de l'abftinence ;
S'il prêchait la pénitence,
C'était un verre à la main.

LE CHOEUR.

Bon homme, &c.

DEUX JEUNES FILLES *chantent :*

Que nos prairies
Seront fleuries !
Les jeux, l'amour
Suivent Voltaire en ce jour ;

Déjà nos mères
Sont moins févères:
On dit qu'on peut faire
Un mari cocu.
Heureufe terre,
C'eft à Voltaire
Que tout eft dû?

LE CHOEUR.

Que nos prairies, &c.

LES JEUNES FILLES.

L'amour lui doit
Les honneurs qu'il reçoit;
Un cœur fauvage
Par lui s'adoucit;
Fille trop fage
Pour lui s'attendrit.

LE CHOEUR.

Que nos prairies, &c.

(*remercîment de Voltaire au curé.*)

Curé, dans qui l'on voit les talens & les traits,
La gaîté, la douceur & la foif éternelle
Du curé de Meudon qu'on nommait Rabelais,
Dont la mémoire eft immortelle,
Vous avez daigné me donner
Vos talens, votre efprit, ces dons d'un dieu propice;
C'eft le plus charmant bénéfice
Que vous ayez à réfigner.
Puiffe votre carrière être encor longue & belle;
Vous formerez en moi votre heureux fucceffeur:
Je ferai dans ces lieux votre coadjuteur,
Par-tout, hors auprès de Brunelle.

LE CHOEUR.

LE CHOEUR.

Honneur & cent fois honneur
A notre coadjuteur !

(*à monseigneur le comte de Clermont.*)

Viens, parais, jeune prince, & qu'on te reconnaisse
 Pour le coq de notre paroisse ;
Que ton frère, à son gré, soit le digne pasteur
 De tous les peuples de la France ;
Qu'on chante, si l'on veut, sa vertu, sa prudence ;
Toi seul dans Bellébat rempliras nos désirs :
On peut par-tout ailleurs célébrer sa justice ;
Nous ne voulons ici chanter que nos plaisirs ;
Qui pourrait mieux que toi commencer cet office ?

(*à M. de Billy son gouverneur.*)

Billy, nouveau Mentor, bien plus sage qu'austère,
 De ce Télémaque nouveau ;
 Si pour éclairer sa carrière ,
Ta main de la raison lui montre le flambeau,
Le flambeau de l'amour s'allume pour lui plaire :
Loin d'éteindre ses feux, ose en brûler encor ;
Et que jamais surtout quelque nymphe jolie
 Ne renvoie à la Peyronie
 Le Télémaque & le Mentor.

(*au seigneur de Bellébat.*)

Duchy, maître de la maison,
Vous me paraissez franc , vrai , sans façon,
Très-peu complimenteur , & je vous en révère :
La louange à vos yeux n'eut jamais rien de doux ,
Allez , ne craignez rien des transports de ma lyre :
Je vous estimerai, mais sans vous en rien dire ;
 C'est comme il faut vivre avec vous.

Poëmes.   A a

(*à M. de Mont-Chefne.*)

Continuez, Monfieur : avec l'heureux talent
D'être plaifant & froid, fans être froid plaifant,
De divertir fouvent, & de ne jamais rire;
     Vous favez railler fans médire;
     Et vous poffédez l'art charmant
De ne jamais fâcher, & toujours contredire.

(*à Mme de Mont-Chefne.*)

Vous, aimable moitié de ce grand difputeur,
Vous, qui penfez toujours bien plus que vous n'en dites;
Vous, de qui l'on eftime & l'efprit & le cœur,
Lorfque vous ne fongez qu'à cacher leurs mérites;
Jouiffez du plaifir d'avoir toujours dompté
Les contradictions dont fon efprit abonde ;
Car ce n'eft que pour vous qu'il a toujours été
     De l'avis du refte du monde.

(*à Mme la marquife de Prie.*)

De Prie, objet aimable & rare affurément,
     Que vous paffez d'un vol rapide
Du grave à l'enjoué, du frivole au folide !
     Que vous uniffez plaifamment
L'efprit d'un philofophe & celui d'un enfant !
J'accepte les lauriers que votre main me donne :
Mais ne peut-on tenir de vous qu'une couronne?
Vous connaiffez Alain, ce poëte fameux,
Qui s'endormit un jour au palais de fa reine :
     Il en reçut un baifer amoureux ;
     Mais il dormait, & la faveur fut vaine.

Vous me pourriez payer d'un prix plus doux :
    Et fi votre bouche vermeille
Doit quelque chofe aux vers que je chante pour vous
    N'attendez pas que je fommeille.

    (*à M. de Baye, frère de Mme de Prie.*)

Vous êtes, cher de Baye, au printemps de votre âge
Vous promettez beaucoup, vous tiendrez davantage.
    Surtout n'ayez jamais d'humeur ;
    Vous plairez quand vous voudrez plaire :
    D'ailleurs imitez votre frère ;
Mais hélas ! qui pourrait imiter votre fœur ?

    (*à M. le duc de la Feuillade.*)

    Vous avez, jeune la Feuillade,
Ce don charmant que jadis eut Saucourt ;
    Ce don qui toujours perfuade,
    Et qui plaît furtout à la cour.
    Gardez qu'un jour on ne vous plaigne
D'avoir fu mal ufer d'un talent fi parfait ;
N'allez pas devenir un méchant cabaret
    Portant une fi belle enfeigne.

    (*à M. de Bonneval.*)

Et vous, cher Bonneval, que vous êtes heureux !
Vous écrivez fouvent fous l'aimable de Prie ;
Et vous avez des vers le talent gracieux
Ainfi diverfement vous paffez votre vie
    A parler la langue des Dieux.
Partagez avec moi ce brin de ma couronne ;
De Prie, aux yeux de tous, m'a promis encor mieux :
Ah ! fi ce mieux venait, je jure par les cieux
De ne le partager jamais avec perfonne.

             A a 2

(*à M. le préfident Hénault.*)

Hénault, aimé de tout le monde,
Vous enchantez également
Le philofophe, l'ignorant,
Le galant à perruque blonde,
Le citoyen, le courtifan :
En Apollon, vous êtes mon confrère ;
Grand maître en l'art d'aimer, bien plus en l'art de plaire ;
Vif fans emportement, complaifant fans fadeur :
Homme d'efprit fans être auteur,
Vous préfidez à cette fête ;
Vous avez tout l'honneur de cet aimable jour.
Mes lauriers étaient faits pour ceindre votre tête,
Mais vous n'en recevez que des mains de l'amour.

(*à MM. le marquis & l'abbé de Livry.*)

Plus on connaît Livry, plus il eft agréable.
Il donne des plaifirs & toujours il en prend ;
Il eft le Dieu du lit & celui de la table.
Son frère, (13) en tapinois, en fait bien tout autant ;
Et fans perdre de fa prudence,
Lorfqu'avec des buveurs il fe trouve engagé,
Il foutient mieux que le clergé
Les libertés de l'Eglife de France.

(*à M. Delaiftre.*)

Doux, fage, ingénieux, agréable Delaiftre,
Vous avez gagné mon cœur,
Dès que j'ai pu vous connaître.
Mon eftime envers vous à l'inftant va paraître ;
Je vous fais mon enfant de chœur.

(13) L'abbé de *Livry*, ambaffadeur en Portugal, en Efpagne, & en Pologne.

LE CHOEUR *chante.*

Chantons tous la chambrière
De notre coadjuteur;
Elle aura beaucoup à faire
Pour engraisser son pasteur.
Haut le pied, bonne ménagère;
Haut le pied, Coadjuteur.

LE COADJUTEUR *chante.*

Tu parais dans le bel âge,
Vive, aimable, & sans humeur;
Viens gouverner mon ménage,
Et ma paroisse , & mon cœur.
Haut le cul, belle ménagère;
Haut le cul, Coadjuteur.

L'évêque le plus austère,
S'il visitait mon réduit,
Cache-toi , ma ménagère,
Car il te prendrait pour lui.
Haut le pied, bonne ménagère ;
Tu peux paraître aujourd'hui.

LE CHOEUR *chante.*

Honneur au dieu de Cythère,
Et gloire au divin Bacchus ;
Honneur & gloire à Voltaire,
Héritier de leurs vertus.
Haut le pied, bonne ménagère:
Que de biens sont attendus !

Des jeux l'efcorte légère,
Sous ce digne fucceffeur,
De la raifon trop auftère
Délivrera notre cœur :
Haut le pied, bonne ménagère;
Célébrez votre bonheur.

Raifon, dont la voix murmure
Contre nos tendres fouhaits,
Par une trifte peinture
Des cœurs tu troubles la paix.
Ils peignent d'après nature;
Nous aimons mieux leurs portraits.

F I N.

LA BASTILLE. (1).

Or ce fut donc par un matin fans faute,
En beau printemps un jour de Pentecôte,
Qu'un bruit étrange en furfaut m'éveilla.
Un mien valet qui du foir était ivre :
Maître, dit-il, le Saint-Efprit eft là ;
C'eft lui fans doute, & j'ai lu dans mon livre
Qu'avec vacarme il entre chez les gens.
Et moi de dire alors entre mes dents :
Gentil puîné de l'Effence fuprême,
Beau Paraclet, foyez le bien venu ;
N'êtes-vous pas celui qui fait qu'on aime ?

En achevant ce difcours ingénu,
Je vois paraître au bout de ma ruelle,
Non un pigeon, non une colombelle ,
De l'Efprit faint oifeau tendre & fidelle ;
Mais vingt corbeaux de rapine affamés,
Monftres crochus que l'enfer a formés :
L'un près de moi s'approche en fycophante ;
Un maintien doux, une démarche lente,
Un ton cafard, un compliment flatteur,
Cachent le fiel qui lui ronge le cœur.

Mon fils, dit-il, la cour fait vos mérites ;
On prife fort les bons mots que vous dites,
Vos petits vers , & vos galans écrits ;
Et comme ici tout travail a fon prix,
Le roi, mon fils, plein de reconnaiffance,
Veut de vos foins vous donner récompenfe,
Et vous accorde, en dépit des rivaux ,
Un logement dans un de fes châteaux.

Les gens de bien qui font à votre porte
Avec refpeét vous ferviront d'efcorte ;
Et moi, mon fils, je viens de par le roi ,
Pour m'acquitter de mon petit emploi.

Trigaud, lui dis-je, à moi point ne s'adreffe
Ce beau début ; c'eft me jouer d'un tour;
Je ne fuis point rimeur fuivant la cour ;
Je ne connais roi, prince, ni princeffe ;
Et fi tout bas je forme des fouhaits ,
C'eft que d'iceux ne fois connu jamais.
Je les refpeéte ; ils font dieux fur la terre ;
Mais ne les faut de trop près regarder ;
Sage mortel doit toujours fe garder
De ces gens-là qui portent le tonnerre :
Partant, vilain, retournez vers le roi :
Dites-lui fort que je le remercie
De fon logis ; c'eft trop d'honneur pour moi ;
Il ne me faut tant de cérémonie :
Je fuis content de mon bouge, & les dieux
Dans mon taudis m'ont fait un fort tranquille :
Mes biens font purs, mon fommeil eft facile,
J'ai le repos ; les rois n'ont rien de mieux.

J'eus beau prêcher, & j'eus beau m'en défendre,
Tous ces Meffieurs, d'un air doux & bénin,
Obligeamment me prirent par la main :
Allons, mon fils, marchons : fallut fe rendre
Fallut partir. Je fus bientôt conduit ,
En coche clos , vers le royal réduit
Que près Saint-Paul ont vu bâtir nos pères
Par Charles-cinq. O gens de bien, mes frères ,

Que Dieu vous gard' d'un pareil logement !
J'arrive enfin dans mon appartement.
Certain croquant , avec douce manière ,
Du nouveau gîte exaltait les beautés ,
Perfections , aifes , commodités :
Jamais Phébus , dit-il , dans fa carrière ,
De fes rayons n'y porta la lumière :
Voyez ces murs de dix pieds d'épaiffeur ;
Vous y ferez avec plus de fraîcheur :
Puis me fefant admirer la clôture ,
Triple la porte & triple la ferrure ,
Grilles , verroux , barreaux de tout côté ;
C'eft , me dit-il , pour votre fûreté.

Midi fonnant , un chaudeau l'on m'apporte ;
La chère n'eft délicate , ni forte ;
De ce beau mets je n'étais point tenté ;
Mais on me dit : c'eft pour votre fanté ,
Mangez en paix , ici rien ne vous preffe.

Me voici donc en ce lieu de détreffe ,
Embaftillé , logé fort à l'étroit ,
Ne dormant point , buvant chaud , mangeant froid ,
Trahi de tous , même de ma maîtreffe.

O Marc René , (2) que Caton le cenfeur
Jadis dans Rome eût pris pour fucceffeur ,
O Marc René , de qui la faveur grande
Fait ici-bas tant de gens murmurer ;
Vos beaux avis m'ont fait claquemurer ;
Que quelque jour le bon Dieu vous le rende !

F I N.

NOTES.

(1) IL parut en 1714 des vers satiriques, intitulés les *J'ai vu.* M. de *Voltaire* ayant été soupçonné d'en être l'auteur, fut renfermé à la Bastille.

On trouvera les *J'ai vu* dans la vie de M. de *Voltaire.*

(2) *Marc René de Voyer d'Argenson*, alors lieutenant de police. M. de *Voltaire* ne parle point ici de M. d'*Argenson* du même ton que dans le *siècle de Louis XIV*, ou dans le petit poëme sur la Police. Mais M. d'*Argenson* fut plus haï qu'estimé tant qu'il vécut. Après sa mort, on lui a rendu justice, & même plus que justice.

DIVERTISSEMENT

MIS EN MUSIQUE,

*Pour une fête donnée par M. André à madame
la maréchale de Villars.*

RECITATIF.

QUEL éclat vient frapper mes yeux ?
Eft-ce Mars & Vénus qui viennent en ces lieux ?
Les Grâces & Bellone y marchent fur leur trace :
C'eft ce héros femblable au dieu de Thrace ;
C'eft lui dont l'heureufe audace
Arracha le tonnerre à l'aigle des Céfars,
Brifa les plus fermes remparts,
Raffura nos Etats, & fit trembler la terre;
C'eft lui qui répandant la crainte & les bienfaits,
A mêlé fur fon front l'olive de la paix
Aux lauriers fanglans de la guerre.

UNE VOIX SEULE.

Air.

Voici cet objet charmant
Qui ternirait l'éclat de la fille de l'onde :
Entre elle & fon époux le deftin tout-puiffant
Semble avoir partagé la conquête du monde :
L'un a dompté les plus fameux vainqueurs,
Et l'autre a foumis tous les cœurs.

DUO.

Que les fleurs parent nos têtes :
Que les plus aimables fêtes
Soient l'ornement de leur cour.
Fuyez nuit obfcure,
Que les feux de l'amour
Allument dans ce féjour
Une clarté plus pure
Que le flambeau du jour.

UNE VOIX SEULE.

Air.

Régnez, Nymphe charmante ,
Régnez parmi les ris ;
Ne voyez point avec mépris
L'hommage que l'on vous préfente.
Vos attraits en font tout le prix.
De vos yeux l'aimable pouvoir
De la paix de nos cœurs a troublé l'innocence :
Nous vous aimons fans efpérance ;
Nous jouiffons du moins du bonheur de vous voir ;
C'eft notre unique récompenfe.

DEUX VOIX.

Régnez, Nymphe charmante ,
Régnez parmi les ris ;
Ne voyez point avec mépris
L'hommage que l'on vous préfente,
Vos attraits en font tout le prix.

LA MORT

DE MADEMOISELLE

LE COUVREUR,

CELEBRE ACTRICE.

1730.

QUE vois-je ! quel objet ! quoi ! ces lèvres charmantes,
Quoi ! ces yeux d'où partaient ces flammes éloquentes,
Eprouvent du trépas les livides horreurs !
Mufes, Grâces, Amours, dont elle fut l'image,
O mes dieux & les fiens, fecourez votre ouvrage.
Que vois-je ! c'en eft fait, je t'embraffe, & tu meurs !
Tu meurs ; on fait déjà cette affreufe nouvelle ;
Tous les cœurs font émus de ma douleur mortelle.
J'entends de tous côtés les beaux arts éperdus,
S'écrier en pleurant, Melpomène n'eft plus.
     Que direz-vous, race future,
Lorfque vous apprendrez la flétriffante injure
Qu'à ces arts défolés font des hommes cruels ?
     Ils privent de la fépulture
Celle qui dans la Grèce aurait eu des autels.

Quand elle était au monde, ils foupiraient pour elle;
Je les ai vu foumis, autour d'elle empreffés :
Sitôt qu'elle n'eft plus elle eft donc criminelle!
Elle a charmé le monde, & vous l'en puniffez !
Non, ces bords déformais ne feront plus profanes: (a)
Ils contiennent ta cendre ; & ce trifte tombeau,
Honoré par nos chants, confacré par tes mânes,
   Eft pour nous un temple nouveau.
Voilà mon Saint-Denis; oui, c'eft là que j'adore
Tes talens, ton efprit, tes grâces, tes appas :
Je les aimai vivans ; je les encenfe encore,
   Malgré les horreurs du trépas,
   Malgré l'erreur & les ingrats,
Que feuls de ce tombeau l'opprobre déshonore.
Ah ! verrai-je toujours ma faible nation,
Incertaine en fes vœux, flétrir ce qu'elle admire;
Nos mœurs avec nos lois toujours fe contredire ;
Et le Français volage endormi fous l'empire
   De la fuperftition ?
   Quoi ! n'eft-ce donc qu'en Angleterre
   Que les mortels ofent penfer ?
O rivale d'Athène ! ô Londre ! heureufe terre !
Ainfi que des tyrans, vous avez fu chaffer
Les préjugés honteux, qui vous livraient la guerre.
C'eft là qu'on fait tout dire, & tout récompenfer ;
Nul art n'eft méprifé, tout fuccès a fa gloire.
Le vainqueur de Tallard, le fils de la victoire,
Le fublime Dryden, & le fage Addiffon,
Et la charmante Ophils, & l'immortel Newton,
   Ont part au temple de mémoire :

(a) Elle eft enterrée fur le bord de la Seine, près le Pont royal.

Et le Couvreur à Londre aurait eu des tombeaux
Parmi les beaux efprits, les rois, & les héros. (1)
Quiconque a des talens à Londre eft un grand homme.
   L'abondance & la liberté
Ont après deux mille ans chez vous reffufcité
   L'efprit de la Grèce & de Rome.
Des lauriers d'Apollon, dans nos ftériles champs,
La feuille négligée eft-elle donc flétrie?
Dieux! pourquoi mon pays n'eft-il plus la patrie
   Et de la gloire & des talens?

(1) Après ce vers :

  Parmi les beaux efprits, les rois, & les héros,

on lifait ceux-ci dans une édition de 1738.

  Le génie étonnant de la Grèce & de Rome,
  Enfant de l'abondance & de la liberté,
  Semble après deux mille ans chez eux reffufcité.
  O toi, jeune Sallé, (*) fille de Terpficore,
  Qu'on infulte à Paris, mais que tout Londre honore,
  Dans tes nouveaux fuccès, reçois avec mes vœux
  Les applaudiffemens d'un peuple refpectable;
  De ce peuple puiffant, fier, libre, généreux,
  Aux malheureux propice, aux beaux arts favorable.
  Des lauriers d'Apollon, &c.

(*) Mlle *Sallé*, célébre danfeufe de l'opéra de Paris, était alors
en Angleterre.

LA POLICE

LOUIS XIV. (*)

LE grand art de régner eft le premier des arts ;
Il ne fe borne point aux fatigues de Mars ;
Il n'eft point renfermé dans le foin politique
D'abaiffer la fierté d'un voifin tyrannique,
Ou d'ébranler l'Europe, ou d'y donner la loi.
Le devoir d'un monarque eft de régner chez foi ;
D'y former un Etat redoutable & tranquille,
De rendre heureux fon peuple en le rendant docile :
C'eft ainfi que Louis fut paffer autrefois
Des tentes de Bellone au temple de nos lois.
Il montait fur un trône environné d'abymes,
De débris, de tombeaux, de meurtres, & de crimes,
Au milieu des flambeaux de nos divifions,
Aux cris de la difcorde, au bruit des factions.
Il parut, il fut fage, & l'Etat fut paifible.
La difcorde à fon joug foumit fa tête horrible,
Et la confufion fit filence à fa voix.
Tout prit un nouveau cours, tout rentra dans fes droits.
Le magiftrat fut jufte, & l'Eglife fut fainte ;
Paris vit profpérer dans fon heureufe enceinte
Des citoyens foumis, au travail affidus,
Qui refpectaient les grands, & ne les craignaient plus.

(*) On croit que cette pièce a concouru pour le prix de l'académie
françaife.

La

La règle avec la paix fous des abris tranquilles,
Aux arts encouragés affura des afiles.
L'orphelin fut nourri, le vagabond fixé;
Le pauvre, oifif & lâche, au travail fut forcé;
Et l'heureufe induftrie amenant l'abondance
Appela l'étranger qui méconnut la France:
L'étranger étonné qui, prompt à s'irriter,
Fut jaloux de Louis, & ne put l'imiter.
Ainfi quand du Très-haut la parole féconde,
Des horreurs du chaos eut fait naître le monde,
Il en fixa la borne, il plaça dans leurs rangs
Ces tréfors de lumière & ces globes errans;
De l'immenfe Saturne il ralentit la courfe;
Fit dans un cercle étroit rouler le char de l'Ourfe;
De la Lune à la Terre affura les fecours;
Diftingua les climats, & mefura les jours.
Il dit à l'Océan: que ton orgueil s'abaiffe;
Que l'aftre de la nuit te foulève & t'affaiffe:
Il dit aux flancs du Nord: enfantez les Autans;
Aux eaux du ciel: tombez, fertilifez les champs;
Et que tantôt liquide, & tantôt endurcie,
L'onde revole au ciel en vapeurs obfcurcie.
Il dit, & tout fut fait; &, dès ces premiers temps,
Toujours indeftructible en fes grands changemens,
La nature entretient, à fon maître fidelle,
D'élémens oppofés la concorde éternelle.
Si l'on peut comparer aux chefs-d'œuvres divins
Les faibles monumens des efforts des humains,
Sous un roi bienfefant parcourons cette ville
Obéiffante, heureufe, agiffante, tranquille.
Quelle ame inceffamment conduit ce vafte corps?
Quelle invifible main préfide à ces refforts?

Poëmes.   B b

Quel fage a fu plier à nos communs fervices
Nos befoins, nos plaifirs, nos vertus & nos vices?
Pourquoi ce peuple immenfe, avec fécurité
Vit-il fans prévoyance & fans calamité?
L'aftre du jour à peine a fini fa carrière,
De cent mille fanaux l'éclatante lumière
Dans ce grand labyrinthe avec ordre me luit,
Et forme un jour de fête au milieu de la nuit.
L'aurore ouvre les cieux, le befoin fe réveille,
Il appelle à grands cris le travail qui fommeille ;
Vertumne avec Pomone apporte au point du jour
Les fruits prématurés, hâtés par leur amour.
Ces rivages pompeux qui refferrent ces ondes
Sont couverts en tout temps des tréfors des deux mondes.
Ici l'or qu'on filait s'étend fous le marteau ;
La main de l'artifan lui donne un prix nouveau ;
La vanité des grands, le luxe, la molleffe,
Nourriffent des petits l'infatigable adreffe.
Je vois tous les talens, par l'efpoir animés,
Noblement foutenus, fagement réprimés :
L'un de l'autre jaloux, empreffés à fe nuire,
L'intérêt les fit naître, il pourrait les détruire ;
Un fage les modère, & de leurs factions
Fait au bonheur public fervir les paffions.
Mais ce n'eft pas affez qu'un fage foit utile ;
Le magiftrat français doit penfer en édile ;
Il doit lever les yeux vers ces nobles Romains
Que le ciel fit en tout l'exemple des humains.
C'était peu de tracer de leurs mains triomphantes,
Du Tibre au Pont-Euxin ces routes étonnantes ;
De tranfporter les flots des fleuves captivés,
Sur cent arcs triomphaux jufqu'au ciel élevés ;

Rome en grands monumens de tous côtés féconde,
Donna des lois, des arts, & des fêtes au monde;
L'univers enchaîné dans un heureux loïfir,
Admira les Romains jufqu'au fein du plaifir.
Paris ne cède point à l'antique Italie;
Chaque jour nous raffemble aux temples du génie,
A ces palais des arts, à ces jeux enchanteurs,
A ces combats d'efprit qui poliffent les mœurs:
Pompe digne d'Athène où tout un peuple abonde,
Ecole des plaifirs, des vertus & du monde.
Plus loin la preffe roule, & notre œil étonné,
Y voit un plomb mobile en lettres façonné,
Mieux que chez les Chinois, fur des feuilles légères,
Tracer en un moment d'immortels caractères.
Protégez tous ces arts, ô vous, foutiens des lois,
Miniftres confidens ou précepteurs des rois;
Méritez que vos noms foient écrits dans l'hiftoire
Par la main des talens, organes de la gloire.
Colbert & Richelieu, les palmes dans les mains,
De l'immortalité vous montrent les chemins.
Regardez auprès d'eux ce vigilant génie,
Succeffeur généreux du prudent La Reynie,
A qui Paris doit tout, & qui laiffe aujourd'hui,
Pour le bien des Français, deux fils dignes de lui.
Ma voix vous nommerait, vous dont la vigilance
Etend des foins nouveaux fur cette ville immenfe;
Si vos jours confacrés au maintien de nos lois
Vous laiffaient un moment pour entendre ma voix;
J'oferais, emporté par une heureufe ivreffe,
De mon roi bienfefant célébrer la fageffe;
Mais l'éloge eft pour lui, malgré fon bruit flatteur,
La feule vérité qui déplaife à fon cœur.

FIN.

SUR LA CAMPAGNE

D'ITALIE.

1734.

Au pied de ces monts redoutables
Où fleurit la nature au milieu des hivers,
Vers ces climats rians, près des rives aimables
  Où tous les tréfors font ouverts,
   J'ai vu les enfans de la guerre,
Semblables aux torrens qui fondaient avec eux,
A travers les glaçons apporter le tonnerre
Qu'allumaient dans leurs mains les aquilons fougueux.
De la cour de Louis l'éclatante jeuneffe
Part du fein des plaifirs qu'elle aime & qu'elle a fui ;
Voyageurs fans regret, & guerriers fans faibleffe,
Elevés comme Achille, ils volent comme lui,
Des lieux où dans les fleurs les berçait la molleffe,
Au carnage où l'honneur les appelle aujourd'hui.

Le monarque des monts, l'héritier d'Amédée
Voit naître un camp fuperbe, où s'élève l'appui
   Dont fa valeur eft fecondée.
  Quand Mars tonne aux rives du Rhin,
La ligue du vengeur foudroie en Italie
   L'aigle impérieux du Germain,
Que Villars confondra, que Berwick humilie.

Villars couvert de tout l'éclat
Dont brilla jadis fa carrière,
Voit encor les dangers, & franchit la barrière.
Eugène eft au confeil; & Villars, au combat,
Sous d'éternels lauriers blanchit fa tête altière;
Et fon triomphe illimité
Met au rang des vaincus l'âge qu'il a dompté.

Au réveil foudain de la France
L'Ibère ouvre les yeux, le fer brille; & Madrid
Voit le triple ferment que la vengeance écrit
Sur les drapeaux de l'alliance;
Et l'aigle fur fa proie, où le vainqueur s'élance
Jette un dernier regard dont l'Europe fourit.

Déjà fur ces rives fanglantes
On voit fes fujets dépouillés
Echapper en tremblant aux débris foudroyés
De vingt citadelles brûlantes.
Pizzighitone en feu nous laiffe encor des traits
Dont Milan frappé doit fe rendre.
Tortone & fes rochers en cendre
Sont l'augure éclatant des rapides progrès
Que Naples a frémi d'entendre,
Et dont pâlit Mantoue au fond de fes marais.

Rappelé des climats de l'Ourfe,
Le Germain n'ira plus, négligeant fes confins,
Soulever l'étranger, & ralentir la courfe
D'un roi foutenu par nos mains.
Un peuple, au fond du Nord, fameux par fes orages,
Malheureux par fa liberté,
Des Dieux & des Bourbons recueillant les fuffrages,
Donnait les fiens à l'équité.

Bb 3

Vienne pour fon idole arrachant des hommages,
S'élève en fouveraine, & dicte un nouveau choix;
Ses fons tumultueux font différens des nôtres;
L'art de faire des rois fans en détrôner d'autres,
  N'eft pas connu de tous les rois;
  Ces traits confacrés par la gloire
Des beaux jours de Louis commencèrent l'hiftoire
Combattre, conquérir, & donner des Etats,
  Eft le triomphe qui le flatte;
  Le moment où fon règne éclate
Eft le moment qui fait des potentats.

F I N.

APOLOGIE

DE LA FABLE.

Savante antiquité, beauté toujours nouvelle,
Monumens du génie, heureuses fictions,
   Environnez-moi des rayons
   De votre lumière immortelle ;
Vous savez animer l'air, la terre & les mers ;
   Vous embelliffez l'univers,
Cet arbre à tête longue, aux rameaux toujours verds,
   C'eft Atys aimé de Cybèle :
La précoce Hyacinthe eft le tendre mignon
Que fur ces prés fleuris careffait Apollon.
Flore avec le Zéphyre a peint ces jeunes rofes
   De l'éclat de leur vermillon.
Des baifers de Pomone on voit dans ce vallon
Les fleurs de mes pêchers nouvellement éclofes.
Ces montagnes, ces bois, qui bordent l'horizon
   Sont couverts de métamorphofes.
Ce cerf aux pieds légers eft le jeune Actéon :
Du chantre de la nuit j'entends la voix touchante ;
   C'eft la fille de Pandion ,
   C'eft Philomèle gémiffante.
Si le foleil fe couche, il dort avec Thétis :
Si je vois de Vénus la planète brillante,
C'eft Vénus que je vois dans les bras d'Adonis.
Ce pôle me préfente Andromède & Perfée ;
Leurs amours immortels échauffent de leurs feux
Les éternels frimats de la zône glacée.
Tout l'Olympe eft peuplé de héros amoureux.

Admirables tableaux ! féduifante magie !
Qu'Héfiode me plaît dans fa théologie,
Quand il me peint l'Amour débrouillant le chaos,
S'élançant dans les airs & planant fur les flots !
Vantez-nous maintenant, bienheureux légendaires,
Le porc de faint Antoine & le chien de faint Roch,
   Vos reliques, vos fcapulaires,
Et la guimpe d'Urfule, & la craffe du froc ;
Mettez la Fleur des faints à côté d'un Homère :
Il ment, mais en grand homme ; il ment, mais il fait plaire ;
   Sottement vous avez menti.
   Par lui l'efprit humain s'éclaire ;
Et fi l'on vous croyait, il ferait abruti.
On chérira toujours les erreurs de la Gréce ;
   Toujours Ovide charmera.
Si nos peuples nouveaux font chrétiens à la meffe,
   Ils font païens à l'opéra.
L'almanach eft païen ; nous comptons nos journées
Par le feul nom des dieux que Rome avait connus ;
C'eft Mars & Jupiter, c'eft Saturne & Vénus,
Qui préfident aux temps, qui font nos deftinées :
Ce mélange eft impur, on a tort ; mais enfin
Nous reffemblons affez à l'abbé Pellegrin,
Le matin catholique, & le foir idolâtre,
Déjeûnant de l'autel, & foupant du théâtre.

F I N.

JEAN

QUI PLEURE ET QUI RIT.

Quelquefois le matin, quand j'ai mal digéré,
Mon efprit abattu, triftement éclairé,
Contemple avec effroi la funefte peinture
      Des maux dont gémit la nature :
Aux erreurs, aux tourmens, le genre humain livré,
Les crimes, les fléaux de cette race impure
      Dont le diable s'eft emparé.
Je dis au mont Etna : pourquoi tant de ravages,
Et ces fources de feu qui fortent de tes flancs ?
Je redemande aux mers tous ces triftes rivages
Difparus autrefois fous leurs flots écumans ;
      Et je dis aux tyrans :
      Vous avez troublé le monde
      Plus que les fureurs de l'onde,
      Et les flammes des volcans :
      Enfin lorfque j'envifage
      Dans ce malheureux féjour,
      Quel eft l'horrible partage
      De tout ce qui voit le jour,
Et que la loi fuprême eft qu'on fouffre & qu'on meure ;
      Je pleure.

Mais lorfque, fur le foir, avec des libertins
      Et plus d'une femme agréable,
Je mange mes perdreaux, & je bois les bons vins
Dont monfieur d'Aranda vient de garnir ma table ;

Quand, loin des fripons & des fots,
La gaîté, les chanfons, les grâces, les bons mots,
Ornent les entremets d'un fouper délectable ;
Quand, fans regretter nos beaux jours,
J'applaudis aux nouveaux amours
De Cléon & de fa maîtreffe ;
Et que la charmante amitié,
Seul nœud dont mon cœur eft lié,
Me fait oublier ma vieilleffe,
Cent plaifirs renaiffans réchauffent mes efprits :
Je ris.

Je vois, quoique de loin, les partis, les cabales,
Qui foufflent dans Paris vainement agité
Des inimitiés infernales,
Et verfent leur poifon fur la fociété :
L'infame calomnie avec perverfité
Répand fes ténébreux fcandales :
On me parle fouvent du Nord enfanglanté ;
D'un roi fage & clément chez lui perfécuté,
Qui dans fa royale demeure
N'a pu trouver fa fureté ;
Que fes propres fujets pourfuivent à toute heure :
Je pleure.

Mais fi monfieur Terrai veut bien me rembourfer ;
Si mes prés, mes jardins, mes forêts s'embelliffent,
Si mes vaffaux fe réjouiffent,
Et fous l'orme viennent danfer ;
Si parfois, pour me délaffer,

Je relis l'Arioste, ou même la Pucelle,
  Toujours catin, toujours fidelle,
Ou quelqu'autre impudent dont j'aime les écrits;
   Je ris.

Il le faut avouer : telle est la vie humaine :
Chacun a son lutin qui toujours le promène
  Des chagrins aux amusemens.
De cinq sens, tout au plus, malgré moi je dépens;
L'homme est fait, je le fais, d'une pâte divine,
Nous ferons tous un jour des esprits glorieux,
Mais dans ce monde-ci l'ame est un peu machine.
  La nature change à nos yeux ;
   Et le plus triste Héraclite,
   Quand ses affaires vont mieux ,
   Redevient un Démocrite.

F I N.

L'HOTE

ET

L'HOTESSE,

DIVERTISSEMENT.

1776.

LETTRES

A M. DE CROMOT,

Surintendant des finances de MONSIEUR, *frère
du Roi, qui avait demandé à* M. *de Voltaire un
petit divertissement pour la fête que* MONSIEUR
a donnée à la Reine, à Brunoi, en 1776.

LETTRE PREMIERE.

Ferney, 20 septembre 1776.

MONSIEUR,

En me donnant la plus agréable commission dont
on pût jamais m'honorer, vous avez oublié une
petite bagatelle, c'est que j'ai quatre-vingt-deux ans
passés. Vous êtes comme le dieu des janfénistes qui
donnait des commandemens impossibles à exécuter;
& pour mieux ressembler à ce dieu-là, vous ne
manquez pas de m'avertir qu'on n'aura que quinze
jours pour se préparer; de forte qu'il arrivera que la
reine aura foupé avant que je puisse recevoir votre
réponse à ma lettre.

Malgré le temps qui presse, il faut, Monsieur,
que je vous consulte fur l'idée qui me vient.

Il y a une fête fort célèbre à Vienne, qui eft celle de l'Hôte & de l'Hôteffe : l'empereur eft l'hôte, l'impératrice eft l'hôteffe ; ils reçoivent tous les voyageurs qui viennent fouper & coucher chez eux, & donnent un bon repas à table d'hôte. Tous les voyageurs font habillés à l'ancienne mode de leur pays ; chacun fait de fon mieux pour cajoler refpectueufement l'hôteffe ; après quoi tous danfent enfemble. Il y a jufte foixante ans que cette fête n'a été célébrée à Vienne ; MONSIEUR voudrait-il la fêter à Brunoi?

Les voyageurs pourraient rencontrer des aventures. Les uns feraient des vers pour la reine ; les autres chanteraient quelques airs italiens ; il y aurait des querelles, des rendez-vous manqués, des plaifanteries de toute efpèce.

Un pareil divertiffement eft, ce me femble, d'autant plus commode, que chaque acteur peut inventer lui-même fon rôle, & l'accourcir ou l'alonger comme il voudra.

Je vous répète, Monfieur, qu'il me paraît impoffible de préparer un ouvrage en forme pour le peu de temps que vous me donnez ; mais voici ce que j'imagine : je vais faire une petite efquiffe du ballet de l'Hôte & de l'Hôteffe ; je vous enverrai des vers auffi mauvais que j'en fefais autrefois ; vous me paraiffez avoir beaucoup de goût, vous les corrigerez, vous les placerez, vous verrez *quid deceat*, *quid non*.

Je ferai partir dans trois ou quatre jours cette déteftable efquiffe dont vous ferez très-aifément un joli tableau ; quand un homme d'efprit donne une fête, c'eft à lui à mettre tout en place.

Vous

Vous pourriez à tout hasard, Monsieur, m'envoyer vos idées & vos ordres; mais je vous avertis qu'il y a cent vingt lieues de Brunoi à Ferney. Je vous demande le plus profond secret, parce qu'il n'est pas bien sûr que dans quatre jours je ne demande l'extrême-onction au lieu de travailler à un ballet.

J'ai l'honneur d'être avec respect & avec une envie probablement inutile de vous plaire, &c.

LETTRE II.

Ferney, 22 septembre 1776.

SI vous approuvez, Monsieur, l'idée du divertisse-ment que je vous propose, il vous sera très-aisé d'y mettre tous les agrémens & toutes les convenances dont il est susceptible; vous verrez que le canevas peut être étendu ou resserré à volonté.

Je ne crois pas que cette fête exige de grandes dépenses, & qu'elle soit d'une difficile exécution. Je sens bien, Monsieur, que je vous ai mal servi, mais j'ai déjà eu l'honneur de vous dire qu'il y a bien des années que je suis au monde, & je n'ai pas mis vingt-quatre heures à vous obéir. Si je n'ai pas rencontré votre goût, je vous prie de me pardonner; je ne crois pas qu'il y ait de cuisinier en France qui puisse faire un bon souper à cent vingt lieues des

Poëmes. Cc

convives. Je fuis d'ailleurs un cuifinier qui n'a plus
ni fel ni fauce ; je n'avais que l'envie extrême de
mériter la confiance dont vous m'honoriez : or cela
ne fuffit pas pour que MONSIEUR faffe bonne chère.
Permettez-moi feulement de vous demander le fecret,
de peur que mon *menu* ne foit décrié dans la bonne
compagnie.

J'ai l'honneur d'être &c.

LETTRE III.

Ferney, 10 octobre 1776.

LOIN de prendre, Monfieur, la liberté de vous
envoyer, de cent vingt lieues, l'efquiffe d'une fête pour
un palais & des jardins que je ne connais pas, je
devais vous écrire : *Si vous voulez voir un beau faut,
faites-le.* Vous me faites voir que vous favez admirablement profiter des temps, des lieux, & des perfonnes;
votre difpofition eft charmante, tout eft varié &
brillant.

Si vous voulez de mauvais vers & de plates
chanfons pour vos perfonnages, en voilà ; mais je
vous fupplie, Monfieur, de ne pas déceler un pauvre
vieillard de quatre-vingt deux ans paffés, très-malade,
qui meurt en fefant des chanfons. Il n'y a point de
ridicule quand on vous fert, mais c'en eft un très-
grand de vous fervir fi mal.

Baucis & Philémon s'adreffant au Roi & à la Reine, ou à Monfieur & à Madame.

Baucis & Philémon font votre heureux modèle ;
Ils s'aimaient, ils étaient tous deux
Auffi tendres que généreux.
Que fit le ciel pour le prix de leur zèle ?
A quels heureux deftins étaient-ils réfervés ?
Le ciel leur accorda les dons que vous avez.

Les Bohémiens chantent au Roi & à la Reine :

Autrefois dans ces retraites ,
Nous difions à contre-temps
La bonne aventure aux paffans ;
Mais c'eft vous qui la faites.

Nous étions les interprètes
Du bonheur qu'on peut goûter :
Nous n'ofons plus le chanter ;
Car c'eft vous qui le faites.

A Monfieur & à Madame qui veulent fe faire dire leur bonne aventure ; une bohémienne regarde dans leur main.

Ma belle Dame ,
Mon beau Monfieur ,
Je lis dans votre ame ;
Je vous fais par cœur.
La belle nature
Forma votre humeur ;
De vos frères le bonheur
Eft votre bonne aventure.

Pour monseigneur & madame comtesse d'Artois.

Je vous en dirai tout autant.

Pour vous, mon prince, allez toujours gaîment,
Gaîment, gaîment.
Vous plairez toujours, je vous jure;
Et je vous prédirai souvent
Une bonne aventure.

Le chevalier de la Reine peut chanter ou réciter:

Jadis de Bradamante on me vit chevalier;
On la croyait alors une beauté parfaite;
Et moi, très-fidelle guerrier,
Je la quittai pour Antoinette.

Ce nom n'eft pas, dit-on, trop heureux pour les vers,
Mais il le fera pour l'hiftoire:
Il eft cher à la France, il l'eft à l'univers:
Sitôt qu'on le prononce, il appelle à la gloire
Les plus brillans efprits & les plus fiers vainqueurs.
Quand on eft gravé dans les cœurs,
On l'eft dans l'avenir au temple de mémoire.

On peut écrire au-deffus du bufte de la Reine:

Amours, Grâces, Plaifirs, nos fêtes vous admettent.
Regardez ce portrait, vous pouvez l'adorer;
Un moment devant lui vous pouvez folâtrer:
Les Vertus vous le permettent.

Je foupçonne toujours que mes fottifes arriveront
trop tard. Vous êtes auffi le premier qui ait commandé
fon fouper fi loin de chez foi; votre fouper fera
excellent fans que je m'en mêle. Je fuis trop heureux
que cette aventure m'ait procuré l'honneur d'être en
quelque relation avec un homme de votre mérite.

Je fuis &c.

L'HOTE ET L'HOTESSE,

DIVERTISSEMENT.

Au fond d'un sallon très-bien décoré, on voit les apprêts d'un festin.

La symphonie commence, & L'ORDONNATEUR chante :

ALLONS, enfans, à qui mieux mieux ;
Jeunes garçons, jeunes fillettes,
Dépêchez, préparez ces lieux ;
Trémoussez-vous, paresseux que vous êtes.
Mettez-moi cela
Là ;
Rendez ce buffet
Net ;
Songez bien à ce que vous faites.

Allons, enfans, &c.

Il faut que tous les curieux
Soient bien traités dans nos guinguettes.
Mettez-moi cela
Là ;
Rendez ce buffet
Net.

Que tous les étrangers soient reçus poliment ;
Chevaliers, écuyers, jeunes, vieux, femme, fille :
Que d'auprès de notre famille
Jamais aucun mortel ne sorte mécontent.

C c 3

LE MAITRE D'HOTEL *dé l'hôtellerie.*

C'eſt bien dit. Le maître & la maîtreſſe de la maiſon
ne ceſſent de me recommander d'être bien honnête,
bien prévenant, bien empreſſé : mais comment être
honnête une journée toute entière ? rien n'eſt plus
inſupportable. On eſt accablé de gens qui , parce
qu'ils n'ont rien à faire , croient que je n'ai rien à
faire auſſi qu'à amuſer leur oiſiveté. Ils s'imaginent
que je ſuis fait pour leur plaire du ſoir au matin.
Ils ont ouï dire que nous aurons ici une voyageuſe
qui paſſe tout ſon temps à gagner les cœurs, & à qui
cela ne coûte aucune peine. On accourt pour la voir
de tous les coins du monde. Ecoutez , garçons de
l'hôtellerie, la foule eſt trop grande ; ne laiſſez entrer
que ceux qui viendront deux à deux ; que cet ordre
ſoit crié à ſon de trompe à toutes les portes.

MUSIQUE.

Chacun & chacune
Entrez deux à deux :
C'eſt un nombre heureux :
Un tiers importune.
Voyager ſeul eſt ennuyeux.
Soit blonde, ſoit brune,
Entrez deux à deux :
C'eſt un nombre heureux.

Ah, cela réuſſit! il y a moins de foule. Voyons
qui ſont les curieux qui ſe préſentent. Voilà d'abord
deux perſonnes qui me paraiſſent venir de bien
loin.

(*Ces deux personnages qui entrent les premiers sont vêtus à la chinoise, coiffés d'un petit bonnet à houpes rouges; ils se courbent jusqu'à terre, & font des génuflexions.*)

LE MAITRE D'HOTEL.

Ces gens-là sont d'une civilité à faire enrager.

(*il leur rend leurs révérences.*)

Messieurs, peut-on, sans manquer au respect qu'on vous doit, vous demander qui vous êtes?

LE CHINOIS.

Chi hom ham hi tu su.

LE MAITRE D'HOTEL.

Ah, ce sont des Chinois! ils seront bien attrapés: il est vrai qu'ils verront notre belle voyageuse, mais ils ne l'entendront pas.... Mettez-vous là, Monsieur & Madame.

(*Il y a une ottomane qui règne le long de la salle. Le chinois & la chinoise s'y accroupissent. Un tartare & une tartare paraissent sans saluer personne; ils ont un arc en main & un carquois sur l'épaule; ils se couchent auprès des chinois.*)

LE MAITRE D'HOTEL.

Ceux-ci ne sont pas si grands feseurs de révérences. Messieurs les Tartares, pourquoi êtes-vous armés? Venez-vous enlever notre voyageuse? nous la défendrions contre toute la Tartarie, entendez-vous?

LE TARTARE.

Freik krank roc, roc krank freik.

Cc 4

LE MAITRE D'HOTEL.

J'entends, vous le voudriez bien ; mais vous ne l'ofez pas. Ah ! voici deux Lapons ; comment ceux-là peuvent-ils venir deux à deux ? il me femble que fi j'étais lapon, mon premier foin ferait de ne me jamais trouver avec une lapone...... Allons, paffez-là, pauvres gens.

(ils fe placent à côté des Tartares.)

Ah ! voici de l'autre côté des gens de connaiffance ; des Efpagnols, des Allemands, des Italiens ; c'eft une confolation.

(Un efpagnol & une efpagnole, un allemand & une allemande : un italien & une italienne, paraiffent fur la fcène à la fois. L'efpagnol, vêtu à la mode antique, falue la Reine en difant :)

Refpecto y filencio.

(l'Allemand dit :)

Sihe the liebe Tochter von unferigen kaifaren.

(l'Italienne dit :)

Quefti parlano, e noi cantiamo.

(elle chante :)

Qui regna il vero amore.
Non e tiranno.
Non fa inganno.
Non tormenta il cuore,
Pura fiamma s'accende,
Non arde ma rifplende.
Qui regna il vero amore
Non tormenta il cuore.

(Les Afiatiques & les Européens fe prennent par la main &
danfent : le fond de la falle s'ouvre : une troupe de danfeurs
de l'opéra paraît : un chanteur eft à la tête , & chante ce
couplet :

Quoi ! l'on danfe en ces lieux, & nous n'en fommes pas !
  Nous dont la danfe eft l'apanage !
  Le plaifir conduit tous nos pas.
Je vois des étrangers, dans ces heureux climats ,
  Courir aux fêtes de village.
  Partageons , furpaffons leurs jeux :
  C'eft au peuple le plus heureux
   A danfer davantage.

  Le menuet eft fur fon déclin ;
  Hélas ! nous avons vu la fin
  De la courante & de la farabande :
Nous pouvons célébrer de plus nobles attraits ;
  Aimons, adorons à jamais
   La divine allemande.

   (tous les perfonnages enfemble.)

  Aimons , adorons à jamais
   La divine allemande.

Grand ballet.

(Après ce divertiffement on paffe dans un bofquet illuminé.
L'ordonnateur demande au guide des étrangers , ou à celui
qui repréfente l'hôte , dans quel pays tous ces voyageurs
comptent aller.... Celui-ci répond :)

Monfieur , ces meffieurs & ces dames, tant Chinois
que Tartares , Lapons ; Efpagnols , ou Allemands ,
courent le monde depuis long-temps pour trouver
le palais de la Félicité. Des gens malins leur ont

prédit qu'ils courraient toute leur vie. C'eſt ici qu'habitent les Génies des quatre élémens; Gnomes, Salamandres, Ondins, & Sylphes. Si le bonheur habite quelque part, on peut s'en informer à eux.

(Entrée des quatre eſpèces de Génies qui préſident aux élémens. Après la danſe , Démogorgon , le ſouverain des génies, chante ;)

Vous cherchez le parfait bonheur ;
C'eſt une parfaite chimère.
Il eſt toujours bon qu'on l'eſpère ;
C'eſt bien aſſez pour votre cœur.

On court après, il prend la fuite ;
Il vous échappe tous les jours.
A la chaſſe & dans les amours,
Le plaiſir eſt dans la pourſuite.

Mortels, ſi la félicité
N'eſt pas toujours votre partage,
En ce lieu du monde écarté,
Contemplez du moins ſon image.

Vous voyez l'aimable aſſemblage
De la vertu , de la beauté ;
L'eſprit, la grâce , la gaîté ;
Et tout cela dans le bel âge.

Quiconque en aurait tout autant ,
Et qui même ſerait ſenſible,
N'aurait pas tout le bien poſſible ;
Mais il devrait être content.

(*Le temple du Bonheur parfait eſt dans le fond, mais il n'y a point de porte.*)

L'ORDONNATEUR *aux danſeurs.*

Meſſieurs, qui courez par tout le monde pour chercher le Bonheur parfait, il eſt dans ce temple; mais il faut l'eſcalader ; on n'arrive pas au bonheur ſans peine.

(*Les danſeurs eſcaladent le temple au ſon d'une ſymphonie bruyante; le temple tombe, & il en part un feu d'artifice.*)

F I N.

TABLE

DES

POEMES ET DISCOURS EN VERS

CONTENUS DANS CE VOLUME.

Fin de la Table des Poëmes.

VOLTAI

12

POEMES

www.ingramcontent.com/pod-product-compliance
Lightning Source LLC
Chambersburg PA
CBHW050736030726
47505CB00002B/282